제2판

법의 세상

법의 세상

제1판 1쇄 발행 2006. 1. 18
제2판 1쇄 발행 2013. 2. 28

지은이	박우동
펴낸이	김경희
펴낸곳	㈜지식산업사
주 소	본사 : 경기도 파주시 교하읍 문발리 520-12
	서울사무소 : 서울시 종로구 통의동 35-18
전 화	본사 : (031)955-4226~7 / 서울사무소 : (02)734-1978
팩 스	본사 : (031)955-4228 / 서울사무소 : (02)720-7900
	한글문패 지식산업사
	영문문패 www.jisik.co.kr
	전자우편 jsp@jisik.co.kr
	등록번호 1-363
	등록날짜 1969. 5. 8

ISBN 978-89-423-7058-0 03810

책값은 뒤표지에 있습니다

제2판

법의 세상

박 우 동

지식산업사

제2판을 내면서

첫 판을 내고 세월이 지나감에 따라 책에 쓴 내용 일부가 시의(時宜)에 맞지 않은 것으로 되어가는 모양새를 느끼는 일이 견딜 수 없었다. 드디어 7년 만에 손을 멜 기회를 잡은 것이다. 그런데 막상 글을 써가면서 놀란 것은, 그동안 모습을 바꾼 법령이 너무도 많았다는 것이다. 온전하게 지조를 지키고 있는 것은 〈헌법〉밖에 없는 것 같다는 생각이 들 정도였다. 세상이, 아니 법의 세상이 빠르게 변하고 있다는 것을 실감한다고나 할까. 법의 안정성을 바라는 시각에서는 결코 반가운 일일 수 없다.

어쨌든 법령이 바뀐 부분을 시정하는 일은 당연한 것이지만, 더불어 공법(公法) 교과서의 증보판처럼 불가피하게 내용을 보완하게 되고보니 분량이 제법 두터워졌다.

국회는 빈번하게 국민으로 하여금 정치 현실에 대한 실망감을 갖게 하는 모습을 보여주고 있고, 법을 제정하는 숭고한 사명을 제대로 이행하고 있는지 걱정을 끼치게 하고 있다. 법을 무시하고 짓밟는 세력의 준동과 느슨하게 대응하는 공권력으로 말미암아 사회의 안녕질서가 흐트

러지는 현상은 오늘에 이르러서도 별로 달라진 것이 없다. 여기에는 폭력적인 범법행위에 대해 미온적인 처벌로 임해온 사법부의 책임도 크다고 생각된다.

　우리가 바라는 바는 그 어떤 사람이라도 법을 존중하고 슬기롭게 이를 수호하는 마음으로 살아가는 것이고, 법치사회의 대한민국이 자랑스럽다고 여기게 될 날을 찾는 것이다. 그것은 바로 법의 지배가 성취되는 것, 말하자면 법의 승리를 확인하는 일이다.

2013년 2월 15일
지은이 박 우 동

책을 내면서

사회에는 법이 있어야 하고 법이 주인이어야 한다. 모든 사람은 법의 지배를 승인해야 한다. 우리 주변은 법이 에워싸고 있다. 온갖 법들이 저마다 개성을 지닌 채 움직이고 있다. 고래처럼 덩치가 큰 것도 있고, 송사리처럼 조그마한 것도 있다. 상어처럼 무서운 것도 있고, 준치처럼 뼈가 많은 것도 있다. 아주 약하게 태어나서 일찍 죽는 것도 있고, 자주 치료나 수술을 받으면서 병치레 속에 사는 것도 있다. 평생 어느 쪽의 미움을 사면서 자라는 것이 있는가 하면, 어떤 것은 빨리 죽어 사라졌으면 싶을 정도로 못되게 자라는 것도 있다. 그러나 대부분의 법은 만인으로부터 존경과 사랑을 받으면서 오래오래 살아간다. 그리고 그 어느 것이나 타고난 사명을 다하면서 귀중한 생애를 이어간다.

공기에 대한 고마움을 모르는 것처럼, 법에 둘러싸여 살면서 우리는 법의 고마움을 느끼지 못한다. 법이 없으면 하루도 제대로 살 수 없다. 이런 사실을 아는 사람은 법을 두려워하게 되고, 법을 존중한다. 법을 어기고 법을 회피하는 사람은 공기를 오염시키는 행위를 하는 사람과 다름없다. 그로 말미암은 피해는 모든 사람에게 미치고, 결국 스스로도 망

8

하게 되는 것이다. 입법자(立法者)가 법을 악용하기 위해 다수의 횡포를
발휘하는 것도 결과적으로 법의 숭고한 정신을 배신하는 행위에 귀착된
다. 입법자는 국민으로 하여금 숨쉬게 하는 공기를 만든다는 성스러운
마음으로 법을 제정하거나 개정하는 책무를 다해주어야 한다.

　2003년에 펴낸 《변호사실 안팎》에는 128개의 대법원판례(大法院判
例)가 인용되었다. 변호사 생활의 이야기를 담은 내용이니 재판의 사례
들이 등장하지 않을 수 없었다. 이 책에는 헌법재판소(憲法裁判所)의 판
례가 61개나 나온다. 법률이야기를 하자니 법률의 진위(眞僞)와 가치를
밝히는 기관의 판정 결과를 동원하지 않을 수 없는 것이다. 어느 것이나
각종 분쟁에 대한 해결점과 규범에 대한 평가를 제시하는 깊은 가치를
지닌 창작물에 다름없다. 헌법재판소의 그와 같은 결정들을 마음내키는
대로 인용(引用)하면서 헌법재판소 재판관들의 노고에 대하여 감사하는
마음 가득했다.
　그 재판들은 대법원판례와는 달리 결론에 이르는 과정의 설명이 길

며, 사실관계의 확정에 비해 법률적·정치적 판단의 비중이 크다. 법률이나 공권력 행사의 위헌성(違憲性)을 주로 다루는 재판이기 때문에 그럴 수밖에 없다. 그런 의미에서도 헌법재판소의 결정은 일반인들이 쉽게 접근할 수 없는 대상이 아닌가 생각된다. 때문에 이 책에서 그러한 성격의 사례들을 많이 소개한 덕으로 헌법재판소에 대한 일반인들의 인식과 관심을 북돋우어주는 데 이바지했다는 말을 들을 수 있을지 모르겠다.

이 책에는 또한 많은 법률이 등장한다. 법의 이야기를 하다보니 많은 법률이 주연·조연으로 무대의 정면에 등장하지 않을 수 없다. 참 법률도 다양하구나 하는 느낌이 드는 순간, 세상이 급격하게 발전하고 변화하면서 복잡하고 기술적인 법률관계가 형성되기 마련이라는 이치를 깨닫게 된다. 특히 최근에 제정된 산업·정보·통신 분야의 〈이러닝(전자학습) 산업발전법〉, 〈온라인 디지털 콘텐츠 산업발전법〉 등 이름만 들어도 생소한 법률들은 내가 한참 시대에 뒤떨어졌구나 하는 느낌까지 들게 했다. 법률의 제정이나 개정도 어찌나 바쁘게 진행되던지, 이 책의 마지막

교정을 보는 사이 이름을 고치거나 못쓰게 된 것도 있었다. 나는 법의 세상을 잘 모르면서, 그 세계를 제대로 구경하지도 못했으면서 법률 이야기를 하고 있는 것이 걱정스럽다. 그러나 세계일주 여행기를 쓰는 사람도 마찬가지일 것이다. 법이 존재하는 한, 법의 세상 이야기는 누가 전해도 계속 전하게 될 것이다.

그리고 이 책에서 한 가지 양해를 구하고자 하는 것이 있다. 2005년 1월 1일부터 법령제명(法令題名) 띄어쓰기가 시행되어, 법령명을 인용하는 경우 앞뒤에 낫표를 사용해 본문(本文)의 다른 부분과 구별할 수 있도록 하고 있다. 따라서 이를 위해 "'各級法院의設置와管轄區域에관한法律'을 '각급법원의 설치와 관할구역에 관한 법률'로 한다"(2005. 3. 24. 법률 제7403호)는 것처럼 일일이 법률의 개정절차가 있어야 하며, 실제로 기회가 있을 때마다 이런 작업이 진행되고 있다. 그런데 이 책에서는 개정절차가 있든 없든 모든 법률제명에 띄어쓰기 방식을 채택하여 형식의 통일을 기하기로 한 것이다.

이로써 법조 주변의 나의 이야기는 끝날 듯하다. 이 기회에 나의 12년 변호사 생활의 터전이었던 법무법인 광장(廣場) 식구들에게 그동안 진 신세에 대해 인사를 드린다. 특히 남형두(南馨斗) 변호사는 초고를 자상하게 보아주셨을 뿐만 아니라 지식산업사 김경희(金京熙) 사장님과 인연을 주선해주셨다. 그 고마움 또한 마음속 깊이 간직하고자 한다.

2006년 1월 5일
지은이 박 우 동

법의 세상

제1부 법의 탄생

제1장 법률을 제정하는 국회의 모습

법의 세상

제2부 법의 투쟁

제3부 법의 승리

법의 세상

역대 대통령의 재임기간을 통하여 이 책에 등장하는 법률들이 어느 대통령 집권 때 제정된 것인가를 알 수 있다.

1대~3대	이승만(李承晩)	1948년 7월 ~ 1960년 4월
4대	윤보선(尹潽善)	1960년 8월 ~ 1962년 3월
5대~9대	박정희(朴正熙)	1963년 12월 ~ 1979년 10월
10대	최규하(崔圭夏)	1979년 12월 ~ 1980년 8월
11대~12대	전두환(全斗煥)	1980년 9월 ~ 1988년 2월
13대	노태우(盧泰愚)	1988년 2월 ~ 1993년 2월
14대	김영삼(金泳三)	1993년 2월 ~ 1998년 2월
15대	김대중(金大中)	1998년 2월 ~ 2003년 2월
16대	노무현(盧武鉉)	2003년 2월 ~ 2008년 2월
17대	이명박(李明博)	2008년 2월 ~ 2013년 2월

제1부

법의 탄생

입법권은 국회가 갖는다.
그리고 어떤 입법을 할 것인가, 즉 "무릇 어떠한 사항을
법규로 규율할 것인가는 특단의 사정이 없는 한
입법자의 정치적, 경제적, 사회적 그리고 세계관적 고려하에서
정해지는 사항인 것"(헌재 1989.3.17. 선고 88헌마1 결정)이다.

국회의사당

제1장 법률을 제정하는 국회의 모습

1. 법률이 만들어지는 과정

〈헌법〉제40조는 "입법권은 국회에 속한다"고 하여 국회가 법률을 제정하는 기관임을 명시했다. 법률은 오로지 국회만이 제정하는 것이며, 국회가 아닌 다른 어떤 국가기관도 법률을 만들 수 없다. "국민주권주의, 권력분립주의 및 법치주의를 기본 원리로 채택하고 있는 우리 헌법상 국민의 헌법상 기본권 및 기본 의무와 관련된 중요한 사항 내지 본질적인 내용에 대한 정책형성기능은 원칙적으로 주권자인 국민에 의하여 선출된 대표자들로 구성되는 입법부가 담당하여 법률의 형식으로써 이를 수행하여야 하고, 이와 같이 입법화된 정책을 집행하거나 적용함을 임무로 하는 행정부나 사법부에 그 기능을 넘겨서는 아니 된다"(헌재 2000. 1. 27. 선고 96헌바95, 97헌바1·36·64 결정). 다만 형식적 의미의 법률은 아니지만 실질적인 법률에 속하는 것으로 볼 수 있는 긴급명령(헌법 제76조)과 대법원규칙(헌법 제108조) 그리고 지방자치단체의 규정(헌법 제117조

제1항) 등은 다른 기관에서 제정할 수 있다.

법률안은 국회의원 10인 이상의 찬성으로 또는 정부가 국무회의의 심의를 거쳐 제출하는 두 가지 방법만이 가능하다. 국회에서 법률안이 처리되는 과정에 대해서는 〈국회법〉에 자세히 규정되어 있다. 즉, 소관 상임위원회나 특별위원회에서 먼저 법률안의 심사가 있게 되는데, 위원회에서는 입법 취지와 주요 내용 등을 국회공보 또는 국회 인터넷 홈페이지 등에 게재해 입법예고(立法豫告)를 할 수 있다. 위원회는 안건에 대해 전문위원의 검토보고를 듣고 전반적인 문제점과 당부에 관한 대체토론을 한 다음 소위원회에 회부해 심사·보고하도록 한다. 위원회는 축조심사(逐條審査) 및 찬반토론을 거쳐 표결하게 되어 있는데, 제정(制定)법률안 및 전문개정(全文改正)법률안에 대해서는 공청회 또는 청문회를 개최할 수 있고, 다만 축조심사는 공청회의 경우와 달리 위원회의 의결로도 이를 생략할 수 없다. 법률안은 법안심사소위원회에 회부되어 심도 있는 논의가 이루어진다. 이렇게 위원회의 심사가 끝나면 법제사법위원회에서 체계와 자구에 대한 심사를 거치고 의장에게 보고서를 제출한 뒤 본회의(本會議)에 회부된다. 본회의에서 위원장의 심사보고가 있은 뒤 질의·토론을 거쳐 재적의원 과반수의 출석과 출석의원 과반수의 찬성으로 의결된다. 표결은 특별한 사정이 없는 한 전자투표에 따른 기록표결로 가부를 결정하도록 되어 있다(국회법 제112조 제1항). 국회에서 의결된 법률안은 정부에 이송되어 대통령이 공포함으로써 법률로서 효력이 생기게 된다.

법률의 제정이나 개정의 절차가 대개 위와 같지만, 한 단계 한 단계가 수월하거나 간단하지는 않다. 막상 어떤 법률의 제정이나 개정에 대해 이해관계를 갖는 당사자의 처지가 되면, 국회의 의결 과정이 왜 그렇게 복잡하고 지지부진한지 실감하게 된다. 법률은 성립되었는데 막상 시행하려고 보니 그 내용에 미흡한 점이 발견되거나 별로 요긴한 것이 아닌 탓에 법전(法典)에서 낮잠을 자도록 만드는 처사도 한심한 일이거니와, 법규를 제때 공급하지 않아 수요자에게 불편을 초래하게 한다든지 부작용을 일으키게 하는 것도 큰 문제이다. 법률안이 국회에 회부된 채 늑장을 부리는 바람에 발을 동동 구르며 애간장을 태우는 사람들이 얼마나 많은가! 이 점에 관해서는 바로 뒤에 다시 이야기하기로 한다.

　법률의 제정에 관해 조금만 더 그 과정을 들여다보기로 한다. 먼저 의원발의 법률안만 해도 특정 분야에 높은 관심을 갖는 의원 개인이 직접 기초(起草)하는 경우도 있고, 정부 또는 제3자가 기초하여 제공하는 안을 근간으로 의원이 입안해 제출하는 경우도 있으나, 정당의 정책심의 기구에 따른 결정을 통해 입법이 추진되는 경우도 많다. 여당인 경우에는 당정협의 과정에서 정부가 마련한 안을 의원발의 형식으로 입법하기도 한다.

　2000년 2월 16일 개정된 국회법에서는, 의원이 법률안을 발의하는 때는 발의 의원과 찬성 의원을 구분하되, 당해 법률안에 대해 그 제목의 부제(副題)로 발의 의원의 성명을 기재하도록 했는데, 이는 입법에 대한 책임감의 제고와 의정 활동에 대한 평가를 함께 노린 제도적 장치로서 일종의 법안실명제를 도입한 것이라 할 수 있다. 초안에 대한 검토 또는 의견 수렴 절차를 거쳐 법률안이 확정되면 이유를 붙여 의원 10인 이상의 찬성으로 국회의장에게 제출한다. 예산 또는 기금상의 조치를 수반하는 법률안의 경우에는 예상되는 비용에 대한 추계서를 제출해야 한다.

　정부제출의 법률안은 각 중앙행정기관이 자기 소관 사항에 대해 입법을 추진하는 것이 일반적이며, 주무부서는 평소 입법상의 정보와 자료를 축적하고 있기 때문에 가장 훌륭한 법률안의 기초자가 될 수 있다.

국정감사 등에서 국회의원이 제기한 문제점, 입법의 미비 또는 법 집행 과정에서 일어난 민원, 관계 부처 사이의 권한 다툼이 있는 사항 등은 중요한 입법 정보가 된다.

입법정책이 결정되면 법률안 초안의 작성에 들어간다. 고도의 전문성과 기술성을 요하는 분야의 경우, 관계 연구기관 등에 용역을 주어 입안하게 한다. 초안이 마련되면 그 안의 내용과 관련된 부처와 협의하고 합의를 이끌어내야 한다. 재정 지출을 수반하는 것(국가재정법 제87조 제2항), 사업자의 가격·거래 조건의 결정, 시장 진입 또는 사업 활동의 제한 등 경쟁 제한 사항을 내용을 하는 것(독점규제 및 공정거래에 관한 법률 제63조), 선거, 국민투표 및 정당 관계 법령(선거관리위원회법 제17조), 물품 등의 수출 또는 수입을 제한하는 입안(대외무역법 제6조 제2항) 등의 경우는 소관 부처와 반드시 협의를 거쳐야 한다.

당정협의 과정을 거쳐 법률안의 내용이 개략적으로 확정되면 입법예고를 하게 되고 공청회를 개최할 수 있다. 입법예고는 긴급을 요하거나 입법 내용의 성질 등에 비추어 예고의 필요가 없다고 판단되는 등의 경우를 제외하고는 〈행정절차법〉에 따라 입법안의 취지, 주요 내용 또는 전문을 관보·공보나 인터넷·신문·방송 등의 방법으로 널리 공고해야 하며, 입법예고 기간은 특별한 사정이 없는 한 40일 이상이어야 한다. 중앙행정기관의 장은 규제를 신설하거나 강화하려면 법제처의 심사를 요청하기 전에 규제개혁위원회의 심사를 받아야 한다(행정규제기본법 제10조 제1항).

각 부처의 장은 관계 기관과 협의하고 입법예고 절차를 거친 뒤 법제처장에게 법령안의 심사를 요청해야 한다(법제업무운영규정 제21조 제1항). 법제처의 심사가 끝나면 법률안은 차관회의의 심의를 거쳐 국무회의에 상정한다. 국무회의의 심의를 마친 법률안은 대통령의 서명을 받아 국회에 제출된다.

국회에서 의결된 법률안은 정부에 이송되어 15일 이내에 대통령이 공포하도록 되어 있지만, 법률안에 이의가 있을 때는 이의서를 붙여 국회로 환부하고 재의(再議)를 요구(veto)할 수 있다. 이 경우 국회가 재적의원 과반수의 출석과 출석의원 3분의 2 이상의 찬성으로 전과 같은 의결을 하면 법률로서 확정되며, 대통령은 지체 없이 공포해야 한다(헌법 제53조 제1항 내지 제4항). 법률은 그 부칙에서 정하고 있는 시행일에 효력을 발생하지만, 특별한 규정이 없으면 공포한 날로부터 20일을 경과함으로써 효력을 발생한다(헌법 제53조 제7항). 법률안이 위와 같이 정부에 이송되어 오면 법제처는 법률공포안을 작성해 국무회의 부의안건으로 행정자치부에 송부하고, 행정자치부는 법률공포안을 국무회의에 상정하며, 그 심의가 끝나면 대통령이 서명하고 국무총리 및 관계국무위원이 부서(副署)한다. 법률안에 대한 대통령의 재가가 끝나면 법제처는 법률공포대장에 공포번호를 일련번호로 부여한다. 법률의 공포는 관보(官報)에 게재함으로써 이루어지고 있으며, 관보가 발행된 날이 공포일로 된다(법령 등 공포에 관한 법률 제11조·제12조). 대통령이 법률안을 공포한 경우 정부는 지체 없이 국회에 통지해야 하며, 〈헌법〉 제53조 제6항의 규정에 따라 대통령이 공포를 하지 아니한 때에는 그 공포 기일이 경과한 날로부터 5일 이내에 국회의장이 이를 공포한다(국회법 제98조 제2항·제3항).

관보가 발행된 날을 공포일로 한다는 것과 관련해 이 법은 공포한 날부터 시행한다고 할 때 관보가 실제 인쇄·발행된 날과 관보에 게재된 날짜가 다른 경우는 앞의 날로 보아야 한다는 판례(대법원 1968. 12. 6. 선고 68다1753 판결)가 있고, 또 공포한 날부터 시행하기로 한 법률의 시행일은 그 법률이 수록된 관보의 발행일자가 아니고 그 관보가 정부간행물 판매센터에 비치되거나 관보취급소에 발송된 날이라고 한 판례(대법원

1970. 7. 21. 선고 70누76 판결)도 있다. 〈법령 등 공포에 관한 법률〉 제13조 의2의 규정에 의하면, 국민의 권리제한 또는 의무부과와 직접 관련되는 중요 법률은 긴급히 시행해야 할 특별한 사유가 있는 경우를 제외하고 는 공포일로부터 적어도 30일이 경과한 날부터 시행되도록 장치하고 있 다. 여기서 말하는 관보는 종이로 발행되는 것이 기본이고, 전자적 형태 로 전환해 제공되는 전자관보는 부차적으로 운영되고 있다.

법령의 공포에 관한 법률 같은 것이 없었던 시절에 만들어진 〈형사소 송법〉은 1954년 9월 23일 법률 제341호로 공포되었는데, 그 부칙 제9조 에는 그 법의 시행기일을 1954년 5월 30일로 규정하고 말았다. '대법원 1955. 6. 21. 선고 55도95 판결'은, 시행기일에 관한 위 규정은 법률 공 포 지연으로 말미암아 실효되고, 헌법 제40조 제1항(현행 제53조 제7항)에 따라 공포한 날로부터 20일이 경과한 1954년 10월 14일이라고 해석함 이 타당하다고 판단했다.

앞에서 국회의 법률안 의결 과정을 보며 간단히 언급했지만, 〈국회 법〉 제85조는 의장은 심사기간을 정해 안건을 위원회에 회부할 수 있다 는 것과, 위원회가 이유 없이 그 기간 안에 심사를 마치지 않으면 의장 은 중간보고를 들은 뒤 다른 위원회에 회부하거나 바로 본회의에 부의 할 수 있다고 규정하고 있고, 제86조는 제1항에서 "위원회에서 법률안 의 심사를 마치거나 입안한 때에는 법제사법위원회에 회부하여 체계와 자구에 대한 심사를 거쳐야 한다. 이 경우 법제사법위원장은 간사와 협 의하여 그 심사에 있어서 제안자의 취지설명과 토론을 생략할 수 있다" 고 하고, 제2항은 위의 심사에 대하여 "의장은 각 교섭단체대표의원과 의 협의를 거쳐 심사기간을 정할 수 있으며 이유 없이 그 기간 내에 심 사를 마치지 아니한 때에는 바로 본회의에 부의할 수 있다"고 규정하고 있다.

2005년 제252회 임시국회 본회의에서는 법제사법위원회에서 심의 중인 주요한 법률안 하나를 의장 직권으로 본회의에 상정하여 의결했다. 〈연기·공주지역 행정중심 복합도시건설 특별법안〉이라는 이름의 안건이 그것이었다. 한나라당 의원 4인이 이 법안의 처리를 저지하기 위해 전날부터 법사위 회의장의 문을 잠그고 농성을 하여 법사위의 심의·의결이 불가능한 상태에 빠졌기 때문에, 의장 직권으로 본회의에 상정한 것이었다. 법안에 대하여 법사위를 거치지 않고 본회의로 '직송처리'를 하는 의장의 직권행사는 매우 예외적인 사례로서 헌정사상(憲政史上) 그것이 열네번째라고 한다. 법제사법위원회는 국회 본회의로 통하는 모든 법안의 마지막 관문(gate keeper)으로, 여러 법안이 서로 충돌하는 일이 없도록 가다듬고 조정하는 역할을 하는 곳이다. 그런데 이번 일로 여당에서는 법사위가 마치 상원인 것처럼 세도를 부린다고 눈을 흘겼고, 드디어 법사위의 권한을 축소하고 기능을 조정해야 한다는 주장이 나오기도 했다.

〈헌법〉 제52조는 국회의원과 정부에 대해서만 법률안의 제출권을 인정하고 있다. 미국에서 보는 것처럼, 원래 대통령제인 국가는 의원에게만 법률안을 제출하도록 하고 집행부에 대해서는 그 제출권을 인정하지 않는 것이 원칙인데, 우리의 〈헌법〉은 이례적으로 내각책임제적 요소를 가미해 절충식으로 정부에게도 법률 제안권을 부여함으로써 행정부의 영향력을 크게 하고 있다. 그래서 최근에 이르기까지 중요한 법률안의 대부분은 정부제출안이었다. 그런데 이러한 경향이 천천히 바뀌어가더니 이제는 정부제출 법안보다 의원발의 법안이 크게 앞지르고 있다. 16대 국회(2000~2004)에서 처리한 법안은 2,507건, 그 가운데 의원발의는 1,912건이었고, 17대 국회(2004~2008)는 7,489건의 처리 법안 가운데 의원발의가 6,387건으로 엄청나게 늘어났다. 18대 국회(2008~2012)에 이르러서는 13,913건의 처리 법안 가운데 의원발의가 12,220건이고, 정부제출은 1,693건뿐이었다. 《한국일보》(2009. 5. 12.)에 따르면, 이와 같은 현상은 정부가 국회의원의 등 뒤에 숨어서 법안을 발의하는 '청부입법'의 관행이 기승을 부리고 있음을 보여주는 것이라고 한다. 국회의원들이 정부에 이름만 빌려주고 마치 자신들이 만든 법안인 것처럼 발의하는 것인데, 국회의원들로서는 입법 활동의 실적을 올릴 수 있고 정부로서는 속전속결로 법안을 처리할 수 있어 양쪽 모두에게 윈-윈(win-win)인 셈이라는 것이다. 정부입법은 법안을 국회에 제출하기까지 관계 기관과 당정협의, 입법예고, 규제 심사, 법제처 심사, 차관회의, 국무회의 심의 등 절차가 필요할 뿐만 아니라, 이처럼 노출 기간이 길면 당연히 법안의 문제점이 사회적 쟁점으로 될 수도 있는데, 이와 달리 의원입법은 의원 10인의 동의만 있으면 된다. 그래서 정부는 국회의원의 힘을 빌리는 편법을 쓰려는 유혹을 받게 된다는 것이다.

이 문제를 떠나, 국회의원들이 입법 실적을 올리기 위하여 충분한 검토 없이 무책임하게 법안 발의를 남발한다는 비난은 일찍부터 있어왔다. 국회의원의 지위라는 것은 자칫 인기영합주의로 흐르기 쉬운 탓에, 입법 행위를 매우 가볍게 생각할 위험이 있다. 동료 국회의원끼리 서로 발의 서명을 해주는 이른바 '품앗이' 동의에서는 법안 내용의 문제점을 검토할 생각도 하지 않는 경우가 많을 것이다. 더욱이 시민사회단체들이 국회의원들의 성적을 매기는 중요한 척도로 법안 발의 건수를 내세우게 되면서 과당 경쟁의 양상마저 보여주고 있어 걱정스럽다.

입법의 남발 문제에 관해 두 가지만 더 이야기해보기로 한다. 국회의원이 법률안을 발의하면서 그 법률에 수반되는 중·장기적인 재정에 대한 고려를 게을리 하는 일이 많다는 지적을 받고 있는 것이 그 하나이다.

여야 의원 모두 막대한 예산이 필요한 법안을 잔뜩 내놓으면서, 한편으로 세금을 적게 걷자는 법안도 발의하는 것이다. 또 하나는 현행 기본법으로 충분히 규율할 수 있는 부분까지 특별법이나 개별법을 만들어 법체계를 혼란하게 하는 상황을 만든다는 것이다. 《법률신문》(2011. 7. 8.)에 따르면, 2011년 3월 30일 제정된 〈사회복지사 등의 처우 및 지위 향상을 위한 법률〉은 근거법인 〈사회복지사업법〉의 개정을 통해 충분히 목적을 이룰 수 있는 것이었고, 국회의 논의 과정에서 이런 지적이 있었지만 아무 소용이 없었다고 한다. 그리고 〈성폭력범죄의 처벌 등에 관한 특례법〉 제7조 제1항은 13세 미만의 여자에 대해 강간의 죄를 범한 사람은 무기 또는 10년 이상의 징역에 처하도록 2011년 11월 17일에 개정되었는데, 그 직전에는 10년 이상의 유기징역으로 되어 있었다. 사회를 떠들썩하게 한 어린이 성범죄가 일어나자 여론에 편승하여 재빠르게 양형을 높이는 법안을 제출한 것이었다. 살인죄의 경우에도 집행유예가 가능한 〈형법〉과 견주어 강간죄가 험악한 범죄이지만 살인죄보다 덜 무겁다는 어느 교수의 말을 인용하면서, 균형에 맞지 않는 특별법과 기본법의 형량(刑量)을 소개하고 있다. "지나치게 과중한 형벌을 규정함으로써 죄질과 그에 따른 행위자의 책임 사이에 비례관계가 준수되지 않아 인간의 존엄과 가치를 존중하고 보호하려는 실질적 법치국가의 이념에 어긋나고, 형벌체계상 균형성을 상실하여 다른 범죄와의 관계에서 평등의 원칙에 위반"(헌재 2006.4.27. 선고 2006헌가5 결정)되는 우려는 없는지 잘 검토해야 할 것이다.

　이처럼 특별법과 개별법 제정의 남용 사례가 빈번하자 국회 법제사법위원회 우윤근(禹潤根) 위원장은 2011년 7월 1일 각 상임위원회 위원장에게 입법원칙에 위배되는 특별법 제정 등의 자제를 요청하는 공문을 보내기까지 했다. 이를 통해 개별법이나 특별법 형태로 방대한 법 규정이 산재함에 따라 국민들의 불편과 혼란을 가중할 우려가 제기되므로, 기본법 등 기존 법질서의 체계에 편입하는 방향의 입법이 요망된다고 강조했다.

여기서 사법부(司法府)에 대해서도 법률안의 제출 권한을 부여할 수 있지 않는가 하는 생각을 하게 된다. 〈민사소송법〉, 〈민사집행법〉, 〈민사소송 등 인지법〉, 〈민사소송비용법〉, 〈법원조직법〉, 〈각급 법원 판사 등 정원법〉, 〈각급 법원의 설치 및 관할구역에 관한 법률〉, 〈법관징계법〉, 〈집행관법〉, 〈법무사법〉 등은 사법부에서 관장하는 법률이고, 그 제정과 개정 작업은 전적으로 사법부에서 맡아 할 수밖에 없다. 그러나 대법원은 법률안 제출의 권한이 없으니, 위와 같은 법률도 정부나 국회의원의 이름을 빌려 국회에 제출하는 방법밖에 없다. 즉, 대법원은 대법관회의를 통해 확정된 원안을 법무부·법제처와 여당 당정회의 그리고 국무회의를 거쳐 국회에 상정하는 긴 여정을 밟아야 하는 것이다. 위와 같은 법률들은 사법부 외 다른 기관에서 손댈 여지가 거의 없는 성질의 순수 사법법률이므로, 제한적으로 대법원에 발안권(發案權)을 부여해도 무방하지 않나 생각된다. 법무부에서 대법원 원안을 수정하고, 당정회의에서 다시 수정하고, 국무회의를 거쳐 제안된 정부안이 국회에서 다시 수정되어 의결되는 일련의 과정을 생각할 때, 법률의 해석과 적용을 사명으로 하는 사법부의 자존심을 위해서라도 한두 단계 생략되었으면 싶은 것이다.

2. 입법의 올바른 자세

입법권은 국회가 갖는다. 그리고 어떤 입법을 할 것인가, 즉 "무릇 어떠한 사항을 법규로 규율할 것인가, 이를 방치할 것인가는 특단의 사정이 없는 한 입법자의 정치적, 경제적, 사회적 그리고 세계관적 고려하에서 정해지는 사항인 것"(헌재 1989. 3. 17. 선고 88헌마1 결정)이다.

헌법 교과서를 보면 국회의 입법권에 대하여 그 원칙과 한계를 설명하고 있다. 법률은 〈헌법〉의 하위규범이고 〈헌법〉의 구체화 내지 집행을 의미하므로 〈헌법〉의 기본 원리 등 명문규정에 위배되어서는 안 된다는 것, 법률로써 기본권을 제한하는 경우에는 기본권 제한에 관한 일반원칙에 따라야 한다는 것이 그렇다.

'헌재 1989. 12. 22. 선고 88헌가13 결정'은 〈국토이용관리법〉상의 토지거래허가제에 관한 위헌심판사건에서, "입법부라고 할지라도 수권의 범위를 넘어 자의적인 입법을 할 수 있는 것은 아니며, 사유재산권의 본질적인 내용을 침해하는 입법을 할 수 없음은 물론이다(헌법 제37조 제2항 후단). 토지재산권의 본질적인 내용이라는 것은 토지재산권의 핵이 되는 실질적 요소 내지 근본요소를 뜻하며, 따라서 재산권의 본질적인 내용을 침해하는 경우라고 하는 것은, 그 침해로 사유재산권이 유명무실해지고 사유재산제도가 형해화되어 헌법이 재산권을 보장하는 궁극적인 목적을 달성할 수 없게 되는 지경에 이르는 경우라고 할 것이다. 사유재산제도의 전면적인 부정, 재산권의 무상몰수, 소급입법에 의한 재산권 박탈 등이 본질적인 침해가 된다는 데 대해서는 이론의 여지가 없으나, 본건 심판대상인 토지거래허가제는 헌법의 해석이나 국가, 사회공동체에 대한 철학과 가치관의 여하에 따라 결론이 달라질 수 있는 것이다. 그리고 헌법의 기본 정신(헌법 제37조 제2항)에 비추어볼 때, 기본권의 본질적인 내용의 침해가 설사 없다고 하더라도 과잉금지의 원칙에 위반되면 역시 위헌임을 면하지 못한다고 할 것이다. 과잉금지의 원칙은 국가

작용의 한계를 명시하는 것인데, 목적의 정당성, 방법의 적정성, 피해의 최소성, 법익의 균형성(보호하려는 공익이 침해되는 사익보다 더 커야 한다는 것으로서 그래야만 수인의 기대가능성이 있다는 것)을 의미하는 것으로서 그 어느 하나에라도 저촉되면 위헌이 된다는 헌법상의 원칙이다"라고 판단했다.

국회는 입법상의 재량권(裁量權)을 남용해서는 안 된다. 〈헌법〉 제23조 제3항의 공공필요에 따른 재산권의 수용과 그 보상의 지급, 제32조 제2항의 근로의 의무의 내용과 조건을 민주주의원칙에 따라 정하는 것, 제37조 제2항의 국가안전보장·질서유지 또는 공공복리를 위한 자유와 권리의 제한, 제119조 제2항의 적정한 소득분배의 유지와 시장지배 및 경제력의 남용방지 등은 입법권자에게 재량을 인정하고 있다. 그러나 이러한 재량권의 행사도 다음과 같은 헌법상의 일반원칙에 위배되어서는 안 된다. 첫째, 적법절차(適法節次)의 원칙, 둘째, 비례(比例)와 공평(公平)의 원칙, 셋째, 과잉금지(過剩禁止)의 원칙, 넷째, 자의금지(恣意禁止)의 원칙, 다섯째, 신뢰보호(信賴保護)의 원칙 등이 그것이다.

'헌재 1989. 9. 8. 선고 88헌가6 결정'은 국회의원선거법상의 기탁금에 관한 판단에서 앞의 결정처럼 입법에 관한 원칙과 한계를 잘 전달해 주고 있다. 즉, "헌법 제40조와 제41조에서 명시한 바와 같이 입법권은 국민의 보통, 평등, 직접, 비밀선거에 의하여 선출된 국회의원으로 구성된 국회에 속한다. 국회는 선거법을 제정하고 각종 규제를 할 수 있는 광범위한 입법권을 가지고 있다. 그러나 그 입법형성의 제한 방법과 수단이 그보다 더 높은 헌법상의 기본 이념과 국민의 본질적인 기본권을 침해 내지 저해하는 것이라면 이러한 기본권 제한은 법규범의 단계적 구조론으로 보아 헌법 체계상 용인될 수 없다. 국회가 입법형성권을 행사함에 있어서 헌법상의 보장된 기본권에 대한 법적 제한을 하는 법률을 제정할 시에는 특정한 법익보호의 필요성만으로는 충분하다 할 수 없고, 다른 법익과 비교하여 어느 쪽이 더 본질적이며 정당하고 합리적인 것인가 그 비례의 원칙에 따라 판단해야 할 또다른 한계를 가지고 있다. 이는 헌법 제37조 제2항 후단의 자유와 권리의 본질적 내용을 침해할 수 없다는 규정이 이를 말하며 또한 국회가 입법을 함에 있어서 적용되어야 할 헌법상의 제 기본 원칙도 그 한계의 기준으로 보아야 한다는 것"이라고 한 다음, "입헌민주국가에 있어서는 입법부도 헌법에 의해서 창설되고 입법형성권도 가능한 것이므로 선거법을 비롯한 모든 법률은 참정권을 보장하고 정당하게 수행할 수 있도록 제정하는 것을 원칙으로 하여야 한다. 그 법률이 정치적 타협에 의하여 국민의 정치적 참여를 부당하게 제한하거나 불합리한 선거법을 제정하는 것은 적법절차의 원칙에 반하고, 헌법이 위임한 권한에 벗어나는 것으로 입법형성권의 한계를 이탈하는 위헌적인 법률이라 하지 않을 수 없다"고 했다.

프랑스의 정치철학자 몽테스키외(Montesquieu)는 《법의 정신》에서 입법의 준수 사항을 들면서, 가장 먼저 법의 문체는 간단하고 평이해야 하며, 모호한 표현을 써서도 안 되지만 너무 정묘해서도 안 된다고 했다. 또한 법을 제정하기 위해서는 그것이 사물의 자연과 어긋나지 않도록 연구해야 할 뿐만 아니라 충분한 이유 없이 법을 변경하는 일이 있어서도 안 된다고 주의를 주었다. 최윤철(崔潤哲) 교수는 최근 독일에서 있었던 입법자의 법률개선의무에 관한 논의를 소개하면서, "사회의 모든 생활관계를 완벽하게 규정하고, 해결할 수 있는 완벽한 법률은 현대 사회에서 존재하지 않는다. 또한 현대의 사회국가경향은 과거 자유주의적 국가보다 더 많은 입법을 요구하고 있으며, 사회 각계각층의 다양한 요구를 듣고 이를 합리적으로 배분하여야 하는 것이 매우 중요한 국가의 과제가 되었다. 점점 더 복잡해지는 생활관계는 이를 해결하고 조정하여야 하는 국가에게 더 많은 과제를 부담시키고 있다. 생활관계의 급격한 변화는 이미 제정되어 시행되고 있는 법률의 노화를 촉진하고 그러한 법률의 수명 단축은 다시 그에 따른 법률의 개정요구를 증대시키고 있다. 그러나 입법자가 이러한 모든 변화 및 요구에 신속히 효과적으로 응한다는 것은 불가능하며, 입법자는 단지 상대적으로 나은 법률을 제정하는 것을 그 목표로 정할 수밖에 없다"(《법조》, 2003. 6.)고 했다.

만일 다른 표현을 양해하여 입법의 기본적이고 일반적인 원칙을 묻는다면, 국회의 입법과정이 철저하게 투명해야 한다는 것과 법률의 내용이 명확해야 한다는 것을 들 수 있겠다. 전자는 전문가가 충분히 연구하고 진지하게 토의한 끝에 전체 국민의 의사를 반영하는 법률을 만들어야 하는 것을 말한다. 그리하여 국민의 권익이나 편의를 위한 완벽한 법률을 제정한다는 정신으로 깊은 검토 과정을 거쳐야 하는 것이며, 얼마 지나지 않아 모순점과 미숙함이 노출되어 몇 차례씩 뜯어고치는 추태를 보이는 일이 없도록 해야 할 것이다. 후자는 애매모호하거나 복잡함이 없이 이해하기 쉬운 명확한 표현의 법률을 말한다. 알기 쉽고 간단한 문자와 문장으로 특정의 의미가 내포된 법률을 만든다는 것은 어려운 일이지만, 그런 노력을 최대한 쏟아 넣은 법률이라는 인상은 주어야 한다. 나는 이 점에 관해 이미 〈서투른 입법과 그 뒤치닥거리〉(《판사실에서 법정까지》, 한국사법행정학회, 1995)에서 몇 가지 예를 들면서 입법의 허술함을 질책한 바 있다.

법률이 발효된 뒤 너무 자주 개정되면, 그것은 어떤 연유에서든 법의 안정과 신뢰에 타격을 주므로 바람직하지 않은 일이다. 법의 성격상 개정의 빈도가 많을 수밖에 없는 조세법령도 정도를 넘어 눈살을 찌푸리게 하는 것이 있다. 법률 조항의 복잡함과 난해함, 어디에 연결되는 문장인지 무슨 취지인지 전문가도 한두 번 읽어서는 이해하기 어려운 것이

적지 않다. 게다가 왜 그리도 자주 고치는지, 〈조세특례제한법〉을 예로 들어보겠다. 원래는 1965년 12월 20일 법률 제1723호로 제정된 〈조세감면규제법(租税減免規制法)〉이었는데, 명칭에서 알 수 있듯이 공공법인이나 기업 등에 법인세·등록세·재산세 등 각종 세 부담을 덜어주기 위한 법률이므로 어렴풋이 이해당사자의 입법로비가 짐작되는 법률이다. 그래서일까, 이 법률의 개정 빈도는 기네스북에 오를 만큼 찬란하다.

　1981년 12월 31일 전문개정에 이르기까지 28회, 1993년 12월 31일 두번째 전문개정에 이르기까지는 42회, 그리고 1998년 12월 28일에 법률 제5584호 〈조세특례제한법(租税特例制限法)〉으로 전면개정을 시행하기까지 60회쯤 되는 것 같다. 여기에는 다른 법률의 개정에 따라 관련 조문이 정비되는 개정은 포함되지 않는다. 이 법률은 제정된 이듬해인 1966년 8월 3일 하루에 세 차례나 개정된 희한한 기록도 가지고 있다. 개정법률 제1806호는 3개 조문을 신설한 개정으로서, 가령 제9조 제4호로 "관광사업진흥법의 규정에 의하여 관광사업을 영위하는 목적으로 시설하는 부동산에 대하여는 재산세를 면제한다"는 등의 신설이 그것이다. 제1809호는 제4조 제1항 제14호의 신설인데, 법인세와 영업세를 면제하는 대상으로 "엽연초생산조합법의 규정에 의하여 설립된 조합과 연합회"를 추가하는 개정이고, 제1812호는 제8조 가운데 주세의 면제 대상으로 〈관광시설업〉을 삽입하는 내용이었다. 새 명칭의 위 법률은 여전히 개정 빈도 수위를 유지하는 데 전력을 다하고 있다. 2004년 12월 31일에 법률 제7322호의 개정이 있기까지 벌써 18회. 법률의 전문개정 또는 명칭의 변경으로 누더기 법률의 오명을 제거하기 위해 혹시 개정 횟수에 대하여 화폐단위를 절하하는 디노미네이션을 노리는 것이 아닌가 하는 생각이 들 정도이다.

조세에 관한 법률 개정의 빈도 이야기가 나와서 말인데, 최근 법률 해석에 관한 대법원과 헌법재판소의 충돌 문제도 정비를 잘못해 사고를 낸 자동차처럼 결국은 불완전한 입법이 그 원인이라고 할 수 있다.

〈조세감면규제법〉은 1993년 12월 31일 법률 제4666호로 전부개정되었는데, 그 이전의 같은 법인 1990년 12월 31일 법률 제4285호의 부칙(附則) 제23조에 대하여 새 법률은 아무런 규율을 하지 않은 채로 시행되었다. 그럼에도 위 부칙조항이 종전대로 여전히 효력을 갖고 있는 것으로 볼 것인가, 아니면 그 조항은 이미 실효되어 효력이 없는 것으로 볼 것인가 그 당부에 관한 해석의 차이가 문제였다. 위 부칙 제23조 제1항 및 〈조세특례제한법 시행령〉 제138조는 기업공개 시의 재평가특례에 관한 경과조치를 규정했는데, 재평가일부터 일정 기간 이내에 한국증권거래소에 주식을 상장(上場)하지 아니하는 경우 이미 행한 재평가를 〈자산재평가법〉에 따른 재평가로 보지 아니한다는 것이었다.

헌법재판소는 위 부칙조항에 대해 법률이 전부개정된 경우에는 기존 법률을 폐지하고 새로운 법률을 제정하는 것과 마찬가지여서 종전의 본칙은 물론 부칙규정도 모두 소멸하는 것이므로 특별한 사정이 없는 한 종전의 법률부칙 경과규정도 실효되며, 따라서 법률 제4666호의 시행에도 불구하고 법률 제4285호의 부칙 제23조가 실효되지 않은 것으로 해석하는 것은 헌법상의 권력분립원칙과 조세법률주의의 원칙에 위배된다는 결정을 내렸다. '헌재 2012.7.26 선고 2009헌바35 결정'은 전부개정법이 부칙에서 종전 법률의 규정 가운데 계속적인 적용이 필요한 다른 사항들에 대해서는 경과조치를 마련해두었으면서도 이 사건 부칙조항에 관해서는 이를 계속 적용한다는 등의 규정을 두지 않았고, 부칙조항을 대체할 만한 별도의 경과규정을 둔 바도 없으므로, 위 부칙조항은 전부개정법이 시행된 1994년 11월 1일자로 실효되었다고 보아야 할 것인 바, 이와 달리 전부개정법의 시행에도 불구하고 부칙조항과 관련된 규율을 하지 않음으로써 생긴 입법상의 흠결을 보완하기 위해 '특별한 사정'을 근거로 부칙조항이 실효되지 않은 것으로 해석하는 것은 위헌이라고 판단하였다. 그러나 대법원(2011.4.28. 선고 2009두3842 판결)은 "위 각 규정의 입법취지는 주식시장의 활성화를 위하여 주식의 상장을 전제로 자산재평가를 한 법인에 대하여는 자산재평가법상의 재평가요건을 갖추지 못하였더라도 그 재평가차액을 법인세의 과세대상에서 제외함으로써 주식의 상장을 유도하되, 사후 당해법인이 주식의 상장을 게을리 하는 경우에는 이러한 과세특례를 박탈함으로써 이를 악용하는 것을 방지하고자 하는데" 있다고 하면서, 자산재평가를 한 법인이 주식을 상장하지 못했더라도 그 원인이 당해 법인에게 책임을 돌릴 수 없는 정당한 사유에서 비롯되었을 경우에는 재평가차액에 대해 법인세를 과세할 수 없다고 판단하고, 당해 법인에게 주식을 상장하지 않은 데 대해 정당한 사유가 있다고 할 수 없다는 이유로 법인세를 부과한 과세당국의 손을 들어준 원심판결을 지지했다.

　헌법재판소가 위와 같이 한정위헌결정(限定違憲決定)을 내리자 수백억 원의 법인세 등을 낸 기업들은 그 환급을 구하는 재심의 소송을 제기했다. 그러나 법원은 한정위헌결정은 위헌이나 헌법불합치결정과는 달리 기속력을 인정하지 않는 입장이기 때문에 재심을 받아들일 가능성을 기대하기는 어렵다. 재심청구가 기각되어 기업이 또 헌법소원을 하여 법원의 재판을 취소해달라고 하면 어떻게 되는가? 두 사법 최고기관의 갈등 양상을 해소할 처방은 헌법에 손을 대는 것밖에 없는 것일까?

3. 일그러진 입법의결의 현장

《문화일보》는 2005년 3월 3일자 기사를 통해 "전국에서 일제히 초등학교 입학식이 열린 어제 대한민국 민주주의의 전당이라고 자처하는 국회 본회의는 모든 '험한 꼴'을 하루에 다 보여줬다. 직권상정을 통한 법안처리, 건당 평균 3분 45초가 소요된 초고속 벼락치기 안건 처리, 의원들의 '묻지마 투표'도 모자랐는지 급기야 회의 말미엔 몸싸움과 욕설, 고성이 뒤범벅된 난장판까지 연출했다. 이날 본회의장에서 대화와 타협의 정치는 찾아볼 수 없었다"고 보도했다. 그날 국회는 오후 4시 20분에 개회하여 밤 10시 30분까지 370분 동안 헌정사상 최대의 108개 법안을 처리했다는 것이다. 국회가 그렇게 많은 법률안을 처리하면서 폐회할 무렵 난장판이 벌어진 것은 법사위의 심의를 생략한 채 의장 직권으로 본회의에 상정한 법률안 때문이었다.

그러나 위와 같은 장면은 비록 시끄러웠다고 하더라도 상대당의 의원 몰래 안건을 날치기로 처리한 것과는 다르다. 과거에 우리는 텔레비전을 통해 안건 통과와 관련한 여러 가지 모습을 보아왔다. 가령, 야당 의원들이 이불을 깐 채 의사당을 점거 농성하고 있고, 그 공간을 이용하지 못하게 된 여당 의원이 장소를 옮겨 사무처 직원과 함께 의장을 에워싸고는 쫓기듯이 안건을 탕탕 통과시키는 광경 등이 그렇다. 그런 사태는 오래전부터 있었다. 1958년 12월 24일의 일을 한번 떠올려보자. 그때 국회에서는 국회 경위 복장을 한 약 300명의 경위들이 야당 의원들을 지하실 식당과 휴게실로 끌고가 감금하는 일이 벌어졌다. 그런 다음 자유당 의원 128명만이 자리에 참석하여 만장일치로 국가보안법 개정안을 상정해 통과시켰다.

그날 오전 9시 45분 자유당 의원들이 의원총회를 마치고 의사당으로 몰려 들어오자 농성 중이던 야당 의원들은 일제히 단상으로 올라갔다. 이때 자유당 의원들과 함께 경위들이 야당 의원들을 끌어내리기 시작하여 여기저기서 욕설과 격투가 벌어지고 책상과 의자가 부서지는 등 수라장이 되었다. 한 장면만 더. 1969년 9월 14일 오전 2시 50분, 공화당 의원들은 야당 의원 몰래 본회의장을 국회 제3별관 3층의 특별위원회실로 옮겨 개헌안과 국민투표법을 변칙적으로 기습 통과시켰다. 당시의 신문 호외(號外)는 이 일을 다음과 같이 보도했다. "회의는 새벽 2시 25분 의장의 사회로 열려 본회의장 변경결의를 한 뒤 미리 배치된 6개의 기표소에서 일제히 개헌안에 대한 투표를 개시하여 10분 만에 완료했다. 투표가 진행되는 동안 명단을 호명하는 의사국장의 낮은 목소리와 의원들의 발자국소리가 날 뿐 누구 하나 입을 여는 사람이 없었다. 투표를 마치자 즉각 개표에 들어가 2시 43분 집계가 끝났으나 의장은 지금이라도 야당 의원들에게 통고할 것을 종용하며 가결선포를 늦추고 있다가 2시 50분 정각 가결을 선포했다. 공화당이 이렇게 의사를 진행하는 동안 13일 오후 1시 50분부터 본회의장의 단상을 점거 농성투쟁에 들어갔던 신민회 의원들은 이를 까맣게 모르고 일부는 잠자리에 들었고 일부는 담소하고 있었다."

그러면 입법절차의 하자가 있을 때 그 법률안의 효력은 어떤 영향을 받을 것인가?

'헌재 1997. 7. 16. 선고 96헌라2 결정'의 사례를 중심으로 그 현장을 들여다보기로 한다. 1996년 12월 23일, 국회는 제182회 임시회(臨時會)가 소집되었으나 야당 의원들의 저지로 본회의가 개의되지 못했다. 국회의장은 국회환경노동위원장에게 노동관계법안을 12월 24일까지 심사보고할 것을 통보했으나, 그 일시까지 심사를 마치지 못했고 중간보고도 없었다. 의장을 대리한 부의장은 교섭단체인 야당의 대표의원과 협의하지 않고 본회의 개의일시를 12월 26일 6시로 변경하고, 그 교섭단체 소속 국회의원들에게는 회의 일시를 적법하게 통지하지 않았다. 그럼에도 위 일시에 여당 의원 155인만이 출석한 가운데 본회의를 개의해 노동조합 및 노동관계조정법안, 근로기준법 중 개정법률안 등 5개의 법률안을 상정한 다음 질의·토론 없이 이의의 유무를 묻는 방법으로 표결해 약 6분 만에 출석의원 전원의 찬성으로 가결되었음을 선포했다. 캄캄한 겨울 새벽 시간에 안건을 처리하겠다는 것부터가 회의를 정상적으로 진행할 생각이 없었음을 보여주는 일이었다. 잠깐, 그날의 본회의 회의록을 보면 정상적인 의사진행처럼 구성되어 있지만, 찬찬히 살펴보면 벼락치기 의안처리임을 알 수 있다. "부의장 : 자리를 정돈해주시기 바랍니다. 제1차 본회의를 개의하겠습니다. 심사보고 및 제안설명은 유인물로 대체하겠습니다. 의사일정 제1항을 상정합니다. (안건의 표결방법에 대해서 기립표결로 물은 후) 표결결과 찬성자가 없으므로 무기명투표와 기명투표 방법이 모두 부결되었습니다. 그러면 제1항에 대해서 이의가 없으십니까. ('없습니다' 하는 의원 있음.) 가결되었음을 선포합니다. 산회를 선포합니다."

　이와 같이 야당 의원의 표결 참여 기회를 박탈하고 여당 의원만이 모여 법률안을 가결시켰다면 어떻게 될까? 국회의원은 국민이 직접 선출하는 국민의 대표로서 여러 가지 헌법상·법률상의 권한을 부여받고 있지만, 그 가운데서도 가장 중요하고 본질적인 것은 입법에 대한 권한이다. 이 권한에는 법률안 제출권과 법률안 심의·표결권이 포함되며, 이는 국회의 다수파 의원에게만 보장되는 것이 아니라 소수파 의원에게도 모두 보장되는 권한이다. 〈국회법〉은 임시회 집회기일의 공고, 개의시간과 그 변경, 의사일정(議事日程)의 작성 등에 관한 규정을 두고 있고, 특히 제76조는 의장이 개의일시·부의안건(附議案件)과 그 순서를 기재한 의사일정을 작성하고 늦어도 본회의 개의 전일까지 본회의에 보고하도록 되어 있지만, 특히 긴급을 요한다고 인정할 때는 회의의 일시만을 의원에게 통지하고 개의할 수 있다고 되어 있다.

문제의 변경된 본회의 개의일시인 12월 26일 6시에 대해 한쪽은 그날 5시 30분경 원내총무에게 전화로 통지했다고 주장하고, 다른 쪽은 같은 날 6시 10분경 전화통지를 받았다고 주장했는데, 위 결정은 "설사 국회의장이 주장하는 대로의 통지가 있었다 하더라도 그러한 통지는 야당소속 국회의원들의 본회의 출석을 도저히 기대할 수 없는 것으로서 〈국회법〉 제76조 제3항(2000. 2. 16. 개정 전)에 따른 적법한 통지라고 할 수 없다. 따라서 이 사건 본회의의 개의절차에는 위 국회법의 규정을 명백히 위반한 흠"이 있으며, 야당 의원이 위력을 행사해 본회의 개의를 저지함으로써 국회 운영의 정상적인 진행을 봉쇄했다는 이유만으로 국회의장의 위법행위가 정당화한다고는 할 수 없다고 했다. 그렇다면 국회의장이 〈국회법〉 제76조 제3항을 위반해 야당 의원들에게 본회의 개의일시를 통지하지 않음으로써 야당 의원들은 이 사건 본회의에 출석할 기회를 잃게 된 것이고, 그 결과 이 사건 법률안의 심의·표결 과정에도 참여하지 못하게 되었다는 것이다. 때문에 위 결정은, 그로 말미암아 야당 의원들이 "헌법에 의하여 부여받은 권한인 법률안 심의·표결권이 침해되었음이 분명하다"고 하면서 권한침해 확인청구에 대해서는 심판청구인들의 주장을 받아들였다.

그런데 그 법률안의 가결선포(可決宣布)행위에 대한 위헌 여부는 재판관들 사이에 의견이 갈려, 인용의견이 재판관 과반수에 이르지 못해 그 부분 청구는 기각되었다. 즉, 재판관 3인은 법률안의 가결선포행위에는 국회법 위반의 하자는 있으나 그렇다고 입법절차에 관한 〈헌법〉의 규정을 명백히 위반한 흠이 있다고는 할 수 없다고 했으며, 다른 재판관 3인은 국회의장의 법률안 가결선포행위는 국회의원인 청구인들의 권한을 침해한 것임과 아울러 다수결원리를 규정한 〈헌법〉 제49조에 명백히 위반되는 것이라고 했다.

좀 보기 드문 사례임이 분명하므로 두 의견을 조금 더 소개하기로 한다. 먼저 의사절차상의 국회법 위반의 하자는 있을지언정 입법절차에 관한 헌법 위반의 흠이 없다고 하는 견해이다. "국회 입법절차의 특성상 그 개개의 과정에서 의도적이든 아니든 헌법이나 법률의 규정을 제대로 준수하지 못하는 잘못이 있을 수 있다. 그러한 잘못이 현실로 나타날 경우 그로 인하여 일부 국회의원들의 입법에 관한 각종의 권한이 침해될 수 있는데, 이러한 사정만으로 곧바로 법률안의 가결선포행위를 무효로 한다면 이는 곧 그 법률의 소급적 무효로 되어 국법질서의 안정에 위해를 초래하게 된다. 따라서 국회의 입법과 관련하여 일부 국회의원들의 권한이 침해되었다 하더라도 그것이 입법절차에 관한 헌법의 규정을 명백히 위반한 흠에 해당하는 것이 아니라면 그 법률안의 가결선포행위를 무효로 볼 것은 아니라고 할 것인 바, 우리 헌법은 국회의 의사절차에 관한 기본 원칙으로 제49조에서 '다수결의 원칙'을, 제50조에서 '회의공개의 원칙'을 각 선언하고 있으므로, 이 사건 법률안의 가결선포행위의 효력 유무는 결국 그 절차상에 위 헌법규정을 명백히 위반한 흠이 있는지 여부에 의하여 가려져야 할 것이다. 그러므로 나아가 이 사건 기록과 변론에 나타난 자료를 토대로 이 사건 법률안의 의결절차에 과연 위 헌법규정을 명백히 위반한 흠이 있는지에 관하여 보건대, 이 사건 법률안은 재적의원의 과반수인 국회의원 155인이 출석한 가운데 개의된 본회의에서 출석의원 전원의 찬성으로(결국 재적의원 과반수의 찬성으로) 의결처리되었고, 그 본회의에 관하여 일반국민의 방청이나 언론의 취재를 금지하는 조치가 취하여지지도 않았음이 분명하므로, 그 의결절차에 위 헌법규정을 명백히 위반한 흠이 있다고는 볼 수 없다."

다음은 반대의 견해이다. "의회민주주의의 기본 원리의 하나인 다수결원리는 의사형성과정에서 소수파에게 토론에 참가하여 다수파의 견해를 비판하고 반대의견을 밝힐 수 있는 기회를 보장하여 다수파와 소수파가 공개적이고 합리적인 토론을 거쳐 다수의 의사로 결정을 한다는 데 그 정당성의 근거가 있는 것이다. 따라서 입법과정에서 소수파에게 출석할 기회를 주지 않고 토론과정을 거치지 아니한 채 다수파만으로 단독 처리하는 것은 다수결원리에 의한 의사결정이라고 볼 수 없다. 헌법 제49조의 규정은 의회민주주의의 기본 원리인 다수결원리를 선언한 것으로서 이는 단순히 재적의원 과반수의 출석과 과반수에 의한 찬성을 형식적으로 요구하는 것에 그치지 않는다. 헌법 제49조는 국회의 의결은 통지가 가능한 국회의원 모두에게 회의에 출석할 기회가 부여된 바탕 위에 재적의원 과반수의 출석과 출석의원 과반수의 찬성으로 이루어져야 한다는 것으로 해석하여야 한다. 이러한 풀이는 의회민주주의와 다수결원리의 헌법적 의미를 고려하면 당연한 것이다. 헌법 제49조를 형식적으로 풀이하여 재적의원 과반수를 충족하는 다수파에게만 출석의 가능성을 준 다음 그들만의 회의로 국가의사를 결정하여도 헌법 위반이 아니라고 해석하는 것은 의회민주주의의 기본 원리인 공개와 토론의 원리 및 다수결원리의 정당성의 근거를 외면한 것이고, 복수정당제도를 채택하고 있는 헌법의 정신에 정면배치될 뿐만 아니라 결과적으로 국민의 다원적 의사를 대표하는 국민대표기관으로서의 국회의 본질적 기능을 무너뜨리는 것이다."

이런 사태는 최근에도 국회의원과 국회의장 사이의 권한쟁의 형태로 헌법재판소에 폐를 끼치고 있다. 헌법재판소는 "국회는 국민의 대표기관이자 입법기관으로서 의사와 내부규율 등 국회운영에 관하여 폭넓은 자율권을 가지며, 국회의 의사 절차나 입법 절차에 헌법이나 법률의 규정을 명백히 위반한 흠이 있는 경우가 아닌 한 그 자유권은 권력분립의 원칙이나 국회의 위상과 기능에 비추어 존중되어야 한다"(헌재 1997.7.16. 선고 96헌라2)는 명제를 깔고 사건을 처리한다.

'헌재 2009.10.29. 선고 2009헌라8·9 결정'의 주문은 국회의장이 2009년 7월 22일 15시 35분경 개의된 제283회 국회임시회 제2회 본회의에서 〈신문 등의 자유와 기능보장에 관한 법률 전부 개정법률안〉 및 〈방송법 일부개정법률안〉의 가결을 선포한 행위는 청구인들(국회의원 90인)의 법률안 심의·표결권을 침해한 것이라는 것과, 그러면서도 위 가결 선포 행위에 관한 무효확인청구는 기각한다는 것이 중요 내용이다. 국회의장은 이날 11시경 언론 관계 법률안을 국회 본회의에 직권 상정했다. 15시 35분경 민주당 소속 국회의원들의 출입문 봉쇄로 국회 본회의장에 진입하지 못한 국회의장은 부의장에게 의사진행을 위임했다. 부의장은 개의를 선언한 다음 15시 37분경 위 법률안을 일괄 상정한다고 선언하고, 심사보고나 제안설명은 단말기 회의록, 회의 자료로 대체하고 질의와 토론도 실시하지 않겠다고 했다. 먼저 신문법 원안에 대한 표결을 한 다음 이를 가결되었다고 선언했으며, 이어 방송법 수정안에 대해 표결을 진행하고 가결을 선포했으나 재석의원이 부족해 표결이 불성립되었으니 다시 투표해달라고 하여 표결을 재진행했다. 몇 분이 흐른 뒤 투표 종료를 선언했고, 전자투표 전광판에 재적 294인, 재석 153인, 찬성 150인, 반대 0인, 기권 3인으로 투표 결과가 집계되자 가결되었다고 선포했으며, 그날 16시 16분경 본회의가 산회되었다. 본회의 진행 당시 의장석 주변에는 국회 경위들과 한나라당 소속 의원들 상당수가 일부 야당 소속 의원들의 의장석 점거를 막기 위해 병풍처럼 에워싸고 있었고, 일부 야당 의원들은 '대리투표 무효' 등의 구호를 외치며 곳곳에서 국회부의장의 의사진행을 저지하려고 몸싸움을 벌이고 있었다. 이 사건 재판에는 국회부의장에 대한 심판청구의 적법 여부(소극), 의사진행을 방해하거나 다른 국회의원들의 투표를 방해한 국회의원이 자신의 심의 표결권이 침해되었음을 주장해 권한쟁의심판청구를 한 것이 소권의 남용인지 여부(소극), 표결 절차에서 일사부재의의 원칙에 위배하여 국회의원의 심의·표결권을 침해했는지 여부(적극) 등 여러 쟁점에 대한 판단이 포함되어 있고, 재판관 전원이 백가쟁명으로 각자의 별개 의견을 개진하고 있는데, 이를 보면 한편으로 어지러운 국회의 입법 현장이 눈에 삼삼하다.

여기서 한 가지 유의할 점이 있다. 헌법재판소가 청구인들의 주장을 받아들여 국회의원의 법률안 심의·표결 권한이 침해되고 그 법률안의 가결선포행위까지 위헌이라고 판단했더라도, 위헌법률인지의 여부에 관한 심판사건이 아니므로 의결된 법률안의 효력에는 영향을 주지 못한다는 점이다. 결국 상징적인 선언의 의미밖에 찾을 수 없는 것이다. 그런데 법률안 심의·표결권의 침해에 대한 헌법재판소의 위와 같은 판단을 근거로 그 권한을 박탈당한 의원들이 국회의장을 상대로 불법행위로 말미암은 손해배상청구를 한다면 어떻게 될까? 그것이 가능하다고 하더라도, 그 손해배상청구에 대해 법원은 의사당을 점거하고 의사진행을 방해해 날치기로 의결하도록 원인을 제공한 의원들에게 과연 얼마의 위자료를 인정하게 될까? 설마 국회에서 이런 사태가 일어날까마는, 어쩌다 그런 걱정도 생기는 것이다.

다수결의 원리가 지배되는 의회민주주의 체제에서는 폭력적 세를 빌어 물리적으로 결의를 막는 수법은 있을 수 없고, 정치 선진국으로 도약하기 위해서라도 이런 병폐는 사라져야 할 것이다. 그러나 우리는 지나간 정치사를 통해 다수가 소수의 권리를 존중하지 않고 대화와 타협의 희망을 짓밟으며 자행하는 횡포를 번번이 경험했다. 정치 무대에서 다수는 바로 힘이라고 인식되기 때문에, 소수의 존재는 무시되기 일쑤이다. 거기서 갈등이 이어지고, 때로는 극한사태로 돌아가기도 하는 것이다. 토론과 조정의 능력을 상실한 국회에 정상적인 입법활동을 기대할 수는 없는 노릇이다.

4. 입법의 지연에 대하여

이번에는 국회의 농땡이 습성에 대하여 이야기해보기로 한다. 내가 법원행정처에 근무할 때 국회에 드나들면서 체험한 것 가운데 하나는, 국회는 시간을 지키지 않는다는 것이었다. 다시 말해서, 약속한 개회시간을 지키지 않을 뿐만 아니라, 상임위원회 같은 데는 도대체 몇 시쯤 개회할지조차 막막할 때가 많다는 것이다. 그러니 상관을 따라나온 공무원들은 의사당 복도나 휴게실 같은 데서 한두 시간을 서성거리는 일이 예사였다. 지금도 보나마나 본회의장에서는 의원들의 착석을 호소하는 안내방송이 심심찮게 울리고 있을 것이다.

왜 그럴까? 1분만 늦어도 송구스러워하는 분위기의 직장에서 살다가 국회에 가보고는 가장 실망한 것이 시간관념 없는 의원들의 배짱이었다. 국회의원들은 각자가 국민을 대표하는 매우 높고 힘센 자리에 있다고 생각한다. 위가 없다는 말이기도 하다. 실제로 국회에서는 국무총리도 장관도 의원들의 호통 앞에서 쩔쩔매지 않는가. 이름이 좀 알려진 국회의원은 의사당 안의 의정활동과는 담을 쌓았는지, 아예 결석이 다반

사이다. 그런 사람들은 무슨 목적으로 국회의원이 되려고 한 것일까? 그 사람들은 그 직무행위의 성격, 특히 입법행위에 대해 어떤 생각을 갖고 있으며 그동안 무슨 구실을 했을까? 이런 물음에 대한 답변을 들어보고 싶다. 그러니 거드름 피우면서 시간 좀 안 지키는 것은 약과가 아니겠는가.

국회의원이 출석의무를 게을리 하거나 국회법에 규정된 개의시간을 지키지 않아 회의의 정족수를 채우지 못해 유회(流會)라도 되면, 이는 큰 낭패일 뿐만 아니라 부끄러운 일이 아닐 수 없다. 2005년 4월 26일, 국회 윤리특별위원회는 당리당략보다 국가와 국민 우선, 품위있는 언행 실천 등 5개 항목의 국회의원 윤리선언을 채택했는데, 거기에는 "우리는 정당한 이유가 없는 한 회의에 반드시 출석하고, 회의시간을 엄수하며, 회의 중 자리 이동을 자제한다"는 내용이 포함되어 있다. 이 회의는 오전 10시에 여는 것으로 되어 있었는데, 시간을 지킨 의원은 전체 15명 가운데 4명에 불과했고, 그 회의에서조차 지각과 자리 이동, 결석 사태가 벌어졌다. 이를 빗대어 《조선일보》는 '윤리특위 의원님들의 개그 콘서트'라는 제목을 달아 기사를 실었다.

그런데 국회에서는 이보다 더 큰 사태가 일어나고 있다. 헌법을 지키지 않는 일조차 벌어지고 있는 것이다. 바로 예산의결권(豫算議決權)을 어기는 짓이다. 〈헌법〉 제54조에 따르면, 국회는 국가의 예산안을 심의·확정하며, 정부는 회계연도마다 예산안을 편성해 회계연도 개시 90일 전까지 국회에 제출하고, 국회는 회계연도 개시 30일 전까지 이를 의결해야 한다고 규정하고 있다. 행정부의 예산집행을 위한 준비기간이 적어도 한 달은 되어야 한다는 취지에서 의결시한을 12월 2일로 정한 것이다. 국회는 위의 규정을 몇 년째 어기고 있다. 외환위기 이듬해인 1998년에는 12월 9일에 예산안이 확정되었다. 그로부터 법 무시는 태연히 이어졌다. 1999년은 12월 18일, 2000년과 2001년은 약속이나 한 듯이 12월 27일, 그러다가 2005년도 예산안은 2004년 12월 31일 오후 9시 45분에 개회된 본회의에서 가까스로 통과되었다.

2006년도 예산안 역시 법정기한을 지키지 못했지만, 변양균 기획예산처장관은 미리 국회의원들에게 전자우편을 보내면서 "예산안 의결이 지연되면 59개 정부부처와 16개 광역자치단체, 234개 기초자치단체가 충분한 사전 준비 없이 새해 예산을 집행하게 되어 부작용과 비효율이 발생"하며, "이러한 폐해는 정부에서 각종 공사나 물품을 발주받는 기업에도 나타나 결국 우리 경제의 몫이 될 것"이라고 호소해보았다. 그 뒤로도 지금까지 국회는 한 번도 여야 합의로 정부예산안을 처리한 적이 없다.

법률의 제정·개정·폐지를 태만히 하고 있을 때, 그 책임은 누구에게 돌아가는가? 말할 것도 없이 법률안을 제출할 수 있는 국회의원과 정부이다. 정부보다는 심의·의결권이 있는 국회의원에게 더 무거운 책임을 추궁할 수 있을 것이다. 《문화일보》(2005. 6. 30.)는 '방석법안'이라는 말을 썼는데, 그것은 여야가 특정 집단의 이해를 대변하거나 자신의 기득권을 지키기 위해 또는 지지층 눈치보기에 따른 결단력 부족으로 말미암아 처리를 미룬 채 마치 방석을 깔고 앉듯 깔아뭉개고 있는 '장기 미처리 법안'을 일컫는 말이다. 국회가 입법을 미루는 데는 여러 가지 원인이 있겠지만, 도저히 합리적인 까닭을 알 수 없는 경우에는 그 책임을 물어야 하는 문제가 생긴다. 이 책 제2부 1장의 〈입법자와 판·검사의 책임을 묻는 소송〉에서는 국회의원의 입법행위에 관해 특정 법률의 위헌성을 이유로 한 불법행위의 성립 여부를 다루었다.

입법부작위(立法不作爲)는 어떠한가? 이에 관련해서도 비슷한 논의가 성립할 것이다. 그 부작위에 대한 책임을 묻는 것은 그 부작위 때문에 생겨난 추가적인 피해의 유무와 그에 대한 책임 추궁의 문제가 될 것이다.

입법부작위의 책임을 묻는 방법에는 헌법소원(憲法訴願)에 따른 것과 국가배상에 관한 것 두 가지를 생각할 수 있다. 〈헌법재판소법〉 제68조 제1항의 '공권력'에는 당연히 입법권이 포함되므로, '공권력의 불행사', 즉 입법부작위 역시 헌법소원의 대상이 된다. 다만, 입법부작위가 성립하기 위해서는 헌법이 요구하는 입법자의 입법(작위)의무가 존재해야 한다. '헌재 1989. 3. 17. 선고 88헌마1 결정'은 "헌법에서 기본권 보장을 위해 법령에 명시적인 입법위임을 하였음에도 입법자가 이를 이행하지 않을 때, 그리고 헌법 해석상 특정인에게 구체적인 기본권이 생겨 이를 보장하기 위한 국가의 행위의무 내지 보호의무가 발생하였음이 명백함에도 불구하고 입법자가 전혀 아무런 입법조치를 취하고 있지 않은 경우"로 진정(眞正)입법부작위의 범위를 엄격히 한정했다. 언제 어떤 사항을 법적 규율의 대상으로 삼을 것인지는 특단의 사정이 없는 한 입법자의 광범위한 정치적 판단에 맡겨져 있다는 표현인 것이다. 1980년 8월에 국가보위입법회의의 주도로 이루어진 삼청교육(三淸敎育)의 피해자가 입법부작위에 대한 위헌 확인을 구했는데, 이와 관련해 '헌재 1996. 6. 13. 선고 93헌마276 결정'은 헌법의 명시적인 입법위임의 존재를 인정할 수 없을 뿐만 아니라 이미 국가배상제가 마련되어 있는 이상 삼청교육 피해자들에 대해 그 밖의 특별한 보상을 위한 국가의 입법의무가 헌법해석상 새로이 발생했다고 할 수 없다고 판단했다.

또 하나 사정이 딱한 입법부작위 헌법소원 사건이 있다. 청구인은 그 소유의 주택을 주한 자이레공화국 대사관에 월 차임 미화 5,000달러, 기간 2년으로 임대했는데, 1년 뒤부터 차임 지급이 연체되자 임대차계약을 해지한 다음 대사관을 상대로 건물명도 등 청구소송을 제기해 승소판결을 받았다. 청구인은 법원으로부터 판결에 대한 집행문을 부여받아 집행관에게 강제집행을 의뢰했으나, 집행관은 대사관저에 강제집행을 할 수 없다는 이유로 접수를 거부했다. 1971년 1월 27일에 공포된 〈외교관계에 관한 비엔나협약〉 제22조 제3항은 공관지역 안에 있는 재산은 강제집행으로부터 면제된다고 규정하고 있기 때문이었다.

위 협약의 규정과 관련해 청구인은 재산권을 제한당한 국민에게 국회가 손실보상에 관한 입법을 하지 않은 부작위로 말미암아 재산권과 평등권 및 계약의 자유 등 기본권이 침해되었다고 주장했다. 그러나 '헌재 1998. 5. 28. 선고 96헌마44 결정'은 청구인의 주장을 들어주지 않았다. 강제집행권은 국가가 보유하는 통치권의 한 작용으로서 민사사법권에 속하는 것이고, 채권자인 청구인은 국가에 대해 강제집행권의 발동을 구하는 공법상의 권능인 강제집행청구권만을 보유하고 있을 따름으로, 청구인이 침해받았다고 주장하는 권리는 〈헌법〉 제23조 제3항 소정의 '재산권'에 해당하지 않는다는 것이었다. 또한 위 협약 제32조 제1항과 제4항에 따라 외교관 등은 판결의 집행으로부터 면제를 포기할 수도 있는 것이므로, 청구인으로서는 계약을 체결할 때 혹은 그 뒤에라도 판결의 집행으로부터 면제를 포기받을 수 있었던 것이었다.

헌법재판소가 유일하게 입법부작위에 대하여 위헌선언을 한 사건이 있다. '헌재 1994. 12. 29. 선고 89헌마2 결정'의 주문은, 요컨대 군정청법령에 따라 수용된 조선철도주식회사 등의 재산 권리자에 대하여 손실보상금을 지급하는 절차에 관한 법률을 제정하지 않는 입법부작위는 위헌임을 확인한다는 취지였다. 그 이유설명에는 이런 말이 있다. "입법자가 입법의무를 지고 있다고 하여서 그 불이행의 모든 경우가 바로 헌법을 위반한 경우라고는 단정할 수 없다. 즉 입법자에게는 형성의 자유 또는 입법재량이 인정되므로 입법의 시기 역시 입법자가 자유로이 결정할 수 있음이 원칙이라 할 것이다. 그러나 입법자는 헌법에서 구체적으로 위임받은 입법을 거부하거나 자의적으로 입법을 지연시킬 수는 없는 것이므로, 가령 입법자가 입법을 하지 않기로 결의하거나 상당한 기간 내에 입법을 하지 않는 경우에는 입법재량의 한계를 넘는 것이 된다. 따라서 입법부작위는 이와 같이 입법재량의 한계를 넘는 경우에 한하여 위헌으로 인정되는 것이다." 그리고 위 사건에서 사설철도회사의 재산 수용에 대한 보상절차규정을 두고 있던 군정법령이 폐지됨으로써 그 재산 수용에 대한 보상절차 관련 법률이 없어짐에 따라 청구인이 국가로부터 보상을 받을 길이 없게 되었는데, 그럼에도 그 뒤 30여 년이 지나도록 보상을 위한 아무런 입법조치를 취하지 않고 있는 것은 입법자의 형성의 자유를 고려하더라도 그 한계를 벗어난다고 판단했다. 그러나 아직까지 그와 같은 입법의무를 이행했다는 소식은 듣지 못했다.

  '헌재 2003. 5. 15. 선고 2000헌마192 결정' 등은 6·25 전쟁 당시 발생한 민간인 학살사건에 대하여 국회가 진상규명 및 피해보상을 하지 않고 있는 입법부작위의 위헌 확인 심판청구를 각하했다. 그런데 권성(權誠) 재판관은 반대의견에서 "전쟁이나 내란 또는 군사쿠데타에 의하여 조성된 위난의 시기에 개인에 대하여 국가기관이 조직을 통하여 집단적으로 자행한, 또는 국가권력의 비호나 묵인 하에 조직적으로 자행된, 기본권침해에 대한 구제는 통상의 법절차에 의하여서는 사실상 달성하기 어렵다는 것을 역사는 보여주고 있다. 그 이유는 첫째로 통상의 법절차가 제공하는 구제절차는 평상시의 일상적 분규에 의하여 야기된 권리침해 등에 대한 구제를 목표로 하여 제정된 것이므로, 위난의 시기에 발생하는 국가조직에 의한 기본권침해와 같은 특수한 문제의 처리에 대하여는 그 규정이 제대로 들어맞지 아니하기 때문이다. 둘째로 기본권침해의 사태를 야기한 국가권력이 집권을 계속하는 동안에는 국가를 상대로 개인이 적기에 권리를 행사하거나 통상의 쟁송을 제기하여 구제를 받는 것이 대개는 불가능하기 때문이다"라고 하면서, 국가배상청구권을 실효적으로 보장할 특별한 입법의무(立法義務)가 있을 수 있음을 언급하고 있다.

여기서 잠깐, 입법자에 따른 법률은 아니지만 대통령의 입법부작위가 위헌으로 선언된 사건이 있어 이를 소개해본다. '헌재 2004. 2. 26. 선고 2001헌마718 결정'의 주문은 피청구인인 대통령이 "구 군법무관임용법 제5조 제3항 및 군법무관임용등에관한법률 제6조의 위임에 따라 군법무관의 봉급과 그 밖의 보수를 법관 및 검사의 예에 준하여 지급하도록 하는 대통령령을 제정하지 아니하는 입법부작위는 위헌임을 확인한다"는 것인데, 법률이 군법무관의 보수를 법관·검사의 예에 따를 것이라고 규정하고 다만 그 구체적 내용을 시행령에 위임하고 있으므로, 군법무관의 보수에 대한 내용은 법률로써 일차적으로 형성된 것이며, 위 법률들에 따라 상당한 수준의 보수(급료)청구권이 인정된 것이라고 해석할 여지가 있다는 것이다. 그렇다면 그러한 보수청구권은 단순한 기대이익을 넘어서는 것으로서 법률의 규정에 따라 인정된 재산권의 한 내용으로 보아야 하며, 대통령이 정당한 이유 없이 해당 시행령을 만들지 않아 그러한 보수청구권이 보장되지 않고 있다면 이는 재산권의 침해에 해당한다는 것이 그 이유이다.

그런데 위와 같이 입법부작위의 위헌선언에 대하여 해당 법률이 제정되거나 개정되면 문제가 없으나, 만일 입법자가 계속 침묵을 지키면 국가배상의 문제로 넘어가는 수밖에 없다. 헌법재판소의 위헌결정은 모든 국가기관을 기속(羈束)하는 것이기는 하지만, 입법부작위의 경우 입법부가 적극적으로 입법행위를 하지 않을 때 이를 강제할 방법이 없기 때문이다. 〈국가배상법〉 제2조 제1항은 "공무원이 그 직무를 집행함에 당하여 고의 또는 과실로 법령에 위반하여" 손해를 끼친 때 국가가 그 손해를 배상하도록 하고 있는데, 입법부작위도 공무원의 직무집행행위에 속한다고 보아야 한다. 따라서 입법자가 입법의 필요성과 가능성을 충분히 인식하면서도 합리적인 기간이 지나도록 입법행위를 게을리 하는 것은 입법으로 말미암은 수혜자에게 중대한 인권적·재산적 침해를 끼치는 행위로서, 국가는 손해배상책임을 져야 할 것이다. 다만 손해액의 산출 등 어려운 문제가 있기 때문에 그 실효성이 의문일 뿐이다.

헌법재판소가 위헌결정을 내린 법률은 〈헌법재판소법〉 제47조 제2항에 따라 그 결정이 있는 날로부터 효력을 상실하기 때문에, 입법부나 행정부는 법률 개정을 위해 바삐 움직이게 된다. 법의 공백 상태로 혼란이 생길 염려가 있기 때문이다. 그러나 헌법불합치(憲法不合致)의 결정이 있는 경우는 좀 다르다. 법률의 위헌성을 인정하면서도 입법자의 입법형성의 자유를 존중하고 법적 공백 상태와 그로 말미암은 혼란을 막기 위하여 단순위헌(單純違憲) 대신 그 법률에 대해 헌법불합치의 선언을 하고 개정을 촉구하는 형식의 재판이다. 이러한 결정이 있으면 그 법률은 위헌법률이기는 하지만 당분간 법률로서 그 효력을 지속하게 된다.
단순히 헌법불합치의 선언만 한 사례로, 〈토지초과이득세법〉의 법률 전부에 대한 '헌재 1994. 7. 29. 선고 92헌바49·52 결정'이 그렇다. 이는 위 법률의 위헌성에도 불구하고 당장 그 효력을 소멸시킬 때 발생할 수 있는 여러 가지 불합리한 점을 고려한 것인데, 그 결정이유에서 "입법자는 빠른 시일 내에 이 결정에서 밝힌 위헌판단의 취지에 맞추어 토초세법을 개정 또는 폐지하여야 하고, 법원, 행정청 기타 모든 국가기관은 입법자가 토초세법을 개정 또는 폐지할 때까지 토초세법의 시행 또는 적용을 중지하여야 한다”고 했다. '헌재 2005. 2. 3. 선고 2001헌가9 내지 15 결정'은 호주제(戶主制)가 위헌이라고 하면서 〈민법〉 제778조 등에 대해 헌법불합치를 선언하고, “위 법률 조항들은 입법자가 호적법을 개정할 때까지 계속 적용된다”고 주문에서 밝혔다. 호주제를 전제하지 않는 새로운 호적정리체계로 〈호적법〉을 개정하는 데는 일정한 시간이 소요되는 반면, 그동안 국민들의 신분관계의 변동 사항을 방치할 수 없기 때문이라고 이유를 설명하면서, “입법자는 조속히 호적법을 개정하여 위헌인 호주제의 잠정적인 지속을 최소화할 의무가 있다”고 주의를 환기했다.

사건에 따라서는 입법의 시한을 정하고 그때까지 위헌법률의 효력을 존속시키는 것도 있다. '헌재 1989. 9. 8. 선고 88헌가6 결정'은 〈국회의원선거법〉 제33조와 제34조(지역구후보자로 등록신청할 때의 기탁금 및 그 국고귀속)에 대해 “헌법에 합치되지 아니한다”라고 하면서 “위 법률 조항은 1991년 5월 말을 시한으로 입법자가 개정할 때까지 그 효력을 지속한다”고 했는데, 그 취지에 따라 위 법률 조항은 1991년 12월 31일에 법률 제4462호로 개정되었으며, 1994년 3월 16일에 법률 제4739호의 〈공직선거 및 선거부정방지법〉이라는 새 이름으로 탈바꿈했다. 반년의 지각이었지만, 비교적 잘 지킨 셈이다. '헌재 1993. 3. 11. 선고 88헌마5 결정'은 〈노동쟁의조정법〉 제12조 제2항 가운데 '국가·지방자치단체에 종사하는 근로자'에 관한 부분에 대해 헌법불합치를 선언하고, 1995년 12월 말을 시한으로 입법자가 개정할 때까지 그 효력을 지속한다고 했다. 후자의 결정은 그 이유에서 빠른 시일 안에 헌법불합치의 제거를 위한 입법촉구를 하면서 “헌법이 전문개정되어 5년이 지나도록 단체행동권을 구체화한 노동쟁의조정법에서 일정범위의 공무원에게 단체행동권을 부여하는 법률을 정하지 않은 채 여태껏 방치하면서 오히려 조화될 수 없는 구시대의 전면금지의 규정을 존치시킨다는 것은 분명히 헌법불합치의 상태임을 거듭 강조하며, 입법자는 헌법대로 법을 만들어 일정한 범위의 공무원인 근로자의 근로기본권을 존중해 주는 것이야말로 헌법수호이고 법치국가건설의 길일 것이다"라고 훈계했다. 위 법은 1997년 3월 13일에 법률 제5310호의 〈노동조합 및 노동관계조정법〉으로 변신했는데, 개정시한을 넘기며 1년 3개월이나 지체한 것이었다.

위헌법률의 개정을 늦추고 있는 데는 관련 단체들의 압력과 입법부의 눈치보기가 한몫하기 때문이라는 지적도 있다. "동성동본인 혈족 사이에서는 혼인하지 못한다"는 〈민법〉 제809조 제1항에 대해 '헌재 1997. 7. 16. 선고 95헌가6 내지 13 결정'은 헌법불합치를 선언하고, "위 법률 조항은 입법자가 1998. 12. 31.까지 개정하지 아니하면 1999. 1. 1. 그 효력을 상실한다. 법원 기타 국가기관 및 지방자치단체는 입법자가 개정할 때까지 위 법률 조항의 적용을 중지하여야 한다"고 했다. 촌수의 원근(遠近)에 관계없이 동성동본(同性同本)인 혈족 사이의 혼인은 일률적으로 금지하고 있었는데, 〈민법〉은 이러한 혼인을 취소혼의 사유(제816조 제1호)로 규정하고 있을 뿐만 아니라, 아예 그 혼인신고 자체를 수리하지 못하도록 하고 있었다(제813조, 호적법 제76조 제1항 제1호·제6호). 따라서 동성동본인 혈족은 서로가 아무리 진지하게 사랑하고 있다 하더라도, 또 촌수를 계산할 수 없을 만큼 먼 혈족이라 하더라도 혼인을 할 수 없게 되어 있었다. 위의 결정은 유림(儒林)의 강력한 반대에도 불구하고 동성동본 금혼제를 타파한 것이었다. 위 결정은 위 법률 조항이 1999년 1월 1일부터 실효된다고 하면서 당장 그 적용을 중지하도록 명하는 헌법불합치와 단순위헌의 혼합형 주문을 선고했다. 위 법률 조항이 헌법에 위반된다는 점에서는 재판관 7명의 의견이 일치했으나, 그 가운데 5명은 단순위헌결정을, 2명은 헌법불합치결정을 지지함으로써 〈헌법재판소법〉 제23조 제1호에 규정된 '법률의 위헌결정'을 하는 데 필요한 심판 정족수에 이르지 못함에 따라 부득이 후자의 결정을 선고하게 된 것이었고, 이런 점을 감안해 실질적인 위헌결정을 한 것이 아닌가 생각된다. 이렇게 해서 대법원은 1997년 7월 30일에 호적예규 제535호로 "시(구)·읍·면의 장은 민법 제809조 제1항에 불구하고 동성동본인 동일남계혈족 사이의 혼인신고도 이를 수리하여야 한다"는 조항을 만들어 실무에 반영했다.

입법자는 〈민법〉 제809조 제1항이 헌법불합치로 말미암아 1998년 12월 31일까지 고쳐지지 않으면 저절로 죽는다는 것을 알지만, 고치나 마나 이미 죽은 법률이 아닌가 하는 심사로 느긋하게 방치해두었던 것이다. 그런데 비록 얼어붙은 사체라고는 하지만 미관상으로도 좋지 않거니와 전시한 그 자리에 다른 물건을 두어 활용해야 하는데 치우지 않으니, 국회가 직무유기를 하는 것이라고 비난이 일어났다. 그래서 7년 남짓 만인 2005년 3월 31일에 법률 제7427호로 〈민법〉 제809조 제1항을 "8촌 이내의 혈족 사이에서는 혼인하지 못한다"는 내용으로 개정했다.

'헌재 1997. 3. 27. 선고 95헌가14, 96헌가7 결정'은 〈민법〉 제847조 제1항이 친생부인(親生否認)의 소의 제소기간을 "그 출생을 안 날로부터 1년 내"로 규정한 것은 헌법에 합치되지 않는다고 했다. 일반적으로 친자관계의 존부에 관해서는 특별한 사정이나 어떤 계기가 없으면 친자관계가 존재하지 않음을 알기 어렵거나 의심하지 않는 것이 통례임에도, 친생부인의 소의 제척기간을 정함에 부(夫)가 자(子) 사이에 친생자관계가 존재하지 않음을 알았는지 여부를 전혀 고려하지 않은 채 오직 "출생을 안 날로부터"라고만 규정했으며, 1년이라는 제척기간 그 자체도 너무 짧아서 실질적으로 제소(提訴)의 기회마저 주지 않는 것이나 다름없다는 것이 그 이유이다. 그리고 위 조항은 "혼인기간 중에는 정절이 지켜진다는 전통관념을 배경으로 한 규정이지만, 현대사회는 여성의 사회적 활동의 증가와 가치관념의 혼돈 및 윤리의식의 이완으로 전통관념에 많은 변화가 생겼고, 또 출산과정도 병원 등 전문기관에서 많은 아이들이 반복적으로 출산되고 있어 서로 뒤바뀔 가능성도 배제할 수 없는 점 등 사회현실여건도 달라져서 진정한 친자관계가 존재하지 아니할 가능성이 많아지고 있어서, 부에게 친생부인권을 부여할 필요성은 오히려 증가하는 반면 우리나라는 어느 나라보다 혈통을 중요시하고 혈연에 각별한 애착을 가지는 전통관습을 유지하고 있는 점 등을 종합 고려하면, 제소할 수 있는 기간을 자의 출생을 안 날로부터 1년으로 규정한 것은 지나치게 짧다"는 이유를 설명하고, 이는 인간의 존엄과 가치 그리고 행복추구권을 보장한 〈헌법〉 제10조와, 혼인과 가족생활의 권리침해금지를 보장한 〈헌법〉 제36조 제1항에 위반된다고 했다.

나아가 위 결정으로 말미암은 헌법불합치상태는 '하루빨리' 법 개정으로 제거되어야 한다면서 다음과 같이 조심스럽게 입법의 지침까지 시사했다. "불합치상태를 제거하기 위한 여러 가지 방법 중 어느 것을 선택할 것인가는 입법권자의 재량에 속한다 할 것이나, 우리 재판소로서는 국회의 광범위한 형성의 자유를 제약하기 위해서가 아니고 앞에서 판시한 추상적 기준론에 의한 입법형성의 현실적인 어려움을 감안하여 일응의 준거가 될 만한 사례를 제시하여 둔다. 즉, 스위스가족법은 친생부인의 소는 부가 자와의 사이에 친생자관계가 존재하지 아니함을 알게 된 때로부터 1년 내에 이를 제기할 수 있으나 다만 그 경우에도 자의 출생 후 5년이 경과하면 특별한 사정이 없는 한 이를 제기할 수 없다고 규정하고 있는 것이다. 위와 같은 입법례는 원칙적으로 부가 친생자관계가 존재하지 아니함을 안 때로부터 그 제척기간을 계산함으로써 일응 그 부로 하여금 충분한 숙려기간을 줌으로써 부의 이익을 충분히 고려하면서도 다른 한편으로는 출생 후 5년이 경과한 경우에는 소의 제기가 불가능하게 함으로써 자의 이익을 위하여 신분관계의 조기확정을 도모하고 있는 것으로서 조화로운 입법례로 보여진다.”

이 조항도 그로부터 8년의 긴 세월이 흘러 2005년 3월 31일에 앞의 〈민법〉 제809조 제1항과 함께 손질이 되었는데, 제847조 제1항은 “친생부인의 소는 부 또는 처가 다른 일방 또는 자를 상대로 하여 그 사유가 있음을 안 날로부터 2년 내에 이를 제기하여야 한다”라고 개정되어 혈연진실주의 및 부부평등의 이념을 동시에 관철하게 되었다.

이런 예를 하나만 더 들기로 한다. 원심판결을 선고한 뒤 상소제기 전날까지의 구속기간이 법정통산(法定通算)에서 제외되는 〈형사소송법〉 제482조 제1항에 대해 ‘헌재 2000. 7. 20. 선고 99헌가7 결정’은 헌법불합치를 선언하고, 그 법률 조항은 입법자가 개정할 때까지 계속 적용된다고 했다.

그리고 헌법에 반하는 법률 조항이라고 판단하면서 위헌결정을 하지 않는 이유를 이렇게 설명했다. “입법자는 이러한 위헌성을 제거하기 위하여 이 사건 법률 조항 자체를 개정하여 법정통산의 사유를 추가할 수도 있지만, 이 사건 법률 조항은 그대로 두고, 별도의 규정을 신설하여 이 결정에서 지적한 기간들에 대한 법정통산의 근거를 새로이 마련할 수도 있고, 나아가 이 사건 법률 조항과 형법 제57조를 모두 개정대상으로 삼아 앞서 본 선진 각국과 같은 법정통산주의를 채택하는 방향으로 개정을 함으로써 미결구금산입에 관련하여 나타나고 있는 여러 가지 문제점을 통일적으로 해결할 수도 있다. 뿐만 아니라 위헌결정으로 이 사건 법률 조항의 효력을 상실시키거나 그 적용을 중지할 경우에는 이 사건 법률 조항에서 규정하고 있는 사유가 있는 형사사건에 적용할 법정통산의 근거 조항이 없어지게 되어 법적 안정성의 관점에서 법치국가적으로 용인하기 어려운 법적 공백이 생기게 된다.”

그러므로 입법자가 합헌적(合憲的)인 방향으로 법률을 개선할 때까지 위 법률 조항을 존속하게 하여 이를 적용하게 한다는 것이니, 입법자는 이 결정에서 밝힌 위헌이유에 맞추어 ‘조속한 시일 내에’ 합헌적인 내용으로 개정해야 할 입법의무가 있다고 했다.

위 법률 조항은 상소제기기간 중의 판결확정 전 구금일수는 전부 본형에 산입한다고 고쳐졌는데, 이는 2004년 10월 16일의 개정이므로 ‘조속한 시일’이 아닌 4년 3개월 만에 이루어진 것이었다. 헌법재판소가 명한 개정시한을 지키지 않은 것은 그만큼 위헌법률을 방치한 것이나 다름없다. 많은 경우 헌법재판소의 결정이 있은 뒤 개정안이 발의되고 법제사법위원회에 상정되어 심의되지만, 이 경우에는 국회의 임기만료와 폐기를 반복하고 있었던 것이었다.

그러고 보니 폐기해야 할 법률을 살려두고 있는 것도 있는 듯하다. 신문보도에 따르면, 5·16 군사쿠데타와 유신 등으로 헌정(憲政)이 중단된 초법적 상황에서 만들어진 법률 790개 가운데 430개는 폐지되었으나 나머지 360개는 제정 당시 모습 그대로 남아 있거나 일부 개정되었을 정도라고 한다. 이 보도는 또한 실효성은 없으나 폐지되지 않는 대표적인 법률로 〈국가재건최고회의법〉, 〈정치활동정화법〉, 〈비상국무회의법〉 등을 들었으며, 현재까지 적용되면서 논란이 되고 있는 법률로 〈청원법〉, 〈폭력행위등 처벌에 관한 법률〉, 〈사회보호법〉 등을 예시했다.

헌정의 역사에서 국회를 대신해 과도(過渡)기관이 법을 만들거나 고친 경우는 모두 세 차례 있었다. 5·16 군사쿠데타 이후의 국가재건최고회의, 유신헌법 발효 뒤의 비상국무회의, 그리고 1980년의 국가보위입법회의가 그랬다. 법령집을 찾아보니 〈국가재건최고회의법〉(1961. 6. 10. 법률 제618호)은 1962년 12월 26일 개정헌법 부칙 제1조 제2항에 따라 근거법령인 국가재건비상조치법(1961. 6. 6.)이 1963년 12월 17일에 실효됨으로써 효력을 잃은 것이었다. 〈비상국무회의법〉(1972. 10. 23. 법률 제2348호)은 1972년 10월 17일에 대통령 특별선언에 따라 국회가 해산되고 이를 대체한 비상국무회의가 국회의 권한을 행사하도록 한 법률인데, 새 국회가 최초로 소집된 1973년 3월 12일에 그 효력을 상실했다. 그리고 〈국가보위입법회의법〉(1980. 10. 28. 법률 제3260호)은 국가보위입법회의가 국회의 권한을 행사하도록 한 것인데, 헌법에 따라 새로 구성된 국회의 최초 집회일 전날인 1981년 4월 10일에 종기가 도래함으로써 그 효력을 잃은 법률이었다. 이러한 법률들은 이미 실효되어 현행 법령집에서도 사라진 것이다.

그러나 군사혁명 직후에 제정된 〈부정축재처리법〉(1961. 6. 14. 법률 제623호)과 〈부정축재환수절차법〉(1961. 10. 26. 법률 제753호)은 아직 죽었다는 소식이 없다. 〈부정축재처리법〉은 국가공직 또는 정당의 지위나 권력을 이용하는 등 부정한 방법으로 재산을 축적한 사람들에 대해 행정상·형사상의 특별처리 사항을 정한 것이다. 또한 〈정치활동정화법〉(1962. 3. 16. 법률 제1032호)은 정치활동적격심판청구 대상자로서 적격심판을 청구하지 않거나 적격판정이 확정되지 않은 사람이 1968년 8월 15일까지 정치적 행동을 할 수 없도록 한 내용의 법이다. 그러니 법률의 명이 다한 것은 의심의 여지가 없는데, 사망신고를 게을리 한 탓에 호적상 정리가 안 된 채 유효한 법률로 존재하고 있는 것이다.

5. 입법도 판결처럼 치밀하고 공정하게

국회의원들은 세비(歲費)라는 이름으로 보수를 받는다. 〈국회의원 수당 등에 관한 법률〉(1981. 3. 31. 법률 제3405호)은 국민에게 봉사하는 국회의원의 직무활동과 품위유지에 필요한 최소한도의 실비를 보전(補塡)하기 위해 수당 등을 지급하도록 하고 있는데, 국회 운영위원회에서 그 세비를 인상한다고 하면 그때마다 여론의 따가운 눈총을 받곤 한다. 국회의원들이 정쟁(政爭)으로 소일하면서 의정활동을 소홀히 하는 대신 밥그릇만 열심히 챙긴다는 것이다. 국회의원들이 자신의 월급을 스스로 정한다는 것도 미움을 사는 이유 가운데 하나이다. 입법권을 가지고 있고 예산을 주무르니 자신의 보수를 '최소한도의 실비' 범위 안에서 스스로 정하는 것이야 당연하지 않는가 하고 무조건 억울한 심정을 가질 수도 있겠지만, 다른 공무원들의 경우와 차분하게 견주어보면서 미움을 사는 일이 없도록 조신할 필요도 있을 것이다. 대기업의 주주총회에서는 이사(理事)의 보수 한도와 관련해 주주들의 동의를 구하는 대목에서, 회사의 발전을 위해 좀더 인상해도 좋다는 그런 목소리가 나오기도 한다. 국회의원의 세비에 대해서도 국민들이 이와 같은 목소리를 내는 세상이라면 얼마나 좋을까 하는 생각이 들기도 한다.

그런데 국회는 법 한 개를 가벼운 기분으로 통과시켜놓고서 당장 국민의 원성과 수많은 조롱을 받는 일을 경험했다. 2010년 3월 12일 개정된 〈대한민국헌정회 육성법〉이 그것인데, 문제의 제2조는 국가 또는 지방자치단체는 헌정회에 대하여 그 운영 및 연로회원(65세 이상) 지원에 필요한 자금과 비용 등에 충당하기 위해 보조금을 교부할 수 있다는 내용이고, 신설된 제2조의2는 헌정회는 연로회원에 대하여 지원금을 지급할 수 있고 지급 금액은 정관으로 정한다는 내용이다. 그리고 정관은 월

120만 원의 지원금을 급여 형태로 지급하기로 정했던 것이다. 그러자 단 하루라도 국회의원을 지냈다면 과오의 유무나 기타 아무 조건 없이 매달 연금을 받는다니 이런 뻔뻔한 수작이 있나, '허구한 날 정쟁으로 티격태격하는 국회'가 그만 국민 감정에 불을 지른 꼴이 되고 만 것이다. 동아일보 이진녕 논설위원은 이를 유엔 반부패협약에서 분류하는 법적 부패(legal corruption)의 전형적 형태라고 말한다. 권력자들이 사익을 위해 법과 규제와 명령을 새로 만들어내는 것을 뜻하는 것이다. 국회의원들이 입법권을 이용해 자신들의 잇속을 챙기는 행위를 거리낌 없이 저지르고 있다는 비난을 받을 만하다. 그러나 새로운 19대 국회의 다수당 공약에 따라 머지않아 위의 개정 법률도 도로 폐지될 운명에 놓일 것 같다.

여기서 세비라는 소재를 끄집어낸 것은 국회의원들의 입법 이야기, 즉 지나치게 자신들의 영역과 이익을 챙기는 데 급급하다고 비난을 받는 그들의 입법 이야기를 해보기 위함이다. 지역구 국회의원이 다음 선거 때 재선이 되려면 정당의 공천을 따는 것부터 시작해 치열한 경쟁을 의식하면서 득표활동을 해야 할 뿐만 아니라, 까다로운 선거법상의 선거사범(選擧事犯)이 되지 않기 위해서도 신경을 써야 한다. 그리고 많은 경우 지방자치단체의 장은 현역 국회의원의 라이벌일 수 있다. 만일 그 지방자치단체의 장이 다음 선거의 경쟁자라고 한다면 보통 신경 쓰이는 일이 아닐 것이다. 상당한 프리미엄이 붙어 있기 때문이다. 국회의원들은 그거라도 좀 깎아서 운신(運身)을 제한해야겠다는 생각을 하게 되었는지도 모른다.

〈공직선거 및 선거부정방지법〉(1994. 3. 16. 법률 제4739호) 제53조 제3항은 "제1항의 규정에도 불구하고, 지방자치단체의 장은 그 임기 중에 그 직을 사퇴하여 대통령선거, 국회의원선거 및 다른 지방자치단체의 장

선거에 입후보할 수 없다"고 규정하고 있는데, 이는 1998년 4월 30일에 법률 제5537호로 신설된 것이었다. 그러니까 지방자치단체의 장은 그 임기 중에는 대통령은 물론이거니와 지역이나 전국구를 막론하고 국회의원과 지방의회의원 그리고 다른 지방자치단체의 장에 선출될 가능성이 원천적으로 봉쇄되어 있는 것이다. 허용된 것은 바로 그 지방자치단체의 장 선거에 입후보하는 것뿐이다.

'헌재 1999. 5. 27. 선고 98헌마214 결정'은 위 조항에 대하여 위헌이라고 판단했다. "이 사건 법률 조항에 의한 청구인들에 대한 피선거권의 제한은 민주주의의 실현에 미치는 부정적인 효과 및 당사자에게 생길 수 있는 피해는 매우 크고 심대한 반면, 이에 비교하여 이 사건 법률 조항을 통하여 달성하려는 공익적 효과(행정혼란의 방지 또는 자치행정의 효율성)는 상당히 작다고 판단"되며, 나아가 법 제53조 제1항은 자신의 지위와 권한을 선거운동에 남용할 우려가 있는 공무원 등의 일정 집단에 대해 선거일 전 60일까지 그 직을 그만 두도록 함으로써 선거의 공정성을 꾀하고 공무원의 직무전념성도 확보하고자 제정한 것인데, 위 공무원 등의 인적 집단과 지방자치단체의 장은 본질적으로 같은 것인데도 피선거권에서 차별대우를 정당화할 만한 합리적인 이유를 찾아볼 수 없다는 것이다.

이리하여 위 제53조 제3항은 2000년 2월 16일에 법률 제6265호로 개정되기에 이르렀는데, 그 내용인즉 "제1항의 규정에 불구하고, 지방자치단체의 장은 선거구역이 당해 지방자치단체의 관할구역과 같거나 겹치는 지역구 국회의원선거에 입후보하고자 하는 때에는 당해 선거의 선거일 전 180일까지 그 직을 그만두어야 한다"는 것이다. 먼저의 조항과 달리, 출마는 할 수 있되 공직사퇴 시기를 통상의 경우인 '선거일 전 60일까지'보다 훨씬 앞당겨 '선거일 전 180일까지'라는 조건을 단 것이었는데, 또 걸려들고 말았다. '헌재 2003. 9. 25. 선고 2003헌마106 결정'은 위 조항이 헌법에 위반된다고 선언했다. 이는 지방자치단체의 장을 합리적인 이유 없이 차별해 과도하게 공무담임권을 제한한 것으로서 평등의 원칙과 침해의 최소성 원칙에 위반되며, 위 조항에 따라 실현되는 공익과 그로 말미암아 청구인들이 입는 기본권침해의 정도를 비교 형량할 경우 양자 사이에 적정한 비례관계가 성립했다고 할 수 없어 법익의 균형성 원칙에 위배된다는 것이 그 이유이다. 그리고 위 조항은 지방자치단체의 장이 지역구 국회의원선거에 입후보하는 것이 원천적으로 불가능한 경우를 확대시키고 있다면서 이렇게 지적하고 있다. 즉, 지역구 국회의원의 보궐선거와 재선거는 실시사유가 전년도 10월 1일부터 3월 31일 사이에 확정된 때는 4월 중 마지막 목요일에 실시하고, 4월 1일부터 9월 30일 사이에 확정된 때는 10월 중 마지막 목요일에 실시하도록 법정되어 있다(공선법 제35조 제1항 제1호, 2004년 3월 12일에 개정된 법은 목요일을 토요일로 고쳤다). 따라서 재·보궐선거일인 4월과 10월의 마지막 목요일 이후에 재·보궐선거의 실시사유가 확정되는 경우, 예컨대 1월 1일이나 6월 1일에 재·보궐선거의 실시사유가 확정되어 그해 4월 마지막 목요일이나 10월 마지막 목요일에 선거가 실시되는 경우, 지방자치단체의 장은 사퇴시한인 '선거일 전 180일까지'라는 시한을 준수하는 것이 불가능하게 되므로 아예 재·보궐선거에 입후보조차 할 수 없는 결과가 된다는 것이다.

그리하여 위 제53조 제3항은 2003년 10월 30일 법률 제6988호에 따라 '선거일 전 180일까지'에서 '선거일 전 120일까지'로 개정되었다.

비슷한 성질의 이야기를 하나 더 해본다. 〈공직선거법〉이 2004년 3월 12일에 법률 제7189호로, 2005년 8월 4일에 법률 제7681호로 개정되면서 후보자의 기부행위(寄附行爲) 제한에 관한 내용이 일선 지방자치단체들의 신경을 곤두서게 하고 있다.

개정 뒤의 제112조는 기부행위와 관련해 "당해 선거구 안에 있는 자나 기관·단체·시설 및 선거구민의 모임이나 행사 또는 당해 선거구의 밖에 있더라도 그 선거구민과 연고가 있는 자나 기관·단체·시설에 대하여 금전·물품 기타 재산상 이익의 제공, 이익제공의 의사표시 또는 그 제공을 약속하는 행위"로 광범위하게 정의한 다음, 기부행위로 보지 않는 행위에 대해서는 통상적인 정당활동과 관련한 행위, 의례적 행위, 구호적·자선적 행위, 직무상의 행위 등으로 열거했다. 그리고 제113조는 임기만료에 따른 선거에서는 '선거일 전 180일부터 선거일까지' 등의 기부행위를 할 수 없는 기간에 관한 규정을 삭제하면서, 대신 국회의원, 지방의회의원, 지방자치단체의 장, 정당의 대표자, 후보자와 그 배우자는 당해 선거구 안에 있는 자나 기관·단체·시설 등에 기부행위(결혼식에서의 주례행위를 포함한다)를 할 수 없다고 규정했다. 제114조는 정당, 후보자나 그 배우자를 비롯한 가족, 선거사무장 등은 선거기간 전에는 당해 선거에 관해, 선거기간에는 당해 선거에 관한 여부를 불문하고 후보자 또는 그 소속 정당을 위해 일체의 기부행위를 할 수 없다고 규정하여, 시기와 상관없이 기부행위를 제한하고 있다. 또한 제112조 제2항의 기부행위로 보지 않는 직무상의 행위 가운데는 지방자치단체가 자체 사업계획과 예산으로 행하는 법령에 따른 금품제공행위, 대상·방법·범위 등을 구체적으로 정한 당해 지방자치단체의 조례에 따른 포상 및 금품제공행위(제4호 가·나목) 등이 있지만, 요컨대 법령이나 조례에 근거하지 않은 어떠한 금품제공행위도 기부행위로 걸릴 위험이 있는 것이다. 최근의 개정법률에서는 지방자치단체가 정기적인 문화·예술·체육행사와 졸업식 등에서 상장을 수여하는 것은 허용하지만, 부상(副賞)은 기부행위로 인정해 금지하고 있다(제2호 자목).

그리고 제86조 제2항에 따르면, 지방자치단체의 장이 선거일 전 60일부터 선거일까지 해서는 안 되는 행위로 열거한 것 가운데는, "법령에 의하여 개최하거나 후원하도록 규정된 행사" 또는 "특정일·특정시기에 개최하지 아니하면 그 목적을 달성할 수 없는" 경우가 아닌 교양강좌·공청회·체육대회·경로행사 등도 있다. 나아가 제86조 제3항은 지방자치단체의 장이 선거의 후보자가 되고자 하는 경우 선거일 전 1년부터 선거일까지 "그의 직명 또는 성명을 밝히거나 그가 하는 것으로 추정할 수 있는 방법으로 소속 직원 또는 선거구민에게 명목여하를 불문하고 법령이 정하는 외의 금품 기타 이익을 주거나 이를 약속하는 행위를 하여서는 아니 된다"고 규정하고 있었는데, 이 규정에 대한 자치단체의 반발이 컸다. 신문에 보도된 내용을 보면, 지방자치단체의 장에 대한 이러한 '기부행위 상시제한'과 '선거 1년 전 행위금지' 등의 올가미들 때문에 문화의 실핏줄과 같은 구실을 담당해야 할 지방자치단체가 그 사업이나 행사를 취소하거나 재검토하는 일이 잇따르고 있는 실정이라고 한다. 또한 2005년 3월 22일에 전국시장·군수·구청장협의회는 "현행 선거법이 지나치게 엄격해 문화·복지사업은 물론 통상적인 지방행정까지 규제하고 있다"는 내용의 결의안을 채택하고, 위 제86조 등의 개정을 건의하기로 의견을 모았다고 한다. 그들의 눈으로 볼 때는 달리기 경주의 출발점이 국회의원과 달라 몇 걸음 뒤에서 스타트하도록 되어 있는 것이다. 말하자면, 불공평한 법률이라는 것이다. 최근의 위 개정법률에서는 "다만, 그 직무상의 행위와 관련하여 지방자치단체가 당해 지방자치단체의 장의 임기개시일 전부터 정기적으로 행하여"오던 행위를 예외로 한다고 고쳤다.

선거와 관련한 법 규정을 전체적으로 일별하더라도 매우 엄격해진 인

상을 준다. 후보자나 후보자가 되려고 하는 사람으로서는, 비단 지방자
치단체의 장이 아니더라도 행동 하나하나를 조심하지 않으면 안 될 정
도로 그물이 쳐져 있다. 그래서 법이 의도한 대로 모든 선거가 공정하고
깨끗한 분위기 속에서 치러진다면 얼마나 좋겠는가. 다만 그에 앞서, 외
형상 서슬이 시퍼렇더라도 내면적으로 형평성과 공정성에 의심을 살 때
는 그것은 정의의 향기를 잃은 법이므로 시급히 손보지 않으면 안 될 것
이다.

제2장 법률의 개폐를 둘러싼 2004년 가을의 격돌

1. 〈신행정수도의 건설을 위한 특별조치법〉의 위헌결정

(1) 서막

2004년 가을의 대한민국 사회는 법률의 제정, 법률의 개정, 법률의 폐지 등, 온통 법률을 가지고 시끌벅적했다. 여권에서는 국가보안법 폐지와 과거사진상규명법, 사립학교법 개정안, 언론관계법 등 네 가지 쟁점 법안을 회기 안에 처리한다는 태세였고, 야권에서는 이를 극력 막겠다고 야단이었다. 거기다가 〈신행정수도의 건설을 위한 특별조치법〉에 대한 헌법재판소의 위헌결정이 나오고 그 이유 가운데 관습헌법이라는 개념이 등장하면서, 헌법과 헌법재판에 대한 국민적 관심이 높아진 것과 더불어 헌법재판소의 재판관에 대한 찬사와 욕설이 난무하는 지경에 빠졌다. 이와 같이 법률뿐만 아니라 헌법까지 가세해 단풍으로 물든 한 계절을 법률들의 전쟁터로 만들고 있었다. 이런 분위기를 김대중(金大中)

칼럼(《조선일보》, 2004. 11. 29.)은 이렇게 표현했다. "노무현 정권이 그들 나름대로 설정한 '기득권'에 대한 손보기가 절정에 달한 느낌이다. 이들은 집권 후 2년 가까운 기간 동안 '개혁'의 이름 아래 정치 경제 사회 문화 등 전방위에 걸쳐 과거의 제도·정책·인사 등등 손대지 않은 부분이 없을 정도다. 검찰, 대기업, 언론, 교육(특히 사학), 법률 등에 칼을 대더니, 드디어 법원(헌법재판소)에 시비를 걸고 군(軍)을 손보겠다고 나섰다."

이제 법률안 또는 개정안 같은 생성되기 전의 법률은 논외로 하고, 확정되어 시행된 문제의 세 법률에 대해서만 그 논란의 광경을 보기로 한다.

(2) 제1막

헌법재판소가 2004년 10월 21일에 위헌으로 결정(2004헌마554·566)한 〈신행정수도의 건설을 위한 특별조치법〉은 같은 해 1월 16일에 법률 제7062호로 제정된 것인데, 국회에서 찬성 167인, 반대 13인, 기권 14인이라는 압도적인 다수로 통과된 법률치고는 애당초부터 그 천문학적 재원을 어떻게 조달할 것인가 하는 기초적 의문에서 시작해 법이 제대로 시행될까 하는 우려의 목소리가 컸던 것이 사실이다.

위헌(違憲)으로 결정이 나자 다수의 여론은 일단 안도하는 모습이었지만, 여권에서는 헌법수호기관을 폄하하면서 불복을 부추기는 듯한 언행까지 서슴없이 쏟아내기도 했다. 일부에서 헌법재판관의 자질과 능력을 검증하기 위해 그 전원에 대한 국회의 인사청문회가 있어야 한다는 주장도 나왔는데, 이는 점잖은 편에 속한다. 한술 더 떠 재판관 물갈이론까지 흘리는가 하면, 어떤 국회의원은 의정단상에서 헌법재판소의 결정에 대해 국민과 국회의 자유와 권리를 유린한 사법 쿠데타라고 매도하는 발언까지 했다. 이러니까 이에 대항해 헌법의 위기라는 말이 나오고,

따라서 최고규범인 헌법의 제자리 찾기라는 움직임까지 꿈틀거리게 되었다.

먼저 헌법재판소의 결정이유 일부를 보자. 여기서는 첫째, 헌법상 수도(首都)의 개념, 둘째, 위 법률이 수도이전에 관한 의사결정을 포함하는지 여부, 셋째, 수도가 서울인 점이 우리나라의 관습헌법(慣習憲法)인지 여부, 넷째, 수도이전을 내용으로 한 위 법률의 헌법적합성 여부, 다섯째, 국민투표권의 침해 여부, 마지막으로 결론, 이런 순서로 이유를 달고 있는데, 셋째부분의 일부만 소개해본다.

"수도가 서울로 정하여진 것은 비록 헌법상 명문의 조항에 의하여 밝혀져 있지는 아니하나, 조선왕조 창건 이후부터 경국대전에 수록되어 장구한 기간 동안 국가의 기본 법규범으로 법적 효력을 가져왔던 것이고, 헌법제정 이전부터 오랜 역사와 관습에 의하여 국민들에게 법적 확신이 형성되어 있는 사항으로서, 제헌헌법 이래 우리 헌법의 체계에서 자명하고 전제된 가장 기본적인 규범의 일부를 이루어 왔기 때문에 불문의 헌법규범화된 것이라고 보아야 한다. 이를 더 구체적으로 앞서 본 관습헌법의 요건의 기준에 비추어보면, 서울이 우리나라의 수도인 것은 서울이라는 명칭의 의미에서도 알 수 있듯이 조선시대 이래 600여 년간 우리나라의 국가생활에 관한 당연한 규범적 사실이 되어 왔으므로 우리나라의 국가생활에서 전통적으로 형성되어 있는 계속적 관행이라고 평가할 수 있고(계속성), 이러한 관행은 변함없이 오랜 기간 실효적으로 지속되어 중간에 깨어진 일이 없으며(항상성), 서울이 수도라는 사실은 우리나라의 국민이라면 개인적 견해 차이를 보일 수 없는 명확한 내용을 가진 것이며(명료성), 나아가 이러한 관행은 오랜 세월간 굳어져 와서 국민들의 승인과 폭넓은 컨센서스를 이미 얻어(국민적 합의) 국민이 실효성과 강제력을 가진다고 믿고 있는 국가생활의 기본 사항이라고 할 것이다. 따라서 서울이 수도라는 점은 우리의 제정헌법이 있기 전부터 전통적으로 존재하여온 헌법적 관습이며 우리 헌법 조항에서 명문으로 밝힌 것은 아니지만 자명하고 헌법에 전제된 규범으로서, 관습헌법으로 성립된 불문헌법에 해당한다고 할 것이다. 바꾸어 말하면 위와 같은 제 요건을 갖추고 있는 서울이 수도인 사실은 단순한 사실명제가 아니고 헌법적 효력을 가지는 불문의 헌법규범으로 승화된 것이며, 사실명제로부터 당위명제를 도출해 낸 것이 아니라 그 규범력에 대한 다툼이 없이 이어져 오면서 그 규범성이 사실명제의 뒤에 잠재되어 왔을 뿐이다." 그리하여 "우리나라의 수도가 서울이라는 점에 대한 관습헌법을 폐지하기 위해서는 헌법이 정한 절차에 따른 헌법개정이 이루어져야만 한다"고 하고, 결론적으로 이 법률은 "우리나라의 수도는 서울이라는 불문의 관습헌법에 배치될 뿐만 아니라, 헌법개정에 의해서만 변경될 수 있는 중요한 헌법 사항을 이러한 헌법적 절차를 이행하지 아니한 채 단순법률의 형태로 변경한 것으로서 헌법에 위반된다"는 것이다.

국회의원의 입법행위치고 이처럼 중대한 법률을, 신중함과 성실함과는 담을 쌓은 채 이처럼 졸속으로 처리한 예도 드물 것이므로, 훗날을 위한 경종 삼아 그 제정 경위를 훑어보도록 하겠다. 정부는 2003년 10월 21일 법률안을 국회에 제출했는데, 건설교통위원회는 11월 11일 안건을 상정해 11월 25일 법안심사소위원회에 회부하고, 12월 8일 전체회의에서 법안을 통과시켰다. 그런 다음 12월 29일의 본회의에서 속전속결로 처리되었다. 공청회는 물론 그 흔한 여론조사도 한번 없었다. 신행정수도계획(新行政首都計劃)은 2002년 대선 당시 노무현(盧武鉉) 대통령이 공약으로 내세웠던 것으로, 지역균형발전을 통해 국가경쟁력을 강화시킨다는 명분이 담겨 있었다. 이는 당선 직후 10대 국정과제의 하나로 제시되었을 뿐만 아니라, 정부의 명운과 진퇴를 걸고 반드시 성사시켜야 한다고 강조되어왔기 때문에, 여당이 강하게 밀어붙이리라는 것은 이미 예견된 일이었다. 그런데 총선을 앞둔 시점에서 야당조차 충청권의 표를 의식해 어물어물하다가 누구 말대로 "어 하는 사이 애 밴 꼴"로 법안이 통과되었던 것이다.

헌법재판소는 다소 생소한 관습헌법이라는 개념을 등장시켜 위헌으로 이론구성을 해 마무리지었지만, 법률이 발효되자 당장 최대권(崔大權) 교수, 허영(許營) 교수, 이석연(李石淵) 변호사 등이 국회가 법을 만들어 추진할 일이 아니라 헌법 개정이나 그에 준하는 국민투표로 결정할 사항이라는 주장을 제기했고, 법률 자체의 성격이 도대체 절차법이냐 실체법이냐 하는 것도 논란이 되었다. 그리고 그 내용에서 구체적으로 석연치 않은 조항들이 지적되었는데, 제6조의 신행정수도건설추진위원회에 대해 너무 방대한 권한을 위임했다는 점과 제8조의 행정수도 예정지역과 주변지역을 대전광역시와 충청북도 그리고 충청남도 일원의 지역 가운데서 지정한다고 한 점이 그렇다. 전자의 위원회는 대통령의 승인을 얻어 이전 대상 기관과 방법 및 시기를 정할 수 있으며, 이전에 소요되는 비용도 추정할 수 있고, 신행정수도의 인구와 면적, 도시의 규모와 형태, 상징과 이미지를 정할 수 있는 등 과도한 권한을 위임받고 있었다는 것이다. 후자의 규정은 그야말로 법리나 국익은 제쳐두고 충청권의 표를 얻으려는 정략적인 목적으로 법이 제정되었음을 말해주는 것으로, 〈헌법〉 제11조의 평등권을 침해한 규정이라는 것이다.

(3) 제2막

헌법재판소의 결정이 선고되던 순간 중계방송을 듣고 있던 많은 시민이 박수로 호응했다는데, 이는 여론조사의 결과와 일치함을 말해주는 것이다.

하여간 위헌결정 이후 앞에서 본 바와 같이 찬반양론이 대립되고, 일부 국회의원들이 헌법재판소와 재판관들을 매도하는 횡포가 보기 민망할 정도로 자행되기도 했다. 특히 성문헌법(成文憲法) 체제에서 관습헌법을 성문헌법과 동일한 효력 혹은 특정 성문헌법 조항을 무력화할 수 있는 효력을 가진 것으로 볼 수 없다는 반대의견을 인용하며 논리적으로 반박하는 견해도 없지 않았지만, 정치인들이나 친여 사회단체 등의 성토는 감정적인 편가르기 대응으로 일관했다. 도대체 최고법원의 최종적 판단을 그런 형태로 매도해서 어쩌겠다는 것인가? 간혹 정치인들이 냉정을 잃고 만용을 부리는 사례가 더러 있어왔기에 그런가 하고 넘어가려고 했는데, 그 근원이 대통령의 불만 토로에서 비롯된 것 같아 예삿일이 아니구나 하는 생각이 들었다.

대통령은 위헌결정 직후 "수도 문제를 관습헌법에 연결시키는 논리는 처음 듣는다"고 했고, 나흘 뒤인 10월 25일 국회 시정연설을 통해서는 위헌결정과 관련해 "어느 누구도 그 결론의 법적 효력에 대해서는 부정하지 않을 것입니다"라며 알 듯 모를 듯한 언급을 하다가, 바로 다음날 "국회의 헌법상 권능이 손상됐고 정치지도자와 정치권 전체가 타격을 입었다"고 불만을 토해내었다. 더 나아가 "앞으로 국회의 입법권이 헌법재판소에 의해 무력화되는 일이 반복되면 헌정질서의 혼란을 우려하지 않을 수 없다"며 미래를 향한 경고까지 했다. 과연 여당 정치인들의 입에서 헌법재판소를 무력화시키려는 의도가 깔린 위협적인 발언이 이어졌고, 드디어 관습헌법이라는 용어에 대한 희화화(戲畵化)의 상황으로 치달았다. 동성동본 금혼과 호주제가 관습헌법이므로 이를 폐지하는 민법 개정안은 관습헌법 위반이라느니, 조선시대부터 수백 년간 여자가 나라의 지도자가 된 적이 한번도 없으니 여자가 대통령이 되는 것은 위헌이라느니, 1987년 개정된 성문헌법에 따라 설립된 헌법재판소는 500년 유구한 역사에서 볼 때 생소한 기구이므로 헌재의 표현대로라면 관습헌법상 인정할 수 없는 기구라느니, 극우세력·수구보수·기득권세력들이 역사의 수레바퀴를 되돌리려는 음모라느니 하는 등의 이야기가 그렇다. 국회 법제사법위원회에서는 헌법재판소 사무처장을 출석시키고는 "헌법재판관의 주거지를 조사해보니 재건축단지에 사는 사람 일부를 빼곤 대부분 강남에 살더라"며 "행정수도 사건에서 제척이나 회피제도를 생각했어야 하는 것 아니냐"고 말한 의원이 있었다. 쓴웃음을 짓게 하는 이런 장면까지 보게 된 것이다.

관습헌법 문제에 관해서는 여러 일간지에 게재된 헌법학자와 법조인들의 글에 따라 일반인들의 오해가 많이 풀렸고, 그 기회에 헌법 속에 묻힌 지식도 많이 습득하게 되었다. 윤학(尹鶴) 변호사는 "만약 관습헌법, 불문헌법을 인정하지 않는다면 생명권, 휴식권, 건강권과 같이 인간으로서 마땅히 누려야 할 기본권이 단지 헌법에 없다는 이유로 부인되는 무서운 결과를 낳게 될 수 있다. 국회가 헌법에 없는 사항을 얼마든지 입법할 수 있다면 다수당은 그 이해관계를 좇아 국가의 근간을 흔들어 버릴 수 있을 것이다. 세계 85개국은 헌법에 수도에 관한 규정을 두고 있다. 이는 수도를 국가의 기본적 사항인 헌법 사항으로 인정하고 있는 까닭이다"(《조선일보》, 2004. 10. 27.)라고 했고, 이광윤 교수는 "프랑스 헌법에도 국어 규정은 프랑스어 사용의 위기를 맞아 1992년 헌법개정에 따라 비로소 성문 규정으로 편입됐다. 우리는 수도 규정과 국어 규정이 모두 공백으로 있다. 이것들이 바로 위기가 있거나 급격한 변경을 위해서는 헌법 개정이 필요한 추가적 관습헌법 사항이다"(《문화일보》, 2004. 11. 17.)라고 가르쳐주었다.

위헌결정을 두고 그 결론보다는 논거에 대해 비판적인 태도를 보인 장영수(張永洙) 교수는 "관습헌법의 존재 자체는 인정할 수 있지만, 과연 '수도는 서울'이라는 것을 관습헌법으로 보아야 할 것인지, 또 설령 이를 관습헌법으로 본다고 할 경우에도 이를 성문헌법과 대등한 것으로 인정할 수 있는 것인지에 대해서는 비판의 목소리가 높다. 헌법재판소가 관습헌법을 잘못 이해하고 적용한 것이 아니냐는 의혹까지 제기되고 있는 것"이라고 했다(《법률신문》, 2004. 11. 4.).

그러나 일반의 여론처럼 위헌결정의 이유에도 불구하고 그 결론을 지지하는 학자는 많다. "헌재의 결정은 국회의 자의적인 졸속 입법에 대한 경고라고도 하겠다. 국회가 정치적 목적에 따라 다수결로 헌법 사항을 법률로 정하는 것은 입헌주의에 위배되는 것임을 명백히 했다"(김철수 교수,《중앙일보》, 2004. 10. 22.). "서울이 수도라는 규범이 관습헌법인지 여부는 국민 대다수의 헌법적 확신을 고려해 헌법의 최종 해석권자인 헌재가 결정할 사항이다. 일단 헌재의 결정이 나온 이상 불만이 있더라도 이를 존중하는 것이 헌법기관인 국회와 대통령이 할 일이다. 그래야 법치주의가 산다"(제성호 교수,《동아일보》, 2004. 11. 1.). "누구나 다 이성과 판단력이 있다. 하지만 헌법국가에서의 최종적 이성은 최후적 헌법 판단자로서의 헌법재판관이다. 그들의 이성이 옳기 때문에 따르는 것이 아니라 그들이 판단했기 때문에 이를 이성적인 것으로 보아 복종한다고 하는 이 사실을 인정하지 않는 한 헌정질서는 바로 설 수 없다"(강경근 교수,《중앙일보》, 2004. 11. 14.). "수도 이전에 관한 헌재의 이번 위헌 결정은 지극히 상식적이고 정당하다. 거기에 일부 정치인이나 이해관계자들이 비난하는 것과 같은 잘못이 전혀 없다. 이제는 제발 조용히 하여 나라 망신을 그만하게 하여 주었으면 하는 바람이 간절하다"(최광률 변호사,《조선일보》, 2004. 10. 28.). "헌법을 손으로 쓰다듬고 입김으로 애무하는 가운데 나라 사랑과 민주주의에 대한 신념이 깊어진다. 관습헌법이 쓸고 간 자

리는 얼핏 황량해 보인다. 그러나 자세히 살펴보면 거친 지표를 들치고
태양을 향해 손을 내뻗을 준비를 하는 수많은 민주주의의 싹들이 기다
리고 있다"(안경환 교수, 《다산포럼》, 2004. 11. 9.).

(4) 에필로그

2004년 12월 13일에 헌법재판소 회의실에서 열린 자문위원회(諮問委
員會)에서는 10월 21일의 위헌결정과 그 여파에 대해 많은 의견이 교환
되었다. 정년을 넘긴 공법학자와 현직 대학총장, 언론계 중진, 대법관 또
는 변협회장을 지낸 변호사 등으로 구성된 자문위원회는 한 해 동안 일
어난 엄청난 헌법재판소의 사태에 대해 재판관들과 마찬가지로 남달리
심란해 했다. 나도 그 한 사람이었다.

우선 2004년 5월 14일 대통령 탄핵(彈劾)심판청구의 기각결정(2004헌
나1)에 대해서도 할 말보다 못할 말이 더 많은 것 같은 분위기여서 그런
지, 직후 열린 자문위원회에서는 재판소장으로부터 결정에 이른 경과보
고만 대강 듣고 다른 안건토의로 그냥 넘어갔다. 자문위원들이 가장 궁
금해 하고 불만을 품었던 것은 결정의 이유, 즉 소수의견을 공표하지 않
고 다수의견 속에 혼입한 형식의 이유설명에 대한 당부(當否)였던 것 같
았다. 법률의 위헌심판, 권한쟁의심판, 헌법소원심판에 대해서는 평의
(評議)의 비밀에 관한 예외를 인정하는 특별규정이 〈헌법재판소법〉 제
36조 제3항에 있으나, 탄핵심판사건에 관해서는 그런 규정이 없으므로
재판관 개개인의 개별적 의견 및 그 의견의 수 등을 결정문에 표시할 수
없다는 것을 밝히면서, 이 견해에 대해 "위 법 제 34조 제1항의 취지는
최종결론에 이르기까지 그 외형적인 진행과정과 교환된 의견 내용에 관
하여는 공개하지 아니한다는 평의과정의 비공개를 규정한 것이지, 평의

의 결과 확정된 각 관여재판관의 최종적 의견마저 공개하여서는 아니
된다는 취지라고 할 수는 없으며, 동법 제36조 제3항은 탄핵심판과 정
당해산심판에 있어 일률적으로 의견표시를 강제할 경우 의견표시를 하
는 것이 부적절함에도 의견표시를 하여야만 하는 문제점이 있을 수 있
기 때문에 이를 방지하고자 하는 고려에 그 바탕을 둔 법규정으로서, 탄
핵심판에 있어 의견을 표시할지 여부는 관여한 재판관의 재량판단에 맡
기는 의미로 보아 해석해야 할 것이므로 다수의견과 다른 의견도 표시
할 수 있다는 견해가 있었다"고 했다. 그러므로 헌법재판소의 탄핵기각
결정에는 그 수는 알 수 없으나 분명히 탄핵을 지지하는 반대의견이 있
었음을 암시한 것이었다. 그러면 왜 반대의견을 감추었을까 하는 의문
을 풀 차례이다. 현직 대통령의 지위를 그대로 보존하게 하는 결정에 그
를 몰아내는 것이 옳다는 의견을 노출시키는 것은 반대의견의 재판관을
곤혹스럽게 한다는 속셈에서 나온 것이었을까? 거꾸로 대통령에 대한
탄핵이 정당하다는 결정이었을 때 대통령을 보호하는 반대의견이 있었
다면 어떠했을까? 이를 비교해서 생각해보기도 했다. 법률의 규정 때문
에 어쩔 수 없이 반대의견을 공표하지 않은 것이라면 그 해석이 옳건 그
르건 당장 왈가왈부할 일이 아니지만, 만일 앞에서 말한 것처럼 다른 의
도가 감추어져 있었던 것이라면 헌법재판소의 위상과 권위에 걸맞지 않
는 일임이 분명하다.
　다시 앞으로 돌아가서, 그날 회의에서는 앞의 위헌결정이 있은 뒤 여
측(與側)이 보인 몰상식하고 비이성적인 반응에 대해 한동안 성토하는
분위기로 휩싸였다. 국회의원이 마이크 앞에서 고래고래 욕설을 퍼부으
며 헌법재판소를 짓밟을 때, 피해자 본인으로서는 아무 대책 없이 당할
수밖에 없는 것인가 하는, 그런 울분이었다. 그러나 재판관은 재판서로
말하는 것, 참는 것이 이기는 것이라는 서러운 진리를 되새길 수밖에 없

었다. 끝에 가서 대한변호사협회가 시종 침묵을 지킨 것은 이해할 수 없는 일이라는 지적이 나왔지만, 정부와 코드가 맞는 수뇌부로 형성된 기관인데 무엇을 기대할 수 있겠는가 하는 누군가의 이야기로 간단히 끝났다.

2. 국가보안법의 개폐에 관한 논란

(1) 제1막

여당 국회의석이 다수인 기회에 폐지하겠다는 측과 이를 저지하겠다는 측이 첨예하게 대립한 가운데, 이들을 한판 붙을 태세로 몰아간 장본인이 바로 〈국가보안법〉이라는 법률이다.

이 법률은 1948년 12월 1에 법률 제10호로 "국가의 안전을 위태롭게 하는 반국가활동을 규제"하기 위해 제정된 것인데, 그동안 일부개정, 전문개정, 일부 조항의 위헌결정 등 표면적으로도 그렇고 내면적으로도 많은 시련을 겪어왔다. 특히 정권 유지를 위해 악용되어왔다든지 인권침해의 내용이 많다든지 하는 비난이 끊이지 않았다. 그래서 1958년 12월 26일 개정법률은 제2조에 이례적으로 "본법은 헌법이 보장한 국민의 권리, 자유와 밀접한 관련이 있으므로 본법을 적용하고 해석함에 있어서는 국민이 향유하는 모든 권리와 자유가 부당하게 제한되는 일이 없도록 특히 주의하여야 한다"고 했고, 현행 제1조 제2항에서도 "이 법을 해석적용함에 있어서는 제1항의 목적달성을 위하여 필요한 최소한도에 그쳐야 하며, 이를 확대 해석하거나 헌법상 보장된 국민의 기본적 인권을 부당하게 제한하는 일이 있어서는 아니 된다"고 간절히 당부하는 규정을 두었다.

그나저나 56년 동안이나 생명을 이어온 법을 이제 와서 악법(惡法)이라 하여 폐지한다는 것인데, 폐지는 하되 형법의 일부 조항, 예컨대 내란죄에 내란목적단체 개념을 신설한다든지 하는 방향으로 보완하겠다는 것이 여당의 태도였다. 반면, 폐지하는 대신 불고지죄(不告知罪) 등 비인도적 조항에 대해 손질하든지 하겠다는 것이 야당의 태도였다. 이렇게 법의 존폐를 놓고 국론이 갈려 사생결단식 대립을 벌이고 있었던 것이다.

법률도 시대상황에 어울리지 않으면 용도가 저절로 폐기되기 시작해 차츰 시들어버린다. 그런 사정이라면 어느 시점에 가서 그런 종류의 법률은 없애도 되고 또 없애지 않더라도 아무 해악을 초래하지 않는다. 국가보안법은 그런 지경에 온 것일까? 2004년 9월 17일에 법무부가 국회 법제사법위원회에 제출한 자료에 따르면, 9월 현재 국가보안법 위반으로 복역하고 있는 수형자는 제7조 제1항의 찬양·고무죄 한 사람, 제6조 제1항의 잠입·탈출죄 두 사람, 이렇게 세 사람이라고 한다. 국가보안법 위반사범은 1999년 이후 해마다 크게 줄어들어, 법원에 기소된 위반사범은 2000년에 196명, 2001년에 116명, 2002년에 140명, 2003년에 93명 등이었다. 법원의 형량(刑量)도 집행유예나 선고유예의 판결이 2000년에 60.9퍼센트, 2001년에 76.2퍼센트, 2002년에 85.4퍼센트, 2003년에 86퍼센트 등으로 점점 관대해지는 경향을 보이고 있다.

이런 현상을 가지고 법 존재의 필요성을 부정하는 단서로 삼을 것인가? 그렇지 않다. 법의 대표적인 독소 조항으로 지적되고 있는 제10조의 불고지죄로 수사기관에 적발된 사건은 최근 5년 동안 단 한 건도 없었으며, 찬양·고무죄도 지난해 이후 지금까지 전무하다고 한다. 그렇다면 국가보안법이라는 무기의 날은 남북관계의 개선 등으로 점점 그 활력을 잃어가고 있는 것이 틀림없다. 그러나 그것은 법의 운용 면에 중점을 두고 최소한 법의 남용 현상이 사라지고 있다는 뜻으로 이해해야지, 법의 존재 가치를 인정하지 않는 쪽으로 파악하는 것은 아직 시기가 아니라고 할 것이다. 남북이 대치하는 상황은 지금도 계속되고 있기 때문이다.

(2) 제2막

대법원판결은 입법권을 침해했는가? 여기서 우선 대법원이라는 말을 헌법재판소로 바꾼다면 어떻게 되는가? 헌법재판소는 법률에 대한 위헌심판(헌법 제111조 제1항)을 통해 상당히 광범위하게 국회의 입법권을 통제한다. 국회는 헌법에 위배되지 않는 범위 안에서 입법형성(立法形成)의 자유나 입법재량(立法裁量)을 가지지만, 법률을 제정하면서 입법상의 재량권을 남용해서는 안 된다. 다시 말해서, 적법절차의 원칙, 비례와 공평의 원칙, 과잉(過剩)금지의 원칙, 자의(恣意)금지의 원칙, 신뢰보호의 원칙, 명확성의 원칙 등 헌법상의 일반원칙에 위배되어서는 안 된다. 헌법재판소는 국회의 입법권에 대해 위와 같은 헌법 위반 여부를 가리고 간섭하는 기관이다.

그러나 대법원은 국회의 입법권한을 직접적으로 통제할 수 없다. 가령 대법원이 판결을 통해 입법행위의 과정이 위법이다, 어떤 법률이 틀렸다, 이렇게 비난하더라도 그것은 재판부의 의견에 그칠 뿐 입법권의 침해라고 할 수는 없다. 국회는 그 판결에 기속받지 않기 때문이다. 국회의원은 물론 누구든지 대법원판결에 대해 비판할 수 있고, 그것이 결코 사법권을 침해하는 양상이 되지 않는 것과 같다.

대법원의 어떤 판결에 대해 입법부의 권한을 침범한 것이라는 비난을 받은 사건이 있다. 한총련 소속 학생에 대한 국가보안법 위반 등 사건에서 대법원은 2004년 8월 30일에 피고인의 상고를 기각(2004도3212)하면서 국회에서 개폐 논의가 한창인 국가보안법에 대해 강도 높은 의견을 판결이유에 담았다.

"북한이 이제는 우리의 자유민주주의 체제를 전복시키려는 시도를 할 가능성이 없다거나 혹은 형법상의 내란죄나 간첩죄 등의 규정만으로도 국가안보를 지킬 수 있다는 등의 이유로 국가보안법의 규범력을 소멸시키거나 북한을 반국가단체에서 제외하는 등의 전향적인 입장을 취해야 한다는 주장도 제기되고 있다. 그러나 북한은 50여 년 전에 적화통일을 위하여 불의의 무력남침을 감행함으로써 민족적 재앙을 일으켰고, 그 이후 오늘에 이르기까지 크고 작은 수많은 도발과 위협을 계속해 오고 있다는 경험적 사실을 잊어서는 안 될 뿐만 아니라, 향후로도 우리가 역사적으로 우월함이 증명된 자유민주주의와 시장경제의 헌법 체제를 양보하고 북한이 주장하는 이념과 요구에 그대로 따라 갈 수는 없는 이상, 북한이 직접 또는 간접 등 온갖 방법으로 우리의 체제를 전복시키고자 시도할 가능성은 항상 열려 있다고 할 것이다. 이러한 사정이라면 스스로 일방적인 무장해제를 가져오는 조치에는 여간 신중을 기하지 않으면 안 된다. 나라의 체제는 한번 무너지면 다시 회복할 수 없는 것이므로 국가의 안보에는 한치의 허술함이나 안이한 판단을 허용할 수 없다. 북한이 국가보안법상 반국가단체가 아니라는 상고이유에서의 주장은 이유 없다."

나아가 이런 이유설명도 포함되어 있다. "자유민주주의 하에서는 표현의 자유, 사상과 양심의 자유 등이 보장되어야 하므로 체제를 위협하는 표현 등의 자유까지도 널리 허용해 주는 것이 자유민주주의의 이념적 정당성을 제고시키는 길이라거나, 또는 우리 사회가 이미 상당히 성숙되어 있어 그러한 표현이나 이에 따른 행동이라도 능히 소화해 낼 수 있으므로 오히려 이를 널리 포용하고 관용을 베푸는 것이 사회를 더욱 발전시키는 길이라는 주장도 제기되고 있다. 그러나, 아무리 자유민주주의 사회라 하더라도 자유민주주의 체제를 전복시키려는 자유까지 허용함으로써 스스로를 붕괴시켜 그토록 추구하던 자유와 인권을 모두 잃어버리는 어리석음을 범하여서는 아니 되므로, 체제를 위협하는 활동은 헌법 제37조 제2항에 의한 제한의 대상이 될 수 있는 것이고, 더욱이 오늘날 북한에 동조하는 세력이 늘어가고 통일전선의 형성이 우려되는 상황임을 직시할 때 체제수호를 위하여 허용과 관용에는 한계가 있어야 한다.”

국가보안법 폐지를 주장하는 쪽에서 보자면 존치의 필요성을 강하게 피력한 판결 내용이 몹시 미울 것이다. 시기적으로도 헌법재판소가 나흘 전인 8월 26일에 〈국가보안법〉 제7조 제1항 등의 찬양·고무죄에 관해 죄형법정주의(罪刑法定主義)에 위배되지 않으며 양심·사상의 자유의 본질적 내용을 침해하지 않는다고 합헌결정(合憲決定)을 내린 바 있는데, 바로 이어 위와 같은 판결이 나온 터라 사법부는 내 편이 아니라는 생각이 들게 되어 있는 것이다. 헌법재판소는 선례를 인용하며 “국가보안법 제7조는 형법상의 내란죄 등 규정의 존재와는 별도로 그 독자적 존재의의가 있는 것이어서 표현의 자유에 대한 필요최소한도의 제한원칙에 반하는 것이 아니다”(2003헌바85·102)라고 했던 것이다.

그래서 “입법정책에 대한 호불호를 표현한 것은 정치적인 영역을 침범한 것으로 3권분립의 원칙을 스스로 어긴 것”(민주사회를 위한 변호사모임)이라고 비난하는가 하면, 집권당의 의원들은 대법관에 대해 “청산해야 할 낡은 수구세력”이라느니, “대법원의 인적 개혁이라는 부메랑으로 되돌아올 것”이라느니 하는 심한 욕을 내뱉기도 했다. 하기야 대법원의 판결이유를 보면 주심 대법관의 소신(所信)이 적나라하게 표현되어 있어서 전원합의체 판결의 소수의견 같은 인상을 풍기는 것이 사실이다. 그래도 그 판결이유는 어디까지나 주문의 경위를 밝히고 상고이유의 주장에 대한 판단에 그치는 것이지, 입법권을 침해한 것이라는 비약적인 비난까지 받을 이유는 없다.

대법원은 한 달 전에도 종래의 판례를 인용하면서 국가보안법의 규범력(規範力)을 인정하는 판결을 했다. 즉, "남북한이 유엔에 동시에 가입하고, 2000년에는 남북 정상회담이 개최되어 6·15 남북공동선언이 발표되는 등 평화와 화해를 위한 획기적인 전기가 마련되었다고 하더라도, 그에 따라 남북관계가 더욱 진전되어 남북 사이에 화해와 평화 공존의 구도가 정착됨으로써 앞으로 북한의 반국가단체성이 소멸되는 것은 별론으로 하고, 북한은 여전히 우리나라와 대치하면서 우리나라의 자유민주주의 체제를 전복하고자 하는 적화통일정책을 완전히 포기하였다는 명백한 징후를 보이지 않고 있고, 그들 내부에 뚜렷한 민주적 변화도 보이지 않고 있는 이상, 북한은 조국의 평화적 통일을 위한 대화와 협력의 동반자임과 동시에 적화통일노선을 고수하면서 우리의 자유민주주의 체제를 전복하고자 획책하는 반국가단체라는 성격도 아울러 가지고 있다고 보아야 하고, 따라서 남·북한의 정상회담이 성사되고, 남·북한 사이의 교류와 협력이 증대되고 있다고 하더라도 대한민국의 안전을 위태롭게 하는 반국가활동을 규제함으로써 국가의 안전과 국민의 생존 및 자유를 확보함을 목적으로 하는 국가보안법의 규범력이 상실되었다고 볼 수는 없다"(2004. 7. 22. 선고 2002도539 판결)고 한 것이다.

(3) 제3막

국가보안법을 폐지할 것인가, 그대로 존치할 것인가 하는 논의는 국가인권위원회가 폐지권고의 의견을 냄으로써 그 불이 지펴졌다. 그리고 위와 같이 사법기관에서 폐지론자의 사기에 물을 끼얹는 재판이 나오고, 이어 대통령의 한 말씀으로 말미암아 국가기관 사이의 의견 충돌 사태에 큰 파장이 일었다. 노무현(盧武鉉) 대통령은 2004년 9월 5일 특별대담 방송에 출연해 "국가보안법을 폐지하고, 국가를 보위하기 위해서 필요한 조항은 형법의 몇 조항을 고치면 된다"고 밝힌 것이다. 그러면서 "국민이 주인이 되는 국민주권시대, 인권존중의 시대로 간다고 하면 독재시대의 낡은 유물은 폐기하고 칼집에 넣어서 박물관에 보내는 것이 좋지 않겠느냐"고 말하고, "국가보안법을 없애야 대한민국이 드디어 문명의 국가로 간다고 말할 수 있다"고까지 했다. 대통령의 의견에 대한 옳고 그름을 떠나서 분명히 말할 수 있는 것은, 헌법재판소와 대법원이 국가보안법 존치의 필요성을 강조한 재판서(裁判書)의 잉크가 채 마르기도 전인데, 대통령이 정면으로 불쑥 까뭉개는 언급을 한 것은 바람직한 자세가 아니라는 점이다. 법조인 출신의 대통령이 주저함이 없이 사법기관의 판단을 무시하는 표현을 한 데 대해 법조계에 몸담고 있는 한 사람으로서 섭섭하고 불쾌한 생각이 들었으며, 그러다가 순간 무섭다는 느낌까지 다가왔다.

이렇게 되니까, 그 논쟁은 인권수호와 안보라는 기치를 내걸고 두 진영이 팽팽히 맞선 형태로 발전해 도무지 화해나 조정이 들어설 자리가 없는 것처럼 보이는 것이었다. 국가보안법은 군사독재시절 정권보호를 위해 남용된 것이 사실이고, 때로는 극악하게 인권유린의 도구로 쓰인 것도 부인할 수 없다. 검은 안경을 쓴 장군의 품 안에서 귀여움을 받으며 세도도 부렸고 몹쓸 짓도 한 것이 사실이지만, 국가를 해코지하는 무리를 잡는 데 공을 세워온 것도 사실이 아닌가. 그렇게 수십 년을 유지해온 법인데, 무좀이 심하다고 발가락을 자르듯이 해서야 되겠는가.

대통령의 대담 다음날,《동아일보》사설은 "대법원과 헌재는 헌법기관이다. 그 견해는 존중되어야 한다. 대통령이 자신의 생각과 다르다고 무시해서는 안 된다. 대통령은 행정부의 수반이기에 앞서 국가원수로서의 지위를 갖고 있다. 자칫하면 국가원수가 헌법기관을 스스로 부정하는 격이 될 수도 있다. 행정부 수반 자격으로서 의견을 개진할 수 있다고 하지만 이 경우에도 국회에 정식으로 입법 의견을 제시하면 된다"고 하고, "우리처럼 정파와 세대에 따라 서로 생각이 달라 국가적 현안마다 분열 양상을 보이는 나라에선 대법원과 헌법재판소의 결정은 법리 이상의 의미를 갖는다. 사안별로 시비를 가려 줌으로써 사회가 극단적인 혼란으로 치닫는 것을 막아 주기 때문이다. 그렇다면 그 결정을 존중하는 것이 바른 순서다. 국회에서도 논의가 분분하지만 여야를 막론하고 쉽게 결론을 내리지 못할 정도로 민감해 진전이 더디지 않은가. 법의 상징성이 너무 커서 찬반이 첨예하게 갈려 있는 문제를 놓고 대통령이 방향을 미리 제시하고 그 쪽으로 몰아가는 듯한 인상을 주면 균형 잡힌 생산적 논의를 기대하기 어렵다"는 내용을 실었다.

방송에서 대통령이 밝힌 위의 소견은 보수단체 인사 28명의 청구에 따라 결국 헌법소원심판까지 이르렀다. 그러나 '헌재 2005. 2. 15. 선고 2005헌마109 결정'은 대통령의 이 사건 발언에 대해 "대통령으로서 대국민담화도 아니고 국회에서 이루어진 국정연설도 아니어서 공권력성을 인정하기 어렵고, 대통령의 정치적 견해 또는 정치적인 구상이나 계획의 표명에 불과하다고 할 것이므로, 위 발언 자체만으로 국민의 법적 지위에 어떠한 영향을 미친다고 할 수는 없다"고 하고, 헌법소원의 대상이 되는 공권력의 행사에 해당하지 않는다는 이유로 심판청구를 각하했다.

(4) 제4막

국가보안법을 둘러싼 논란 가운데《대한변협신문》(2004. 11. 1.)에 실린 전문가들의 폐지 찬·반 의견을 일부 소개한다.

송호창(宋皓彰) 변호사의 찬성의견은 법의 폐해가 있을 수밖에 없는 이유를 법 규정 자체의 위헌성과 그 제정 과정에서 찾고 있다. "국가보안법의 위헌성은 죄형법정주의 원칙 위반이 첫째로 꼽힌다. 제3조의 '간부 기타 지도적 임무 종사', 제4조의 '목적 수행을 위한 행위', 제4조와 제7조의 '사회 질서의 혼란을 조성할 우려가 있는 사항', 제7조의 '이적', '찬양', '고무', '선전', '동조', 등에서 보듯이 대부분의 국가보안법 조문은 매우 모호하고, 불명확한 개념으로 구성되어 있다. 이는 광범한 확대 해석을 가능케 하는 백지 형법이다. 적정성의 원칙과 충돌도 지적되는 문제이다. 국가보안법은 그 구성요건의 가벌성에 비하여 과중한 형벌 규정을 두고 있다. 단순한 사상범에 대하여 사형이 가능한 구성 요건만도 수십 개이며, 그 외 규정도 상당한 중형이 규정되어 있다. 둘째, 국가보안법은 북한을 '반국가 단체'로 해석되게 하여 헌법상 평화 통일의 원칙에 정면으로 반한다. 북한이 국가냐 아니냐는 논란이 있으나 어떤 결론이든 이런 규정은 북한과의 평화적 통일을 모색하는 데에 있어서 장애물임에는 틀림이 없다. 셋째, 국가보안법은 1992년부터 유엔 인권이사회 등으로부터 자유권에 대한 과도한 제한이고, 인권침해 법률이므로 폐지할 것을 권고받은 법률이다. 이는 한국 사회의 국가 신인도를 추락시키고, 한국을 반인권 국가로 낙인찍는 대표적인 법률인 것이다."

다음 반대의견 쪽의 박준선(朴俊宣) 변호사는 과거 군사정권으로 말미암아 악용된 전례가 있다는 이유만으로 법 전체의 폐지를 주장하는 것은 억지에 불과하다는 견해를 밝혔다. 또한 그 배경에는 법의 폐지에 따른 현실적 이익, 즉 친북활동의 자유 획득을 염두에 두고 있거나 그러한 불순세력에 무책임하게 감성적으로 동조하는 경솔함이 있는 것 아닌가 싶다고 했다. 그리고 최근 열린우리당을 비롯한 국가보안법 폐지론자들은 국민여론의 역풍에 부딪치자 당초 '무조건 폐지' 주장에서 선회해 형법상 내란죄의 확대적용이 가능하다는 형법보완 방안을 내세우고 있으나 이는 궁여지책이며, "위와 같은 방안은 현 국가보안법을 통하여 해결할 수 있는 문제를 굳이 죄형법정주의에도 어긋나게 모호한 형법규정의 확대해석을 통하여 해결하겠다는 모순에 빠져 있다. 이는 결국 반대여론을 무마하여 일단 국가보안법을 폐지한 후 그에 따른 법적 공백이나 혼란은 책임지지 않겠다는 발상에 불과하다"고 하고, "북한 공산집단을 추종하고 우리의 자유민주체제를 전복하려는 세력과 그들의 불순한 책동을 효율적으로 처벌할 수 있다면, 그 법의 존재근거나 형식이 형법이든 국가보안법이든 무관한 것이다. 우리에게는 다만 우리 '국가'의 '보안'을 위하여는 어떠한 형식이든 '법'이 필요하다는 것뿐이다"라고 했다.

논쟁을 소개하자면 끝이 없다. 다만 두 분 학자의 소견 한마디씩만 더 들어보기로 한다. 양건(梁建) 교수는 "경제가 어렵고 살기 힘들다는 원성이 도처에 가득하다. 경제난을 둘러싼 여러 논의에서 한결같이 지적되는 점은 경제를 살릴 분위기가 안 돼 있다는 것이다. 그렇건만 집권당은 아랑곳없다는 듯 '개혁입법'으로 세상을 들쑤셔놓고 있다. 그것도 한두 법안이 아니다. 혁명이나 쿠데타가 아니라면 생각하기 힘들 법한 법안들이 한꺼번에 쏟아지고 있다. 열린우리당이 내놓은 국가보안법 폐지, 형법보완안이 국회에 상정되는 과정을 지켜보는 심사는 착잡하다. 보안법이 어디 예사 법인가. 한 나라의 근본 체제에 관련된 것이고, 형식은 법률의 하나지만 실질적으로는 헌법에 해당하는 법이다. 이런 법의 근간을 바꾸는 것이라면 거기에는 그에 상당한 신중한 과정과 국민적 합의가 밑받침돼야 한다. 헌법 개정에 버금가는 토론과정과 국민적 동의가 필요하다는 말이다"라고 했다(《중앙일보》, 2004. 10. 21.).

그리고 이덕연(李惪衍) 교수는 "대의제를 근간으로 하는 자유민주체제는 '옳은 결정'을 내릴 수 있는 가능성을 극대화해 놓은 국가의사 결정체계이다. 다만 실제로 이 모델의 메커니즘은 가장 '나쁜 결정'을 배제하는 부정의 방향에서 작동한다. 우선 원칙적으로 '고비용의 결정'은 '나쁜 결정'이다. 더 '나쁜 결정'은 고비용을 들이고도 타협점을 찾지 못하여 결정을 미루는 '무결정의 결정'이다. 가장 '나쁜 결정'은 이견을 무시하는 '성급한 결정'이다. 국보법 폐지와 같이 국가의 안위와 관련된 중대한 사안, 그렇기 때문에 이견의 폭이 클 수밖에 없는 사안에 대한 결정과정에서 겸손과 절제의 요청과 대화와 조화의 원칙을 재삼 강조하는 것은 바로 가장 나쁜 '성급한 결정' 만큼은 피해야 한다는 생각 때문이다. '타협의 명령'은 단순한 정책론적 차원의 지침이 아니다. 그 어떤 도덕적·역사적 정당성보다도 우위에 있는 자유민주헌법의 명령이다"라고 했다(《법률신문》, 2004. 10. 18.).

한편 김경한(金慶漢) 변호사는 대통령의 말처럼 칼집에 넣어서 박물관에 보낼 것이 아니라, "오히려 날을 예리하게 잘 손질해 요긴할 때 쓸 수 있도록 머리맡에 놓아두어야 할 것"(《중앙일보》, 2005. 2. 2.)이라고 했다.

(5) 에필로그

서울중앙지방법원 형사25부는 2004년 9월 6일 오후 2시에 조국통일범민족연합(범민련) 남측 본부 명예의장에 대한 공판(公判)을 열 예정이었다. 피고인은 2000년 9월 일본 조총련에 파견된 북한 대남공작원 박

모씨로부터 범민족대회 기념 티셔츠 대금과 기타 명목으로 1,000여 만 원을 받은 것을 비롯해 북측으로부터 2002년 12월까지 17차례에 걸쳐 3,324만 원을 받아 국가보안법상의 금품수수·회합·통신·편의제공 등 혐의로 기소되었던 사람이다. 그런데 공판 당일 그는 기자회견을 자청하고 "대통령이 폐지 입장을 밝힌 마당에 국가보안법을 인정할 수 없다"고 하면서 "위헌성과 모순성이 내재한 국가보안법을 가지고 나를 법정에 세워 심판한다는 사실이 무의미하다고 판단해 구속을 각오하고 출석을 거부한다"고 밝혔다.

천주교정의구현전국사제단은 2004년 11월 18일 국가보안법 완전 폐지를 위한 시국미사를 연 다음 무기한 단식기도에 돌입한다고 발표했다. 이들은 "국가보안법은 독재 권력이 자의적 법적용과 용공조작을 통해 정치적 반대세력을 탄압하고 국민의 기본권을 유린하기 위해 사용했던 '악한 수단'에 지나지 않았다"며, "유독 역대 독재정권 아래서 온갖 부귀영화를 다 누린 세력들이 악법의 존속을 주장하고 나서는 작금의 현상은 이 법이 하루빨리 폐지되어야 할 또 하나의 중요한 이유"라고 했다. '민주사회를 위한 변호사모임'은 11월 9일부터 국보법 폐지를 주장하는 국회 앞 릴레이 1인 시위를 지속했다. 한편 보수단체들은 매주 수요일 저녁 서울 광화문에서 국가보안법 폐지 반대 등을 내걸고 촛불시위를 열기로 했다.

2004년 12월 6일 오후 4시 11분, 국회 법제사법위원회에서는 열린우리당 간사가 의사진행을 기피하는 위원장의 직무대행이라면서 사회봉 대신 탁자를 두드리며 국가보안법 폐지안을 상정한다고 소리쳤다. 위원장석 주변은 국회의원과 취재진 등 100여 명이 뒤엉켜 아수라장이었다.

여당 의원들은 회의장을 떠나며 의안이 상정되었다고 박수를 치며 환호했고, 한나라당 의원들은 날치기·무효라고 소리쳤다. 그런데 간사가 위원장의 직무를 대리할 '사고'가 있었는지는(국회법 제49조) 차치하고라도, 회의를 연장하는 의결(국회법 제53조 제4항)을 빠트리는 바람에 안건 상정은 헛된 것이 되어버렸다. 같은 해 12월 29일 오후 1시 반, 국회 법제사법위원회에서는 다시 똑같은 장면이 연출되었다. 그러나 그날은 본회의(本會議) 중이어서 위원회를 개회할 수 없었기 때문에(국회법 제56조), 간사가 사회봉을 탕탕 쳤지만 아무 효력이 없었다.

어느 쪽으로 귀결되든 승자(勝者)는 나라여야 하는데 걱정이다.

3. 성매매처벌법의 발효

〈성매매알선 등 행위의 처벌에 관한 법률〉은 2004년 3월 22일 법률 제7196호로 제정되어 6월이 경과한 9월 23일부터 시행에 들어갔다. 이는 1961년 11월 9일 법률 제771호의 〈윤락행위등방지법〉을 대신하는 법률이다. 처음의 위 법률은 누구라도 윤락행위(淪落行爲)를 하거나 그 상대자가 되어서는 안 된다고 하고, 이를 위반한 자는 3만 환 이하의 벌금이나 구류 또는 과료에 처한다고 규정했다. 처벌도 미미했지만, 정부는 서울의 영등포나 미아리 텍사스촌, 청량리 오팔팔, 인천의 옐로하우스, 대구의 자갈마당, 부산의 완월동 등 전국의 수많은 특정 지역을 사실상 허용함으로써 1948년에 폐지된 공창(公娼)을 오히려 부활시킨 셈이었다. 1972년 새마을운동의 영향으로 특정 지역은 폐지되었으나, 외국인을 상대로 한 성매매(性賣買)는 눈감아주고 있었을 뿐만 아니라, 윤락가에 대해 보건소에서 정기적으로 건강검진과 치료도 해주었다. 1995년 1월 5일의 개정법률은 앞의 처벌규정을 고쳐 1년 이하의 징역이나 300만 원 이하의 벌금, 구류 또는 과료에 처하는 것으로 높였지만, 지난 몇 년 전까지도 위반행위에 대한 단속이나 처벌에 크게 관심을 두지 않았다.

그러나 이제 양상이 달라졌다. 처벌 형태도, 그 수위도 달라졌다. 단순히 성매매를 한 자에 대한 처벌은 종전과 같되, 위계·위력 등으로 성매매를 강요당한 피해자는 처벌하지 않도록 했다. 또 성매매알선 등의 행위를 한 자에 대한 처벌은 종전과 같지만, 영업으로 알선행위를 한 자, 폭행·협박으로 성을 파는 행위를 하게 한 자, 성매매 목적의 인신매매를 한 자 등에 대해서는 무거운 처벌을 하도록 되어 있다. 그런데 지난날과 달라졌다는 것은 처벌의 정도를 가지고 말하는 것이 아니다. 새 법의 발효와 함께 경찰 대부대(大部隊)가 윤락가를 포위하고 방방을 휩쓸면서 범법자를 색출하는 작전을 개시한 것이다.

과거의 법률이나 새 법률이나 성매매를 방지하기 위한 것이므로, 법을 어떻게 운용하느냐, 법이 의도하는 바를 어떻게 실천에 옮기느냐에 따라 그 효과의 정도를 알 수 있음은 말할 나위도 없다. 과거의 〈윤락행위등방지법〉만 가지고서도 단속만 철저히 하면 성매매도 줄어들고 윤락여성의 권익도 보호될 수 있었던 것이다. 그럼에도 새삼 새 법을 만들어 지체 없이 대대적인 단속에 들어가는 것은 정치적·사회적 과시에 치중하고 있다는 인상을 받게 한다. 이와 같이 성매매업에 대한 경찰의 단속이 강화되고, 이어 성매매 여성들이 생존권을 외치며 마스크로 얼굴을 가린 채 거리로 나와 시위를 벌이는 모습이 등장했다. 강 건너 불 구경하듯 성매매에 대해 아무 관계도 없고 관심도 없던 대다수의 국민들은 어느날 갑자기 방망이로 쫓고 잠옷 바람으로 쫓기는 광경을 보고서는 이게 무슨 일인가 어리둥절했을 것이다.

어떤 법률의 발효로 세상천지가 떠들썩한 일이 드물지는 않지만, 성매매처벌법은 법률 내용 그 자체보다 범법행위에 대한 일망타진식의 엄격한 단속 때문에 주목을 받았는데, 이로 말미암아 새삼 윤락여성들의 어두운 생활과 앞으로의 진로문제가 사회적 관심사로 등장했다. 2002년에 한국형사정책연구원은 성매매 산업규모가 연간 24조 원에 이르며, 최소 33만 명의 여성이 성매매를 직업으로 삼고 있다는 조사결과를 내놓았다. 사정이 그렇다 보니 경찰의 단속으로 관련 업종이 치명적인 타격을 입는 것은 당연한 수순이었고, 특히 숙박업소의 영업부진과 금융기관의 대출금 회수로 많은 업소가 경매로 나오고 있다는 것이다.

성매매처벌법이 시행된 뒤 '여성의 인권을 위한 획기적인 조치'라는 주장과 '현실을 무시한 어설픈 이상론'이라는 반론이 날카롭게 대립하고 있다. 성매매는 여성을 인격체의 존재가 아닌 성상품(性商品)으로 취급하게 된다. 남성의 생리학적인 우월성과 사회적인 패권주의가 전제되어 여성의 존엄과 가치, 체면과 자존심을 뭉개고, 그 과정에서 성학대를 조장한다. 성매매의 단속은 단기적으로 볼 때는 매춘여성들의 직업과 생계수단을 빼앗는 것이지만, 반대로 이를 묵인하고 있을 때는 성매매의 확산으로 별다른 노력 없이 쉽게 돈을 버는 길을 선택하게 되어 점점 다른 생활수단을 염두에 두지 않게 됨으로써, 장기적으로는 여성의 취업기회가 봉쇄되는 결과를 초래하고 만다. 그리하여 돈을 매개로 한 섹스의 업이 성행하고 사회는 인간성의 타락으로 오염된다. 특히 새 법률은 포주(抱主)라고 불리는 업주의 횡포와 그 비호세력인 조직폭력배의 엄벌에 초점을 맞추고 있고, 나아가 외국인 여성 등 성매매의 피해자를 보호하는 장치에 신경을 쓰고 있다.

그런데 이런 긍정적인 측면에도 불구하고 법의 강제력에 따른 실현 모습과 그에 따른 후유증을 염려하게 된다. 법을 제정해놓고 그 법의 실현을 주저하는 양상은 어떤 이유에서든 바람직하지 않다. 그러나 만일 법에 대한 현실적인 반발이 거세다면 그것은 그 법의 존재를 빌미로 함부로 집행에 들어갈 것이 아님을 드러내주는 것이다. 그렇게 되면 반드시 부작용이 따르고 혼란이 수반된다. 특히 생존권의 문제가 포함되어 있는 문제라면 굶주린 범 뒤쫓는 것과 같다고 생각해야 한다. 대도시의 노점상과 포장마차를 단속하는 일이 얼마나 어렵던가. 그들은 위법임을 각오하고 최후의 생계수단으로 벌인 장사이기 때문에 쫓겨나도 다시 그 자리에 돌아오고야 만다. 애당초 법이 무섭다는 생각은 추호도 없는 것이다. 솜방망이 처벌인지라 더욱 그렇다. 고객이 찾아주는 한 그 장사는 포기할 수 없는 것이다. 윤락여성들의 성 장사도 이와 다를 것 없다.

그러면 이런 사태를 어떻게 풀어야 하나? 고객이 없으면 해결될 것이지만 고객의 접근을 막는 일은 어렵다. 그들은 어떻게든 고객을 찾아 나설 것이고 고객을 만들 것이다. 그러므로 그들이 고객을 찾아 나서지 않도록, 고객을 만들 마음을 포기하도록 하는 방법밖에 없다. 그것은 매우 어려운 과제이지만 국가의 정책으로 해결해야 할 몫이다.

여기서 정부의 무리한 단속을 나무라는 '이장규 칼럼'(《중앙일보》, 2004. 10. 19.)의 한 구절을 인용하기로 한다. "주택가나 학교 주위에 침투하지 못하도록 철저히 보호하기 위해서는 다른 길을 터줘야 한다. 정부 체면상 공식적인 양성화가 뭣하면 자생적으로 형성되는 '핑크 존' 정도는 묵인하자. 사회적 격리 및 감시차원에서라도 필요하다. 묵인도 때로는 훌륭한 정책일 수 있다. 그러나 지금의 정책은 오히려 거꾸로 가고 있는 셈이다. 무차별적인 단속을 벌여 주택가로, 음성화로 더 부채질하고 있는 꼴이다. 더구나 성매매의 뿌리가 경제적 동인임에도 불구하고 여성권익 중심의 명분론으로 흘러가고 있는 게 문제다."

　　최근 어느 네티즌이 인터넷 게시판에 올린 글을 한번 보자. "이 법이 도덕적 정당성을 확실히 갖추고 있다고 생각됨에도 불구하고 폐지를 하여야 하는 이유는 국가가 부부 이외의 남녀에게 성에 관련해서 지나친 간섭을 하는 것이기 때문이다. 한마디로 외국에 가서 하든가 결혼해서 하든가 교제를 통해서 하든가 강간을 하든가 자위를 하든가 이런 방법으로 섹스에 대한 욕구를 해결하라는 말인데, 국가가 국민에게 차마 못할 짓을 하고 있는 것이다. 정의라는 이름만으로 법을 만들어 집행할 때 국민이 기본 욕구를 저지당한 채 그 법을 지켜야 한다면 그런 불행이 없다. 건전한 성문화는 함부로 아무데서나 아무 때나 아무렇게나 섹스를 하지 않는 룰을 지키는 것이다. 이는 돈 거래가 없는 성관련 행위에 더 경고해야 할 일이다. 불건전한 성문화에 대해서는 풍기문란으로 충분히 다스릴 수 있는데도 이를 핑계삼아 성매매금지라는 메가톤 급 법을 제정했으니 국가는 마땅한 섹스상대가 없는 미혼 남녀들에게 정말 못할 짓을 한 것이다. 전 국민으로 하여금 돈거래만 하지 말고 자유롭게 일정한 틀 안에서 섹스를 하라는 취지인데 정말 가능한 일인지 그런 발상 자체가 놀랍다."《조선일보》(2005. 4. 14.)가 소개한 복거일 작가의 글을 보면 "가장 가난한 계층을 더욱 가난하게 만든 점은 특히 큰 사회적 해악이었다"는 말이 나온다. 그러면서 그는 개인들의 성매매를 사회가 강제로 막는 일에 대한 철학적 성찰을 해야 하며, "가장 근본적 문제는 성매매 금지가 우리 사회의 기본 원리인 자유주의에 어긋난다는 점"이라고 지적하고, 나아가 "사회가 개인들의 자발적 성매매를 막을 철학적 근거는 전혀 없다. 성매매의 사회적 금지는 정당화되지 않은 사회적 강제의 표본이며 개인들의 자유에 대한 심각한 침해"라고 덧붙이고, 또 "성매매 금지가 시장경제에 대한 적대감, 재산권에 대한 제도적·자의적 침해, 시민들의 사생활에 대한 사회적 간섭 등 우리 사회를 휩쓰는 전체주의적

사조의 징후와 깊은 관련이 있어 더욱 걱정스럽다"고 했다.

이 기회에 성 문제와 관련된 두 가지 법률을 더 소개해볼까 한다. 하나는 1994년 1월 5일 법률 제4702호로 제정된 〈성폭력범죄의 처벌 및 피해자보호 등에 관한 법률〉이다. 이 법률은 국가와 지방자치단체에 대해 성폭력범죄(性暴力犯罪)의 예방, 그 피해자의 보호, 유해환경을 개선하기 위해 필요한 법적·제도적 장치의 마련과 필요한 재원의 조달, 청소년을 건전하게 육성하기 위한 청소년 대상의 성교육 및 성폭력예방에 필요한 교육 실시, 성폭력상담소와 보호시설의 설치·운영 등을 할 수 있도록 했다. 그리고 성폭력범죄에 대한 수사와 재판에서 피해자를 보호할 수 있도록 여러 가지 규정을 두었다.

또한 성폭력범죄에 대해서는 매우 엄한 처벌을 하도록 했다. 예컨대, 특수강도범이 강간의 죄를 범한 때는 사형·무기 또는 10년 이상의 징역에 처하고(제5조 제2항), 13세 미만의 여자에 대해 강간의 죄를 범한 때는 5년 이상의 징역에 처하도록(제8조의2 제1항) 했다. 그리고 대중교통수단, 공연·집회장소 등 공중이 밀집한 장소에서 사람을 추행한 때는 1년 이하의 징역 또는 300만 원 이하의 벌금에 처한다(제13조)고 되어 있다. 또 디지털시대를 겨우겨우 따라붙는 듯한 다음과 같은 처벌규정도 있다. 자기 또는 다른 사람의 성적 욕망을 유발하거나 만족시킬 목적으로 전화·우편·컴퓨터 기타 통신매체를 통해 성적 수치심이나 혐오감을 일으키는 말이나 음향, 글이나 도화, 영상 또는 물건을 상대방에게 도달하게 한 자는 1년 이하의 징역 또는 300만 원 이하의 벌금에 처한다(제14조)는 것, 카메라 기타 유사한 기능을 갖춘 기계장치를 이용하여 성적욕망 또는 수치심을 유발할 수 있는 타인의 신체를 그 의사에 반해 촬영한 자는 5년 이하의 징역 또는 1,000만 원 이하의 벌금에 처한다(제14조의2)는 것

등이 그것이다.

그런데 위 법률은 2010년 4월 15일에 〈성폭력방지 및 피해자보호 등에 관한 법률〉(법률 제10261호), 〈성폭력범죄의 처벌 등에 관한 특례법〉(법률 제10258호), 이렇게 두 개의 새 법률이 제정되면서 폐지되었다. 후자는 성폭력범죄에 대해 더욱 무거운 형벌, 예를 들어 13세 미만의 여자에 대한 강간범은 무기 또는 10년 이상의 징역에 처하도록 규정했는데, 이에 대해서는 제1장에서 이야기한 바 있다.

다른 하나는 2000년 2월 3일 법률 제6261호로 제정되고 같은 해 7월 1일부터 시행된 〈청소년의 성 보호에 관한 법률〉인데, 여기서는 19세 미만의 자(청소년보호법 제2조 제1호)의 성(性)을 사는 행위에 대해 징역 3년 이하 또는 벌금 2,000만 원 이하에 처하는 등의 처벌규정과 대상 청소년의 선도 보호 등에 관한 규정을 마련하고 있다. 이 법률에서 문제가 된 것은 제20조의 계도문(啓導文)이었다.

위 조문은 "① 청소년보호위원회는 청소년의 성을 사는 행위 등의 범죄방지를 위한 계도문을 연 2회 이상 작성하여 관보게재를 포함한 대통령령이 정하는 방법으로 전국에 걸쳐 게시 또는 배포하여야 한다. ② 제1항의 규정에 의한 계도문에는 다음 각호의 1에 해당하는 죄를 범한 자의 성명, 연령, 직업 등의 신상과 범죄사실의 요지를 그 형이 확정된 후 이를 게재하여 공개할 수 있다. 다만 죄를 범한 자가 청소년인 경우에는 그러하지 아니하다"라고 하고, 신상공개의 해당자로서 청소년의 성을 사는 행위를 한 자, 폭행 또는 협박으로 청소년으로 하여금 성을 사는 행위의 상대방이 되게 한 자, 그 행위의 장소를 제공하는 행위 또는 알선하는 행위를 업으로 한 자 등을 열거했다. 계도문의 작성에 관해 법시행령 제3조는 공개 대상자의 한글 및 한자의 성명, 연령 및 생년월일,

직업, 확정판결문에 기재된 시·군·구까지만 포함된 주소, 범죄사실의 요지를 공개하도록 했다. 이에 따라 2001년 8월 30일에 처음으로 169명에 대한 신상공개(身上公開)가 있었고, 제2차로 443명, 제3차로 671명, 제4차로 643명의 신분이 계속해서 공개되었다.

갑남은 위 법률이 발효된 첫날 청소년에게 6만 원을 주고 1회 성교행위를 하여 법률 제5조를 위반했다는 혐의로 기소되었는데, 2000년 8월 18일 전주지방법원에서 벌금 500만 원을 선고받아 판결은 그대로 확정되었다. 청소년보호위원회는 2001년 5월 3일에 갑남의 성명 등과 범죄사실 요지를 관보(官報)에 게재했으며, 같은 내용을 위원회의 인터넷 홈페이지에 6개월 동안, 정부 중앙청사 및 특별시·광역시·도의 본청 게시판에 1개월 동안 게시하기로 결정했다. 갑남은 2001년 7월 16일 서울행정법원에 위 위원회를 상대로 신상 등 공개처분의 취소를 구하는 소를 제기했고, 법원은 갑남의 신청을 받아들여 2002년 7월 26일 헌법재판소에 위헌 여부 심판을 제청했다.

이런 형태의 신상공개는 우리나라에서는 처음 있는 일이지만, 미국은 성범죄자의 등록 및 공개와 관련한 주와 연방법률이 있는데, 통칭하여 메간법(Megan's Law)이라고 한다. 1994년 7월 29일, 뉴저지주에 사는 일곱 살 난 소녀 메간 캉카가 이웃집 남자에게 강간당한 뒤 무참히 살해되는 사건이 발생했다. 메간은 두 번의 성범죄 전과가 있는 이웃 남자의 집에 강아지를 보러 놀러 갔다가 참변을 당한 것이다. 이 사건을 계기로, 만약 이웃에 사는 사람이 성범죄 전과자라는 사실을 알았더라면 아이를 그 집에 혼자 보내지는 않았을 것이라는 인식이 퍼지면서 성범죄 전과자의 신상을 공개해야 한다는 주장이 제기되었다. 이에 따라 1996년에 뉴저지주에서 처음으로 입법의 결실을 보았다. 그러나 이 법에 대해서는 처음부터 대중의 여론에 밀려 성급하게 제정되었다는 비판과 함께 법률적인 측면에서도 위헌이라는 비판이 있었고, 법의 적용으로 발생한 분쟁사건도 많았다.

　그러면 우리나라의 위 신상공개에 관한 문제는 어떻게 결론이 지어질까? 찬반양론이 예리하게 대립하는 문제는 허다하지만, 이 문제도 끝이 없을 정도로 양립하는 견해를 보여줄 수 있다. 과연 헌법재판소의 판단도 그러했다. 헌법재판소는 2003년 6월 26일 신상공개제도에 대해 합헌결정(2002헌가14)을 내렸는데, 재판관 4인은 헌법에 위반되지 않는다는 의견을, 재판관 5인은 헌법에 위반된다는 의견을 냄으로써 위헌론이 다수의견이었지만, 위헌결정의 정족수(6인 이상의 찬성)에 이르지 못해 합헌을 선언한 것이다.

　쟁점으로 떠오른 것은 이중처벌금지의 원칙에 위배되는지 여부, 입법목적의 정당성, 수단의 적합성, 피해의 최소성, 법익의 균형성 등 과잉금지의 원칙에 위배되는지 여부, 평등원칙에 위배되는지 여부, 법관에 따른 재판을 받을 권리를 침해한 것인지 여부 등이었다. 합헌의견(合憲意見)에 따르면, "신상공개제도에서 공개되는 신상과 범죄사실은 헌법 제109조 본문에 의해 이미 공개된 재판에서 확정된 유죄판결의 내용의 일부이며 달리 개인의 신상 내지 사생활에 관한 새로운 내용이 아니고, 위에서 본 바와 같이 공익적 목적을 위하여 이를 공개하는 과정에서 부수적으로 수치심 등이 발생된다고 하여 이것을 기존의 유죄판결 상의 형벌 외에 또 다른 형벌로서 '수치형'이나 '명예형'에 해당한다고 볼 수는 없다"고 하여 〈헌법〉 제13조의 이중처벌금지의 원칙에 위배되지 않는다고 했으며, 입법목적에 대해서도 "청소년들의 성을 매수하는 등의 행위는 비록 그들의 형식상 동의에 의한 것이라 해도 정신적 판단력이 약하고 금전적 유혹에 빠지기 쉬운 청소년들에게 있어서는 그것이 진정한 동의에 해당된다고 보기 어려울 뿐만 아니라, 그들의 정신과 육체 등의 건전한 성장에 중대한 해악을 주게 된다. 이러한 행위는 돈이면 무엇이든 가능하고 돈을 위해서라면 청소년의 성매매도 할 수 있다는 매우 위험한 배금주의의 표상으로서, 공동체의 사회적 규칙과 법질서에서 심히 벗어나 우리 사회의 근본적 도덕성을 타락시키고 선조들이 가꾸어 온 전통문화를 훼손하므로 이에 대한 적극적인 대처를 하지 않고 방치하였을 때는 우리 사회가 타락한 사회로 변할 수 있다는 점에서 매우 우려할 만한 것이다. 입법자는 이러한 사회적 병폐현상에 대처하여 장차 국가의 장래를 책임지게 될 우리의 청소년들을 보호하고 우리 사회의 성문화에 대한 최소한의 도덕성을 지키기 위하여 그와 같은 입법을 한 것으로 볼 것"이라고 했다. 그리고 "현행법상 유죄로 확정된 범죄인에게 선거권을 제한하는 등 다른 기본권의 제한이 일반인보다 더 넓게 가능하다면, 특정 성범죄에 있어서는 인격권과 사생활의 비밀의 자유도 그것이 본질적인 부분이 아닌 한 넓게 제한될 여지가 있다고 보아야 한다"면서 "청소년 성매수자의 일반적 인격권과 사생활의 비밀의 자유가 제한되는 정도가 청소년 성보호라는 공익적 요청에 비해 크다고 할 수 없으므로 법익의 균형성 원칙에도 어긋나지 않는다"고 했다.

이에 대해 위헌의견(違憲意見)을 보면, 신상공개가 대상자의 인격권을 과도하게 침해하고 있을 뿐만 아니라, 정당한 이유 없이 일반범죄자 등에 견주어 청소년 성매수자만을 불리하게 차별함으로써 평등원칙에 위배된다고 했다. 그 의견의 일부를 인용하면 다음과 같다. "체면을 중시하는 우리 사회에서 범죄사실과 함께 그 신상을 일반공중에 공개하는 제도적 조치는 현실적으로 상당한 제재 및 위하의 효과를 가진다고 보아야 할 것이다. 그런데 현행 신상공개제도의 주된 목적과 기능이 이처럼 범죄인에게는 창피를 주고 일반국민에 대해서는 '청소년 성매수자는 이렇게 망신을 당한다'고 하는 위하의 효과를 거두는 데 있다고 한다면,

이는 곧 소위 '현대판 주홍글씨'에 비견할 정도로 수치형과 매우 흡사한 특성을 지닌다. 그러나 공개적으로 범죄인의 체면을 깎아내려 그에 대한 대중의 혐오를 유발하고 그 결과 세인의 경멸과 사회적 배척이 가해지도록 하는 수치형의 기본 구조는 본질적으로 심각한 문제점들을 안고 있다. 즉, 수치형은 범죄인의 주관적 명예감정이나 그의 사회적 관계 여하에 따라 혹은 범죄인에 대한 대중의 혐오감이 얼마나 광범하고 강렬하게 표출되느냐에 따라 처벌의 강도가 크게 좌우되는 단점이 있다. 그리고 법에 의한 지배원리를 경시하고 사인에 의한 무절제한 보복행위 내지 자경행위(自警行爲)를 조장할 위험도 내포하고 있다. 무엇보다도 가장 근본적인 오류는 범죄행위의 반(反)가치와 범죄인 인격의 무가치를 혼동하는 것이다. 비록 범죄인일망정 윤리적 책임능력을 갖춘 인격체로 보는 것은 형벌권 행사의 기본 전제이자 궁극적 한계라 할 수 있다. 또한 사회에서 진정으로 근절해야 할 대상은 엄밀한 의미에서 범죄행위이지 범죄인 본인은 아니라고 할 것이다. 그럼에도 수치형은 이를 분별함이 없이 범죄인을 하나의 인격체로서가 아니라 한낱 범죄퇴치의 수단으로 취급하고 그를 대중의 조롱거리나 경멸의 대상으로 만들어 필경 사회적 매장으로 몰고 가려는 의도가 짙다. 이는 단지 범죄인의 인격을 황폐화시키는 것에서 끝나는 것이 아니라 사회 전체에 인간존엄성에 대한 불감증을 만연시킬 수 있다."

성범죄자에 대한 신상공개제도는 외국의 예에 대한 자세한 조사와 연구를 거치지 않았을 뿐만 아니라, 입법과정에서도 충분한 토의가 없이 졸속으로 이루어졌다는 비판을 받았다. 살인·조직폭력·마약·유괴 등 사회에 대한 해악과 위험성이 큰 다른 범죄에 대해서는 아무말 없이 성범죄에 대해서만 신상공개를 하는 것도 형평성을 잃은 처사라는 지적을 받는다. 한국법학원의 심포지엄에서 토론자로 나온 황진호(黃鎭浩) 변호사는 범죄에 대한 사회방위 대책은 근본적으로 인간의 존엄과 가치를 보장하는 국가의 목표 아래서 제한적으로 신중히 실현되어야 할 것이라고 하면서, "우리나라처럼 형사피의자 및 피고인의 명예를 파괴하는 언론은 세계적으로 유례가 없습니다. 기자가 구속영장과 공소장, 판결문 등을 제 마음대로 검찰·법원에서 뒤져 보도하고 있고 이를 검찰과 법원에서 사실상 묵인하고 있는 상황에서 성범죄자로 입건·구속만 되어도 연일 신문에 대서특필되는 명예훼손의 천국인 우리나라에서 이들의 인권은 어디서 찾을 수 있는지 의문이라고 아니할 수 없습니다. 실제로 명예훼손죄에 대한 형사처벌이 극히 경미하고 명예훼손에 대한 손해배상금도 법원에서 형편없는 수준으로 인정하는 현실을 감안하면 신상공개 제도는 이성과 합리성을 결한 악법이라고 볼 수밖에 없습니다"(《저스티스》, 2002. 2.)라고 했다.

위의 〈청소년의 성보호에 관한 법률〉은 2009년 6월 9일 〈아동·청소년의 성보호에 관한 법률〉(법률 제9765호)로 개정되었는데, 문제의 계도문에 관한 규정은 없어지고, 아동·청소년에 대한 성범죄로 유죄판결이 확정된 자의 신상정보 등록과 공개 등에 관한 규정을 두었다. 등록 대상자의 신상정보는 관할 경찰관서의 장을 거쳐 여성가족부장관에게 제출되어 20년 동안 보존·관리되며, 법원은 아동·청소년 대상 성폭력범죄를 저지른 자에 대해 판결과 동시에 성명·나이·주소·사진·범죄의 요지 등을 정보통신망을 이용해 공개하도록 하는 명령을 내리게 된다.

그런데 성폭력범죄에 대한 여러 가지 법률의 장치에도 불구하고 최근에 와서 끔찍한 성폭행사건들이 잇달아 발생하고 있다. 전문가들은 성범죄도 마약처럼 상습적인 반복성이 강하다고 한다. 신문의 보도에 따르면, 2011년도 성범죄자 20,189명 가운데 이전에도 성범죄를 저지른 사람은 1,629명인데, 이런 성범죄중독자 수는 2008년에 1,201명, 2009년에 1,254명, 2010년에 1,478명 등 해마다 늘고 있다는 것이다. 복거일 작가는 "익명성과 공동체 의식의 약화는 범죄의 문턱을 낮춘다"고 하면서 빠른 도시화를 그 이유의 하나라고 하고, 아울러 경제 상황이 어려워지면서 사람들의 심성이 거칠어지고 사회적 갈등이 심각해지는 것 또한 하나의 요인으로 들고 있다. 한편 "도시화와 자극적 대중문화의 성장으로 사람들은 점점 큰 성적 자극을 받지만, 성욕을 해결하는 길은 오히려 줄어들었다. 결혼연령은 늦어지고, 독신들은 늘어나며, 사회의 성적 안전판 노릇을 하는 성매매는 금지되었다"고 하면서, 경찰은 '피해자 없는 범죄'인 성매매 단속보다 피해자들을 더할 나위 없이 비참하게 만드는 성폭력범죄를 막는 데 한정된 자원을 전략적으로 배분하는 것이 더 합리적이라고 지적했다(《동아일보》, 2012. 8. 27.).

성폭력범죄에 대한 재판과 관련해 앞에서 본 바와 같이 신상정보의 공개명령을 유죄판결과 동시에 선고하도록 하고 있는데, 그 밖에도 몇 가지 조치가 있어 이를 살펴볼까 한다. 그 하나는 수강명령(受講命令)인데, 〈성폭력범죄의 처벌 등에 관한 특례법〉 제16조 제2항은 법원이 성폭력범죄를 범한 사람에 대하여 유죄판결을 선고하는 경우에는 300시간의 범위에서 재범예방에 필요한 수강명령 또는 성폭력 치료 프로그램의 이수명령(履修命令)을 병과할 수 있다고 하고 있다. 그리고 〈성폭력범죄자의 성충동 약물 치료에 관한 법률〉(2010. 7. 23. 법률 제10371호)은 16세 미만의 사람에 대하여 성폭력범죄를 저지른 성도착증(性倒錯症) 환자로서 재범의 위험이 있는 사람에 대해 성충동 약물치료(화학적 거세)를 실시하는 내용인 바, 법원은 검사의 치료명령청구가 이유 있다고 인정하 때 15년의 범위에서 치료기간을 정해 치료명령을 하도록 했다. 성충동 약물치료란 성도착적인 성기능을 일정 기간 동안 약화 또는 정상화하는 치료를 말한다. 마지막으로 〈특정 범죄자에 대한 위치추적 전자장치부착 등에 관한 법률〉(2007. 4. 27. 법률 제8394호) 제9조는, 법원은 검사의 청구에 따라 성폭력범죄를 다시 범할 위험성이 있다고 인정되는 사람에 대하여 일정 기간 동안 전자장치(전자발찌)를 부착하도록 명령하게 되어 있다. 법원이 부착명령을 선고한 때는 그 주거지를 관할하는 보호관찰소(保護觀察所)의 장에게 판결문의 등본을 송부하도록 했다. 이렇게 되어 성폭력범에 대한 판결주문은 길게 마련이다.

4. 그 이후의 문제 있는 법률들

노무현(盧武鉉) 대통령의 참여정부에 대하여 그 특징 하나를 들어보라고 한다면, 나는 깜짝깜짝 놀랄 법률의 생산이라고 말하고 싶다. 국가재건최고회의 또는 국가보위입법회의에서나 일어날 법한 대담한 법률들이 오늘의 국회에서 개혁의 기치를 들고 거침없이 나오고 있었던 것이다.

그러고 보면 이 정부에 대한 여러 갈래의 비판에서 바로 국민들의 시름을 짐작할 수 있다. 권영빈 칼럼(《중앙일보》, 2004. 10. 22.)은 노 대통령이 탄핵기각으로 헌법기관으로부터 대통령직을 재신임받았을 때 다수 국민은 코드·패거리·분열·이념논쟁을 벗어나 이제는 좀더 통합·중도적 실사구시를 통해 국민의 마음을 쓰다듬고 신바람을 불러일으킬 마당을 마련해주기를 바랐다고 하면서, "그러나 그 후 줄지어 쏟아진 이른바 개혁입법안을 보라. 미래지향적이기보다 과거지향적이고, 갈등통합적이기보다 갈등조장적이며, 아직도 민주·비민주, 주류·비주류를 가르는 편가르기식 법안을 국회에 제출하면서 정신적 내전을 거쳐 정치적 내전

상황까지 예고하고 있지 않은가. 과거사규명법으로 국민 모두의 족보를 캐는 기현상이 나타나고 그나마 지탱하던 학교를 사학법으로 흔들고 있으며, 신문관련법으로 신문시장과 언론 자율권을 정권이 옥죄려하고 있다"며 우려했다. 유근일(柳根一) 칼럼(《조선일보》, 2004. 11. 2.)은 "국보법 폐지, 언론법 개악, 사학법 개악은 한마디로 우리 사회의 기둥뿌리를 뽑자는 것"이라고 하면서, "그들은 이제 자기들이 원외(院外) 홍위병과 함께 원내(院內) 다수의석까지 차지했으니, 사회변혁과 국가 정체성 변혁의 탄탄대로가 활짝 열려 있다고 믿는 것이다. 그 변혁의 불도저는 이미 질주하기 시작했다. 더 이상 남의 말을 들으려 하지 않는다. 저 막가는 말버릇하며, 저 저승사자 같은 섬뜩함을 보라. 국민다수가 반대하든 말든, 종교계 현자(賢者)들이 걱정스럽게 충고를 하든 말든, 그리고 헌법재판소가 유권적인 판단을 내리든 말든, 저들은 '헌법 위에 우리가 있고, 우리가 곧 정의'라며 숙청의 지하드[聖戰]를 무자비하게 밀어붙이겠다는 기세다. 결국 이 나라의 운명은 또다시 내가 죽느냐 네가 죽느냐의 한치 틈새도 없는 일대결전, 일대 아마겟돈(armageddon)으로 치닫는 형국이다"라며 걱정했다.

많은 국민은 이런 실의(失意) 속에서 2004년의 저무는 해를 보냈다. 새해가 열리자 앞에서 우려했던 그대로 굵직한 법들이 출현하는 사태가 벌어지기 시작했다. 김성호 논설위원은 현재의 정치상황을 이렇게 요약했다(《문화일보》, 2005. 7. 8.). "노무현 정부 2년 반을 되돌아보면 못한 것이 없다. 할 것은 다했다. 수도이전은 못했지만 이전에 맞먹는 분할을 법적으로 보장받았다. 시대역행적이라고 비난받는 과거사 진상규명도 착수했다. 한국의 가족제도를 뿌리째 흔드는 호주제 폐지에도 성공했다. 주 2일 휴무제도 본격 실시했다. 어르신들에겐 기절초풍할 노릇인 국가보안법 폐지도 기회를 엿보고 있다. 그런가 하면 각종 위원회를 대량 생산해 정부의 정책 결정과정을 크게 바꾸어 놓았고 청와대를 비롯한 정부기관과 공기업에는 '코드인사'를 박아 넣었다. 비판언론에는 재갈을 물릴 준비도 갖추어가고 있다. 실로 노무현 정부는 한편으론 한국 사회를 바꾸어 나가고 있고, 한편으론 여당 프리미엄을 만끽하면서 권력의 단맛을 향유하고 있는 중이다."

이제 새로이 제정된 법률로서 많은 문제를 안고 있는 몇 가지의 면면을 살펴보기로 한다.

(1) 〈신문 등의 자유와 기능보장에 관한 법률〉

2005년 들어 제일 먼저 놀라게 한 법의 탄생은 그해 1월 27일 법률 제7369호로 제정되어 7월 28일부터 발효된 위의 법률이다. 이 법률과 같은 날 법률 제7370호로 함께 공포된 〈언론중재 및 피해구제 등에 관한 법률〉에 대해 《동아일보》와 《조선일보》가 앞서거니 뒤서거니 헌법소원 심판청구를 했다. 특히 조선일보는 두 법률의 48개나 되는 조항에 대해 위헌 여부를 가려달라고 했다. 이 조항들은 대부분 신문의 공적 책임을 과도하게 내세우면서 규제 일변도로 나서고 있다는 것이 심판청구인들의 주장이다. 방송과 통신 분야는 국가의 전파를 독점하고 공영방송은 시청료를 징수하므로 시민단체나 시청자가 편성이나 정책 결정에 참여할 수 있다고 하겠지만, 사기업인 신문사의 활동에 대해 법적으로 규제하는 것은 헌법이 보장하는 기본적 권리의 제한일 수 있으므로, 입법 목적이 필요불가결하고 그 수단이 필요 최소한이어야 한다는 바탕에서 그 정당성이 검토되어야 한다는 것이다.

법이 발효된 뒤에도 위헌적인 요소가 많다는 학계의 주장이 제기되었는데, 야당에서는 일찍부터 개정안을 준비한다는 태세였다. 새 신문법에 대한 비판은 광범위하다. 제15조는 신문사가 뉴스통신·방송매체를 겸영(兼營)할 수 없도록 하고 있다. 현재 미디어 시장에는 인터넷 포털 및 인터넷 뉴스 사이트, 케이블 TV 등 뉴미디어 매체들이 활발히 참여하고 있는 실정이다. 따라서 신문시장의 과점(寡占)이 여론의 과점으로 이어지고 있다고 보기는 어렵다. 그럼에도 신문들에 대해 보도 부문 방송 진출 가능성을 전면 봉쇄하는 것은 독자들의 알 권리를 침해하는 것이다.

그리고 제17조는 이렇게 규정하고 있다. "일반일간신문 및 특수일간신문을 경영하는 정기간행물사업자 중 다음 각호의 1에 해당하는 사업자는 독점규제 및 공정거래에 관한 법률 제4조의 규정에 불구하고 같은 법 제2조 제7호의 규정에 의한 시장지배적 사업자로 추정한다. 1. 1개 사업자의 시장점유율이 전년 12개월 평균 전국 발행부수의 100분의 30 이상. 2. 3개 이하 사업자의 시장점유율의 합계가 전년 12개월 평균 전국 발행부수의 100분의 60 이상. 다만, 시장점유율이 100분의 10 미만인 자를 제외한다."

헌법소원을 주장하는 쪽에서 내세우는 내용은, 공정거래법에서는 3개 사의 시장점유율이 75퍼센트를 넘으면 과점으로 규정하는데 신문법은 합리적인 이유 없이 그 기준을 60퍼센트로 낮추었다는 것, 방송과 인터넷 매체의 약진 등 언론 시장 전반에서 신문이 차지하는 비중이 갈수록 줄어들고 있는 상황에서 유독 신문사업자에 대해 점유율을 규제하는 것은 법의 의도가 대형 신문을 규제하기 위한 것임을 분명히 하고 있다는 것이다.

헌법소원을 주장하는 쪽에서 토로하는 내용 가운데 몇 개만 더 예를 든다. 이들은, 신문발전위원회에 신문발전기금을 설치하고 정부의 출연금 등으로 그 재원을 조성해 신문을 지원하도록 한다는 것(제33조), 국민의 폭넓은 언론매체 선택권을 보장한다는 이유로 신문유통원을 두고 신문의 공동배달과 신문수송의 대행 등 사업을 한다는 것(제37조) 등의 조항들은 헌법이 보장하는 평등권을 침해하며 자유로운 시장경제 질서를 해치면서 시장에 대한 규제와 간섭을 시도하는 것이라고 비난하고 있다. 헌법소원심판을 청구한 날《조선일보》는 사설에서 "국민들은 현 정권이 출범 직후부터 대통령의 인솔 아래 총리, 각부 장관, 집권당 수뇌부가 선두에 서서 비판적 신문들을 험한 말로 공격하는 모습을 2년 반 동안 줄곧 보아왔고, 이 정권과 손잡고 정권으로부터 각종 지원금과 혜택을 받으면서도 시민단체로 위장 활동해 온 일부 언론관련 단체들을 내세워 신문법 제정을 추진해 온 내막도 알고 있다"고 하면서, "신문의 성공과 실패는 정부가 어느 신문을 밀어주고 어느 신문을 넘어뜨리려 하는 것과 상관없이 궁극적으로 독자가 결정한다는 민주사회의 평범한 상식을 헌법재판소가 재확인해 줄 것이라고 믿는다"고 썼다.

'헌재 2006. 6. 29. 선고 2005헌마165 결정'은 위 법률 제17조, 제34조 제2항 제2호에 대해 위헌을 선언하고, 제15조 제3항은 헌법불합치의 결정을 했는데, 위 법률은 2009년 7월 31일 법률 제9785호의 〈신문 등의 진흥에 관한 법률〉에 따라 대체되었고, 앞에 적시한 문제의 조항은 사라졌다.

여기서 제17조의 위헌 여부에 대한 판단 부분을 요약해보기로 한다. "위 규정이 신문의 다양성 보장을 목적으로 한다고 볼 때 그 목적 자체의 정당성을 인정하는 데는 별 문제가 없을 것이지만 아래에서 보는 바와 같이 이 규정은 그 목적 달성을 위한 합리적이고도 적정한 수단이 되지 못한다"고 전제하고, 첫째 '발행부수라는 단일의 기준'에 대해 "우선 신문의 시장점유율은 발행부수뿐만 아니라 신문매출액, 구독자수, 광고

매출액 등 다양한 요인을 함께 고려하여 평가하여야 함에도 불구하고 이 조항은 단지 발행부수 하나만을 기준으로 삼고 있기 때문에 그 합리성을 인정하기 어렵다. 이 점은 신문시장을 구독시장과 광고시장을 구별하여 평가할 때 더욱 분명하다. 또한 시장지배적 사업자의 추정은 시장의 지배력을 문제삼는 제도인데 시장지배력이라고 하는 것이 신문의 구독시장에서 독자를 흡인하여 언론의 다양성을 저해하는 영향력은 그렇게 크다고 볼 수 없다. 왜냐하면 신문의 선택 및 그로 인한 발행부수의 많고 적음은 기본적으로 신문의 내용에 대한 독자의 개별적인 선호에 의하여 결정되기 때문이다"라고 하고, 둘째 '시장의 동질성'에 대하여 "3개 이하의 신문의 발행부수가 60% 이상이라고 하더라도 그들 사이에 시장의 동질성을 인정할 수 있는지 의문이다. 신문은 일정한 스타일과 색조와 논지를 지니고 있고 때로는 특정의 전문분야를 가지고 있기도 하므로 신문의 선택은 외적인 시장지배적 영향력에 따라 이루어지기보다는 독자의 개별적인 선호에 따라 더 좌우되는 경향이 있기 때문이다. 그러므로 서로 달다른 경향을 가진 신문들에 대한 개별적인 선호도를 합쳐 이들을 하나의 동질적인 시장으로 묶는 것은 큰 무리를 범하는 것이다"라고 하고, 셋째 '지배력 남용의 위험'에 대하여 "신문의 발행부수는 주로 독자의 선호도에 의하여 결정되는 것이고 발행부수를 기준으로 하여 인정되는 시장지배적 지위는 결국 독자의 개별적, 정신적, 정서적 선택에 의하여 형성되는 것인 만큼 그것이 불공정행위의 산물이라고 보거나 불공정행위를 초래할 위험성이 특별히 크다고 볼 만한 사정은 없다. 그렇다면 신문이 시장지배적 지위를 남용할 가능성이 다른 상품이나 용역에 비하여 더 커서 이를 더 엄격히 통제하여야 한다고 볼 수 없는 것이다"라고 하면서, 위 17조는 "합리적인 이유 없이 신문사업자를 공정거래법상의 다른 사업자와 차별하여 신문사업자의 평등권을 침해하고 불합리하고 부적절하게 신문의 자유를 침해하여 헌법에 위반된다"고 결론지었다.

(2) 〈신행정수도 후속대책을 위한 연기·공주지역 행정중심복합도시 건설을 위한 특별조치법〉

두번째로 놀라게 한 법은 2005년 3월 18일 법률 제7391호로 발효된 위의 기다란 이름의 법률이다. 지난 해 10월 헌법재판소에서 위헌으로 결정된 〈신행정수도의 건설을 위한 특별조치법〉의 후속법률인데, 세상에 나온 지 3개월 만에 또 다시 헌법소원이 제기되어 2005헌마579 사건으로 헌법판단을 받는 신세가 되었다. 위헌결정으로 실효된 앞의 법률도 국회에서는 압도적인 다수로 통과된 것처럼, 이번 법률도 '충청권의 표'를 의식한 국회의원 탓이었는지 여야의 협상으로 어렵지 않게 통과되었다.

위헌심판청구의 이유는, 법의 이름만 변경했을 뿐 헌법재판소가 위헌으로 선언한 앞의 법률과 실질적인 면에서 거의 동일성을 유지하는 대체입법이라는 것이며, 이 법에 따라 입법부 및 대통령은 6개 부처와 함께 서울에 있고 국무총리는 나머지 부서인 행정의 중추적 기능을 수행하는 중앙행정기관 등과 120킬로미터 떨어진 연기·공주로 이전하므로, 우리나라의 수도는 서울과 연기·공주로 양분되어 수도 기능을 사실상 해체한다는 것이다. 아울러 우리 헌법 체제가 명시한 대통령제에 반하는 것이며, 또 이는 신행정수도법의 위헌결정의 기속력에 저촉되는 것은 아닌지 문제가 된다고 지적했다. 서울이 수도라는 데 대해 이것이 관습헌법 사항이라면 수도, 즉 서울이 한 곳에 있어야 한다는 것도 관습헌법 사항이라며, 수도를 둘로 나누려면 역시 관습헌법의 개정절차를 밟아야 하므로 이 사건 법률은 헌법 개정에 관한 국민투표권을 침해했다는 주장도 제기되었다. 이 밖에 중앙행정기관의 이전에 8조 5,000억 원, 공공기관의 이전에 3조 3,000억 원이 소요된다는 추산에 따라 납세자로서의 권리와 재산권침해, 다른 지역에 대한 평등권침해, 직업선택의 자유와 거주이전의 자유 그리고 행복추구권침해 등이 위헌심판청구의 이유로 내세워졌다.

헌법 위반인지 여부는 제쳐두고, 도대체 이 법률이 제대로 실현될까 우려하는 것이 국민들의 첫 반응이었는데, 이전 대상 12개 부처의 공무원들을 대상으로 실시한 설문에서도 긍정적인 답변을 한 사람은 3분의 1이 되지 않았다고 한다. "수도권의 과도한 집중에 따른 부작용을 시정하기 위하여 행정중심복합도시를 건설하는 방법 및 절차에 관하여 규정함으로써 국가의 균형발전과 국가경쟁력의 강화에 이바지함을 목적"으로 한다는 이 법의 취지(제1조)는 그럴듯하다. 그러나 한마디로 입법의 의도가 포퓰리즘에 기초한 것으로 어쩐지 신뢰감이 가지 않고, 너무도 엄청난 내용치고는 국민적 여론의 호응이 시들하며, 이러한 분위기인지라 법이 힘을 발휘하고 뿌리를 박기에는 그 무게가 너무 가볍고 허술하다는 생각이 든다.

그러나저러나 '헌재 2005. 11. 24. 선고 2005헌마 579, 763 결정'은 이 법률에 대한 위헌확인 심판청구가 국민투표권 등 기본권을 침해할 가능성이 없어 부적법하다고 판단하였는데, 그 이유를 아주 간추려 소개해 보기로 한다.

첫째, 행정중심복합도시가 건설되면 수도 분할 또는 수도를 해체하는 결과를 초래하므로 이 법률은 관습헌법 개정절차를 밟아야만 되고, 따라서 헌법 제130조 소정의 헌법 개정에 관한 국민투표권이 침해되었다는 주장에 대한 판단.

이 법률 제16조는 제1항에서 행정자치부장관으로 하여금 중앙행정기관 등을 행정중심복합도시로 이전하는 계획을 수립하여 대통령의 승인을 받도록 하고 있고, 제2항에서 통일부·외교통상부·법무부·국방부·행정자치부·여성가족부의 6개부를 이전 대상에서 제외하고 있다. 이에 의하면, 최대한 국무총리를 비롯하여 위의 6개부를 제외한 모든 중앙행정기관이 행정중심복합도시로 이전할 가능성이 있다. 다만 대통령이 여전히 서울에 소재하므로, 대통령을 직접 보좌·자문하는 기관은 이전되지 않을 것으로 예상된다. 행정자치부장관이 작성·고시한 '중앙행정기관 등의 이전계획'(2005. 10. 5.)에 의하면, 행정중심복합도시로 이전하는 기관은 국무총리를 비롯해 모두 49개 기관이다. 그 가운데 주요 기관은 국무총리, 12부(교육인적자원부·문화관광부·정보통신부·해양수산부·재정경제부·과학기술부·농림부·산업자원부·보건복지부·환경부·노동부·건설교통부), 4처(기획예산처·법제처·국정홍보처·국가보훈처), 2청(국세청·소방방재청)이며, 이 가운데 재정경제부·과학기술부 등 8부를 제외한 모든 기관들이 현재 서울에 소재하고 있다. 그러므로 위 계획에 의하면, 서울에 잔류하는 중앙행정기관은 이 사건 법률에서 제외한 6부와 대검찰청·경찰청·기상청의 3청, 그 밖에 국가정보원·국가인권위원회·방송위원회·금융감독위원회 등 각종 독립위원회와 기타 대통령자문기구들이 된다. 이와 같이 행정중심복합도시에는 상당수의 중앙행정기관들이 소재하여 국가행정의 중요한 부분을 담당하기는 하나 그렇다고 정치·행정의 중추적 기능을 실현하고 대외적으로 국가를 상징하는 곳으로 볼 수는 없으므로, 위 도시가 수도로서 지위를 획득하는 것으로 평가할 수는 없다. 따라서 이 사건 법률에 따라 수도가 행정중심복합도시로 이전한다거나 수도가 서울과 행정중심복합도시로 분할되는 것으로 볼 수 없다. 그리고 신행정수도사건의 헌법재판소 결정에 의하면, 대한민국의 수도가 서울이라는 관습헌법은 헌법기관이나 그 하위 조직을 모두 서울에 두어야 한다는 엄격한 요구를 내용으로 하고 있지 않다. 따라서 서울에 국회와 대통령 등 상당수의 비중 있는 국가기관들이 계속 소재하고 국내 최대 도시로서 서울이 가진 정치 외적인 역량과 결합하여 서울이 여전히 정치·행정의 중추 기능과 국가 상징 기능을 수행하고 있다면 서울의 수도로서의 기능이 해체되는 것으로 볼 수 없을 것이다.

나아가, 이 법률이 신행정수도법 위헌결정의 후속법률로서 그 대체입법성 여부를 놓고 적지 않게 논란이 빚어지고 있는 만큼 대통령이 전체 국민의 의사를 물음으로써 이를 종식시키는 것이 국론통합의 측면에서 보다 바람직스럽지 않느냐 하는 것은 이와는 별개의 문제이다. 결국 헌법 제72조의 국민투표권은 대통령이 어떠한 정책을 국민투표에 부의한 경우에 비로소 가능한 기본권이라 할 수 있다. 따라서 이 사건 법률이 설사 수도를 분할하는 국가정책을 집행하는 내용을 가지고 있고 대통령이 이를 추진하고 집행하기 이전에 그에 관한 국민투표를 실시하지 아니하였다고 하더라도 국민투표권이 행사될 수 있는 계기인 대통령의 중요 정책 국민투표 부의가 행해지지 않은 이상 청구인들의 국민투표권이 행사될 수 있을 정도로 구체화되었다고 할 수 없으므로 그 침해의 가능성은 인정되지 않는다.

둘째, 청문권을 침해하였다는 주장에 대한 판단.

국회 입법에 대하여는 원칙적으로 일반 국민의 지위에서 적법절차에서 파생되는 청문권은 인정되지 아니하므로, 이 법률에 의하여 기본권을 침해받을 가능성은 없다.

셋째, 평등권 등 기본권 침해의 주장에 대한 판단.

행정중심복합도시의 건설로 말미암아 여러 부작용과 폐해가 발생하여 막대한 재원을 투자하였음에도 불구하고 그에 상응하는 결실보다는 엄청난 국력의 낭비가 초래될 수도 있다는 청구인들의 예상이 전혀 근거가 없거나 불합리한 것으로 볼 수는 없다. 그러나 헌법상 조세의 효율성과 타당한 사용에 대한 감시는 국회의 주요 책무이자 권한으로 규정되어 있어(헌법 제54조, 제61조) 재정 지출의 효율성 또는 타당성과 관련된 문제에 대한 국민의 관여는 선거를 통한 간접적이고 보충적인 것에 한정되며, 재정 지출의 합리성과 타당성 판단은 재정 분야의 전문성을 필요로 하는 정책 판단의 영역으로서 사법적으로 심사하는 데 어려움이 있을 수 있다. 게다가 재정 지출에 대한 국민의 직접적 감시권을 기본권으로 인정하게 되면 재정 지출을 수반하는 정부의 모든 행위를 개별 국민이 헌법소원으로 다툴 수 있게 되는 문제가 발생할 수 있다. 따라서 청구인이 주장하는 재정 사용의 합법성과 타당성을 감시하는 납세자의 권리를 헌법에 열거되지 않은 기본권으로 볼 수 없으므로 그에 대한 침해의 가능성 역시 인정될 수 없다.

이 재판에는 두 재판관의 위헌의견이 있다. 그 내용을 보면, 이 법률에 따라 서울에서는 정치적 중추 기능의 상당 부분과 행정적 중추 기능의 일부가, 그리고 행정도시에서는 행정적 중추 기능의 대부분과 정치적 중추 기능의 상당 부분이 수행되기에 이른다. 그러므로 이 법률에 의한 중앙행정기관 등의 이전은 우리나라의 수도를 서울과 행정도시의 두 곳으로 분할하는 수도 분할의 의미를 갖는다고 전제하고, 수도 분할은 국민이 헌법개정절차를 통하여 결정하여야 하는 기본적 헌법사항이라고 했다.

박세일 교수가 지적(《동아일보》, 2005. 12. 1.)한 것처럼, 행정도시의 추진이 "단기적인 정파적 이익을 위하여 장기적 국가전체의 이익"을 외면하는 인기 영합적 정책에서 나온 것이라고 하더라도, 이제 법률에 대한 효력의 시비는 종결을 보았다. 그러나 많은 사람들은 앞으로 닥쳐올 행

정의 비효율과 경제적 낭비 등 여러 가지 상황에 대하여 크게 우려하고
있다.

(3) 〈진실·화해를 위한 과거사정리 기본법〉

아아, 또 하나 과거를 파헤치는 법이 나왔다.

2005년 5월 31일에 법률 제7542호로 제정된 이름도 근사한 위 법률
이 그 주인공이다. 이 법률의 목적은 "항일독립운동, 반민주적 또는 반
인권적 행위에 의한 인권유린과 폭력·학살·의문사 사건 등을 조사하여
왜곡되거나 은폐된 진실을 밝혀냄으로써 민족의 정통성을 확립하고 과
거와의 화해를 통해 미래로 나아가기 위한 국민통합에 기여함"(제1조)에
있다고 한다. 진실·화해를 위한 과거사정리위원회는 ① 항일독립운동,
② 해외동포사, ③ 해방 뒤부터 한국전쟁 전후의 시기에 불법적으로 이
루어진 민간인 집단 희생사건, ④ 해방 뒤부터 권위주의 통치시까지 헌
정질서 파괴행위 등 위법 또는 현저히 부당한 공권력의 행사로 말미암
아 발생한 사망·상해·실종사건, 그 밖에 중대한 인권침해사건과 조작의
혹사건, ⑤ 위 시기까지 대한민국의 정통성을 부정하거나 대한민국을
적대시하는 세력 때문에 빚어진 테러·인권유린과 폭력·학살·의문사 등
에 대한 진실을 규명하도록 되어 있다. 여권이 기를 쓰고 밀어붙여온 이
른바 개혁 입법의 하나인데, 이 법률의 국회 통과과정에서 정작 여당 의
원의 과반이 표결에서 반대하는 희한한 일이 벌어졌다. 그 이유는 한나
라당과 벌인 협상에서 대한민국의 정통성을 부정하거나 적대시하는 세
력이 조사 대상에 추가됨에 따라 민주인사에 대한 탄압으로 악용될 우
려가 있다는 것이었다. 그래서 그 시행도 되기 전에 개정법률을 만들 움
직임이 일고 있다는 것이다.

이보다 앞서 제정된 〈일제강점하 반민족행위 진상규명에 관한 특별
법〉(2005. 1. 27. 법률 제7361호)은 일본제국주의의 국권침탈이 시작된 러·
일전쟁 개전 때부터 1945년 8월 15일까지 행한 20개 항목의 행위를 친
일반민족행위(親日反民族行爲)로 보고 그 진상을 규명한다는 법률이다.
여기에는 ① 국권을 지키기 위해 일본제국주의와 싸우는 부대를 공격한
행위, ② 독립운동 또는 항일운동에 참여한 자를 살상한 행위, ③ 을사
조약·한일합방조약 등을 체결한 행위, ④ 한일합병의 공으로 작위를 받
거나 이를 계승한 행위, ⑤ 일본군대의 소위 이상의 장교로서 침략전쟁
에 적극 협력한 행위, ⑥ 판사·검사, 고등문관 이상의 관리, 헌병 또는
경찰로서 무고한 우리 민족 구성원을 감금·고문·학대하는 등 그 탄압에
적극 앞장선 행위 등이 포함되어 있다.

앞의 과거사법은 최장 6년, 뒤의 반민족행위법은 4년의 활동기간을
정하고 있으므로, 이제 4~5년 동안은 과거사 논란으로 나라가 시끄러울
전망이다. 일제(日帝) 때의 친일행위를 조사하고 그 위에 1905년 을사조
약 이후 최근까지 100년 동안의 주요 사건을 다루게 됨에 따라 좌익과
우익 그리고 남북한 정부 모두 사건의 관련자가 되었으니, 그 진상을 어
떻게 제대로 밝힐 것인지 의문이 많다. 진실규명이라는 명분의 배경에
보수세력을 헐뜯으려는 정략적 의도가 숨겨져 있다고 하는 반대 측의
주장도 그냥 나온 소리가 아닌 것 같다.

제3장 과거로 거슬러 올라가는 법률들

1. 허용할 수 없는 성질의 소급입법

〈헌법〉 제13조 제1항 전단은 "모든 국민은 행위시의 법률에 의하여 범죄를 구성하지 아니하는 행위로 소추되지 아니하며"라고 하여 형벌불소급(刑罰不遡及)의 원칙을 규정하고 있다. 이 원칙은 〈헌법〉 제12조 제1항 후단의 "법률과 적법한 절차에 의하지 아니하고는 처벌을 받지 아니한다"라는 죄형법정주의(罪刑法定主義)의 내용을 이루고 있다. 그 취지는 "형벌법규는 허용된 행위와 금지된 행위의 경계를 명확히 설정하여 어떠한 행위가 금지되어 있고, 그에 위반한 경우 어떠한 형벌이 정해져 있는가를 미리 개인에 알려 자신의 행위를 그에 맞출 수 있도록 하자는 데" 있는 것이다(헌재 1996. 2. 16. 선고 96헌가2 결정). 그러니까 형사처벌 법규는 소급효금지(遡及效禁止)의 원칙이 적용된다.

재산권(財産權)에 관해서도 〈헌법〉 제13조 제2항은 "모든 국민은 소급입법에 의하여 참정권의 제한을 받거나 재산권을 박탈당하지 아니한다"라고 규정하여 소급입법에 따른 재산권의 박탈을 금지하고, 제23조는 제1항에 "모든 국민의 재산권은 보장된다. 그 내용과 한계는 법률로 정한다", 제2항에 "재산권의 행사는 공공복리에 적합하도록 하여야 한다"고 하여 재산권의 사회적 구속성을 명시하고 있다.

해방을 맞아 1948년 7월 대한민국정부가 수립되고, 그로부터 6·25 전쟁, 4·19 의거, 5·16 혁명, 10·26 사태 등 정치적 격변기를 거치면서, 1948년 7월 17일 제정된 헌법은 1987년 10월 29일에 대통령직선제를 골자로 한 개정헌법에 이르기까지 모두 아홉 차례나 바뀌었다. 그러나 죄형법정주의와 재산권의 보장에 관한 규정은 제헌(制憲)헌법 때부터 지금의 규정과 마찬가지로 변동이 없다. 그럼에도 불구하고 그동안 여러 가지 형태의 소급입법에 따라 형벌을 과하고 재산권을 박탈한 사례를 경험했는데, 그때마다 헌법은 이를 위해 부칙(附則)에서 근거규정을 마련하는 것은 잊지 않았지만, 법리상으로는 헌법 본문의 명시적인 규정에 흠을 남긴 모양새인 것은 부인할 수 없다.

1948년 9월 22일에 법률 제3호로 제정된 〈반민족행위처벌법(反民族行爲處罰法)〉이 소급입법의 효시라고 할 수 있다. 1948년 7월 17일에 발효된 건국헌법 제101조는 "이 헌법을 제정한 국회는 단기 4278년 8월 15일 이전의 악질적인 반민족행위를 처벌하는 특별법을 제정할 수 있다"고 근거를 두었다. 위 처벌법은 1945년 8월 15일 이전의 악질적인 반민족행위를 한 자, 즉 일본정부와 통모하여 한일합방에 적극 협력한 자, 한국의 주권을 침해하는 조약 또는 문서에 조인한 자, 일본정부로부터 작(爵)을 수(受)한 자 또는 일본제국의회의 의원이 되었던 자, 일본치하 독립운동자나 그 가족을 악의로 살상·박해한 자 등은 사형 또는 무기징역 등 가장 무거운 형에 처하고, 그 재산 및 유산의 전부 또는 일부를 몰수하도록 했으며, 그 밖에 칙임관 이상의 관리가 되었던 자, 밀정행위로 독립운동을 방해한 자, 군·경찰의 관리로서 악질적인 행위로 민족에게 해를 가한 자 등에 대해서는 10년 이하의 징역에 처하고 그 재산을 몰수하는 규정을 두었다. 1949년 1월 8일에 반민특위(反民特委)가 발족되어 반민자의 검거가 시작되었으나, 이듬해 6월 25일 북한군의 남침으로 전쟁이 발발하고, 그러다가 이 법률은 1951년 2월 14일 흐지부지 폐지되었다. 이 때문에 이 법에 따라 선고된 판결은 그때부터 효력을 상실하도록 했다.

4·19 의거 직후인 1960년 10월 13일에 법률 제562호로 제정된 〈민주반역자(民主叛逆者)에 대한 형사사건 임시처리법(刑事事件臨時處理法)〉은 법원에 계속 중인 1960년 3월 15일 시행된 대통령 및 부통령 선거에 관련된 범법행위와 독재정치를 규탄한 국민에 대한 살상행위 그리고 정치세력을 배경으로 한 폭력행위 등에 대한 잠정적 처리방법을 규정한 것으로서, 형사소송법상 구속갱신 횟수제한의 규정이 적용되지 않는다는 것과 구속영장의 효력을 상실해 석방된 피고인을 즉시 구속한다는 내용이었다. 이 법은 1960년 12월 31일 〈부정선거관련자 처벌법(不正選擧關聯者處罰法)〉의 제정과 함께 실효되었다. 법률 제586호의 위 처벌법은 부정선거의 모의 또는 실시에 관해 주도적인 행위를 한 국무위원 및 자유당 당무의원 등과 부정선거와 관련해 사람을 살해한 자는 사형·무기 또는 7년 이상의 징역이나 금고에 처하도록 하고, 부정선거에 항의하는 국민에 대해 폭행·상해·협박·감금·체포한 자 역시 1년 이상 15년 이하의 징역에 처하도록 했다. 이 법률을 제정하기 위해 1960년 11월 29일에 개정한 헌법부칙에서는 "이 헌법 시행당시의 국회는 단기 4293년 3월 15일에 실시된 대통령, 부통령선거에 관련하여 부정행위를 한 자와 그

부정행위에 항의하는 국민에 대하여 살상 기타의 부정행위를 한 자를 처벌 또는 단기 4293년 4월 26일 이전에 특정 지위에 있음을 이용하여 현저한 반민주행위를 한 자의 공민권을 제한하기 위한 특별법을 제정할 수 있으며, 단기 4293년 4월 26일 이전에 지위 또는 권력을 이용하여 부정한 방법으로 재산을 축적한 자에 대한 행정상 또는 형사상의 처리를 하기 위하여 특별법을 제정할 수 있다. 전항의 형사사건을 처리하기 위하여 특별재판소와 특별검찰부를 둘 수 있다. 전 2항의 규정에 의한 특별법은 이를 제정한 후 다시 개정하지 못한다"라는 소급입법의 근거를 규정했다.

1960년 3월 15일에 자유당 후보 대통령 이승만(李承晩), 부통령 이기붕(李起鵬)이 당선된 선거에 대해 민주당은 부정선거로서 무효라고 선언했고, 4월 19일에는 서울시내 학생이 총궐기해 부정선거를 규탄하는 데모를 벌었다. 이때 경찰의 발포로 100여 명이 희생되어 데모는 전국적으로 확대되었으며, 서울 등 대도시에 비상계엄령이 선포되었다. 4월 26일에 이승만 대통령은 하야하고, 이기붕 일가는 자살했다.

4·19 의거 직후 3·15 부정선거의 책임자와 시위군중에 대한 발포명령자 등 이른바 반민주사범에 대한 법원의 재판이 있었는데, 선거부정에 관해 면소(免訴)를 선고해야 한다는 주장이 제기되었다. 3·15 선거와 관련해 적용해야 할 대통령·부통령선거법은 4·19 이후 대통령과 부통령의 직선제가 폐지됨에 따라 효력이 상실되었으므로, 〈형사소송법〉 제326조 제4호에 따라 면소판결을 선고해야 한다는 것이었다. 이처럼 부정선거의 원흉이나 정치깡패 등의 사건을 두고 현행법의 테두리 안에서 재판을 진행하고 있지만, 과연 현행법을 적용할 수 있느냐 아울러 국민감정에 맞는 결론을 내릴 수 있느냐 하는 것이 문제가 되어, 혁명입법이 완료될 때까지 그에 대한 재판을 정지시키기 위한 법안이 제안되어 국

회에서 심의되고 있었다. 1960년 10월 8일에 서울지방법원(재판장 장준택 부장판사)은 전 내무부장관, 전 치안국장 등에게 시위 학생들을 향해 발포를 명령했다는 혐의에 대해 증거가 충분하지 않음을 이유로 무죄를 선고하고, 유죄를 인정한 피고인들에 대해서도 가벼운 형을 선고했을 뿐만 아니라, 헌법 개정을 통해 특별법을 제정하는 것에 반대한다는 견해도 밝혔다. 즉, 헌법의 개정을 통해 과거 행위를 처벌하기 위한 법률을 새로 제정한다면 집권자가 교체될 때마다 헌법을 개정해 종전 헌법에서 보장된 국민의 권리의무를 임의로 개폐하는 결과가 된다는 것이었고, 그러한 특별법의 제정이 과연 법치주의 국가의 정상적 상태로 규정할 수 있을 것인지 의문이며, 법률의 안전성을 저해함이 지대할 뿐만 아니라 허다한 난관이 개재한다고 했다. 그리고 1948년의 헌법에 따른 반민족특별법은 우리의 헌법정신 이전, 다시 말하자면 헌법상으로 권리보장이 없었던 것이므로 가능한 것이었다고 했다.

이 판결은 커다란 파문을 불러왔고, 판결에 항의하는 시위가 잇따르면서 학생들은 국회에 난입해 의장단상을 점거하고 특별법의 제정을 요구했다. 이렇게 되어 1960년 10월 13일에 〈민주반역자에 대한 형사사건 임시처리법〉이 공포되고, 그해 11월 29일 개정헌법 공포와 동시에 시행되어 앞에 본 바와 같은 특별법이 제정되었던 것이다.

1961년 6월 14일에 법률 제623호로 제정된 〈부정축재처리법(不正蓄財處理法)〉은 국가공직 또는 정당의 지위나 권력을 이용해 부정한 방법으로 재산을 축적한 부정공무원 등에 대한 행정상·형사상의 특별처리를 규정한 법률인데, 1953년 7월 1일 이후 1961년 5월 15일까지의 공무원·공공단체·은행·국영기업체의 임원과 정당의 간부 등에 대한 부정행위를 규제 대상으로 했으며, 부정축재처리위원회에서 환수·배상·추징·

벌금 등의 결정을 하고, 그 통고를 받은 자가 이를 고의로 이행하지 않거나 회피한 때는 사형·무기 또는 3년 이상의 징역이나 통고된 금액의 2배 이하의 벌금에 처하도록 했다. 그리고 부정축재자 및 그 상속인·관리인 등이 부정축재에 대한 처리를 면하기 위해 1960년 4월 26일 이후에 재산의 도피·은닉·양도 또는 문서위조 등 행위를 한 때는 사형·무기 등의 중형에 처하는 것으로 규정했다. 군사혁명 뒤의 또 하나의 법률로는 1961년 6월 22일에 법률 제633호로 제정된 〈특수범죄처벌(特殊犯罪處罰)에 관한 특별법〉이 있다. 이 법률은 고위직 공무원과 국회의원·정당간부·군인 등에 대한 독직 등 범죄와 특수밀수, 정당·사회단체의 주요간부에 대한 반국가행위 및 단체적 폭력행위 등에 대해 사형·무기 등 중형에 처할 수 있도록 했는데, 특히 제6조는 "정당, 사회단체의 주요간부의 지위에 있는 자로서 국가보안법 제1조에 규정된 반국가단체의 이익이 된다는 정을 알면서 그 단체나 구성원의 활동을 찬양, 고무, 동조하거나 또는 기타의 방법으로 그 목적수행을 위한 행위를 한 자는 사형, 무기 또는 10년 이상의 징역에 처한다"고 규정했다. 그리고 이 법을 공포한 날로부터 3년 6월까지 소급해 적용하는 것으로 되어 있다.

1961년 5월 16일에 군사혁명이 일어나 전국에 비상계엄이 선포되고 장면(張勉) 내각은 총사퇴했다. 그해 7월 2일 박정희(朴正熙) 소장은 국가재건최고회의 의장에 취임하고, 이듬해 3월 24일 윤보선(尹潽善) 대통령의 사임으로 박 의장은 대통령 권한대행이 되었으며, 1963년 12월 17일에는 대통령에 취임했다.

1962년 12월 26일의 개정헌법은 부칙 제4조에서 "특수범죄처벌에 관한 특별법, 부정선거관련자 처벌법, 정치활동정화법 및 부정축재처리법과 이에 관련되는 법률은 그 효력을 지속하며 이에 대하여 이의를 할 수 없다"고 못박았는데, 통일주체국민회의(統一主體國民會議)에서 대통령을 선출하는 내용의 1972년 12월 27일 개정 유신헌법 부칙 제11조에도 같은 내용의 규정이 들어 있다.

10·26 사태를 겪은 뒤 대통령선거인단에서 대통령을 선거하도록 1980년 10월 27일 개정한 〈헌법〉은 부칙 제6조 제3항에서 당시 입법에 관해 국회의 역할을 한 국가보위입법회의(國家保衛立法會議)가 제정한 법률과 이에 따라 행해진 재판의 효력을 유지하고, 헌법 기타의 이유로 제소하거나 이의를 할 수 없다고 규정하는 한편, 제4항에서는 "국가보위입법회의는 정치풍토의 쇄신과 도의정치의 구현을 위하여 이 헌법시행일 이전의 정치적 또는 사회적 부패나 혼란에 현저한 책임이 있는 자에 대한 정치활동을 규제하는 법률을 제정할 수 있다"고 규정했다.

평화적이고 민주적인 절차에 따라 합의개헌의 형태로 이루어져 대통령직선제를 채택한 1987년 10월 29일의 개정헌법은 부칙 제5조에서 "이 헌법시행 당시의 법령과 조약은 이 헌법에 위배되지 아니하는 한 그 효력을 지속한다"라고 규정했다.

위와 같이 헌법 개정의 과정을 대충 보았지만, 그동안 〈헌법〉은 정치적으로 빈번히 악용되어왔고, 그 때문에 헌법본문의 규정과 상치되는 소급입법의 근거를 부칙에서 규정해왔던 것이다. 그러나 국민적 합의가 형성되는 경우 소급입법에 따라 형벌을 과한다든지 재산권을 박탈하는 당위성을 인정해야 할 때가 있다. 국가가 일본제국주의의 사슬에서 벗어나 새로 건립되면서 광복(光復) 이전의 악질적인 반민족행위자를 처벌하는 제헌헌법 제101조와 같은 규정은 너무도 당연하다. 일제치하에서는 반민족행위자들을 응징할 길이 없었기 때문에 소급입법으로 규제할 수밖에 없는 것이고, 헌법의 원칙적인 금지규정에도 불구하고 민족

정신을 확립하기 위해 소급규제의 필요성을 인정하지 않을 수 없는 것이다. 1960년 11월 29일의 개정헌법도 그해 3·15 선거와 관련해 이승만 정권 아래에서 부정행위를 하고 이를 항의하는 국민에 대해 살상 등을 자행한 자 등을 처벌하는 소급입법을 허용하였는 바, 이것도 같은 맥락에서 이해할 수 있을 것이다.

소급입법이란 법률의 공포시행 이전에 그 효력이 생긴 것 또는 시행 이전의 사태를 대상으로 사후의 법률을 적용·집행하는 것을 말하는데, 이미 완결된 사실에 대한 것과 아직 완결되지 않고 진행 중인 사실이나 법률관계에 대한 것 두 경우를 나누어 일반적으로 전자를 진정(眞正)소급입법이라고 하고 후자를 부진정(不眞正)소급입법이라고 한다. 이를 명백히 하면서 그 허용범위에 관해 원칙을 제시한 다음과 같은 판례가 있다. 즉, 헌법재판소는 '1989. 3. 17. 선고 88헌마1 결정'에서 "과거의 사실 또는 법률관계를 규율하기 위한 소급입법의 태양에는 이미 과거에 완성된 사실 또는 법률관계를 규율의 대상으로 하는 이른바 진정소급효의 입법과 이미 과거에 시작하였으나 아직 완성되지 아니하고 진행 과정에 있는 사실 또는 법률관계를 규율의 대상으로 하는 이른바 부진정 소급효의 입법을 상정할 수 있다 할 것이다. 전자의 경우에는 입법권자의 입법형성권보다도 당사자가 구법질서에 기대했던 신뢰보호의 견지에서 그리고 법적 안정성을 도모하기 위해 특단의 사정이 없는 한 구법에 의하여 이미 얻은 자격 또는 권리를 새 입법을 하는 마당에 그대로 존중할 의무가 있다고 할 것이나, 후자의 경우에는 구법질서에 대하여 기대했던 당사자의 신뢰보호보다는 광범위한 입법권자의 입법형성권을 경시해서는 안 될 일이므로 특단의 사정이 없는한 새 입법을 하면서 구법관계 내지 구법상의 기대이익을 존중하여야 할 의무가 발생하지는 않는다고 할 것이다"라고 판시했고, '헌재 1999. 7. 22. 선고 97헌바76 결정'은 "기존의 법에 의하여 형성되어 이미 굳어진 개인의 법적 지위를 사후입법을 통하여 박탈하는 것 등을 내용으로 하는 진정소급입법은 개인의 신뢰보호와 법적 안정성을 내용으로 하는 법치국가원리에 의하여 특단의 사정이 없는 한 헌법적으로 허용되지 아니하는 것이 원칙이고, 다만 일반적으로 국민이 소급입법을 예상할 수 있었거나 법적 상태가 불확실하고 혼란스러워 보호할 만한 신뢰이익이 적은 경우와 소급입법에 의한 당사자의 손실이 없거나 아주 경미한 경우 그리고 신뢰보호의 요청에 우선하는 심히 중대한 공익상의 사유가 소급입법을 정당화하는 경우 등에는 예외적으로 진정소급입법이 허용된다"고 하여 소급입법의 허용 한계를 제시했다.

'대법원 1983. 4. 26. 선고 81누423 판결'에서는 "과세단위가 시간적으로 정해지는 조세에 있어서 과세표준기간인 과세연도 진행 중에 세율 인상 등 납세의무를 가중하는 세법의 제정이 있는 경우에는 이미 충족되지 아니한 과세요건을 대상으로 하는 강학상 이른바 부진정소급효의 경우이므로, 그 과세연도 개시 시에 소급적용이 허용된다"고 했으며, '대법원 1989. 7. 11. 선고 87누1123 판결'도 헌법재판소와 같은 견해를 밝힘으로써 법치주의 원칙상 금지되는 것은 진정소급입법임을 명백히 했다.

그런데 소급입법에 관해 크게 논의되었던 사건은 1995년 12월 21일 법률 제5028호로 제정된 〈헌정질서파괴범죄의 공소시효 등에 관한 특례법〉과 같은 날 법률 제5029호로 제정된 〈5·18 민주화운동 등에 관한 특별법〉이었다. 후자의 법 제2조는 "① 1979년 12월 12일과 1980년 5월 18일을 전후하여 발생한 헌정질서파괴범죄의 공소시효에 관한 특례법 제2조의 헌정질서파괴범죄행위에 대하여 국가의 소추권행사에 장애사유가 존재한 기간은 공소시효의 진행이 정지된 것으로 본다. ② 제1항에서 '국가의 소추권행사에 장애사유가 존재한 기간'이라 함은 '당해 범죄행위의 종료일부터 1993년 2월 24일까지의 기간을 말한다'"고 규정하고, 제7조는 "정부는 5·18 민주화운동과 관련하여 상훈을 받은 자에 대하여 심사한 결과 오로지 광주민주화운동을 진압한 것이 공로로 인정되어 받은 상훈은 상훈법 제8조의 규정에 의하여 서훈을 취소하고 훈장 등을 치탈한다"고 규정했다.

1979년 10월 26일에 박정희(朴正熙) 대통령이 김재규 중앙정보부장에게 피격·시해된 이른바 10·26 사태가 발생했고, 다음날 제주를 제외한 전국에 비상계엄이 선포되었으며, 12월 12일에는 정승화(鄭昇和) 육군참모총장을 위 시해사건 관련 혐의로 연행한 이른바 12·12 사태가 발생했다. 이듬해 5월 17일에 정부는 전국에 비상계엄을 확대하고, 김대중(金大中) 등 7명을 사회혼란의 조종 혐의 등으로 체포해 군법회의에 송치했으며, 다음날 광주에서 학생 시민의 대규모 데모가 일어났다. 계엄사령부는 5월 27일에 계엄군이 시위를 진압할 때까지 민간인 144명을 비롯해 170명이 사망했다고 발표했다. 계엄사령부는 1980년 7월 3일에 김대중 등 37명을 내란음모 혐의로 기소했고, 8월 16일에는 최규하(崔圭夏) 대통령이 하야했으며, 8월 27일에 전두환(全斗煥) 국가보위비상대책위원회 상임위원장이 통일주체국민회의에서 대통령으로 당선되었다.

1993년 2월 25일에 김영삼(金泳三) 대통령이 취임한 뒤, 12·12 군사반란 사건과 관련해 전두환(全斗煥)·노태우(盧泰愚) 전 대통령 등 33명은 피해자들에 의해 반란 및 내란죄 등 혐의로 고소가 제기되었다. 서울지방검찰청은 위의 고소사건 및 5·18 내란사건과 관련된 피의자들에 대해 불기소처분을 했다. 이 처분에 대해 정승화(鄭昇和) 등 21명은 헌법소원심판청구를 했다.

헌법재판소는 '1995. 1. 20. 선고 94헌마246 결정'으로 심판청구를 배척했는데, 대통령의 재직중 소추(訴追)를 할 수 없는 범죄에 대해 공소시효의 진행이 정지되어야 하는지 여부와 기소유예처분의 위법성 등이 문제가 되었다. 헌법재판소는 우리 헌법이 채택하고 있는 국민주권주의(제1조 제2항)와 법 앞의 평등(제11조 제1항), 특수계급제도의 부인(제11조 제2항), 영전에 따른 특권의 부인(제11조 제3항) 등의 기본적 이념에 비추어 볼 때, 대통령의 불소추특권에 관한 〈헌법〉의 규정(제84조)이 대통령이라는 특수한 신분에 따라 일반국민과는 달리 대통령 개인에게 특권을 부여한 것으로 볼 것이 아니라, 단지 국가의 원수로서 외국에 대해 국가를 대표하는 지위에 있는 대통령이라는 특수한 직책의 원활한 수행을 보장하고 그 권위를 확보해 국가의 체면과 권위를 유지해야 할 실제상의 필요 때문에 대통령으로 재직하는 동안만 형사상 특권을 부여하고 있음에 지나지 않는 것으로 보아야 한다고 하고, "공소시효제도나 공소시효정지제도의 본질에 비추어 보면, 비록 헌법 제84조에는 '대통령은 내란 또는 외환의 죄를 범한 경우를 제외하고는 재직중 형사상의 소추를 받지 아니한다'고만 규정되어 있을 뿐 헌법이나 형사소송법 등의 법률에 대통령의 재직중 공소시효의 진행이 정지된다고 명백히 규정되어 있지는 않다고 하더라도, 위 헌법규정의 근본취지를 대통령의 재직중 형사상의 소추를 할 수 없는 범죄에 대한 공소시효의 진행은 정지되는 것으로 해석하는 것이 원칙일 것이다. 즉 위 헌법규정은 바로 공소시효진행의 소극적 사유가 되는 국가의 소추권행사의 법률상 장애사유에 해당하므로, 대통령의 재직중에는 공소시효의 진행이 당연히 정지되는 것으로 보아야 한다"고 판단했다. 그리고 "피의자 전두환에 대한 군형법상의 반란죄 등에 관한 공소시효는 그가 대통령으로 재직한 7년 5월 24일간은 진행이 정지되었다고 할 것이므로, 2001년 이후에야 완성된다”고 결론을 맺었다. 나아가 이른바 12·12 사건의 처리에서 충실한 과거의 청산과 장래에 대한 경고, 정의의 회복과 국민들의 법감정의 충족 등 기소사유가 갖는 의미도 중대하지만, 이 사건을 둘러싼 사회적 대립과 갈등의 장기화, 국력의 낭비, 국민의 자존심의 손상 등 불기소사유가 갖는 의미 또한 가볍다고만 단정할 수는 없을 것이며, 양자 사이의 가치의 우열이 객관적으로 명백하다고 보기도 어렵고, 그렇다면 가치의 우열이 명백하지 않은 상반되는 방향으로 작용하는 두 가지 참작사유 가운데 검사가 그 어느 한쪽을 선택하고 다른 사정도 참작해 기소를 유예하는 처분을 했다고 하여 그 처분이 〈형사소송법〉 제247조 제1항에 규정된 기소편의주의(起訴便宜主義)가 예정하고 있는 재량의 범위를 벗어난 것으로서 헌법재판소가 관여할 정도로 자의적인 결정이라고 볼 수 없다고 했다.

한편 전두환(全斗煥)·노태우(盧泰愚) 전 대통령을 포함한 피의자들에 대해 5·18 사건과 관련 내란·반란 등의 혐의로 고소가 제기되었는데, 이와 관련한 검찰의 불기소처분에 대해 헌법소원심판청구가 있었다. 헌법재판소는 1995년 12월 15일 선고 직전에 심판청구의 취하가 있었다는 이유로 심판절차의 종료를 선언(95헌마221 등)했다. 이 결정에는 4명의 재판관이 반대의견을 냈다. 특히 소수의견 가운데는 성공한 내란의 가벌성(可罰性) 여부에 관해 주목할 만한 견해가 포함되어 있다. 그것은 어디까지나 소수의견일 뿐 재판부의 견해로 남지 못한 미련이 있어 한 대목 소개해볼까 한다.

“국가의 정치적 기본 조직을 변혁할 것을 목적으로 폭동에 착수하였다가 미수에 그치거나, 폭동이 한 지방의 평온을 해할 정도에 이르러 일단 기수에 달했지만 곧이어 진압된 경우에는 그 행위가 내란죄로 처벌될 것임은 물론이다. 그러나 내란의 목적을 달성하여 사실상 국가권력을 장악한 때에는 그 내란행위자에 대하여 국가의 형벌권을 발동하여 내란죄로 처벌할 방법이 사실상 없으므로 불처벌의 상태로 남아 있을 수밖에 없는 사태가 발생할 수도 있다. 여기서 내란이 그 목적을 달성하여 국가의 정치적 기본 조직이 변경되거나 지배권력이 교체되는 등 변혁에 성공하였을 경우에는 내란행위자들을 내란죄로 처벌할 수 없는 것인가 하는 의문이 제기된다. 생각건대, 내란행위자를 사실상 처벌할 수 없는 상태는 국가형벌권을 담당하는 국가기관이 내란행위자에 의해 억압되고 주권자인 국민도 현실적으로 그를 배제할 힘을 갖지 못함으로써 발생되는 것일 뿐이며, 법리상 당위로서 도출되는 규범적 결과라고 말할 수는 없다. 왜냐하면 형벌법규는 피청구인이 주장하듯이 그것이 금지하는 범죄행위의 성공사실 자체로 인하여 곧바로 폐지되거나 그 내용이 변경되는 것으로 볼 수 없기 때문이다. 범죄행위가 그 성공 여부에 의하여 형벌법규의 존폐를 좌우할 수 있다는 논리는 법의 본질에 반하고 법의 존엄을 해치는 것으로 결코 용인될 수 없는 것이다. 따라서 국가권력의 장악에 성공한 내란행위자에 대하여는 국민으로부터 정당하게 국가권력을 위탁받은 국가기관이 그 기능을 회복하기까지 사실상 처벌되지 않는 상태가 지속되는 것뿐이며, 훗날 정당한 국가기관이 그 기능을 회복한 이후에는 그동안 사실상 불가능하였던 처벌이 실현될 수 있는 것으로 보아야 한다.”

그리하여 집권(執權)에 성공한 내란은 처벌할 수 없다는 이유로 불기소처분한 부분은 취소해야 한다는 것이었다. 그런데 위의 소수의견에는 “우리 재판소가 1995. 11. 23. 최종평의를 하고 선고기일을 1995. 11. 30. 10:00로 확정하였고, 1995. 11. 27.에는 선고할 결정문 초고마저 전체 재판관회의에서 확정한 후 그날 당사자들에게 선고기일을 통지하였으며, 집권에 성공한 내란의 가벌성을 인정하는 의견이 헌법재판소법 제23조 제2항 제1호 소정의 인용결정에 필요한 정족수를 넘었고"라고 되어 있어서, 소수의견의 주된 내용은 실질상 재판소의 의견임에 다름 없다.

그 뒤 1995년 12월 21일자로 앞의 〈5·18 민주화운동 등에 관한 특별법〉이 제정·공포되자 검찰은 위의 두 사건에 관련된 피의자들에 대해 사건을 재기한 다음 구속영장을 신청했고, 위 특별법 제2조는 공소시효가 이미 완성된 그들의 범죄혐의사실에 대해 소급하여 그 공소시효 진행의 정지사유를 정한 것으로서 형벌불소급의 원칙을 천명하고 있는 〈헌법〉 제13조 제1항에 위반되는 규정이라고 주장하면서 위헌심판의 제청을 신청했다.

헌법재판소는 1996년 2월 16일에 위 특별법 제2조가 헌법에 위반되지 않는다고 결정(96헌가2, 96헌바7·13)했다. 주문은 이와 같이 간단하지만 합헌(合憲)의 이유는 복잡하다. 결정이유를 보면, 위헌 여부의 판단에 앞서 위 법률 조항이 확인적 법률인지, 다시 말하자면 공소시효제도의 본질이나 그 제도에 관한 실정법의 해석에 따라 당연히 도출되는 사유를 확인해 공소시효정지사유의 하나로 규정한 데 지나지 않는 것인지, 아니면 형성적 법률, 즉 사후에 새로운 공소시효의 정지사유를 규정한 소급입법에 해당하는 것인지를 가려야 할 필요가 있다고 했는데, 재판관 9명 가운데 4명은 공소시효제도의 구체적인 적용은 법원의 전속적인 권한에 속하는 것으로서 헌법재판소가 관여할 사항이 아니라고 했고, 3명은 소급입법에 해당하지 않는다고 했으며, 2명은 소급적 효력을 가진 형성적 법률이라는 의견을 냈다.

그리고 재판관 전원의 일치된 의견은, "위 특별법의 경우에는 왜곡된 한국 반세기 헌정사의 흐름을 바로잡아야 하는 시대적 당위성과 아울러 집권과정에서의 헌정질서파괴범죄를 범한 자들을 응징하여 정의를 회복하여야 한다는 중대한 공익이 있다. 또한 특별법은 모든 범죄의 공소시효를 일정시간 동안 포괄적으로 정지시키는 일반적인 법률이 아니고, 그 대상범위를 헌정질서파괴범죄에만 한정함으로써 예외적인 성격을 강조하고 있다. 이에 비하면 공소시효는 일정기간이 경과되면 어떠한 경우이거나 시효가 완성되는 것은 아니며, 행위자의 의사와 관계없이 정지될 수도 있는 것이므로 아직 공소시효가 완성되지 않은 이상 예상된 시기에 이르러 반드시 시효가 완성되리라는 것에 대한 보장이 없는 불확실한 기대일 뿐이므로 공소시효에 의하여 보호될 수 있는 신뢰보호이익은 상대적으로 미약하다 할 것이다. 따라서 공소시효가 완성되지 아니하고 아직 진행중이라고 보는 경우에는 헌법적으로 허용될 수 있다 할 것이므로 위에서 본 여러 사정에 미루어 이 법률 조항은 헌법에 위반되지 아니한다"라는 것이었다.

다만 공소시효가 완성되었다고 보는 경우에는 재판관 4명은 진정소급효를 갖게 된다고 하더라도 합헌이라고 보았고, 다른 5명은 한정위헌, 즉 이 법률 조항이 특별법 시행일 이전에 특별법 소정의 범죄행위에 대한 공소시효가 이미 완성된 경우에도 적용하는 한 헌법에 위반된다는 의견이었다. 그러나 이 경우에도 〈헌법재판소법〉 제23조 제2항 제1호에 정한 위헌결정의 정족수에 이르지 못해 합헌으로 선고할 수밖에 없었던 것이다.

독일의 경우 1946년 5월 29일 나치범죄 처벌에 관한 특별법이 제정되어 나치의 지배기간 동안에 정치적·인종차별적·반종교적인 이유 때문에 처벌되지 않은 범죄에 대해 공소시효가 1933년 1월 30일부터 1945년 6월 15일까지 정지된 것으로 본다고 규정한 바 있는데, 독일 연방헌법재판소는 나치정권이 국가권력을 장악함으로써 소추가 불가능했던 기간 동안에는 위 법률규정에 따라 공소시효가 진행되지 않는다는 것을 확인한 것으로서 헌법의 여러 규정에 반하지 않으므로 이를 합헌이라고 판시했다. 통일 뒤인 1993년 3월 26일에 제정된 동독공산당의 불법행위의 시효정지에 관한 법률도 구 동독의 공산당정권 아래에서 정치적 이유 등으로 처벌되지 않은 행위에 대해 1949년 10월 11일부터 1990년 10월 3일에 이르는 기간 동안에는 공소시효가 정지된다고 규정했다. 이러한 규정과 판단은 우리의 5·18 특별법의 입법과 헌법재판소의 결정에 많은 영향을 미쳤을 것으로 생각된다.

이리하여 이른바 12·12 군사반란과 5·18 내란 등 사건의 피고인들은 법원에서 유죄의 판결을 받았다. '대법원 1997. 4. 17. 선고 96도3376 전원합의체 판결'은 "우리나라는 제헌헌법의 제정을 통하여 국민주권주의, 자유민주주의, 국민의 기본권보장, 법치주의 등을 국가의 근본이념 및 기본 원리로 하는 헌법질서를 수립한 이래 여러 차례에 걸친 헌법개정이 있었으나, 지금까지 한결같이 위 헌법질서를 그대로 유지하여 오고 있는 터이므로, 피고인들이 공소사실과 같이 이 사건 군사반란과 내란을 통하여 폭력으로 헌법에 의하여 설치된 국가기관의 권능행사를 사실상 불가능하게 하고 정권을 장악한 후 국민투표를 거쳐 헌법을 개정하고 개정된 헌법에 따라 국가를 통치하여 왔다고 하더라도 피고인들이 이 사건 군사반란과 내란을 통하여 새로운 법질서를 수립한 것이라고 할 수는 없다. 우리나라의 헌법질서 아래에서는 헌법에 정한 민주적 절차에 의하지 아니하고 폭력에 의하여 헌법기관의 권능행사를 불가능하게 하거나 정권을 장악하는 행위는 어떠한 경우에도 용인될 수 없는 것"이라고 하여 두 전직 대통령을 포함한 피고인들에 대해 중형(重刑)을 선고한 서울고등법원의 판결을 유지했다.

17년 전에 일어난, 공소시효가 지나도 한참 지난 범법행위가, 헌법을 개정하고 당당하게 대통령으로 취임해 12년 동안이나 대를 이어 권좌에 앉아 나라를 통치해왔는데, 헌정질서파괴범죄라는 이유로 소급효의 특별법에 따라 유죄의 확정판결을 받고 만 것이다. 이는 '헌재 1996. 2. 16. 결정'의 소수의견이 언급하고 있는 것처럼, "집권과정에서 헌정질서파괴범죄를 범한 자들을 응징하여 정의를 회복하여 왜곡된 우리 헌정사의 흐름을 바로잡아야 할 뿐만 아니라, 앞으로는 우리 헌정사에 다시는 그와 같은 불행한 사태가 반복되지 않도록 자유민주적 기본 질서의 확립을 위한 헌정사적 이정표를 마련하는 것이 국민의 줄기찬 요구이자 여망이며, 작금의 시대적 과제"라는 요청에 부응한 것이다.

그런데 만일 그 내란행위자 또는 그 동조자들이 장래의 어느 날 다시 무력으로 집권하는 일이 생긴다면 어떻게 될까? 마침내 앞의 판결은 특별재심을 통해 면책의 선고가 있게 될 것이다. 대법원의 판결에서도 공소시효의 완성을 이유로 피고인들에 대해 면소(免訴)의 판결을 해야 한다고 주장하는 소수의견이 있었다. 그리고 〈5·18 민주화운동 등에 관한 특별법〉 제4조는 특별재심(特別再審)이라는 제목으로 5·18 민주운동과 관련된 행위 또는 헌정질서파괴의 범행을 저지하거나 반대한 행위로 유죄의 확정판결을 선고받은 자는 형사소송법과 군사법원법의 재심에 관한 규정에도 불구하고 재심을 청구할 수 있다고 규정했고, 이에 따라 김대중 전 대통령 등은 법원에서 무죄의 선고를 받았다. 위와 같은 가상에 대해 코웃음 치고 넘어가는 것은 좋은데, 정치수준과 국민의 문화수준이 낮은 나라에서는 상상하지도 못한 변혁이 일어나곤 한다는 사실을 염두에 둘 필요가 있다. 파스칼(Pascal)은 "실력이 없는 정의는 무력하며 정의 없는 실력은 폭력이다"라고 했다.

2. 허용되는 성질의 소급입법

앞에서 본 바와 같이 헌법은 소급입법에 따라 형벌을 과하거나 재산권을 박탈하는 것을 막고 있다. 그러면서도 격동기의 특수한 상황에서는 소급입법으로 과거의 부정을 척결하고 정의를 실현한 사례를 보았다. 그러나 이러한 사건은 지극히 예외적인 경우라고 하지 않으면 안 될 것이다. 어떤 명목이든 간에 그것은 한편으로 법의 안정성과 신뢰보호, 바로 죄형법정주의를 훼손하는 것이기 때문이다.

그 밖의 소급입법은 어떤 경우에 허용되었고, 어떤 양상으로 이루어졌는가? 소급입법이 금지되는 것은 그 적용 당사자에게 불리한 경우이고, 유리하게 법을 개정함에 따라 거꾸로 그 법을 당사자에게 소급해 적용하도록 하는 것은 허용된다. "법령을 소급적용하더라도 일반 국민의 이해에 직접 관계가 없는 경우, 오히려 그 이익을 증진하는 경우, 불이익이나 고통을 제거하는 경우 등의 특별한 사정이 있는 경우에 한하여 예외적으로 법령의 소급적용이 허용된다"(대법원 2005. 5. 13. 선고 2004다8630 판결). 물론 이 경우에도 평등의 원칙 등 다른 법 원리에 어긋나지 않아야 하나, 소급입법금지의 원칙과는 관계가 없다.

우선 이에 관한 헌법재판소의 판단을 보기로 하자. "헌법상의 기본 원칙인 법치주의로부터 도출되는 법적 안정성과 신뢰보호의 원칙상 모든 법규범은 현재와 장래에 한하여 효력을 가지는 것이기 때문에 소급입법은 금지 내지 제한된다. 다만, 신법이 피적용자에게 유리한 경우에는 이른바 시혜적(施惠的)인 소급입법이 가능하지만 이를 입법자의 의무라고는 할 수 없고, 그러한 소급입법을 할 것인지의 여부는 입법재량의 문제로서 그 판단은 일차적으로 입법기관에 맡겨져 있으며, 이와 같은 시혜적 조치를 할 것인가 하는 문제는 국민의 권리를 제한하거나 새로운 의무를 부과하는 경우와는 달리 입법자에게 보다 광범위한 입법형성의 자유가 인정된다고 할 것이다. 따라서 입법자는 입법목적, 사회실정이나 국민의 법감정, 법률의 개정이유나 경위 등을 참작하여 시혜적 소급입법을 할 것인가 여부를 결정할 수 있고, 그 판단은 존중되어야 하며, 그 결정이 합리적 재량의 범위를 벗어나 현저하게 불합리하고 불공정한 것이 아닌 한 헌법에 위반된다고 할 수는 없는 것이다"(1995. 12. 28. 선고 95헌바196 결정).

소급입법으로서 타당성이 대체로 부여되어 나타난 것은 각종의 시혜적인 입법이다. 군 출신 대통령의 정권이 끝나고 1993년 김영삼(金泳三) 대통령이, 1998년 김대중(金大中) 대통령이 취임하면서 두드러지게 그런 법률이 나타나기 시작했다. 연도순으로 보면 〈광주민주화운동(光州民主化運動)관련자 보상 등에 관한 법률〉(1990. 8. 6. 법률 제4266호)이 첫 작품인 것 같다. 1980년 5월 18일을 전후한 광주민주화운동과 관련해 사망하거나 행방불명이 된 자 또는 상이를 입은 자와 그 유족에 대해 국가가 명예를 회복시켜주고, 그에 따라 관련자와 그 유족에게 보상금·의료지원금·생활지원금 등을 보상하는 내용인데, 1995년 12월 21일에 법률 제5029호로 제정된 〈5·18 민주화운동 등에 관한 특별법〉에 따르면, 위의 보상을 배상으로 본다고 규정했다. 사건의 가해행위를 불법행위로 단정한 뜻일 것이다. 다음 〈일제하 일본군위안부(日帝下 日本軍慰安婦) 피해자에 대한 생활안정지원 및 기념사업 등에 관한 법률〉은 1993년 6월 11일 법률 제4565호로 제정되었는데, 일제로 말미암아 강제동원되어 성적학대를 받으며 위안부로서 생활을 강요당한 피해자를 찾아 생활안정지원금 등을 지급하고 각종 사업을 수행하는 내용으로 되어 있다. 그리고 〈거창사건(居昌事件) 등 관련자의 명예회복에 관한 특별법〉(1996. 1. 5. 법률 제5148호)을 들 수 있다. 거창사건이란 공비토벌을 이유로 국군

병력이 작전을 수행하다가 주민들의 희생을 초래한 사건인데, 사망자 및 유족의 명예회복에 관한 사항 그리고 묘지단장과 위령탑 건립 등을 심의·결정하기 위해 위원회를 두도록 하고, 그 사건의 유족이라는 이유로 어떠한 불이익의 처우도 받지 않는다는 규정을 두었다.

김대중(金大中) 정부가 들어선 뒤부터는 위와 비슷한 성격의 소급입법이 쏟아져 나오기 시작했다. 1999년 9월 2일 법률 제6014호로 제정된 〈시국사건(時局事件)관련 교원임용제외자 채용에 관한 특별법〉은 시국사건, 즉 정부정책에 반대하는 집회·시위, 유인물 배포 및 단체결성·가입 관련 사건, 교원노동조합 등의 사건, 학원민주화운동 관련 사건으로 임용에서 제외된 자를 특별채용하는 내용의 법률이고, 2000년 1월 12일 법률 제6117호로 제정된 〈제주(濟州) 4·3사건 진상규명 및 희생자명예회복에 관한 특별법〉은 제주 4·3사건, 즉 1947년 3월 1일을 기점으로 하여 1948년 4월 3일에 발생한 소요사태 및 1954년 9월 21일까지 제주도에서 발생한 무력충돌과 진압과정에서 주민들이 희생당한 사건과 관련하여, 희생자와 유족의 명예를 회복하고 위령묘지를 조성하거나 위령탑을 건립하며 의료지원금과 생활지원금을 지급한다는 내용을 담고 있다. 그리고 2000년 1월 12일 법률 제6123호로 제정된 〈민주화운동(民主化運動) 관련자 명예회복 및 보상 등에 관한 법률〉은 민주화운동의 정의에 대하여 1969년 8월 7일 이후 자유민주적 기본 질서를 문란하게 하고 헌법에 보장된 국민의 기본권을 침해한 권위주의적 통치에 항거하여 민주 헌정질서의 확립에 기여하고 국민의 자유와 권리를 회복·신장시킨 활동을 말한다고 하고, 민주화운동과 관련하여 사망하거나 행방불명으로 확인된 자의 유족이나 상이를 입은 자에게 보상금·의료지원금·생활지원금을 지급한다는 내용으로 되어 있다. 1969년 8월 7일은 박정희(朴正熙) 대통령의 계속집권을 가능하도록 하기 위해서 3선 금지의 규정을 완화하여 4선을 금지하는 개헌안을 국회에 제출한 날이다. 개헌안은 심한 우여곡절 끝에 국회에서 처리되고 10월 17일 실시된 국민투표에서 가결되었던 것인데, 그해 6월부터 3선 개헌을 반대하는 학생시위가 있었다.

2000년 1월 15일의 법률 제6170호는 〈의문사진상규명(疑問死眞相糾明)에 관한 특별법〉인데, 민주화운동과 관련해 의문의 죽음을 당한 사건에 대한 진상을 밝히는 내용의 법률로, 제26조는 의문사진상규명위원회가 의문사사건의 조사결과 민주화운동 과정에서 공권력의 위법한 행사로 사망했다고 인정하는 경우에는 보상심의위원회에 보상의 심의를 요청해야 한다고 되어 있다. 2001년 7월 24일의 법률 제6495호는 〈민주화운동기념사업회법〉으로, 기념사업회의 사업과 업무수행을 보조하기 위한 법률이다. 여기서 민주화운동이란 3·15 의거, 4·19 혁명, 부·마 항쟁, 6·10 항쟁 등, 1948년 8월 15일 대한민국정부수립 이후 헌법에 보장된 국민의 기본권을 침해한 권위주의적 통치에 항거하여 국민의 자유와 권리를 회복·신장시킨 활동으로서 대통령령이 정하는 활동을 말한다고 되어 있다. 2002년 1월 26일 법률 6650호로 제정된 〈5·18 민주유공자 예우에 관한 법률〉은 5·18 민주화운동과 관련해서 공헌하거나 희생한 자와 그 유족 또는 가족에 대하여 국가가 응분의 예우를 함으로써 민주주의의 숭고한 가치를 널리 알려 민주사회의 발전에 기여함을 그 목적으로 한다고 하고, 예우의 기본 이념으로서 "우리 대한민국의 민주주의와 인권의 발전에 기여한 5·18 민주화운동은 우리들과 우리들의 자손들에게 숭고한 애국·애족정신의 귀감으로서 항구적으로 존중되고, 그 공헌과 희생의 정도에 대응하여 민주유공자와 그 유족 또는 가족의 영예로운 생활이 유지·보장되도록 실질적인 지원이 이루어져야 한다"는 것을 밝히고 있다. 그리하여 이 법률은 적용 대상자에 대한 교육지원·취

업지원·의료지원·대부·양로지원·양육지원 등의 혜택을 내용으로 하고
있다.

앞에서 살펴본 바와 같이 민주화운동이라는 용어를 담고 있는 법률은
한두 가지가 아닌데, 법률마다 그 정의가 다르다. 이제 민주화운동은 종
식되었는가? 그 가지가지 민주화운동은 모두 끝났는가? 앞으로는 제발
민주화운동이라는 그 지긋지긋한 말이 떠돌지 않기를 간절히 바라는 심
정이다.

2004년 1월 29일에 법률 제7121호로 제정된 〈삼청교육피해자의 명
예회복 및 보상에 관한 법률〉이 있다. 삼청교육이란 1980년 8월 4일 계
엄포고 제13호에 따라 실시된 순화교육·근로봉사 또는 〈사회보호법〉
부칙 제5조의 규정에 따라 실시된 보호감호를 말하는데, 이와 관련해 피
해를 입은 자 또는 유족에 대해 명예회복에 필요한 조치와 실질적인 보
상을 하기 위한 법률이다. 같은 날 법률 제7122호의 〈특수임무수행자
보상에 관한 법률〉은 특별한 내용·형태의 정보수집 등을 목적으로
1948년 8월 15일부터 1994년 12월 31일 사이에 첩보부대에 소속되어
특수임무를 한 사람과 그 유족에 대해 보상금 등을 지급하는 내용의 법
률이다. 역시 같은 날 법률 제7160호의 〈특수임무수행자 지원에 관한
법률〉은 위 해당자에 대해 교육지원과 취업지원 등을 하기 위한 것이다.

과거를 파헤치는 작업은 계속된다. 얼마나 더 거슬러 올라갈 작정인
가 하는 의문이 들 정도로 아득한 옛날의 일을 들추어내는 법률까지 등
장했다. 2004년 3월 5일 법률 제7177호의 〈동학농민혁명(東學農民革命)
참여자 등의 명예회복에 관한 특별법〉이 그것인데, 이는 노무현(盧武鉉)
대통령의 참여정부가 들어선 이후의 입법이다. 이 법은 봉건제도의 개
혁과 일제의 침략으로부터 국권수호를 위한 동학농민혁명 참여자의 애

국애족정신을 기리고 이를 계승·발전시켜 민족정기를 선양하며, 동학농민혁명 참여자와 그 유족의 명예를 회복함을 목적으로 한다고 되어 있다. 동학농민혁명이란 1894년 3월에 봉건체제의 개혁을 위해 1차로 봉기하고 같은 해 9월에 일제의 침략으로부터 국권을 수호하고자 2차로 봉기해 항일무장투쟁을 전개한 농민중심의 혁명을 일컫는데, 이 법이 추진하는 사업은 동학농민혁명기념관과 기념탑을 건립하고, 관계자료를 수집·조사·연구·보존·관리 및 전시하며, 유적지를 발굴·복원하는 것들이다.

정형표(鄭逈杓) 변호사는 동학란이 동학혁명으로 바뀐 것도 국회의원의 입법 때문이 아니라 역사가의 연구에 힘입은 것이며 이로써 동학농민혁명은 명예회복이 된 것(《법률신문》, 2004. 9. 13.)이라고 하면서, 위와 같은 성격의 입법에 회의를 표시했다. 그리고 "동학혁명이 일어나던 그 무렵 삼정의 문란으로 전국에서 많은 민란이 있었는데, 그런 민란에 참여한 사람들의 명예는 동학농민혁명참여자에 비해서 하찮게 취급되어도 좋은가, 아니면 그런 사람들의 명예를 회복할 법도 제정되어야 하는가? 그 이전의 홍경래난에 참여했던 사람의 명예는 일고의 가치도 없는가? 임진·정유왜란과 병자·정묘호란에 부역한 무리들은 친일반민족행위자에 견주어 무시해도 좋은가? 이성계가 고려왕실을 뒤엎은 사건은? 또 그 이전의 역사 왜곡은?" 등과 같이 추궁하고 있다.

같은 날의 법률 제7174호는 〈일제강점하 강제동원(强制動員)피해 진상규명 등에 관한 특법법〉인데, 그 제정이유는 만주사변 이후 태평양전쟁에 이르는 시기에 일제로 말미암아 강제 동원되어 일제의 군인·군속·노무자·군위안부 등의 생활을 강요당한 사람들에 대한 정확한 피해조사와 진상규명을 위한 것이며, 이로써 피해자의 인권을 회복하도록 하고 역사의 진실을 밝힘으로써 평화증진에 이바지하려는 것이라고 되어 있다. 그 며칠 뒤인 2004년 3월 22일 법률 제7203호로 제정된 〈일제강점하 친일반민족(親日反民族)행위 진상규명에 관한 특별법〉은 2005년 1월 27일 법률 제7361호로 전면 개정되어 〈일제강점하 반민족행위 진상규명에 관한 법률〉로 바뀌었는데, 여기에는 "일본제국주의의 국권침탈이 시작된 러·일전쟁 개시전부터 1945년 8월 14일까지 일본제국주의를 위하여 행한 친일반민족행위의 진상을 규명하여 역사의 진실과 민족의 정통성을 확인하고 사회정의 구현에 이바지함을 목적으로 한다"고 되어 있다. 친일반민족행위진상규명위원회의 주된 업무는 조사 대상자의 선정, 그 대상자의 친일반민족행위의 조사, 관련 자료의 수집 및 분석, 조사보고서의 발간 및 사료의 편찬 같은 것이다. 이 법률은 과거에 소급해 친일반민족행위자를 처벌하고자 하는 것이 아니므로 죄형법정주의에 어긋나지는 않는다. 그리고 앞의 법률들처럼 시혜적인 것도 아니다. 그러나 50년·100년이 흘러간 과거의 일을 역사학자가 아닌 현재의 정치인이 어떻게 평가하겠다는 말인지, 그보다도 도대체 무슨 목적으로 경제적 난국이나 대북한관계의 정립 등 시급한 현안을 제쳐두고 한가하게 옛날 일의 진상을 밝히겠다는 것인지, 지식층을 포함한 많은 국민은 이런 의문과 우려를 갖고 있다.

친일반민족행위 진상규명에 관해서는 친일반민족행위자를 무수히 양산할 여지가 있다고 지적되는 열린우리당의 개정안(改正案)이 나오면서, 정치권력에 따라 일방적으로 감행하는 역사 심판에 다름없으므로 정치보복의 악순환만으로 끝날 가능성이 짙다는 뜨거운 반발을 사고 있다. 이한구 교수는 "지나간 과거의 진실을 밝히기란 간단하지 않다. 과거란 이미 존재하지 않으며, 역사의 모든 시대나 세대가 나름대로의 공적과 과오를 동시에 갖고 있고, 또 나름대로의 독자적인 역할과 가치체계를 갖고 있기 때문에 과거에 대한 평가는 공정성과 자격을 검증받은 역사 전문가들의 영역일 수밖에 없을 것이다. 이것은 결코 포퓰리즘적 군중심리로 처리할 문제가 아니다"(《문화일보》, 2004. 9. 14.)라고 했다. 신지호 교수는 "나는 북한정권 말고 건국-산업화-민주화에 이르는 대한민국의 역사를 현 정권만큼 부정적으로 바라보는 나라와 정권을 본 적이 없다. 그런 점에서 현 집권세력은 자학사관의 소유자들이다. 이제 전선의 성격은 명확해졌다. 대한민국의 역사를 사랑하는 사람들과 증오하는 사람들의 일대 회전, 이 나라의 운명은 그 결과에 달려 있다"(《동아일보》, 2004. 9. 15.)고 했고, 남덕우(南悳祐) 전 국무총리는 일제강점기의 군인과 경찰 등을 대상으로 친일파를 가려내겠다는 것과 관련해 "그 엄청난 행정 부담과 그 과정의 시끄러움은 고사하고 설사 친일파를 가려냈다 해도 판정에 승복하지 않는 사람들은 후일 현정권이 정략적 동기에서 한 일이라며 오히려 그들의 과거사를 규명하자고 나설지도 모를 일"(《동아일보》, 2004. 9. 18.)이라며 지적했다. 이문열(李文烈) 작가는 "만약 친일 진상규명이 60년이나 지난 지금에조차 모든 것에 우선하여 현실의 정치력을 투입해야 할 정도로 중대한 사안이라면, 이는 정권의 정당성·정통성과 깊은 관련을 맺을 것이다. 그리고 그 기준에 따르면 남한의 역대 여섯 공화국은 모두가 정당성도 정통성도 없는, 태어나서는 안 될 정권이었다. 결국 재수 없게 남한에 태어난 지금의 기성세대는 1960, 70년대 반체제 민주화세력과 80년대 학생운동권을 제외하고는 허망하기 짝이 없는 삶을 이어왔다"(《중앙일보》, 2004. 10. 7.)고 비꼬았다. 최정호(崔禎鎬) 교수는 "과거사 청산이란 용맹스러운 기치를 들고 정치권 안팎에서 '뒤에 태어난 은복'을 만끽하며 그때 그곳에 살며 고초를 겪었던 사람들을 시원치 않기 이를 데 없는 잣대로 추궁하고 단죄하겠다는 나라가 세상에 또 있을까. 광복 후 태어난 그들이 그때 그곳에서 자신들의 부조(父祖)는 어떻게 살았는지, 우선 그것이나 제대로 잘 알아 챙기고 저리도

목청을 높이는 것인지……"(《동아일보》, 2004. 10. 7.)라며 한탄했다.

과거의 행적을 재평가해 미화하는 작업도 당장 평등(平等)의 원리에 저촉될 가능성이 있으므로 함부로 감행할 것이 아니며, 과거사를 규명해 현재의 잣대로 평가하는 일도 처벌법 못지않게 인격권(人格權)을 침해할 가능성이 있으므로 무척 조심스러운 것이다.

앞서 말한 〈5·18 민주유공자 예우에 관한 법률〉만 해도 취업지원 대상자에 대해 채용시험에 가산점을 주도록 되어 있어, 최근 공무원시험에서 형평에 어긋난다고 말썽이 되었다. 이 법률은 애당초 그 제명이 〈광주민주유공자 예우에 관한 법률〉로서 광주민주화운동과 관련해 사망하거나 행방불명 또는 상이를 입은 자와 그 유족에 대해 보상금 등을 지원한다는 내용의 법률이었는데, 2004년 1월 20일 법률 제7105호로 제명을 광주(光州)라는 지명대신 5·18로 바꾼 것이다.

위 법 제22조는 "취업지원실시기관이 그 직원을 채용하기 위하여 채용시험을 실시하는 경우에는 당해 채용시험에 응시한 취업지원 대상자의 득점에 만점의 10퍼센트를 가점하여야 한다"는 것과 위 시험이 "필기·실기·면접시험 등으로 구분되어 실시되는 시험의 경우에는 각 시험마다 만점의 10퍼센트를 가점하여야 한다"는 것, 그리고 "합격자를 결정할 때 선발예정인원을 초과해 동점자가 있고 동점자 가운데 취업지원 대상자가 있는 경우에는 그 자를 우선 합격자로 결정하여야 한다"는 것인데, 이 규정은 최초로 공고하여 실시되는 2004년 채용시험부터 적용하는 것으로 되어 있다. 〈국가유공자 등 예우 및 지원에 관한 법률〉에 따라 이미 국가유공자와 그 유족 등이 취업보호(就業保護) 대상자로 되어 있지만, 5·18 민주유공자로서 본인과 그 자녀에게 행정기관·정부산하기관·공기업 등의 직원 선발시험에 적용해온 가산점제를 2004년에 실시하는 교원임용시험으로 확대하자, 1~2점으로 당락이 갈리는 현실에서 일반 수험생으로서는 엄청난 타격이 되어 역차별이라는 강한 반발을 샀다.

그러나 정부는 〈헌법〉 제32조 제6항에 "국가유공자, 상이군경 및 전몰군경의 유가족은 법률이 정하는 바에 따라 우선적으로 근로의 기회를 부여받는다"고 되어 있으므로 가산점제도는 그대로 유지하되, 교직이나 소수를 선발하는 특정 직렬에서는 일정비율의 국가유공자만 뽑는 합격률 상한제를 도입하는 방향으로 고칠 것이라고 했다.

'헌재 1995. 7. 21. 선고 93헌가14 결정'은 "헌법은 국가유공자 등에게 우선적으로 근로의 기회를 제공할 국가의 의무만을 명시하고 있지만 이는 헌법이 국가유공자 등이 조국광복과 국가민족에 기여한 공로에 대한 보훈의 한 방법을 구체적으로 예시한 것일 뿐이며, 동 규정과 헌법전문에 담긴 헌법정신에 따르면 국가는 '사회적 특수계급'을 창설하지 않는 범위 내에서(헌법 제11조 제2항 참조) 국가유공자 등을 예우할 포괄적인 의무를 지고 있다고 해석된다. 이와 같은 국가의 의무를 이행함에 있어 가능하다면 그들의 공훈과 희생에 상응한 예우를 충분히 하는 것이 바람직할 것이지만, 국가재정능력에 한계가 있으므로 국가보훈적인 예우의 방법과 내용 등은 입법자가 국가의 경제수준, 재정능력, 국민감정 등을 종합적으로 고려하여 구체적으로 결정해야 하는 입법정책의 문제로서 폭넓은 입법재량의 영역에 속한다고 할 것이고, 따라서 국가보훈 내지 국가보상적인 수급권도 법률에 규정됨으로써 비로소 구체적인 법적 권리로 형성된다고 할 것이다"라고 판단했다.

문창극 칼럼(《중앙일보》, 2005. 8. 23.)은 "건전한 사람은 과거에 매이지 않는다. 현재를 감사하게 여기고 미래에 희망을 걸고 있다면 어려웠던 과거도 아름다운 법이다"라고 했다.

모리 슈워츠의 《모리의 마지막 수업》에는 이런 말이 있다. "과거를 부정하거나 거부하지 말고 그냥 과거로 받아들이십시오. 과거에 대해 회상을 하는 것은 좋으나 과거 속에서 살아서는 안 됩니다. 요컨대 과거에 붙들려서는 안 됩니다."

제4장 국방경비법의 회상

1. 1948년부터 13년 반의 생애

나는 고등고시 사법과에 합격한 뒤, 1957년 2월 8일 육군에 입대했다. 소정의 법무장교 훈련을 마치고 군법회의(軍法會議)가 설치된 부대에 배속되어 법무관으로 근무하게 되었는데, 정확하게는 군법무관시보로서 군법회의의 검찰관직을 수행했다. 처음에는 도망병이나 폭력행위 또는 자동차사고 같은 경범죄 사건이 배당되었으며, 이와 관련해 어떤 요령으로 신문하는 것인지 어느 정도의 구형을 하는 것인지 일일이 선배의 의견을 물어 처리한 것으로 기억된다. 정규 법무관이 아닌 법무병과의 행정장교도 군법무관의 직무를 대행해 군법회의에 관여하고 있었는데(당시의 군법무관임용법 부칙 제9조 제1항), 이들 가운데는 실무경험을 바탕으로 우수한 능력을 발휘하고 있는 사람도 있어 나 같은 애송이 장교에게 때때로 스승 같은 구실을 해주었다.

재판실무에 처음으로 나선 그때, 가장 많이 쓰인 법률이 〈국방경비법

(國防警備法)〉이었다. 아니, 그 법률뿐이었다. 거기에는 각종 범죄 및 그에 관한 형벌과 함께 재판절차에 관한 규정이 모두 들어 있었다. 군사재판에 관여하면서 처음부터 생소한 제도라고 느낀 것은, 5인의 장교로서 심판진을 구성하고 최소 3분의 2가 찬성해 판결하도록 했는데, 그 가운데 군법무관 한 사람이 법무사로 관여하면서 법률전문가의 의견은 관념상 5분의 1의 비중에 지나지 않는다는 것이었다. 그러나 그것은 판결에 대한 설치장관의 감형조치가 가능하다는 제도에 견주면 아무것도 아니었다. 고등군법회의가 선고한 판결에 대해 그 군법회의설치장관, 즉 부대의 사령관은 판결의 전부 또는 일부에 대한 면제와 감경의 권한이 있었던 것이다. 그 설치장관은 피고인을 위해 상소심의 구실을 수행하고 있었다. 이는 군사재판의 특성상 불가피한 것인지, 현행 군사법원법에도 판결에 대해 군사법원관할관은 형을 감경할 수 있도록 하고 있지만, 지금은 보통군사법원·고등군사법원·대법원 이렇게 3심제의 구조를 가지고 있어 하늘과 땅 차이이다.

〈국방경비법〉은 〈해안경비법〉과 함께 법령집 등에 1948년 7월 5일 남조선과도정부 법률로 공포되어 같은 해 8월 4일 효력이 발생한 것으로 되어 있을 뿐, 그 입법과 공포의 경위를 알 수 없다. 이는 뒤에 보는 바와 같이 법률의 효력에 관해 사법적 판단이 불가피함으로써 최고법원의 재판에서 알려진 일이다. 그러나 우리 법무장교들은 그 태생경위나 내용이야 어떠하든 현행법률로 열심히 써먹었던 것이고, 당연히 그럴 수밖에 없었다. 그러면서도 참 희한한 법률도 다 있다는 생각은 저버릴 수 없었다. 법에 담긴 내용과 관련해 몇 개의 이야기를 해보겠는데, 56년이 지난 지금에 와서 법률조문을 읽어보면 마치 갓 쓰고 도포 입던 시절의 일처럼 느껴진다.

어느 때나 군법회의에서 가장 많이 다룬 범죄는 도망(逃亡)이었다. 〈국방경비법〉 제9조는 조선경비대 복무로부터 도망 또는 도망을 기도하는 군법피적용자를 처단한다고 하고, 체포당한 경우 입대해 6개월 미만이면 1년 5개월 이하의 징역, 6개월 이후이면 2년 5개월 이하의 징역에 처하고, 도망 뒤 60일 이내에 자수한 경우에는 1년 이하의 징역, 60일 이후에 자수한 경우에는 1년 5개월 이하의 징역에 처한다고 되어 있다. 도망의 동기도 가지가지였지만, 휴가로 집에 가보니 홀로 사는 어머니와 동생들이 어렵게 사는 딱한 광경을 보고 도저히 발이 떨어지지 않아 귀대를 단념하게 되었다는 내용의 진술을 하는 병사가 많았다. 반 이상은 진실이었을 것이었다. 지금의 〈군형법〉 제30조도 군무를 기피할 목적으로 부대 또는 직무를 이탈한 자에 대해 1년 이상 10년 이하의 징역이라는 엄중한 형으로 규율하고 있다. 옛날과 달리 군부대의 환경과 처우가 많이 개선된 오늘날에도 도망자가 있는 모양인데, 그 수가 얼마나 되는지 그 동기는 무엇이라고 말하는지 궁금하다.

도망죄에 대한 처벌은 위와 같은데, 〈국방경비법〉 제2조는 도망병에 대한 정의로 퇴관 허가 전의 장교와 제대 전의 병사로서 "허가 없이 장구히 군무에서 퇴거할 의사로 그 부대 또는 고유의 임무를 이탈하는 자"를 그 하나로 들고 있었다. 그러니까 도망죄가 성립되기 위해서는 '장구히 군무에서 퇴거할 의사'가 있어야 하는 것이었다. 군부대의 법무참모부 검찰과에 배속되어 몇몇 검찰관과 함께 한방을 썼는데, 앞자리의 고참 중위는 덩치가 보통이 아닌데다가 피의자를 다그치는 고함소리가 쩡쩡했다. 게다가 의자 옆에 몽둥이를 세워놓고 있었다. 겁을 주어야지, 그러지 않고서는 어느 놈이나 여간해서 자백을 하지 않는다는 것이었다. 고함소리가 울리고 몽둥이가 쿵쿵 바닥을 쳤다. "이제 사실대로 말해, 부대를 영구히 이탈할 의사가 있었지? 뭐, 아니라고? 이놈 봐라, 좀 맞

아야 정신 차리겠나, 다시 한번 묻겠다. 부대를 영구히 이탈할 의사로 도
망했지?” 도망병은 그렇다고 시인하면 죽는다고 생각했는지 극구 잡아
떼고 있었다. “아닙니다. 절대 아닙니다.” 철썩, 따귀 올리는 소리. 도망
병을 취조하면서 매번 같은 질문으로 자백을 받으려는 기세이기에 나
중에 기분 상하지 않게 참견을 해보았다. “도망한 놈이야 부대를 떠난
것 가지고 유죄지, 제놈이 무슨 생각을 가지고 달아났든 큰 문제가 되겠
어요?”

　도망죄나 군무이탈죄나 그 목적을 가지고 다투는 사건이 많은 모양인
지, 이에 관한 대법원판례도 더러 보였다. “군무이탈죄는 군무를 기피할
목적이 있음을 요하는 목적범인 바, 군인이 소속부대에서 무단이탈하였
거나 정당한 이유 없이 공용외출 후 귀대하지 아니한 경우에는 다른 사
정이 없는 한 군무기피의 목적이 있었던 것으로 추정되고, 또 군무이탈
죄는 그 이탈행위가 있음과 동시에 완성되는 것이므로 그 이후의 사정
여하는 범죄의 성부에 영향이 없다”(1986. 2. 11. 선고 85도2674 판결).

　〈헌법〉이 공포된 날(1948. 7. 17.)과 비슷한 시기에 제정된 옛날의 법이
지만, 죄형법정주의(罪刑法定主義)가 통곡할 만한 조문이 있다. 바로 제
47조(개괄범)인데, 다음과 같은 내용으로 되어 있다. “본법 조항에 죄로
서 규정되어 있지 아니하여도 안녕질서와 군기에 유해한 일체의 질서문
란과 부주의적행위, 군무에 불신임을 초래하는 성질의 일체의 행위 급
(及) 사형에 처할 수 있는 범죄를 제외한 일체의 범죄가 유(有)한 군법피
적용자는 기(其) 범죄의 죄질과 정도에 따라 고등, 특설 우(又)는 약식군
법회의에서 판결에 의하여 처벌함.” 그리고 위 조문의 형벌표에 따르면
스물다섯 종류의 범죄가 열거되어 있는데, 몇 가지를 들면 다음과 같다.
“부대, 숙사 내에서 범한 무질서, 징역 1월 이하, 1월 급료의 3분의 2 몰
수. 무질서로 인한 군무불신임 초래, 징역 4월 이하, 4월을 초과하지 않

는 급료 3분의 2 몰수. 명정(酩酊) 및 무질서로 인한 군무불신임 초래, 징역 6월 이하, 6월을 초가하지 않는 급료 3분의 2 몰수. 명정으로 인한 군무불신임 초래, 징역 3월 이하, 3월을 초과하지 않는 급료 3분의 2 몰수" 등, 이와 같이 무질서라는 용어만 해도 무슨 뜻인지 모를 만큼 무질서하게 나열되어 있다. 그 밖에 "부대, 숙사 등에 허가 없이 주류(酒類)를 지입(持入)하는 행위, 징역 6월 이하, 6월을 초과하지 않는 급료 3분의 2 몰수", 그래놓고 판매 목적이라면 "징역 3월 이하, 기타의 경우도 징역 3월 이하" 등, 어떻게 되는 구별인지 알기 어렵다. 장구·무기·피복·기재 등 군용물이 불결한 때도 1월 이하의 징역에 처하도록 되어 있다.

그때도 〈헌법〉 제8장은 법률의 위헌 여부를 심사하는 헌법재판소를 두게 되어 있었지만, 1962년 1월 20일에 〈국방경비법〉이 폐지되기까지 위와 같은 조문은 시퍼렇게 살아 있었다. 지금의 헌법재판소는 1992년 4월 28일에 이런 판단을 하였다. "법률은 명확한 용어로 규정함으로써 적용대상자에게 그 규제내용을 미리 알 수 있도록 공정한 고지를 하여 장래의 행동지침을 제공하고, 동시에 법 집행자에게 객관적 판단지침을 주어 차별적이거나 자의적인 법 해석을 예방할 수 있다. 따라서 법률은 국민의 신뢰를 보호하고 법적 안정성을 확보하기 위하여 되도록 명확한 용어로 규정하여야 하는 것이다. 특히 법률이 형벌법규인 때에는 더욱 그러하다. 왜냐하면 법률이 규정한 용어나 기준이 불명확하여 그 적용대상자가 누구인지 어떠한 행위가 금지되는지의 여부를 보통의 지성을 갖춘 사람이 보통의 이해력과 관행에 따라 판단할 수 없는 경우에도 처벌된다면, 그 적용대상자에게 가혹하고 불공정한 것일 뿐만 아니라, 결과적으로 어떠한 행위가 범죄로 되어야 하는가를 결정하는 입법권을 법관에게 위임하는 것으로 되기 때문에 권력분립의 원칙에도 반하는 것으로 되기 때문이다"(헌바27 내지 34 등).

하나만 더. 〈국방경비법〉은 이처럼 형벌규정조차 허술하게 되어 있지만, 한편으로 공정한 재판을 위해 관계인들로 하여금 엄숙한 선서를 하도록 한 규정이 있음을 눈여겨볼 필요가 있다. 즉 제70조에 따르면, 군법회의에서 심리를 하기 전에 심판관(審判官)은 검찰관에 의하여 선서를 거행하도록 하고 있는데 그 내용은 이렇다. "(아무개는) 조선국가와 피고인간에 있어서 지금 귀관이 수명한 소송사건을 증거에 의하여 엄정무사(嚴正無私)한 심판과 판단을 하며 또 귀관은 제반 규정과 국방경비법의 각 조항에 의거하여 추호의 편파, 정실 또는 사정(私情) 없이 공정히 법률을 운용하며, 만일 그 법령에 의하여 해석치 못할 의의(疑義)가 생긴 경우에는 귀관의 양심과 건전한 양식에 의하여 처리함을 굳게 서약합니까. 또한 귀관은 군법회의의 판정 및 판결을 정당한 관계관이 공표 할 때까지 또는 법정이 정식으로 선언할 때까지는 검찰관을 제외하고는 일체 이를 타언(他言)하지 아니하며 또한 법령에 의하여 소송법정에서 증인으로서 증거를 제시할 필요가 있는 경우를 제외하고는 기피판정 또는 판결에 관한 개개 심판관의 투표내용 또는 의견을 타언 누설하지 안할 것을 굳게 서약합니까."

다음 심판관의 선서가 끝나면 검찰관은 재판장에 의하여 선서를 하게 되는데, 그 내용은 "귀관(아무개)은 검찰관의 직무를 성실 공정히 완수함을 굳게 서약하는가, 또한 귀관은 군법회의 판정 및 판결을 정식으로 공표할 때까지는 정당히 인가된 자를 제외하고 일체 이를 타언하지 안할 것을 굳게 서약하는가"라는 것이다.

정부수립 직전의 법률인지라 조선국가(朝鮮國家)라 되어 있는 것은 어쩔 수 없어 그대로 두었지만, '생(生)한'·'차(此)를'·'우(又)는' 등의 낱말만 어색하지 않도록 고쳤다. 그런데 한 가지 우스운 것은 판사격인 심판관한테는 '합니까'라는 존댓말을 쓰고 검찰관에게는 증인이나 서기에

대한 서약과 마찬가지로 '하는가'라고 하대하는 내용이다. 그리고 평의
나 판결 내용을 사전에 누설하지 않을 것을 다짐하는 대목도 이채롭다
고 생각된다. 이러한 서약은 군법회의 법정에서 심리에 들어가기 전에
매번 하는 것으로 되어 있지만, 실제로는 이런 서약을 일일이 한 기억이
없다. 훈시규정이라고 보고 넘긴 것이 아닌가 싶다.

2. 법이 사라진 지도 40년이 다되었는데

〈국방경비법〉에 대해 새삼스럽게 이야기를 꺼내게 된 것은, 최근에
와서 그것이 '무효의 법률이다, 악법 중의 악법이다'라는 비판을 받으면
서 대법원과 헌법재판소의 심판에 올라 근근이 명을 건지고 있는 처지
를 본 것이 계기가 되었다. 기억은 희미하지만 그 법은 젊은 시절 내 가
까이에서 놀던 친구였다. 그 놈이 그렇게 악질이었는지, 그때는 친구라
고는 그 애뿐이라서 그랬는지, 그렇게 못된 놈으로 생각한 적이 없었던
것 같다. 그럭저럭 3년만 지나면 일반사회로 돌아간다는 생각만 가득했
지, 좋고 나쁘고를 가릴 이유가 없었던 것이다.
　'대법원 1999. 1. 26. 선고 98두16620 판결'은 "구 국방경비법은 우리
정부가 수립되기 전 미군정 아래의 과도기에 시행된 법률로서 그 제정
및 공포의 경위에 관하여 관련 자료의 미비와 부족으로 불분명한 점이
없지 않으나, 위 법이 그 효력 발생일로 규정된 1948. 8. 4.부터 실제로
시행되어 온 사실 및 관련 미군정법령과 정부수립 후인 군형법, 군법회
의법의 규정 내용 등 여러 정황에 비추어 볼 때, 위 법은 당시의 법규에
따라 군정장관이 1948. 7. 5. 자신의 직권에 의하여 남조선 과도정부 법
령(South Korean Interim Government Ordinance)의 하나로 제정하여 군정청관

보에의 게재가 아닌 다른 방법에 의하여 공포한 것으로 보여지므로, 원심이 위 법이 적법하게 제정·공포되지 아니하여 무효라는 원고의 주장을 배척한 조치는 정당"하다고 판단했다. 위 사건은 〈보안관찰법〉에 따라 보안관찰처분을 받은 당사자가 정부를 상대로 그 취소를 구한 것인데, 위 법의 부칙 제2조는 구 〈국방경비법〉 제32조(적에 대한 구원, 통신연락 등) 및 제33조(간첩)의 규정에 따른 죄로 형의 집행을 받은 자도 보안관찰처분의 대상자로 본다고 규정하고 있어 〈국방경비법〉의 효력이 문제된 것이었다.

이번에는 다시 헌법재판소로 넘어갔는데, 역시 보안관찰처분의 적법여부를 다투는 사건이었다. 청구인 갑은 1953년 7월 25일 중앙고등군법회의에서 위 제32조와 제33조 위반죄로 사형을 선고받은 뒤 육군총참모장의 확인 과정에서 무기징역으로 감형되었고(2000년 9월, 61명의 비전향장기수와 함께 북한으로 송환되었다), 청구인 을은 1951년 11월 21일 같은 군법회의에서 같은 죄로 무기징역을 선고받고 복역하다가 모두 1995년 8월 15일 형집행정지로 출소했다. 법무부장관은 이들에 대해 보안관찰처분을 했고 2년의 처분기간 만료일이 다가오자 그 기간을 갱신하는 처분을 했는데, 청구인들의 불복으로 헌법소원심판에 이른 것이었다.

헌법재판소는 2001년 4월 26일 대법원과 마찬가지로 〈국방경비법〉의 효력을 인정했으나(98헌바79), 그 결정에 의하면 〈국방경비법〉이 "실제 공포되었다는 관보나 제정경위에 관한 직접적인 자료는 발견되지 않고 있어서 그 성립 여부나 경위에 관한 의문이 제기되고 있다"는 점을 시인했다. 그러면서 미군정기(美軍政期)의 법령체계에 관하여, 입법의원이 창설된 1946년 8월 24일부터 해산한 1948년 5월 20일 사이에는 미군정청과 입법의원에게 입법권한이 분산되었으나 위 법을 입법의원에서 남조선과도정부법률의 하나로 제정·공포했다고 보기는 어렵고, 당시 미군정장관이 직권에 따라 법령(ordinance)의 하나로 제정, 관보게재 외의 방식으로 공포했으며, 특히 제32조와 제33조는 1946년 6월 15일 당시에 이미 유효하게 성립되었던 것으로 볼 수 있다고 판단했다.

나아가 "대한민국 정부수립 후 구 국방경비법은 1962. 1. 20. 군형법(법률 제1003호)과 군법회의법(법률 제1004호)에 의해 폐지될 때까지 일관되게 국민들과 법제정당국 및 집행당국에 의해 '현행법률'로 취급받았고, 폐지 후로도 유효한 법률이었음을 전제로 입법이 되는 등 실질적으로 규범력을 갖춘 법률로 승인되었다. 그 예를 보면, 구 국방경비법은 재판에 널리 적용되었을 뿐만 아니라 1951. 7. 3. 법제사법위원장에 의하여 구 국방경비법에 대한 개정법률이 제안되었다가 1954. 4. 30. 회기불계속으로 폐기되었던 적이 있다. 그 외에도 1952. 8. 15. 감형령(대통령령 제667호)에서는 구 국방경비법 제32조 및 제33조 등의 위반자를 사면법에 따라 특별히 감형"한 사실을 들고 있고, 또 1958년 12월 26일 〈국가보안법〉(법률 제500호) 제3조, 1962년 1월 20일 〈군형법〉과 〈군법회의법〉의 각 부칙, 1962년 9월 24일 〈국가보안법〉(법률 제1151호)과 〈반공법〉(법률 제1152호)의 각 부칙에서 구 〈국방경비법〉에 대한 경과규정을 두고 있음을 상기시키고 있다. 그런 다음 이렇게 결론을 맺었다. "대한민국 정부수립 후 구 국방경비법은 1962. 1. 20. 폐지될 때까지 아무런 의심 없이 국민들에 의해 유효한 법률로 취급받았고, 유효한 법률이었음을 전제로 입법이 되는 등 실질적으로 규범력을 갖춘 법률로 승인된 점 등을 종합하여 볼 때, 비록 구 국방경비법의 제정, 공포 경위가 명백히 밝혀지지 않기는 하나 그 유효한 성립을 인정함이 합리적이다."

아득하게 흘러간 날의 군법회의, 1987년 10월 29일 헌법 개정으로 군법회의라는 말은 군사법원(군사법원법 1987. 12. 4. 법률 제3993호)으로 바뀌었는데, 군법회의 그 재판정에서 숱한 사람들이 국방경비법의 사슬에 묶여 고통을 받은 것은 틀림없다. 그 재판에 적용된 법률에 관하여 그 탄생의 근거와 정당성을 내세우기 어렵다는 사실은 확실히 비극이다. 당시 군부의 법률가들은 범법자들에 대한 적용법률이 그것뿐인 데다가 그나마 대견스러운지라, 그 족보가 희미한 사실을 알았다 하더라도 어쩔 수 없이 시치미를 떼고 앞사람만 따랐을 것이다. 그리하여 오랜 동안 유효한 법률임을 전제로 쓰였던 것이다.

어쨌든 지금에 와서 지난날의 모든 기정사실을 뒤엎어버릴 수는 없는 일이다. 지나간 일은 지나간 것으로 끝내는 슬기도 필요한 것이다. 지금 의 정부가 과거의 잘못된 모든 것을 들추어내는 작업에 손대려는 움직임을 보이고 있는데, 앞의 판례는 어떤 의미에서 그 한계를 가르쳐주고 있지 않나 하는 생각이 든다.

제2부

법의 투쟁

> 우리 사회는 날이 갈수록 흉악법이 날뛰고 좀도둑이 들끓고
> 폭력배가 기승을 부리고 있다. 경찰에게 이들 사회악의 퇴치를 강조하면서
> 한편으로 경찰의 뒤통수를 갈기는 모양새를 보이는 일이 있어서는 안 된다.
> 공무집행을 너무 쉽게 위법행위로 보는 것은 결국 경찰을 위축시켜
> 힘을 빠지게 하고, 결국 사회를 어지럽히는 병균의 번식을 돕는 것이 된다.
> 한 걸음 다른 각도에서 내다볼 필요가 있다.

경찰청

아무리 보잘것없는 범죄라도 범죄로 분류되는 이상 경계해야 한다.
업신여겨서는 안 되며 쉽게 용서해서도 안 된다.
일반 상식으로 이런 행위를 하면 안 되지
싶은 것이 있다면 거기에는 대부분
법규상의 제재가 있음을
발견할 수 있을 것이다.

대검찰청

법치국가에서 악법의 존재는 양립하지 않는다.
가령 악법의 존재가 가능하다고 하더라도
그것은 일시적인 현상이며, 어느 때인가 사라지게 된다. 
변호사회관
변호사회관

제1장 입법자와 판·검사의 책임을 묻는 소송

먼저 입법행위(立法行爲)에 대하여 그 불성실을 이유로 손해배상을 청구한 사건을 보도록 하겠다. 1989년 12월 30일 법률 제4174호로 제정된 〈택지소유상한에 관한 법률〉이 바로 문제의 법률이다. 이 법률은 1998년 9월 19일 법률 제5571호로 폐지되었는데, 그 이듬해 4월 29일에 헌법재판소의 위헌결정(94헌바37등)이 있었다. 이와 관련해서는 앞의 이 책 제2부 3장의 〈법에 순응하여 손해를 본 사람들〉에서 다시 살펴볼 것이다. 위의 법률에 따라 부과된 부담금을 꼬박꼬박 납부하고 소송도 하지 않은 사람은 위헌결정의 불소급효(不遡及效)로 이미 낸 돈을 돌려받지 못하고 말았지만, 법원에 소송을 제기한 납부자와 납부하지 않고 버틴 사람은 부담금의 납부의무에서 면책되었던 것이다.

법에 따라 부담금을 고분고분 낸 사람이 국가를 상대로 부당이득(不當利得)이라고 하여 반환을 구하는 소송을 제기해보았지만 허사였다. 이리하여 최후의 법정투쟁을 한 것이 국가를 상대로 불법행위를 원인으로 한 손해배상소송이었다. 즉, 위 법률을 제정한 대한민국의 국회와 그 구성원인 국회의원들은 헌법에 위반되지 않는 범위 안에서 입법을 하도록 심의절차 등을 성실히 할 의무가 있음에도 그 의무를 위반해 위의 위헌 법률을 제정함으로써 불법행위를 했으므로, 그로 말미암아 원고가 입은 손해를 배상할 책임이 있다는 주장을 내세운 것이다.

그러나 서울지방법원(2000. 10. 5. 선고 2000가합6310 판결)은 "우리 헌법이 채택하고 있는 의회민주주의하에서 국회는 다원적 의견이나 각가지 이익을 반영시킨 토론과정을 거쳐 다수결의 원리에 따라 통일적인 국가의사를 형성하는 역할을 담당하는 국가기관으로서, 그 과정에 참여한 국회의원은 입법에 관하여 원칙적으로 국민 전체에 대한 관계에서 정치적 책임을 질 뿐 국민 개개인의 권리에 대응하여 법적 의무를 지는 것은 아니므로, 국회의원의 입법행위는 그 입법내용이 헌법의 문언에 명백히 위반됨에도 불구하고 국회가 굳이 당해 입법을 한 것과 같은 특수한 경우가 아닌 한 국가배상법 제2조 제1항 소정의 위법행위에 해당된다고 볼 수 없다"고 하여 같은 취지의 '대법원 1997. 6. 13. 선고 96다56115 판결'을 인용한 다음, "입법자는 광범한 형성의 자유를 가지며 법률의 위헌성 여부는 법률전문가라도 쉽게 판단하기 곤란한 경우가 많아 사후에 위 법률이 위헌결정을 받았다 하여 고의 내지 과실이 있다고 할 수 없으므로, 가사 원고 주장과 같이 국회가 위 법률을 제정함에 있어 심의절차 등을 성실히 수행하지 않았다고 하더라도 위 사정만으로는 국회 내지 국회의원들에게 위법행위가 있다고 할 수 없다"고 하면서 원고의 청구를 기각했다.

제1심법원이 인용한 대법원판례는 1975년 7월 16일 법률 제2769호로 제정되었다가 〈보안관찰법〉(1989. 6. 16. 제정 법률 제4132호)이라는 명칭으로 바뀜과 아울러 그 내용이 전면 개정되기 이전의 〈사회안전법(社會安全法)〉에 관한 것이었다. 이 법률의 보안처분(保安處分) 등에 관한 규정이 위헌임을 전제로 국회의원으로 인한 문제의 법률 제정행위가 국가배상법상의 위법행위로 평가된다고 한 주장을 배척한 내용이었다.

〈헌법〉 제29조는 공무원의 직무상 불법행위로 손해를 받은 국민은 법률이 정하는 바에 따라 국가 또는 공공단체에 정당한 배상을 청구할 수 있다는 규정을 두고, 다만 군인·경찰공무원 등 특수신분 공무원에 대해서는 전투·훈련 등 직무집행과 관련해 받은 손해에 대해서는 법률이 정하는 보상 외의 손해배상을 청구할 수 없다고 하여 국가배상청구권을 제한하고 있다. 이를 이어받아 국가배상법 제2조는 국가 또는 지방자치단체는 공무원이 그 직무를 집행함에 당하여 고의 또는 과실로 법령에 위반하여 타인에게 손해를 가한 때는 그 손해를 배상해야 한다고 규정하고, 군인 등에 대해서는 전투나 훈련 등 기타 직무집행과 관련해 전사 또는 공상을 입은 경우에 재해보상금·유족연금·상이연금 등의 보상을 지급받을 수 있을 때는 손해배상을 청구할 수 없다고 구체화했다.

군인·군무원·경찰공무원·향토예비군대원과 같이 〈국가배상법〉이 들고 있는 특수신분의 공무원은 아니지만, 입법작용을 맡은 국회의원(國會議員)이라든가 사법작용 또는 준사법작용을 담당하는 법관(法官)·검사(檢事) 등의 특수신분 공무원에 대해서는 그 불법행위로 인한 국가의 손해배상책임을 어떻게 인정할 것인가 하는 문제가 있다. 국회의원의 경우 앞의 판례에서 본 것처럼 법률이 위헌이라고 해서 그 법률의 불성실한 심의절차를 이유로 불법행위책임을 물을 수는 없다고 할 것이다. 〈헌법〉 제45조는 "국회의원은 국회에서 직무상 행한 발언과 표결에 관하여 국회 외에서 책임을 지지 아니한다"고 규정하고 있는데, 이는 국민대표성과 원활한 직무수행을 보장하기 위한 특권으로서 형법상의 범죄나 민사상의 책임에서 벗어나므로 국회의원의 입법행위에 대해 불법행위를 이유로 국가배상책임을 인정할 것은 아닌 것이다. 다만 앞의 판례는 "헌법의 문언에 명백히 위반됨에도 불구하고 국회가 굳이 당해 입법을 한 것과 같은 특수한 경우"로 제한하여 배상책임을 긍정하는 여지를 남겨두고 있는 것처럼 보이지만, 전면 부정하는 것과 다를 바 없다.

입법행위와는 관계가 없으나, 이 기회에 법을 다루는 사람들의 책임에 관하여 한번 훑어보기로 하겠다. 먼저 법관의 경우를 보자. 법관의 오판(誤判)에 대하여 불법행위책임을 물을 수 있을 것인가? 〈헌법〉 제101조 제1항은 "사법권은 법관으로 구성된 법원에 속한다"고 규정하고, 제103조는 "법관은 헌법과 법률에 의하여 그 양심에 따라 독립하여 심판한다"고 규정하고 있다. 이와 같이 헌법상으로 법관의 독립성을 인정하고 있지만, 〈국가배상법〉에서는 법관의 행위에 대해 면책규정을 두고 있지 않으며, 개인책임을 면제하지 않는 〈헌법〉 제29조 단서의 규정에 맞추어 〈국가배상법〉 제2조 제2항은 공무원이 고의 또는 중대한 과실로 불법행위를 했을 때 국가는 그 공무원에게 구상할 수 있다고 규정했다. 따라서 법관의 재판업무와 관련해 손해배상청구가 있을 때는 국회의원의 면책특권과 같은 성질의 권리를 내세워 방패막이로 쓸 수 없다.

그러나 재판작용의 특수성을 고려하면 재판상의 불법행위를 이유로 하는 국가배상문제가 다른 공무원에 대한 것처럼 간단하지 않다는 사실을 알 수 있다. 재판의 특수성이란 심급제도(審級制度)와 기판력(旣判力)을 말한다. 전자는 재판에 불복하는 사람이 상소 또는 재심에 따라 권리를 구제받을 수 있는 길이 열려있는 것을 말하고, 후자는 판결이 확정되면 더 이상 그 판결에 대해 다툴 수 없는 효력을 인정하는 것을 말한다. 법관의 판단 오류를 방지하기 위해 그리고 법적 안정성을 도모하기 위해 마련된 제도임은 말할 것도 없다. 그러나 심급제도의 취지는 한 번의 재판만으로는 그 적정(適正)을 보장할 수 없기 때문에 다른 법관에 의하여 시정할 기회를 마련한 것이고, 다른 어떠한 구제도 인정하지 않는다는 것은 아니다. 그리고 이미 확정된 재판이라는 것과 그 판결의 위법을 이유로 하는 국가배상소송은 그 목적과 대상을 달리한다. 이렇게 때문에 재판을 한 법관의 행위에 위법이 있는 경우 국가배상책임이 성립할 수 있다는 결론은 불가피한 대신, 앞에서 말한 재판의 특수성을 고려하면 법관의 재판에 위법성이 인정되느냐의 판단은 엄격히 제한될 수밖에 없다.

대법원은 '2001. 4. 14. 선고 2000다16114 판결'에서 "법관이 행하는 재판사무의 특수성과 그 재판과정의 잘못에 대하여는 따로 불복절차에 의하여 시정될 수 있는 제도적 장치가 마련되어 있는 점 등에 비추어 보면, 법관의 재판에 법령의 규정을 따르지 아니한 잘못이 있다 하더라도 이로써 바로 그 재판상 직무행위가 국가배상법 제2조 제1항에서 말하는 위법한 행위로 되어 국가의 손해배상책임이 발생하는 것은 아니고, 그 국가배상책임이 인정되려면 당해 법관이 위법 또는 부당한 목적을 가지고 재판을 하는 등 법관이 그에게 부여된 권한의 취지에 명백히 어긋나게 이를 행사하였다고 인정할 만한 특별한 사정이 있어야 한다고 해석함이 상당하다"고 판단했다. '대법원 2001. 10. 12. 선고 2001다47290 판결'도 이를 인용했는데, 전자는 임의경매절차에서 경매담당 법관이 피해자의 근저당권설정을 오인해 그 기재를 누락한 채 배당표 원안을 작성한 잘못을 저질렀고 피해자가 이에 불복하지 않아 실체적 권리관계와 다른 배당표가 그대로 확정되어버린 사건이었으며, 후자는 법관이 압수수색할 물건의 기재가 누락된 압수수색영장을 발부한 사건이었다.

대법원판결이 이처럼 법관이 "위법 또는 부당한 목적을 가지고 재판을 하는 경우"라고 예를 들고 있는 만큼, 재판의 오류를 이유로 손해배상청구를 하는 길은 현실적으로 거의 불가능한 것이 아닌가 여겨진다.

따라서 민사재판의 경우 법관의 불법행위가 있을 수 있는 영역은 사실인정의 잘못과 법령해석의 잘못 또는 법령내용의 오해 등 여러 가지가 있으나, 어느 경우이든 법관이 부당한 목적을 가지고 논리칙이나 경험칙상 있을 수 없는 사실인정을 하는 경우, 또는 통설과 판례를 무시하고 전혀 엉뚱하게 법령을 해석·적용하는 등의 특별한 경우가 아니면 오판을 이유로 손해배상책임을 묻기는 어려운 것이다.

〈헌법〉 제28조는 형사피의자 또는 형사피고인으로 구금되었던 자가 법률이 정하는 불기소처분을 받거나 무죄판결을 받은 때에는 법률이 정하는 바에 따라 국가에 정당한 보상(補償)을 청구할 수 있다고 규정했고, 〈형사보상법〉은 무죄판결을 받은 자가 미결구금을 당했거나 피의자로서 구금되었던 자가 검사로부터 공소를 제기하지 아니하는 처분을 받았을 때는 국가에 대해 그 구금에 관한 보상을 청구할 수 있다고 규정했다. 그렇다고 해서 이 제도 때문에 국가배상책임이 부정되는 것은 아니다. 형사보상제도의 취지는 법관을 비롯한 공무원의 불법행위책임의 성립 여부와 관계없이 피해자를 구제하기 위해 무과실책임을 인정한 것으로서, 법관을 비롯한 공무원의 불법행위를 이유로 형사보상제도와는 별도로 국가배상책임을 추궁할 수 있는 것이다(형사보상법 제5조).

〈의문사진상규명에 관한 특별법〉(2000년 1월 15일 법률 제6170호) 제3조에 따라 설치된 의문사진상규명위원회는 2002년 9월 12일 인민혁명당 재건위원회 사건에 대하여, 그것은 박정희 정권의 유신체제 반대운동을 탄압하는 과정에서 중앙정보부가 조작(造作)한 것이었음이 확인되었다고 발표했다. 이는, 비상고등군법회의의 재판을 거쳐 1975년 4월 8일 대법원 전원합의체에서 8명의 피고인에 대하여 상고를 기각하고 사형을 확정했는데, 위 군법회의 검찰부 검찰관의 형 집행지휘 및 국방부장관의 사형집행명령에 따라 형이 확정된 지 18시간 만인 다음날 오전 4시

55분 무렵부터 약 4시간에 걸쳐 사형이 모두 집행된 사건이다. 그리하여 오늘에 와서 '사법살인(司法殺人)'이라는 오명을 얻은 재판이 되고 만 것이다.

피고인들은 수사 과정에서 중앙정보부의 수사관들과 파견 경찰관 등에게 몽둥이로 구타당하거나 물고문·전기고문 등 가혹행위를 당한 나머지, 공산폭력혁명으로 정부를 전복시켜 통일된 공산주의 국가를 건설하려고 했다는 등의 허위자백을 했고, 재판 과정에서도 제대로 방어권을 행사하지 못해 임의성 없는 증거들이거나 증명력이 부족하여 유죄로 단정할 수 없는데도 극형이 확정되는 있을 수 없는 일이 벌어진 것이었다. 그리하여 이 사건은 재심을 거쳐 서울중앙지방법원에서 2007년 1월 23일 피고인들 모두에게 무죄를 선고하고 이 판결은 바로 확정되었다. 아울러 유족들은 국가를 상대로 340억 원의 손해배상을 청구했고, 법원은 "남북분단이라는 특수한 상황 하에서 적화통일과 국가변란을 바라는 사회 불순세력으로 몰려 약 30년 남짓 동안 원고들이 겪은 사회적 냉대, 신분상의 불이익과 이에 따른 경제적 궁핍 등 이루 말할 수 없는 고통을 당한 사정" 등을 감안해 파격적인 위자료 액을 산정하여 판결했다.

'서울중앙지방법원 2007. 8. 21. 선고 2006가합92412 판결'은 피고의 소멸시효 주장에 대한 판단에서 그것이 신의성실의 원칙에 반하여 권리남용으로서 허용될 수 없다고 배척한 다음, 아래와 같은 소회를 덧붙이고 있다. "이 사건의 경우는, 피고 대한민국 소속 공무원이 통상적인 공무수행을 하는 과정에서 개별적으로 저지르게 된 일반적인 불법행위가 아니고, 국민적 지지기반이 극히 취약한 상태에서 탄생한 유신정권이 그 정통성에 대한 위기감을 상당히 느끼고 있었던 비상한 시기에 국가에 의하여 조직적으로 관여된 피고 대한민국 소속 공무원들이 저지르게 된 특수한 불법행위의 경우이므로, 이러한 경우에 있어서는 국민의 기본적 인권을 보호하여 국민 개개인의 인간으로서의 존엄과 가치를 보장하며 국민으로 하여금 행복을 추구할 권리를 향유하도록 하여야 할 임무가 있는 피고 대한민국으로서는, 위와 같은 피해를 입었다고 주장하는 원고들에 대하여 정정당당하게 그러한 불법행위 자체가 있었는지의 여부를 다투는 것은 몰라도, 구차하게 소멸시효가 완성되었다는 주장을 내세워 그 책임을 면하려고 하는 것은 결코 받아들일 수 없다고 할 것이다.”

헌법재판소 재판관에 대해 재판상의 과오를 이유로 국가배상책임을 인정한 사례가 있다. 원고는 적법한 청구기간 안인 1994년 11월 4일 헌법소원청구를 했는데, 헌법재판소 재판관이 그 접수일을 11월 14일로 오인하고 기간이 도과되었다고 하여 각하의 결정을 한 잘못을 저질렀다. ‘대법원 2003. 7. 11. 선고 99다24218 판결’에 따르면 위의 잘못은 전적으로 재판관의 판단 재량에 맡겨져 있는 헌법의 해석이나 법령·사실 등의 인식과 평가의 영역에 속한 것이 아니고, 헌법소원심판 제기일의 확인이라는 비재량적 절차상의 과오라는 점, 통상의 주의만으로도 착오를 일으킬 여지가 없음에도 원고의 헌법소원 제기일자를 엉뚱한 날짜로 인정한 점, 헌법재판소의 결정에 대해서는 불복의 방법이 없는 점 등에 비추어보면, “위와 같은 잘못은 법이 헌법재판소 재판관의 직무수행상 준수할 것을 요구하고 있는 기준을 현저하게 위반한 경우에 해당하여 국가배상책임을 인정하는 것이 상당하다고 하지 않을 수 없다”고 했다. 나아가 판결은 “헌법소원심판을 청구한 원고로서는 헌법재판소 재판관이 일자 계산을 정확하게 하여 본안판단을 할 것으로 기대하는 것이 당연하고, 따라서 헌법재판소 재판관의 위법한 직무집행의 결과 잘못된 각하결정을 함으로써 원고로 하여금 본안판단을 받을 기회를 상실하게 한 이상, 설령 본안판단을 하였더라도 어차피 청구가 기각되었을 것이라는 사정이 있다고 하더라도 이러한 기대는 인격적 이익으로서 보호할 가치가 있다고 할 것이므로, 그 침해로 인한 정신상 고통에 대하여는 위자료를 지급할 의무가 있다"고 하여, 200만 원의 배상을 인정한 원심판결을 지지했다.

재판관의 과오라는 것이 날짜 4를 14로 착각한 정도라는 것 그리고 본안판단에 들어가더라도 어차피 배척될 운명의 심판청구였다는 것과 같은 유형의 위법 사항인데, 법관의 손해배상책임을 인정한 것은 극히 이례적이라고 생각할 수 있다. 그런데 문제는 그 재판에 대한 불복절차(不服節次)의 유무에 있었던 것이다. 위의 판결은 "재판에 대하여 따로 불복절차 또는 시정절차가 마련되어 있는 경우에는 재판의 결과로 불이익 내지 손해를 입었다고 여기는 사람은 그 절차에 따라 자신의 권리 내지 이익을 회복하도록 함이 법이 예정하는 바이므로, 이 경우에는 불복에 의한 시정을 구할 수 없었던 것 자체가 법관이나 다른 공무원의 귀책사유로 인한 것이라거나 그와 같은 시정을 구할 수 없었던 부득이한 사정이 있었다는 등의 특별한 사정이 없는 한, 스스로 그와 같은 시정을 구하지 아니한 결과 권리 내지 이익을 회복하지 못한 사람은 원칙적으로 국가배상에 의한 권리구제를 받을 수 없다고 봄이 상당하다고 하겠으나, 재판에 대하여 불복절차 내지 시정절차 자체가 없는 경우에는 부당한 재판으로 인하여 불이익 내지 손해를 입은 사람은 국가배상 이외의 방법으로는 자신의 권리 내지 이익을 회복할 방법이 없으므로, 이와 같은 경우에는 위에서 본 배상책임의 요건이 충족되는 한 국가배상책임을 인정하지 않을 수 없다"고 하고, '헌재 2001. 9. 27. 선고 2001헌아3 결정'이 있기 이전에는 위와 같이 잘못된 결정에 대해 재심으로도 불복할 길이 없었다는 점을 설명했다. 위 결정은 〈헌법재판소법〉 제68조 제1항에 따른 헌법소원 가운데 공권력의 작용을 대상으로 하는 권리구제형 헌법소원절차에서는 그 결정의 효력이 원칙적으로 당사자에게만 미치기 때문에, 법령에 대한 헌법소원과는 달리 일반법원의 재판에서와 마찬가지로, 헌법소원 제기기간 안에 심판청구가 있었음에도 기간 도과 뒤의 심판청구라 하여 각하한 경우에는 〈민사소송법〉 제422조 제1항 제9호 소정의 "판결에 영향을 미친 중요한 사항에 관하여 판단을 유탈한 때"의 재심사유를 허용해야 한다는 것이었다.

이처럼 불복의 길이 없는 재판에 관해 재판상의 위법을 이유로 하는 국가배상청구를 봉쇄한다는 것은 이치에 맞지 않는 일일 것이다.

끝으로 검사의 직무행위가 국가배상의 대상이 되는가 하는 문제를 보기로 한다. 당연히 된다는 것이 학설·판례의 답이다.

좀더 구체적으로 들어가보자. 하급심에서 유죄로 되고 상급심에서 파기되어 무죄판결이 확정되거나, 제1심부터 무죄판결이 선고되어 확정된 사건에서, 체포·구속·기소·유죄판결 등 일련의 형사사법절차가 국가배상법상의 위법으로 평가되는가 하는 문제가 생긴다. 여기에 두 가지 견해가 갈리는데, 하나는 무죄판결이 확정된 이상 일련의 형사사법절차는 결과적으로 정당성을 상실해 위법으로 평가되어야 한다는 것이고, 다른 하나는 무죄가 확정되었다고 해도 관계공무원의 직무의무 위반이 없으면 위법으로 평가할 수 없다는 것이다. 무죄판결을 받은 당사자로서는 당연히 앞의 견해가 옳다고 주장할 것이다. 수사초기단계의 "범죄의 혐의가 있다고 사료하는 때"라는 주관적 혐의(형사소송법 제195조)부터 틀린 것이고, 여기서 출발해 체포·구속할 때의 "죄를 범하였다고 의심할 만한 상당한 이유"(제70조 제1항, 제200조의2·3, 제201조), 범죄사실을 확정해 공소(公訴)를 제기(제254조)하고 증거조사가 종료된 뒤 의견진술(제302조)을 한 내용까지, 애당초부터 죄가 없다고 주장한 피고인으로서는 판결절차에 관여해 권한을 행사한 검사의 모든 조치가 불법이라고 생각할 것이다. 무죄로 확정된 이상 죄인으로 다루어 괴롭힌 수사기관의 직무집행을 위법으로 평가하는 것이 당연하지 더 무슨 요건이 필요한가, 그런 생각을 할 것이다. 그러나 국가배상법상의 책임을 추궁하는 데서는 그렇게 간단한 문제가 아니다. 그리하여 이 견해를 지지하는 사람은 드물다.

대법원은 공소를 제기할 때 요구되는 범죄혐의의 정도는 유죄판결의 가능성 내지 유죄판결을 기대할 수 있는 합리적인 근거가 있으면 족하다는 태도이다. 즉, "수사기관인 사법경찰관이나 검사가 특정의 범죄사실에 관하여 당해 피의자에게 범죄혐의가 있고 유죄의 판결을 받을 가능성이 있는 경우에는 소정의 절차에 따라 당해 피의자의 구속을 품신하거나 구속하여 공소를 제기할 수 있으므로, 객관적으로 보아 사법경찰관이나 검사가 당해 피의자에 대하여 유죄의 판결을 받을 가능성이 있다는 혐의를 가지게 된 데에 상당한 이유가 있는 때에는 후일 재판 과정을 통하여 그 범죄사실의 존재를 증명함에 족한 증거가 없다는 이유로 그에 관하여 무죄의 판결이 확정되더라도, 수사기관의 판단이 경험칙이나 논리칙에 비추어 도저히 그 합리성을 긍정할 수 없는 정도에 이른 경우에만 귀책사유가 있다고 할 것"(1993. 8. 13. 선고 93다20924 판결)이라는 점이고, 유죄판결에서 요구되는 "합리적인 의심의 여지가 없을 정도의 범죄혐의"의 인식이 필요한 것은 아니라는 점이다.

검사가 사기(詐欺)사건에 대한 고소인의 주장을 받아들여 피고소인을 구속·기소했으나, 제1심·제2심에서 고소인의 진술에 일관성이 없어 믿을 수 없다는 이유로 무죄가 선고되어 확정되고, 그 뒤 피고소인이 검사의 구속 및 기소행위가 위법하다는 이유로 국가를 상대로 손해배상청구의 소를 제기한 사건이 있었다. '서울지방법원 1997. 7. 4. 선고 96가합

74750 판결'은 매매계약서 및 영수증상의 필적감정을 했거나 은행계좌 추적을 했다면 쉽게 원고의 무혐의를 인정할 수 있었는데, 검사가 이런 조사를 하지 않고 고소인측과 피고소인측의 주장이 첨예하게 대립되는 상황에서 고소인측의 진술에 의존해 원고를 구속·기소한 것은 합리성을 결한 것으로서 위법이라 하여 검사의 불법행위책임을 인정했다. 수사기관의 가혹행위 등을 이유로 한 불법행위가 아니라 전문적인 수사경력과 지식에 근거해 기소한 행위를 문책한 이례적인 결말이라는 비판이 있었는데, 항소심(서울고등법원 1998. 4. 1. 선고 97나34848 판결)에 가서 "원고를 구속 기소한 검사의 처분이 경험칙과 논리칙에 비추어 도저히 수긍할 수 없는 정도에 이르렀다고 단정할 수 없다"는 반대의 결론으로 제1심 판결은 취소되었고, 상고심(대법원 1999. 2. 26. 선고 98다20127 판결)에서도 이 판결은 유지되었다.

《한겨레》 신문은 2005년 1월 6일자 기사에서 다음과 같은 내용의 재판 관련 내용을 보도했다. "서울고법 민사 제22부는 돈을 주고 청소년과 성관계를 맺은 혐의로 기소됐다가 1·2심에서 모두 무죄가 선고된 회사원 김아무개(49)씨와 그 가족이 '검찰의 무리한 수사로 정신적 고통을 입었다'며 국가를 상대로 낸 손해배상 청구소송에서 '수사가 소홀했던 점은 인정되지만, 위법한 수사라고 보기는 어렵다'며 원심과 같이 원고 패소의 판결을 했다. 재판부는 판결문에서 '증거불충분으로 무죄판결이 확정됐다 하더라도 검사의 구속이나 공소제기가 도저히 합리적으로 생각되지 않는 경우에만 그 위법성을 인정할 수 있다'며 '성매매 여학생이 전화를 건 휴대전화의 통화내역 등을 조사해 달라는 김씨의 요청을 검사가 묵살했다는 사실만으로 당시 수사가 합리성을 잃었다고 판단하기는 어렵다'고 밝혔다. 2001년 7월 인터넷 채팅을 통해 성매매를 하려다 붙잡힌 ㅎ양(당시 15살)의 휴대전화 통화내역에서 김씨의 전화번호를 발견한 검찰은 김씨를 긴급체포한 후 ㅎ양의 진술을 근거로 그를 불구속 기소했다. 그러나 재판과정에서 ㅎ양의 친구가 전화를 빌려 김씨의 아들에게 전화했던 사실이 밝혀졌고, 김씨는 '아들의 휴대전화를 내 명의로 개설해 줬다는 말을 검찰이 묵살했다'며 소송을 냈다"는 것이다. 그렇다면 도대체 어떤 경우에 수사기관의 귀책사유를 인정한다는 말인지 김씨로서는 기가 찰 노릇일 것이다.

반대로 무죄판결을 받은 원고가 국가를 상대로 손해배상을 구한 사건에서 검사의 불법행위책임을 인정하고 위자료로 2,000만 원을 지급하도록 한 원심판결을 유지한 사례를 보기로 한다.

원고는 1996년 8월 18일 무렵부터 그해 10월 22일까지 사이에 네 차례에 걸쳐 피해자의 집에 침입해 피해자를 강간한 뒤 돈을 강취했다는 혐의로 구속되어 〈성폭력범죄의 처벌 및 피해자보호 등에 관한 법률〉 위반죄로 기소되었다가, 1997년 4월 18일 제1심에서 범죄사실의 일부가 유죄로 인정되어 징역 15년의 형을 선고받았는데, 그해 9월 26일 항소심에서 범죄사실 전부에 대해 증명이 없다는 이유로 무죄판결이 선고되었고, 1998년 2월 27일 대법원에서 검사의 상고가 기각되어 무죄판결이 확정되었다. 이 형사사건에서는 시종 범행을 부인하는 원고에게 결정적으로 유리한 증거가 발견되었음에도 불구하고 수사기관이 이를 숨기고, 법원에는 불리한 증거만을 제출한 채 공소를 유지했다는 것이다. 범행 직후 피해자는 범인이 자신의 팬티를 칼로 찢은 뒤 강간했는데, 당시 범인이 사정을 한 것 같다고 진술했다. 경찰은 범인의 정액이 묻은 팬티를 제출받아 국립과학수사연구소에 감정을 의뢰했는데, 감정결과 팬티에 묻은 얼룩에서 검출된 남자의 유전자형이 원고 및 피해자의 남편의 그것과 다른 것이었음이 확인되었다. 검사는 위 수사연구소의 감정결과가 적힌 회신내용을 수사 기록에 편철하지 않은 채 기소했으며,

재판과정에서도 그 감정결과를 전혀 증거로 제출하지 않고 항소심법원이 위 수사연구소에 직접 사실조회를 하여 비로소 위의 감정결과가 나온 사실을 알게 되었던 것이다.

'대법원 2002. 2. 22. 선고 2001다23447 판결'은 "검찰청법 제4조 제1항은 검사는 공익의 대표자로서 범죄수사·공소제기와 그 유지에 관한 사항 및 법원에 대한 법령의 정당한 적용의 청구 등의 직무와 권한을 가진다고 규정하고, 같은 조 제2항은 검사는 그 직무를 수행함에 있어 그 부여된 권한을 남용하여서는 아니 된다고 규정하고 있을 뿐 아니라, 형사소송법 제424조는 검사는 피고인을 위하여 재심을 청구할 수 있다고 규정하고 있고, 검사는 피고인의 이익을 위하여 항소할 수 있다고 해석되므로 검사는 공익의 대표자로서 실체적 진실에 입각한 국가 형벌권의 실현을 위하여 공소제기와 유지를 할 의무뿐만 아니라 그 과정에서 피고인의 정당한 이익을 옹호하여야 할 의무를 진다고 할 것이고, 따라서 검사가 수사 및 공판과정에서 피고인에게 유리한 증거를 발견하게 되었다면 피고인의 이익을 위하여 이를 법원에 제출하여야 한다"고 하고, 이어 "검사는 공판과정에서 피고인에게 결정적으로 유리한 증거를 입수하고도 이를 법원에 제출하지 아니하고 은폐한 것으로서 그와 같은 검사의 행위는 도저히 그의 합리성을 긍정할 수 없는 정도에 이르러 위법할 뿐만 아니라, 평균적인 검사의 주의력을 기준으로 한다고 하더라도 검사가 그와 같은 감정서를 법정에 제출하지 아니한 데에는 과실이 있다"고 판시했다.

위와 같은 사례와 성질이 다른 많은 사건에서도 무죄판결로 풀려난 피고인들은 그동안의 수사 또는 공판과정에 대해 한없이 억울한 심정을 토로하며 검사에 대한 국가배상법상의 책임을 따지고 싶은 심정이 간절할 것이다. 처음부터 객관적인 증거가 부족한 데다가 혐의자의 자백을 강요하는 등의 방식으로 기소한 사건의 경우 특히 그러하다. 그렇다고 구속 및 공소제기에 관한 검사의 판단이 "그 당시의 자료에 비추어 경험칙이나 논리칙상 도저히 합리성을 긍정할 수 없는 정도에 이른 경우"임을 입증하기도 어려우므로, 법적으로 누명은 벗었으나 정신적·육체적 고통에 대한 치유와 보상의 길은 아득한 것이다. 앞의 사건에서 1년 가까이 구속되었다가 석방된 피해자에게 위자료로 2,000만 원을 지급하라는 판결이 내려졌는데, 하급심에서 어떤 잣대로 그런 금액을 결정했는지는 모르겠으나, 1일 6만 원 정도로 계산이 되니 손해배상액이란 것이 형사보상금에 훨씬 못 미친다는 이야기가 된다.

　법원의 판결이 그런 정도이니 피해자로서는 시일만 끌고 골치 아픈 소송을 단념하고 형사보상법의 혜택으로 만족하려고 하는 경향을 보일지 모른다. 〈형사보상 및 명예회복에 관한 법률〉 제5조 제1항은 구금에 대한 보상을 할 때에는 그 구금일수(拘禁日數)에 따라 1일당 보상청구의 원인이 발생한 연도의 〈최저임금법〉에 따른 일급(日給) 최저임금액 이상 대통령령으로 정하는 금액 이하의 비율에 따른 보상금을 지급한다 하고, 그 시행령 제2조는 보상금의 한도에 대하여 1일당 보상청구의 원인이 발생한 해의 〈최저임금법〉에 따른 일급 최저임금액의 5배로 한다고 되어 있다. 〈최저임금법〉 제8조에 따라 고용노동부장관이 결정한 2012년의 일급최저임금은 36,640원이므로, 위의 해에 무죄판결을 받은 사람은 구금에 대한 보상금으로서 1일 183,200원 이하의 비율에 따른 돈을 받게 된다. 〈형사보상 및 명예회복에 관한 법률〉 제5조 제2항은 법원이 보상금액을 산정할 때 구금의 종류 및 기간의 장단, 구금기간 중에 입은 재산상의 손실과 얻을 수 있었던 이익의 상실 또는 정신적인 고통과 신체 손상, 경찰·검찰·법원 각 기관의 고의 또는 과실 유무, 그 밖에 보상금에 관련되는 모든 사정을 고려해야 한다고 규정하고 있으므로, 1일

17만 원 내외의 보상금이 지급될 것이다.

형사보상제도는 원래 형사책임을 추궁당할 이유가 없는 사람을 국가가 형사사법의 과오로 말미암아 범죄혐의자 또는 범죄자로 다루어 인신(人身)을 구속함으로써 야기한 피해에 대해 결과책임에 따른 보상을 인정한 것이므로, 국가는 피해자의 울분을 달래기 위해서라도 우선 이 제도를 실효성 있게 충실히 발전시켜나가야 할 것이다.

제2장 악법과 저항권

1. 악법에 대하여

악법(惡法)을 이야기할 때면, 어떤 법이 악법인가 하는 문제에 이어 악법이면 준수하지 않아도 되는가 하는 문제에 봉착하게 된다. 악법인가 아닌가 하는 분별이 중요한 것이 아니라, 그 법을 준수해야 하는가 아니면 그 법에 저항할 것인가 하는 것이 더 문제라는 말이기도 하다.

입법기관에서 정당한 절차를 거쳐 제정된 법이라고 해도 그 입법목적과 법률내용의 전부 또는 일부에 대해 논란이 있을 수 있으며, 보는 사람에 따라, 생각하는 각도와 방향에 따라, 그리고 시대의 변천에 따라 악법의 시비가 있을 수 있다. 호주제(戶主制)를 근간으로 하는 가족관계의 〈민법〉은 80년이라는 세월이 흐르는 동안 별 탈 없이 시행되어왔는데, 어느 날 악법으로 방향이 틀어져 폐기의 운명에 놓이지 않았는가. 그러나 정당성과 타당성을 의심받는 법률이라고 하더라도 적법하게 성립된 법률은 그것이 폐기되거나 수정되기까지 국민 누구나 이를 준수해야 하고, 그에 위반되면 응징을 받게 된다. 독일의 법철학자 라드브루흐(Gustav Radbruch)는 "우리는 정의를 추구하지 않으면 아니 되며, 동시에 법적 안정성도 존중하지 않으면 아니 된다. 왜냐하면 법적 안정성은 그 자체가 정의의 한 부분이기 때문이다"라고 말했다. 아울러 "규제와 권력에 따라 확보된 실정법은 내용적으로 정의롭지 못하고 비합목적적일 때에도 우선권을 가진다. 그러나 정의에 대한 실정법규의 대립이 너무 격심하여 그 법률이 악법으로서 정의에 길을 양보하지 않으면 아니 되는 경우에는 문제가 다르다"고 했다. 이영희(李永熙) 교수는 "정의론적 관점에서 정의에 반하는 법은 당연히 악법으로 매도되며, 이에 대한 불복종도 정당화된다. 이 경우에 있어 정의는 도리어 법을 심판·비판하는 역할을 행한다"(《정의론》, 2005)고 했다.

무엇이 악법인가 하는 기준에 대해 권영성(權寧星) 교수는 "법은 그것이 형성되는 과정에서 사회구성원에 의하여 보편적으로 승인된 가치를 그 내용으로 하는 것이어야 한다. 이것은 법이 국민 일반의 법감정과 법의식에 위반되어서는 아니 된다는 것을 의미하기도 한다. 오늘날 우리 사회에 있어서 보편적으로 승인되어지고 있는 기본 가치가 민주주의적인 것임은 재론의 여지가 없는 것"(《월간조선》, 1988. 8.)이라고 했다. 반민주적인 내용의 법에 대해서는 국민이 승복하지 않게 되고, 법의 권위는 점점 추락하게 된다. 대다수 국민이 그 법에 대해 수긍하기를 꺼린다면 그것은 분명히 악법으로, 그러한 법이 존속하는 한 국민의 권리를 침해할 위험성이 있다. 따라서 국민적 저항을 불러일으키게 되고, 머지않아 그 생명의 종식을 고할 운명에 놓일 것이다. 특히 민주적 정통성이 없거나 민주적 절차성이 배제된 독재정권의 입법행위에서 생성된 산물이 그러하며, 악법의 탈을 쓴 법은 국민에게 해악을 끼치게 되므로 하루속히 사라져야 하는 것이다.

 악법의 폐기는 불복종이나 저항에 따라 시작될 수밖에 없다. 그런데 막상 악법이 준동하는 상황에서는 그에 대한 항거에는 자유와 생명을 바치는 각오가 필요하다. 아무리 악법을 준수할 이유가 없다는 논리를 내세우더라도 법의 복종을 거부할 용기와 능력을 가진 사람은 드물다. 일제(日帝) 치하에서 독립운동을 하는 것처럼 어려운 것이다. 어느 정치인이 청소년잡지에 의뢰해서 전국 남녀 중고생 5,000여 명을 대상으로 설문조사를 실시했는데, 거기에는 '국민을 부당하게 억압하는 법이 있다면 어떻게 하겠느냐'는 질문이 포함되어 있었다. 청소년들로부터 의미 있는 응답을 기대하기에는 적절한 질문이라고 생각되지 않았는데, 그 대답의 내용은 78.6퍼센트가 지키지 않겠다는 것이었고, 21퍼센트는 지키겠다는 것이었다. 어쨌거나 법을 지키지 않겠다는 대답이 너무도 쉽게 쏟아져 나온 결과를 대하면서 씁쓸한 기분이 들었다.

 법치국가의 탈을 쓰고 있는 한 그러한 사회에서 법을 지키지 않는다는 것은 바로 법을 어기는 행위가 되어 당장 처벌되거나 불리하게 되는 구속력에서 벗어날 수 없다. 악법에 대해 불복종을 주장하는 것은 결과적으로 희생을 강요하는 것에 다름없는 것이지만, 악법에 대한 저항은 그 법을 폐기하거나 개정하는 목적을 이루기 위한 숭고한 몸부림으로 평가된다. 그러기 때문에 악법을 준수해야 하는가 아니면 준수할 필요가 없는가 하는 논쟁은 대부분의 백성들에게는 실천의 재량이 없는 음지의 공론(空論)에 불과한 것이었지만, 정권이 바뀌는 등의 계기로 악법의 생동력이 쇠퇴하거나 소멸될 시기가 다다르면 표면에 등장해 비로소 빛을 발하기에 이른다. 우리는 실제 이러한 과정을 경험했다.

 거듭 말하거니와, 법치국가에서 악법의 존재는 양립하지 않는다. 가령 악법의 존재가 가능하다고 하더라도 그것은 일시적인 현상이며, 어느 때인가 사라지게 된다. 이렇게 보면 악법보다 더 나쁜 것이 '고무줄

법'이라고 하는 말에 수긍이 간다. 이와 관련해 장영수(張永洙) 교수는 "악법이라도 그 정도가 심하지 않은 경우, 일관성과 예측가능성이 있으면 나름대로 법으로서의 역할을 할 수 있다. 그러나 아무리 좋은 법이라도 제멋대로 그때그때의 기분에 따라 적용되는 법은 아무도 신뢰할 수 없기 때문에 법으로서의 역할을 하지 못하는 것"이라고 했다(《중앙일보》, 2005. 6. 3.).

2. 유신헌법과 대통령 긴급조치

박정희(朴正熙) 대통령은 1972년 10월 17일 특별선언을 통해 헌법 일부 조항의 효력을 정지시키는 동시에 전국에 비상계엄을 선포하고 국회를 해산하는 등의 비상조치를 단행했다. 그리고 비상국무회의로 하여금 국회의 권한을 행사하도록 했으며, 열흘 뒤 이러한 일련의 과정을 '10월유신(維新)'이라고 명명했다. 곧이어 찬반토론이 일절 금지된 상태에서 헌법 개정안에 대한 국민투표가 실시되었고, 이는 투표율 91.9퍼센트와 찬성률 91.5퍼센트의 압도적 지지로 통과됨으로써 10월 27일 유신헌법이 발효되었다. 겉으로는 북(北)의 위협을 내세워 반공적 군사정책을 쓰면서 "당면한 우리의 헌법생활에 맞춘 헌법"이고 기본적 성격은 "조국의 평화적 통일지향, 토착적 민주주의확립, 균등하고 실질적이며 경제적 평등을 이룩하기 위한 자유경제질서확립"임을 표방했지만, 실질적으로는 장기집권을 위한 쿠데타적인 헌법이었다. 유신이라는 말을 들었을 때 당장 일본의 명치유신이 떠올랐다. 1868년에 즉위한 명치천황(明治天皇)은 종래의 정치제도를 폐지하고 중앙집권에 따른 자본주의제도를 육성·발전시키기 위해 부국강병과 문명개화에 역점을 두었던 것이다.

그해 12월 23일에 통일주체국민회의(統一主體國民會議)는 박정희 제8대 대통령을 선출했다.

개정헌법이 파시즘헌법인 것은 박정희 대통령의 존재를 전제로 한 대통령 선출방법과 3권이 완전히 대통령으로 말미암아 통합되는 그 광범위한 권한을 보면 금방 알 수 있다. 대통령은 스스로가 의장인 통일주체국민회의라는 기묘한 국가기관 안에서 토론 없이 무기명투표로 선출되었으며, 임기는 6년으로 되어 있으나 다선금지(多選禁止)의 규정이 없으므로 죽을 때까지 그 지위를 반복해 확보할 수 있도록 되어 있었다.

이듬해부터 개헌(改憲)을 위한 서명운동과 유신체제에 대한 반발이 일어나고, 지식인과 야당 그리고 대학생들의 시위가 이어졌다. 1974년 1월 8일에 박정희 대통령은 긴급조치(緊急措置) 제1호를 선포했는데, 개정 헌법을 부정·반대·왜곡·비방하는 일체의 행위와 개정 헌법의 개정이나 폐지를 주장·발의·청원하는 일체의 행위를 금지하고, 이러한 금지에 위반한 사람과 긴급조치를 비방한 사람은 법관의 영장 없이 체포·구속해 15년 이하의 징역에 처한다는 내용이었다. 그 이후로도 학생들의 시위가 계속되자 1974년 4월 3일 긴급조치 제4호를 선포했다. 이는 전국민주청년학생총연맹(민청학련)과 그 관련 단체를 조직하거나 이에 가입하는 행위, 그 구성원의 활동을 찬양·고무하거나 이에 동조하는 행위 등을 금지하고, 학생의 출석·수업·시험의 거부와 집회·시위·성토·농성 등도 금지하며, 그 위반자는 사형, 무기징역, 5년 이상의 유기징역에 처할 뿐만 아니라 법관의 영장 없이 체포·구속해 비상군법회의에서 심판·처단한다는 내용이었다.

1974년 8월 15일에 문세광의 총격으로 육영수 여사가 사망한 직후 긴급조치 제1호와 제4호는 해제되었으나, 그 뒤에도 구속학생의 석방과 학원의 자유 등을 요구하는 대학생들의 시위가 계속되자, 월남이 공산

군에게 항복한 뒤인 1975년 5월 13일 문제의 긴급조치 제9호가 선포되었다.

긴급조치의 근거가 된 1972년 10월 27일 개정헌법 제53조는 "① 대통령은 천재·지변 또는 중대한 재정·경제상의 위기에 처하거나, 국가의 안전보장 또는 공공의 안녕질서가 중대한 위협을 받거나 받을 우려가 있어, 신속한 조치를 할 필요가 있다고 판단할 때에는 내정·외교·국방·경제·재정·사법 등 국정전반에 걸쳐 필요한 긴급조치를 할 수 있다. ② 대통령은 제1항의 경우에 이 헌법에 규정되어 있는 국민의 자유와 권리를 잠정적으로 정지하는 긴급조치를 할 수 있고, 정부나 법원의 권한에 관하여 긴급조치를 할 수 있다. ③ 제1항과 제2항의 긴급조치를 한 때에는 대통령은 지체 없이 국회에 통고하여야 한다. ④ 제1항과 제2항의 긴급조치는 사법적심사의 대상이 되지 아니한다"고 규정했고, 제5항과 제6항은 긴급조치의 원인이 소멸한 때의 해제와 국회의 해제건의에 관하여 규정하고 있었다. 현행의 〈헌법〉 제76조도 대통령의 긴급입법권과 긴급처분권에 관하여 규정하고 있으나, 비상사태가 발생하고 국회의 신속한 대응입법을 기대할 수 없는 경우에 발동한다는 점에서 국회가 개회 중인 경우에도 할 수 있는 앞의 비상조치와는 본질적으로 다르다.

긴급조치 제9호는 〈국가안전과 공공질서의 수호를 위한 대통령긴급조치〉라는 이름의 법률로서 1975년 5월 13일 15시부터 시행되어 4년 반, 박정희 대통령이 18년 통치 끝에 살해되고 44일 만인 1979년 12월 8일 해제되었는데, 그 주요 내용은 다음과 같다.

1. 다음 각 호의 행위를 금한다. 가. 유언비어를 날조, 유포하거나 사실을 왜곡하여 전파하는 행위. 나. 집회·시위 또는 신문, 방송, 통신 등 공중전파수단이나 문서, 도화, 음반 등 표현물에 의하여 대한민국 헌법을 부

정·반대·왜곡 또는 비방하거나 그 개정 또는 폐지를 주장·청원·선동 또는 선전하는 행위. 다. 학교당국의 지도, 감독 하에 행하는 수업, 연구 또는 학교장의 사전허가를 받았거나 기타 의례적 비정치적 활동을 제외한, 학생의 집회·시위 또는 정치관여행위. 라. 이 조치를 공연히 비방하는 행위.

2. 제1에 위반한 내용을 방송·보도 기타의 방법으로 공연히 전파하거나, 그 내용의 표현물을 제작·배포·판매·소지 또는 전시하는 행위를 금한다.

3. 재산을 도피시킬 목적으로, 대한민국 또는 대한민국 국민의 재산을 국외에 이동하거나 국내에 반입될 재산을 국외에 은닉 또는 처분하는 행위를 금한다.

4. 관계서류의 허위기재 기타 부정한 방법으로 해외이주의 허가를 받거나 국외에 도피하는 행위를 금한다.

5. 주무부장관은 이 조치 위반자, 범행 당시의 그 소속 학교, 단체나 사업체 또는 그 대표자나 장에 대하여 다음 각 호의 명령이나 조치를 할 수 있다. 가. 대표자나 장에 대한 소속임직원·교직원 또는 학생의 해임이나 제적의 명령. 나. 대표자나 장·소속임직원·교직원 또는 학생의 해임 또는 제적의 조치. 다. 방송·보도·제작·판매 또는 배포의 금지 조치. 라. 휴업·휴교·정간·폐간·해산 또는 폐쇄의 조치. 마. 승인·등록·인가·허가 또는 면허의 취소 조치.

6. 국회의원이 국회에서 직무상 행한 발언은 이 조치에 저촉되더라도 처벌하지 아니한다. 다만 그 발언을 방송·보도 기타의 방법으로 공연히 전파한 자는 그러하지 아니하다.

7. 이 조치 또는 이에 의한 주무부장관의 조치에 위반한 자는 1년 이상의 유기징역에 처한다. 이 경우에는 10년 이하의 자격정지를 병과한다. 미수에 그치거나 예비 또는 음모한 자도 또한 같다.

8. 이 조치 또는 이에 의한 주무부장관의 조치에 위반한 자는 법관의 영장 없이 체포·구금·압수 또는 수색할 수 있다.

9. 이 조치에 의한 주무부장관의 명령이나 조치는 사법적 심사의 대상

이 되지 아니한다.

긴급조치 제9호가 선포된 뒤 그 위반자에 대한 재판이 점점 이어졌다. 1976년에 전국의 제1심에서 처리된 그 위반사건의 피고인은 221명이었고, 그 가운데 141명에 대해서는 1년 이상의 징역이 선고되었다. 1977년에는 116명 가운데 91명에 대해, 1978년에는 189명 가운데 153명에 대해 각각 징역 1년 이상의 형이 선고되었다. 긴급조치 제9호에 대해 헌법위원회에 위헌 여부를 제청해달라는 신청이 있었는데, 대법원은 1977년 5월 13일 전원합의체(77모19)에서 위 대통령긴급조치는 〈헌법〉 제53조 소정의 긴급조치로서 같은 조 제4항에 의해 사법적심사(司法的審査)의 대상이 되지 않는다는 이유로 제청신청을 받아들이지 않은 원심의 결정에 위법이 없다고 판단했다.

간단히 말하자면, 긴급조치 제9호란 유신헌법에 반대하는 사람을 처벌하는 법률이었다. 집회 같은 데서 그 헌법의 개정을 주장해도 1년 이상의 징역형을 선고받을 수 있고, 그런 내용을 담은 긴급조치를 공연히 비방해도 마찬가지로 처벌되는 것이다. 도대체 헌법을 가지고 있는 나라에서 더욱이 그 헌법의 개정 조항을 가지고 있으면서 개정에 관한 일체의 주장이나 행위를 중형(重刑)으로 금지하는 나라가 또 있겠는가? 이러한 긴급조치에 대해 긴급조치 그 자체는 물론 헌법에서 이미 사법적심사의 대상이 되지 않는 것으로 못을 박고 있었다. 누구든지 무조건 복종해야 한다는 것이다. 그러니 대법원인들 헌법을 뛰어넘을 도리가 없는 것 아닌가 하는 생각도 든다. 헌법재판기관에서라면 긴급조치의 위와 같은 특정 조문에 대해 혹시 자연법(自然法)상의 권리를 배경으로 무력화시킬 수 있을지 모르겠는데, 그것조차 대법원에서 헌법위원회에 제청하는 절차를 거쳐야만 했으니, 이래저래 악법(惡法)을 시정할 기회는 없었던 것이었는지 모르겠다.

세월은 흘러 이제는 긴급조치 위반으로 유죄판결을 받은 사람들이 법원의 재심개시결정(〈형사소송법〉 제420조 제5호)을 거쳐 무죄를 선고받아 한을 풀게 되었다. '대법원 2010. 12. 16. 선고 2010도5986 전원합의체 판결'은 대통령 긴급조치 제1호의 위헌 여부를 판단한 것인데, 고등법원에서 위 긴급조치가 실효되었음을 이유로 면소(免訴)를 선고한 데 대하여 "긴급조치 제1호는 그 발동요건을 갖추지 못한 채 목적상 한계를 벗어나 국민의 자유와 권리를 지나치게 제한함으로써 헌법상 보장된 국민의 기본권을 침해한 것이므로, 긴급조치 제1호가 해제 내지 실효되기 이전부터 유신헌법에 위배되어 위헌이고, 나아가 긴급조치 제1호에 의하여 침해된 위 각 기본권의 보장 규정을 두고 있는 현행 헌법에 비추어 보더라도 위헌"이라고 판단하고, 합헌으로 판결한 종전의 대법원 판결들을 폐기한 다음 무죄로 자판(自判)한 사례다.

3. 저항권은 인정되는가

앞에서 대통령 긴급조치 제9호에 대해 악법이라는 표현을 썼지만, 오늘날 그런 류의 법률은 후진국이면 모를까 적어도 법치국가에서는 찾아보기 어렵다. 저항권(抵抗權)에 대한 관계에서 무엇을 악법이라고 해야 하는지 정확하게 정의하기는 어려울지 모르겠지만, 인간의 자유와 생명 그리고 인간의 존엄성을 부정하고 평등의 원칙과 권력분립을 부정하며 소급효를 인정해 인권을 무시하는 법률이 여기에 해당할 것이다. 긴급조치 제9호는 위의 기준 한두 개에 넉넉히 미칠 것이다. 위반자에 대해 법관의 영장 없이 체포할 수 있다는 것과 긴급조치에 대한 사법적심사의 배제, 그것만으로도 악법의 범주에 드는 것이라고 할 수밖에 없다.

법(法)과 권력(權力)은 서로를 필요로 하는 상호의존적 관계에 있다. 유신정권은 자신의 안정적 존립을 위해 긴급조치라는 강력한 처방을 필요로 했다. 그러나 말이 법률이지 너무도 폭발력이 엄청나서 한마디로 법의 탈을 쓴 폭력이었다고 해도 지나친 말이 아니다. 법과 권력은 또한 상호 부정적인 이율배반의 관계에 있다. 서로 반발하고 기피하고 배척하려고 하는 것이다. 권력은 본능적으로 법을 무시하거나 법적인 제한을 넘어서려는 충동성을 갖고 있는 반면에, 법은 권력의 법 준수를 요구하며 권력의 지배 아래 들기를 원하지 않는다. 그럼에도 불구하고 대통령 긴급조치는 권력의 철저한 시녀(侍女)로 탄생한 것이고, 그 구실을 충실히 이행해 악명을 날렸다.

민주국가에서는 법이 권력을 지배하며(supremacy of law), 그리하여 한마디로 사람의 지배가 아닌 법의 지배(rule of law)라는 표현을 자랑스럽게 쓴다. 민주국가에서 법의 지배는 법의 준수와 법에 대한 복종을 의미하며, 법의 최종적 심판은 사법기관에 맡겨진다. 그러나 법의 지배는 권력적 지배를 강화하는 논리로도 이용되며, 법에 따른 권력남용을 막지 못할 때도 있다. 대통령 긴급조치에 따른 법의 지배는 바로 권력이 법을 지배하는 형태의 세상이었다. 유신헌법과 긴급조치 제9호가 대통령의 긴급조치에 대해 사법적 심사를 배제하고 있다는 그 하나로도 법의 지배는 부정될 수밖에 없는 것이다.

그러면 위와 같은 대통령 긴급조치가 법치국가에서 용납될 수 없는 법이라면, 게다가 이것이 시정될 기미가 보이지 않는다면, 국민은 어떻게 해야 하는가? 결국 악법도 지켜야 하는가 하는 문제에 봉착하고 마는 것이다. 이 문제와 관련해 많은 논란이 있지만, 요컨대 법적 안정성의 처지에서는 악법도 법이라고 해야 한다. 다만 정의(正義)의 원리에 어긋나는 악법은 폐기되어야 할 것이므로, 국민은 끊임없이 이를 위해 투쟁해야 한다. 만일 어떠한 경우에도 저항을 허용하지 않는다면 국민은 단순히 정치적 지배의 대상이 될 뿐, 감옥과 다를 바 없는 정치사회에서 살아야 하는 것을 강요하는 것밖에 되지 않는다.

헌법 위반의 정부행위는 이론상 모두 저항권의 대상이 될 수 있을 것이나, 국가권력 행사가 헌법의 개개 조항에 위반되는 경우에는 헌법이 정한 위헌심사 등 제도적 구제수단을 이용해 비폭력적 저항으로 대처해야 한다. 그러나 헌법의 원리를 근본적으로 부인하는 것과 같은 정치세력이 등장해 국가권력을 남용하고 재판기관조차 정치화되어 정부의 인권탄압에 대한 법의 호소가 무의미한 때는 힘에 따른 저항을 인정해야 할 것이다. 동양에서도 군주가 민심을 잃은 경우에는 역성혁명(易姓革命)을 인정했다. 기존의 법을 파괴하고 새로운 법을 제정하는 것은 법적 안정성을 잃는 대신 정의의 이념을 실천하는 것이다. 저항권의 행사는 외형상 공무집행방해죄의 구성요건에 해당하고 그에 수반한 여러 가지의 범죄가 성립될 수 있으나, 저항이 성공하면 문제가 될 리 없을 것이고, 저항이 실패해 나중에 소추되더라도 부당한 권력에 대한 정당한 권리행사로서 위법성이 조각(阻却)되는 문제가 생길 것이다.

그러면 위의 긴급조치에 대해 당시 법원의 대처는 어떠했는가를 한번 살펴보자. 앞에서도 말했듯이, 특히 법을 다루는 기관으로서는 악법도 법이며 그 법을 기초로 한 공권력의 행사는 합법적이라는 관념이 지배한다. 일단 유효하게 성립된 법은 그 과정이나 내용이 어떠하든 간에 헌법기관에서 폐기하기까지 아무도 효력을 부인하지 못한다는 명제 그 자체를 존중한다. 그래서인가, 위의 긴급조치를 정면으로 비판한 재판사례는 볼 수 없었다.

대법원은 '1975. 1. 28. 선고 74도3492 판결'에서 대통령긴급조치 제1호에 대해 헌법에 위반된 허물이 없다고 판단했다. 앞에서 말한 것처럼, 당시의 사법부의 의지가 어떠하든 간에 헌법에서 긴급조치에 대해 사법적심사의 대상이 될 수 없는 것으로 규정하고 있으니, 법원에 대해 그 조치의 효력을 부정하는 판단을 기대하는 것은 무리였다. 다시 말하자면, 악법에 대한 응징은 국민의 저항권 행사에 의존할 수밖에 없었던 것이다. 그러나 긴급조치 제9호의 위해(危害)에 관해 국민의 이해성이 미치지 못했던 것이었을까, 그 저항은 오랫동안 지속되었으나 결실을 맺지 못했다. 저항권의 행사는 피의 희생을 부르는 최후의 몸부림이기 때문에 감히 이를 부추기는 것, 그 성공을 비는 것조차 생명과 자유를 바치는 인내와 용기를 필요로 했다.

대법원은 인혁당재건단체와 민청학련의 병합사건에 대한 '1975. 4. 8. 선고 74도3323 전원합의체 판결'에서 저항권과 관련해 이를 부정하는 판단을 넣었다. 즉, "헌법 제53조에 의하여 대통령의 긴급조치권을 발동할 경우에는 동조 제1항에 의하여 사법 등 국정전반에 걸친 조치를 취할 수 있고, 동조 제2항에 의하여 '헌법에 규정되어 있는 국민의 자유와 권리를 잠정적으로 정지'하는 조치를 취할 수 있고, 이 경우에는 '법원의 권한에 관하여 긴급조치를 할 수' 있는 것임이 동법에 의하여 명시되어 있는 바로서 헌법 제53조에 의한 긴급조치는 대통령에게 이러한 권한이 부여되었다고 인정할 수 있으므로, 따라서 헌법 제53조에 의하여 논지가 지적하여 비위하는 바와 같은 국민의 일부 권리와 자유의 잠정적 정지조치는 헌법 위반이라고 인정할 수 없다"고 한 다음, "소위 저항권에 의한 행위이므로 위법성이 조각된다고 하는 주장은 그 저항권 자체의 개념이 막연할 뿐만 아니라 논지에 있어서도 구체적인 설시가 없어 주

장의 진의를 파악하기 어려우나, 이 점에 관한 극일부 소수의 이론이 주
장하는 개념을 살핀다면 그것은 실존하는 실정법적 질서를 무시한 초실
정법적인 자연법질서 내에서의 권리주장이며, 이러한 전제 하에서의 권
리로써 실존적 법질서를 무시한 행위를 정당화하려는 것으로 해석되는
바, 실존하는 헌법적 질서를 전제로 한 실정법의 범주 내에서 국가의 법
적 질서의 유지를 그 사명으로 하는 사법기능을 담당하는 재판권행사에
대하여는 실존하는 헌법적 질서를 무시하고 초법규적인 권리개념으로
써 현행 실정법에 위배된 행위의 정당화를 주장하는 것은 그 자체만으
로서도 이를 받아들일 수 없는 것"이라고 한 것이다.

또 하나 저항권에 대해 판단한 것은 대통령 살해범에 대한 상고심 재
판으로서 '대법원 1980. 5. 20. 선고 80도306 전원합의체 판결'이다. 상
고이유로서 "많은 학자들에 의하여 자연법적으로 논의되어 오다가 이제
그 실정적인 근거까지 찾아볼 수 있는 등 현대 헌법이론이 일반적으로
인정하고 있는 저항권은 헌법에 규정되어 있고 없음을 가림이 없이 당
연한 권리로 인정되어야 하고, 자유민주주의의 헌법질서 유지와 기본적
인권의 수호를 위하여 수동적 저항이든 능동적 저항이든 폭력적 저항이
든 가리지 않고 다른 권리구제방법이 없을 때 최종적으로 적용되는 권
리인 바, 이 사건에 있어서 유신체제는 그 성립과 운영에 있어서 반민주
적 법질서와 반인권적 체제이어서 이를 회복함에 있어서는 제도적으로
나 실제에 있어서 다른 합법적 구제절차가 불가능하였으므로 피고인들
의 이 사건 범행은 위 저항권을 행사한 경우에 해당함에도 불구하고 원
심이 그 적용을 배척하였음은 저항권과 형법 제20조가 정한 정당행위에
관한 법리를 오해한 위법이 있고, 그리고 이 점에 관한 대법원 1975. 4.
8. 선고 74도3323 판결은 변경되어야 한다"는 주장에 대해, "생각하건대
현대 입헌 자유민주주의 국가의 헌법이론상 자연법에서 우러나온 자연

권으로서의 소위 저항권이 헌법 기타 실정법에 규정되어 있든 없든 간에 엄존하는 권리로 인정되어야 한다는 논지가 시인된다 하더라도 그 저항권이 실정법에 근거를 두지 못하고 오직 자연법에만 근거하고 있는 한 법관은 이를 재판규범으로 원용할 수 없다. 더구나 오늘날 저항권의 존재를 긍인하는 학자 사이에도 그 구체적 개념의 의무내용이나 그 성립요건에 관해서는 그 견해가 구구하여 일치된다 할 수 없어 결국 막연하고 추상적인 개념이란 말을 면할 수 없고, 이미 헌법에 저항권의 존재를 선언한 몇 개의 입법례도 그 구체적 요건은 서로 다르다 할 것이니 헌법 및 법률에 저항권에 관하여 아무런 규정도 없는(소론 헌법전문 중 '4·19 의거운운'은 저항권 규정으로 볼 수 없다) 우리나라의 현 단계에서는 더욱이 저항권이론을 재판의 준거규범으로 채용 적용하기를 주저 아니할 수 없다"고 했다.

이 판결에서 임항준(任恒準) 대법원판사의 소수의견 가운데 저항권에 대한 부분이 피력되어 있는데, 피고인들의 행위는 그 범행내용으로 보아 이를 저항권의 행사라고 볼 수는 없다고 전제하고는 다수의견과 다른 견해를 보여주었다. "우리나라에 있어서의 정치의 기본 질서인 인간 존엄을 중심가치로 하는 민주주의 질서에 대하여 중대한 침해가 국가기관에 의하여 행하여져서 민주적 헌법의 존재 자체가 객관적으로 보아 부정되어 가고 있다고 국민 대다수에 의하여 판단되는 경우에 그 당시의 실정법상의 수단으로는 이를 광정할 수 있는 방법이 없는 경우에는 국민으로서 이를 수수방관하거나 이를 조장할 수는 없다 할 것이므로, 이러한 경우에는 인권과 민주적 헌법의 기본 질서의 옹호를 위하여 최후의 수단으로서 형식적으로 보면 합법적으로 성립된 실정법이지만 실질적으로는 국민의 인권을 유린하고 민주적 기본 질서를 문란케 하는 내용의 실정법상의 의무이행이나 이에 대한 복종을 거부하는 등을 내용으로 하는 저항권은 헌법에 명문화되어 있지 않았더라도 일종의 자연법 상의 권리로서 이를 인정하는 것이 타당하다 할 것이고, 이러한 저항권이 인정된다면 재판규범으로서의 기능을 배제할 근거가 없다고 할 것이다. 위와 같은 저항권의 존재를 부정할 수 없는 근거로는 4·19 의거의 이념을 계승하여…… 새로운 민주공화국을 건설한다고 선언하여, 4·19 사태가 당시의 실정법에 비추어 보면 완전한 범법행위로 위법행위임에도 불구하고 이를 우리나라의 기본법인 헌법의 전문에서 의거라고 규정짓고 그 의거의 정신을 계승한다고 선언하고 있어, 위 헌법 전문을 법률적으로 평가하면 우리나라 헌법은 4·19의 거사를 파괴되어 가는 민주질서를 유지 또는 옹호하려는 국민의 저항권 행사로 보았다고 해석할 수밖에 없는데, 우리나라 헌법이 인정한 것으로 보여지는 저항권을 사법적 판단에서는 이를 부정할 수가 있을는지 의문이고 또 저항권이 인정되는 이상 재판규범으로는 적용될 수 없다고 판단하여 그 실효성을 상실시킬 합리적 이유가 있다고 볼 수도 없다. 다수의견은 저항권이 실정법에 근거를 두지 못하고 있어서 이를 재판규범으로 적용할 수 없다는 취지로 설시하고 있으나 자연법상의 권리는 일률적으로 재판규범으로 기능될 수 없다는 법리도 있을 수 없거니와 위에 적시한 우리나라 헌법의 전문은 저항권의 실정법상의 근거로 볼 수도 있다고 할 것이다.”

1987년 10월 29일 개정헌법이 전문(前文)에서 “불의에 항거한 4·19 민주이념을 계승하고”라는 말을 쓰고 있는데, 저항권에 대한 관계에서 이를 어떤 의미로 해석할 것인지는 앞의 판례에서 본 것처럼 학자들의 견해가 일치하지 않는다. 1962년 12월 26일 개정헌법은 전문에서 4·19 의거와 함께 5·16 혁명의 이념을 계승한다고 했으나, 나중에 뒤의 것은 빠졌다.

저항권이 헌법문제로서 논의된 것은 4·19 혁명의 법적 성격에 대한 이론구성이 계기가 되었다. 이승만(李承晚) 초대 대통령은 1954년 11월 27일에 두번째 개헌을 했는데, 이것이 악명 높은 사사오입(四捨五入) 개헌이다. 이 개헌안은 이 대통령의 3선을 가능하게 할 목적으로 "대통령과 부통령의 임기는 4년으로 한다. 단 재선에 의하여 중임할 수 있다"라는 제55조 제1항의 규정은 그대로 두고, 부칙으로 "이 헌법 공포당시의 대통령에 대하여는 제55조 제1항 단서의 제한을 적용하지 아니한다"고 한 것이었다. 민의원(民議院)에서 표결한 결과 재적 203명 가운데 찬성 135표로, 헌법 개정에 필요한 3분의 2에서 1표가 부족해 부결된 것으로 선언되었다. 그러나 여당 측은 수학상의 사사오입의 원리를 적용해 203의 3분의 2는 135라고 주장하면서 이틀 뒤 자유당 의원만이 참석한 가운데 부결선언을 취소하고 가결로 번복하는 결의를 했다. 이 헌법 개정은 형식적인 면에서 정족수에 미달되었고, 실질적인 면에서 초대 대통령에 한해 중임제한을 철폐함으로써 평등의 원칙에 위반되는 위헌적인 개헌이었다.

이로써 이승만 정권의 종신(終身) 집권이 가능하게 되어, 1956년 5월 15일의 선거에서 3선이 이루어졌다. 이 선거에서 민주당 신익희(申翼熙) 후보가 급사해 추모 표만 해도 20퍼센트에 달했고, 부통령에 민주당의 장면(張勉) 후보가 당선되어 정권교체를 바라는 민심의 향방을 확인할 수 있었다. 4년 뒤인 1960년 3월 15일 행해진 선거에서 또다시 민주당 조병옥(趙炳玉) 후보가 한 달 전에 급사해 이승만 후보는 단독 입후보가 되었는데, 5월 16일자 아침 신문에는 "지지율 이승만 92퍼센트, 이기붕 78퍼센트"라고 보도되었다. 이 선거가 사상 유례없는 부정선거라고 하여 이를 규탄하는 시민·학생들의 시위가 늘어갔다. 1956년의 선거에서 자유당은 겨우 승리했지만, 4년 뒤의 선거에서 순리대로 했다가는 승산이 없다고 보았고, 그래서 관권동원, 사전투표, 비공개투표, 야당참관인 축출, 유령유권자 조작, 기권자 대리투표, 투표함 바꿔치기, 개표 때의 환표 등 갖가지 부정을 동원했던 것이다. 이에 부정선거의 무효를 주장하는 시위가 전국으로 확산되었고, 선거 당일 마산에서는 부정선거에 대한 항의데모가 격렬하게 이어졌다. 4월 11일에는 그동안 행방불명이던 김주열 학생이 눈에 최루탄이 박힌 채 살해된 시체로 바다에서 발견되었으며, 이로 말미암아 국민들의 분노는 극에 달했다. 4월 18일에는 고려대학교 학생들이 마산사건의 책임자 처벌을 외치며 국회의사당까지 진출했는데, 시민들의 환호를 받으며 귀교하는 도중 정치폭력배들의 습격을 받아 50여 명이 중경상을 입는 유혈사태가 발생해 4·19 총궐기의 기폭제가 되었다. 다음날은 서울의 대학생들이 시위에 돌입하고 이에 대한 경찰의 무차별 총격으로 100여 명이 희생되는 '피의 화요일'이었다. 결국 4월 26일에 이승만 대통령이 하야성명을 발표함으로써 12년의 장기집권은 종막을 고했다. 정권은 '4·19 혁명'으로 말미암아 무너진 것이다.

권영성(權寧星) 교수의 헌법교과서에는 "현행 헌법에는 저항권에 관한 명문의 규정이 없다. 1987년의 개헌협상과정에서 저항권의 명시 여부가 여·야간에 쟁점이 된 바 있지만, 결국 저항권을 직접 명시하지 아니하고 헌법 전문에 '불의에 항거한 4·19 민주이념을 계승하고'라는 문구를 추가함으로써 저항권규정을 대신하기로 합의하였다. 그러나 한국 헌정사의 특수성에 비추어 4·19 혁명은 민주이념을 구현하기 위한 저항권 행사였다는 점에 국민적 공감대가 형성되어 있고, 당시의 개헌안 작성자들의 의도가 동 문구를 저항권에 관한 완곡한 표현이라는 점에 양해하였음을 상기할 때 헌법 전문의 동 문구를 저항권에 관한 근거 규정으로 해석하여도 무방할 것"이라고 되어 있다.

제3장 법에 순응하여 손해를 본 사람들

1. 토지의 초과소유부담금

법을 지킨 사람이 손해를 본다는 것은 한마디로 법치(法治)에 어긋난다. 2005년 8월 15일, 광복 60주년을 맞아 정부는 대대적인 사면의 조치를 감행했다. 사면이라는 말이 나왔으니, 이 기회에 우선 〈사면법(赦免法)〉을 한번 보고 넘어가자. 1948년 8월 30일 법률 제2호로 제정되어 2012년 2월 10일 법률 제11301호로 전면적인 개정이 있기까지 순결성을 지녀온 보기 드문 법률이다. 그러고 보니 '좌에 열기한', '형의 언도', '상신을 할 것', '진달하여야 한다' 등의 고리타분한 용어를 그대로 두고 있었는데, 2007년 12월 31일 법률 제8721호로 두 개의 조문을 우리 글로 고치면서 그 기회에 25개의 다른 조문은 손을 대지 않았으니 얼마나 아까웠으면 그랬을까. 법률의 문언이 어떻고 하는 것은 둘째 치고, 대통령의 사면권을 거의 무제한으로 허용하고 있는 데서 오래전부터 많은 비판이 있어왔지만, 어느 대통령도 그 권한을 내놓고 싶어하지 않는다.

사면을 단행할 경우에도 특별사면이 일반적이지만, 때로는 큰마음 먹고 일반사면(一般赦免)을 해버릴 수도 있다. 이는 대통령이 범죄의 종류를 지정하고 그 죄목에 해당하는 범죄를 저지른 모든 사람에게 법적 책임을 없애주는 것인데, 재판이나 수사를 받고 있는 사람 모두에게 적용되는 엄청난 은전이다. 그러니까 법을 지킨 사람이 손해를 보는 일도 생긴다. 가령, 〈도로교통법〉의 음주운전을 일반사면에 포함시키면 벌금형이 확정되었음에도 불구하고 벌금을 내지 않고 버틴 운전자는 결국 벌금을 내지 않아도 되지만, 이미 벌금을 낸 사람은 돌려받을 수가 없는 것이다.

위와 같은 일은 형사벌을 받은 사람들의 이야기로, 일단 죄를 저지른 것이고 나중에 면책의 유무가 생기는, 말하자면 벌금을 떼이더라도 덜 억울한 성질의 것이다. 그러나 지금부터 이야기하려는 내용은 법에 순응하고 그에 따라 국가에 돈을 낸 사람이 법의 무효에도 불구하고 돈을 돌려받지 못한 채 고스란히 국가에 헌납한 꼴이 되는 사례이다. 바로 〈택지소유 상한에 관한 법률〉의 부담금(負擔金)에 관한 일이다.

이 법률은 제정 당시의 "계속적인 지가의 상승, 토지투기의 악순환, 그에 따른 부의 왜곡된 분배 등을 시정"하고자, 이른바 '토지공개념(土地公概念)'에 대한 본격적인 논의가 진행되는 과정에서 1989년 12월 30일 〈토지초과이득세법〉(법률 제4177호) 및 〈개발이익환수에 관한 법률〉(법률 제4175호)과 함께 마련되었는데, "입법자는 인간다운 생활의 가장 근본적인 요소라고 할 수 있는 주거문제를 해결하기 위하여 국민 각자가 생활을 영위함에 있어 반드시 필요로 하는 택지를 적정한 한도 내에서만 소유할 수 있도록" 법률 제4174호로 제정한 것이었다. 그러나 시행된 지 10년도 못되어 1998년 9월 19일 법률 제5571호로 폐지되었다. 한편 미

실현 이익에 대한 과세로 말이 많던 〈토지초과이득세법〉도 같은 해 12월 28일 법률 제5586호로 폐지되었다.

1999년 4월 29일에 헌법재판소는 〈택지소유상한에 관한 법률〉 제2조 제1호 나목 등 위헌소원(94헌바37등) 사건에서 폐지된 위 법률에 대해 위헌결정(違憲決定)을 내렸다. 서울 등 6대 도시에 택지(宅地)를 660제곱미터(200평) 이상 소유하면 초과소유부담금을 징수할 수 있도록 한 위 법률은 1989년 시행 당시부터 민원의 중점 대상이 되었던 것이다.

헌법재판소의 결정이유를 보면, "재산권은 개인이 각자의 인생관과 능력에 따라 자신의 생활을 형성하도록 물질적·경제적 조건을 보장해 주는 기능을 하는 것으로서, 재산권의 보장은 자유실현의 물질적 바탕을 의미하고, 특히 택지는 인간의 존엄과 가치를 가진 개인의 주거로서, 그의 행복을 추구할 권리와 쾌적한 주거생활을 할 권리를 실현하는 장소로 사용되는 것이라는 점을 고려할 때, 소유상한(所有上限)을 지나치게 낮게 책정하는 것은 개인의 자유실현의 범위를 지나치게 제한하는 것이라고 할 것인데, 소유목적이나 택지의 기능에 따른 예외를 전혀 인정하지 아니한 채 일률적으로 200평으로 소유상한을 제한함으로써, 어떠한 경우에도, 어느 누구라도, 200평을 초과하는 택지를 취득할 수 없게 한 것은, 적정한 택지공급이라고 하는 입법목적을 달성하기 위하여 필요한 정도를 넘는 과도한 제한으로서, 헌법상의 재산권을 과도하게 침해하는 위헌적인 규정"이라고 지적한 것을 비롯하여, 그 법률 시행 이전부터 택지를 소유하고 있는 사람에게도 일률적으로 택지소유상한제를 적용하는 것은 "신뢰보호의 원칙 및 평등원칙에 반한다는 점, 경과규정에서 법 시행 이전부터 택지를 소유하고 있는 사람을 법 시행 이후 택지를 취득한 사람과 동일하게 다루는 것은 평등원칙에 위반한다는 점,

10년만 지나면 그 부과율이 100퍼센트에 달할 수 있도록, 아무런 기간의 제한 없이 고율(高率)의 부담금을 계속적으로 부과하는 것은 재산권에 내재하는 사회적 제약에 따라 허용되는 범위를 넘는다는 점, 매수청구를 한 후 실제로 매수가 이루어질 때까지의 기간 동안에도 부담금을 납부하여야 하도록 하는 것은 입법목적을 달성하기 위하여 필요한 수단의 범위를 넘는 과잉조치로서, 최소침해성의 원칙에 위반한다는 점”등 다섯 가지 위헌적인 사항을 열거하고 있다.

문제는 헌법재판소의 이 결정으로 이미 납부고지서대로 납부한 사람은 어떻게 되느냐 하는 것이었다. 보도에 따르면, 주무부서인 건설교통부는 모두 6만 2,480건, 금액으로는 1조 6,779억 원이 부과되어 91.9퍼센트인 5만 7,438명이 1조 4,035억 원의 부담금을 납부했으며, 8.1퍼센트인 5,042명이 2,744억 원을 내지 않았다고 했다. 그리고 법적 유효기간 안(부과된 뒤 90일 이내)에 소송을 제기한 250건, 2,024억 원에 대해서만 부담금을 돌려주었다는 것이고, 나머지 납부자에 대해서는 어쩔 도리가 없다는 것이다.

원고 김씨는 서울 강남구에 오래전부터 택지 7필지를 소유해왔는데, 국가로부터 징수권한을 위임받은 서초구 세입징수관이 1994년 10월경 택지초과소유부담금 4억 560만 원을 그해 10월 31일까지 납부하라는 고지서를 발부해서 그 전액을 납부했다. 1995년 10월경에도 3억 5,700만 원을 그해 10월 31일까지 내라고 해서 납부했고, 1996년 10월경에도 4억 3,480만 원을 그해 11월 30일까지 납부하라는 고지서가 나와서 어김없이 그 돈을 냈다.

헌법재판소가 1999년 4월 29일 위 법 전부의 위헌을 선언해 부과처분의 근거가 된 법이 효력을 잃었으니, 원고는 당연히 이미 납부한 11억 9,000여만 원을 돌려받아야 하는 것으로 생각했다. 다만 원고는 1994년

10월에 한번 행정심판청구를 하여 기각되고나서 행정소송을 제기하지 않았고, 그 뒤에는 부과처분의 취소를 구하는 행정소송을 한 일이 없어 확정력(確定力)이 발생하여 법리상으로는 고전을 각오해야 했지만, 어떤 이론을 구사하든지 국가는 근거 잃은 수입을 납부자에게 돌려줄 것 같았다. 그리하여 원고는 국가를 상대로 부당이득금(不當利得金) 반환청구소송을 제기했다.

그러나 원고는 제1심과 항소심을 거쳐 상고심까지 가서도 끝내 목적을 이루지 못했다.

〈헌법재판소법〉 제47조 제2항은 헌법재판소의 위헌결정이 있는 경우 그에 따른 효력에 관하여 "위헌으로 결정된 법률 또는 법률의 조항은 그 결정이 있은 날로부터 효력을 상실한다. 다만, 형벌에 관한 법률 또는 법률의 조항은 소급하여 그 효력을 상실한다"고 규정하고 있다. 따라서 원고가 구제받기 위해 뚫어야 할 첫 관문은 소급효(遡及效)에 관한 것이고, 택지초과소유부담금에 관한 법률 조항이 형벌에 관한 예외 규정에 해당한다는 해석이 가능해야 하는 것이다. 원고는 위 '형벌에 관한 법률 또는 형벌 조항'은 형법 및 특별형법 소정의 좁은 의미의 형벌만을 의미하는 것이 아니라 행정상의 의무강제를 위한 행정벌과 같이 국민에게 부과된 일정한 의무의 위반에 대한 제재로 이루어지는 것도 위 법 소정의 넓은 의미의 형벌에 포함되는 것이라고 주장하고, 그렇지 않다 하더라도 택지초과소유부담금 납부의무자 가운데 피고의 부과처분에 응해 그 부담금을 납부한 자나 그 부담금을 납부하되 부과처분에 불복한 자나, 위헌법률에 따라 헌법상의 평등권과 재산권 보장 등 기본권을 침해받은 것은 모두 같음에도 불구하고 불복한 자에 대해서만 그 위법성을 제거할 수 있는 기회를 준다는 것은 국가가 징수행정에 협조한 선량한 납부자와 이에 협력하지 않은 자를 합리적인 이유 없이 차별하는 것이며, 또한 법의 위헌성(違憲性) 정도라든지, 부과처분이 법에 대한 위헌 여부의 심판제청과 헌법소원심판청구가 계속적으로 제기되는 가운데 이루어진 점이라든지, 소급효를 인정하더라도 기득권의 침해가 발생될 여지는 없는 점 등에 비추어, 소급효의 부인이 오히려 정의와 형평 등 헌법적 이념에 매우 배치되는 경우에 속할 것이라고 주장했다. 그러나 대법원은 "헌법재판소법 제47조 제2항 소정의 '형벌에 관한 법률 또는 법률의 조항'이라 함은 위 규정의 문언과 같은 조 제3항의 취지 등에 비추어 보면, 범죄의 성립과 처벌에 관한 실체적인 법률 또는 법률의 조항을 의미하는 것으로 해석하여야 할 것"이라고 판시(2001. 2. 23. 선고 2000다 55737 판결)하면서 원고의 청을 들어주지 않았다.

또한 원고는 이 사건 부과처분의 근거법률이 실질적으로는 택지를 소유한 국민에 대해 토지의 무상몰수와 마찬가지의 효과를 가져오는 중대한 위헌적 요소를 가지고 있다는 점, 아울러 원고는 위 법의 제정 이후에 그 택지를 취득한 것이 아니라 제정 이전부터 이미 보유하고 있었던 점도 주장하고, 뿐만 아니라 그 부담금의 근거법률에 대해서는 부과 당시부터 위헌심판제청 및 헌법소원이 제기되었는데, 헌법재판소는 위 사건들에 대해 헌법재판소법 소정의 처리기한 안에 아무런 결정을 하지 않고 있다가 1999년 4월 29일에야 결정을 내렸는 바, 이와 같이 법의 합헌성에 대해 강한 의문이 제기되고 있는 경우, 법 제정 당시는 정당한 법률이었는데, 그 뒤 시대 사정의 변경으로 위헌이 된 것이 아닌 점에 비추어, 국가로서는 그에 따른 국민의 재산권에 중대한 침해가 있을 수 있음이 예측되는 만큼 위헌법률을 즉시 제거해야 할 의무가 있으며, 그럼에도 불구하고 이를 제대로 이행하지 않은 채 상당기간 위헌법률을 적용해 국민의 재산권을 침해한 것이니, 이는 불법행위(不法行爲)를 범한 것에 다름 아니라고 주장했다. 그리고 만일 헌법재판소가 그 처리기한인 접수한 날부터 180일 안에 위헌결정을 했더라면 그때부터 택지초과소유부담금의 근거법률이 위헌으로서 그 하자가 중대 명백한 것이므로, 원고로서는 적어도 이 사건 부담금을 부과당하지 않았을 것인데, 헌법재판소의 위헌결정이 있은 뒤에 비로소 부과처분의 근거법률의 하자가 명백해진 것이라고 한다면, 이는 헌법재판소의 결정이 언제 있게 되느냐에 따라 그 명백성의 기준시점이 달라지는 것이 되어 부당하며, 위헌 결정에 따라 그 법률은 제정 당시에 이미 위헌이었음이 확인된 것이므로 그 위헌 법률에 근거한 하자 있는 행정처분은 처분 시에 명백하고 중대한 것에 해당한다는 것도 내세웠다.

그러나 최종심은 하급심의 판결을 지지하면서 "행정청이 어느 법률에 근거하여 행정처분을 한 후에 헌법재판소가 그 법률을 위헌으로 결정하였다면 결과적으로 그 행정처분은 법률의 근거 없이 행하여진 것과 마찬가지가 되어 하자 있는 것이 된다고 할 것이나, 그 행정처분이 당연무효(當然無效)인지의 여부는 위헌 결정의 소급효와는 별개의 문제로서 위헌 결정의 소급효가 인정된다고 하여 위헌인 법률에 근거한 행정처분이 당연무효가 된다고 할 수 없고, 하자 있는 행정처분이 당연무효가 되기 위하여는 그 하자가 중대할 뿐만 아니라 명백한 것이어야 하는데, 일반적으로 법률이 헌법에 위반된다는 사정은 헌법재판소의 위헌 결정이 있기 전에는 객관적으로 명백한 것이라고 할 수는 없으므로 특별한 사정이 없는 한 이러한 하자는 위 행정처분의 취소사유에 해당할 뿐 당연무효사유는 아니라 할 것"이라고 했다. 나아가 "원심은, 국가가 헌법재판소의 위헌결정이 있기 전에 특정한 법률의 위헌성을 미리 인정하여 이를 개정하거나 그 시행을 전면적으로 유보하는 등으로 위헌성을 제거하는 조치를 취하지 아니하였다고 하여도 특별한 사정이 없는 한 그와 같은 사유만으로 불법행위를 구성한다고 할 수 없다고 판단하여 원고의 예비적 청구를 받아들이지 아니하였는 바, 원심의 이러한 판단에 상고 이유로 주장하는 바와 같은 법리오해로 판결에 영향을 미친 위법이 있다고 할 수 없다"고 하여 상고를 기각하고 원고의 꿈을 잘라버렸다.

원고는 따로 〈헌법재판소법〉 제47조 제2항에 대해 위헌 여부심판의 제청신청을 하고 대법원을 거쳐 헌법재판소의 판단(2001. 12. 20. 선고 2001헌바7·14 결정)도 받았다. 즉, 형벌(刑罰)과 택지초과소유부담금(宅地超過所有負擔金)에 대하여 "양자는 비록 의무 위반에 대한 제재라는 점에서는 공통점이 있으나, 형벌은 본질상 사회윤리적인 불승인과 행위자 개인에 대한 비난이 포함되는 데 반하여, 택상법상의 부담금은 택상법상의 목적을 실현하기 위한 이행강제수단에 불과할 뿐, 초과택지소유행위에 대한 사회윤리적인 불승인이나 행위자 개인에 대한 비난을 당연히 포함하고 있는 것은 아닌 점에서 다르다고 하겠다. 예를 들어 살인행위 등과 같은 범죄행위는 국가의 제정법을 기다릴 것 없이 그 성질 자체로 반윤리성·반사회성을 가진 데 대하여 초과택지소유행위 그 자체는 반윤리성·반사회성을 갖지 않으며, 특정한 행정목적, 즉 국민의 주거생활의 안전의 실현을 위한 국가의 제정법에 의하여 비로소 금지되는 행위가 되어 부담금의 부과라는 제재를 받게 되는 것이다. 양자간의 이러한 본질적인 차이 외에도 형벌을 받은 자는 전과기록(수형인명부, 수형인명표, 수사자료표)에 기재되기 때문에 집행을 종료한 후에도 공무원에의 임용 제한, 선거권 및 피선거권의 제한 등의 법률상의 불이익을 받을 뿐만 아니라 전과가 있다는 사실만으로 사회적으로 사실상의 불이익을 받을 수 있으므로 형벌에 관한 법률 또는 법률의 조항에 대하여 위헌결정이 선고된 경우에는 그 소급효를 인정하여 그 조항으로 인한 국민의 불이익을 해소할 필요가 더욱더 크다고 하겠다. 이에 비하여 택상법상의 부담금을 부과받은 자는 전과기록에 기재되지도 않고, 위와 같은 법률상·사실상의 불이익도 받지 않는다. 그러므로 비록 법 제47조 제2항 단서가 형벌에 관한 법률 또는 법률의 조항에 한하여 위헌결정의 소급효를 인정하였다고 하더라도 이는 형벌과 택상법상의 부담금과의 위와 같은 본질적 차이 내지 법률상·사실상의 차이로 인하여 생기는 것으로 이를 두고 자의적인 차별이라고 할 수 없으므로 위 조항은 평등의 원칙에 위반된 위헌적인 규정이라고 할 수 없다”고 판단한 것이다.

이와 같이 원고는 유능한 대리인을 통하여 있는 힘을 다해 몸부림을 쳐봤으나 허사였다. 법을 믿고 이를 실행한 정직한 사람들이 피해를 보고, 반대로 부담금을 안 내고 버티거나 소송을 한 사람들만 구제되는 웃지 못할 일이 생긴 것이다. 이런 불합리한 사태를 막기 위해 제도보완을 해야 하며, 원고와 같은 딱한 사람들을 위해 납부한 부담금을 되돌려줄 수 있도록 특별법이라도 마련함으로써 국민의 법감정을 순화시켜야 할 것이라는 목소리가 높았지만, 그러나 국가의 반응은 차가웠다.

원고와 같은 피해자들 가운데 어떤 사람은 국회가 기본권침해의 소지가 있는 법을 제정한 것은 불성실 심의에 원인이 있는 불법행위이므로, 국회가 잘못 제정한 법에 따라 납부한 1억 5,000만 원의 손해를 배상하라고 국가를 상대로 소송을 제기하기도 했다. 비록 제1심에서 패소하고 끝났지만, 이 소송은 국회의 안일한 입법행위의 관행에 경종을 울렸다는 말을 들었다. 어떻든 법에 순응한 사람들의 분노의 절규가 귓전을 맴도는 것 같지 않은가? 12억 원이나 되는 거액을 떼인 셈이 되는 원고 김 씨의 마음은 어떠했을까? 한마디로 나라로부터 사기당한 기분이었을 것이다. 사기치고는 희한하다. 가해자는 있는데, 거대한 범인은 눈앞에 어른거리는데, 멱살을 붙잡고 싶어도, 욕이나 실컷 해주고 싶어도 구체적으로 실체를 찾을 수 없다. 원고와 같은 피해자는 땅을 많이 소유하고 있는, 말하자면 가진 자의 층에 속하기 때문에 억울함을 호소해도 귀를 기울여줄 사람이 많지 않다. 세태는 약자를 편들고자 하며, 원고와 같이 세금을 많이 내서 나라의 살림에 기여하는 사람을 크게 인정하려고 하지 않는다. 부자가 손해를 입는 것 그 자체에 대해서 누구도 관심을 가지려고 하지도 않을 것이고, 오히려 속으로는 고소하다고 여길 사람이 있을지도 모른다.

2. 학교용지부담금

헌법재판소는 2005년 3월 31일 〈학교용지확보에 관한 특례법〉 제2조 제2항 등 위헌제청 사건(2003헌가20)에서 공동주택을 분양받은 사람에게 학교용지확보를 위한 부담금을 부과·징수할 수 있다는 법률 조항에 대하여 위헌이라고 결정했다. 앞의 토지초과소유부담금에 대한 위헌결정처럼 또 한번 커다란 파장을 낳은 사건이었다.

위헌선언이 된 법률 조항은 2000년 1월 28일 개정되어 2002년 12월 5일 개정되기까지의 것인데, 300세대 규모 이상의 공동주택조성사업에서 주택을 분양받은 사람은 분양가격의 1,000분의 8(0.8퍼센트)을 학교용지부담금으로 내게 되어 있었다. 이 부담금은 2001년부터 징수를 시작하여 2004년 말까지 총 4,392억 원을 거두어 3,232억 원을 사용했다고 한다. 이번 결정으로 이미 낸 부담금을 환급받을 수 있게 된 사람과 못 받는 사람이 갈림으로써 또 한번 형평성 시비가 일어나게 되었다. 다시 말하자면, 위헌제청신청자들과 현재 행정소송을 제기해 법원에 계류중인 사람들 그리고 학교용지고지서를 받고 90일 이내에 이의신청을 한 사람만 구제되고, 그 밖의 납부자는 환급받을 수 없는 처지가 된 것이다. 이론상으로는 납부고지서를 받고 이의를 신청하지 않은 채 부담금을 납입하지 않은 사람은 위헌결정 이후에도 부담금의 100분의 5에 해당하는 가산금까지 보태어 납입해야 하는 것이다. 부담금의 납부자는 20만 명이 넘는 것으로 추정되는데, 그 가운데 이의신청을 한 사람은 4만여 명이라고 한다.

어떤 계기에서 그랬는지는 모르지만, 이 결정이 있기 일주일 전인 2005년 3월 24일에 문제의 조항은 개정(법률 제7397호)되어 부담금 부과 대상인 개발사업규모를 100세대 이상으로 하향조정하고, 부담금 납부자를 개발사업자로 변경하되 부과요율도 공동주택의 경우 분양가격의 1,000분의 4로 줄였다. 그러나 헌법재판소가 아래에서 보는 것처럼 의무교육 비용을 국가가 부담하지 않고 특정 집단으로부터 징수하는 것은 헌법정신에 위배된다고 밝히고 있어, 새 법률 조항도 위헌의 시비에서 벗어나지 못할 것이 아닌가 생각된다.

위 헌법재판소의 결정이유를 요약하면 다음과 같다. "학교용지부담금은 300세대 규모 이상의 주택건설로 인하여 늘어나는 공익시설에 대한 수요 중에서 초, 중, 고등학교의 학교용지의 확보에 대한 수요를 충족시키기 위하여 부과되는 것"으로서, 원인자부담금에 가깝고 재정조달부담금에 해당한다고 전제한 다음, 우리 헌법은 국민에게 교육의 의무를 부과하면서 동시에 국가에 대해 피교육아동(被教育兒童)이 교육을 받을 수 있도록 편의를 도모해주고 경제적으로 어려운 학부모의 교육의무이행을 가능하도록 하기 위해 무상(無償)의 의무교육을 천명하고 있으며, 이러한 의무교육제도는 국민에 대해 보호하는 자녀들을 취학시키도록 한다는 의무부과의 면보다는 국가에 대해 인적·물적 교육시설을 정비하고 교육환경을 개선해야 한다는 의무부과의 측면이 더 중요한 의미를 갖는다고 하고, 그렇다면 "적어도 의무교육에 관한 한 일반재정이 아닌 부담금과 같은 별도의 재정수단을 동원하여 특정한 집단으로부터 그 비용을 추가로 징수하여 충당하는 것은 의무교육의 무상성을 선언한 헌법에 반한다"고 했다. 나아가 위 법률 조항은 평등원칙에 반한다고 하면서, 이 사건 법률 조항에 따라 확보된 학교용지부담금이 지방자치단체별로 운영되기 때문에 반드시 수분양자들의 자녀들이 다니게 될 학교의 용지확보를 위해 사용된다고 볼 수도 없다는 것, 특히 초등학교와 중학교의 경우 학교배정 단위지역보다 부담금 부과 단위지역이 훨씬 넓기 때문에 학교용지 확보사업과 납부의무자들의 집단적 이익의 관련성은 더욱 약해진다는 것 등을 그 이유로 들고 있다.

그리고 개발사업의 규모가 300세대 이상이면 모든 수분양자에 대하여 학교용지부담금을 부과하고, 300세대 미만이면 모든 수분양자에게 이를 부과하지 않는데, 이와 같은 기준은 299세대 이하인 공동주택의 수분양자와 300세대인 공동주택의 수분양자의 경우, 학교용지의 필요성에 대한 원인제공이라는 측면에서 볼 때 실질적으로 중대한 차이가 있다고 보기 어렵고, 나아가 200세대 이하이면서 넓은 평형의 공동주택을 개발하는 사업과 300세대 이상이면서 좁은 평형의 공동주택을 개발하는 사업과 비교할 경우, 납부의무자의 부담능력에 반하는 더욱더 불합리한 방법으로 학교용지부담금을 부과하는 결과에 이르게 된다고 했다. 또 국가가 학교시설 확보라는 공익사업을 시행하기 위하여 목적세(目的稅)로 교육세를, 일반조세로 취득세와 등록세를, 개발사업에 따른 수익자부담으로 개발부담금을 각각 부과하며, 이와 동일한 목적 달성을 위하여 다시 학교용지부담금을 부과하는 것은 사실상 이중과세나 이중의 부담금 부과에 해당한다고 볼 여지도 있을 뿐만 아니라, 공익사업의 달성과 관련해 형평에 맞는 몫 이상의 부담이라는 의심이 강하게 들게 한다고 하고, "결국 위 법률 조항은 학교용지부담금 부과에 있어서 방법의 적정성, 피해의 최소성 및 법익균형성을 충실히 갖추지 못함으로써, 헌법 제37조 제2항의 비례의 원칙에 위배된다"고 판단했다.

하나의 법률이 이렇게 중대한 흠을 지닌 채 막무가내로 시행되고 있었던 것이다. 입법자가 법안을 심의할 때 좀더 관심을 가지고 성실한 자세로 검토했더라면 이런 무모한 법률의 제정은 막을 수 있었을 것이고, 많은 선량한 피해자를 낳는 우를 범하지 않았을 것이다.

부담금을 내고 불복을 하지 않아서 위헌결정에도 불구하고 환급을 받지 못하게 되어 고스란히 피해자가 된 갑과는 반대로, 이의를 신청해 납입한 부담금을 돌려받게 된 을을 한번 비교해보자. 이번의 위헌 결정에 따라 갑과 을은 판이하게 이해가 갈린 상황인데, 이를 어떻게 이해해야 하는가?

갑은 고지식하게 법을 신뢰했던 것이고 납입고지서를 당연하게 받아들였다고 한다면, 을은 반대로 의문을 가지고 법에 항거한 것이다. 결과적으로 을의 판단이 옳았으며, 갑은 법을 지킨 것 하나가 손해로 이어지는 어이없는 처지가 된 것이다. 그렇다면 을은 현명했으면 현명했지 법을 어긴 것이 아니다. 아무도 권리를 행사한 을을 비난할 수 없다. 그러면 갑은 권리 위에 잠을 잔 나태한 사람으로서 화를 자초한 것이라고 할 것인가? 그렇다고 할 수 없다. 갑은 그 법을 믿고 권리를 행사할 기회를 쓰지 않았을 뿐이며, 그래서 20만 명 가운데 이의신청을 한 4만 명의 소수에 포함되지 못한 것이다. 갑이 법을 지켰다는 것은 법이 결코 헌법에 위반될 만큼 중대한 흠이 있다는 것을 깨닫지 못했다는 말이며, 그것은 국민 누구의 수준으로서도 그렇게 여길 수밖에 없는 정도의 상식이 아닐 수 없는 것이다. 그래서 결론은 선량한 국민인 갑이 을보다 더 손해를 입을 이유가 없다는 것이고, 따라서 입법을 잘못해 손해의 원인을 조성한 국가는 갑의 피해를 보상할 책임을 통감해야 할 것이라는 것이다.

갑은 이번 일로 하나의 교훈을 얻게 되었다. 법을 무조건 순응해서도 안 되며 그렇다고 법을 묵살해서도 안 된다는 것, 그것이다. 법을 외면해서 손해보는 것이야 어쩌면 당연할지 모르지만, 법을 지킨 죄로 피해를 입는 일이 법치국가에서 도대체 있을 수 있는 일인가, 대한민국에서 살아나가기가 참 힘든다고 한탄하는 소리를 귓전으로 흘려버려도 되는가, 그 말이다. 토지초과소유부담금의 경우처럼 끝내 환급받지 못하고 만다면, 갑은 국가에 돈 빼앗기고 아무 말 못하는 어리석은 애국자가 되어버리는 것이다.

갑에게 어디선가 희미하게 울리는 소리가 있다. '억울하지만 당신은 법을 너무 존중했소. 법이라고 해서 완벽하지 않소. 당신이 믿고 준수한 법은 어디를 찾아보아도 당신을 구제할 길을 열어놓고 있지 않소. 법을 지키더라도, 국가의 명을 받아들여 순응하더라도, 때로는 법을 의심하고 불복하는 길을 모색할 줄 알아야 하오. 국가의 지시가 옳은지 그른지 눈치껏 판단할 줄 알아야 하오. 국가라고 하여 무조건 신뢰해서는 손해보는 일이 많을 거요. 알겠어요? 좀 못되게 살 줄 알아야 하오. 선량하다는 말은 어리석다는 말 바로 곁에 있소.'

제4장 법치사회를 흔드는 세력들

1. 노동조합의 과격한 쟁의행위

〈헌법〉 제33조 제1항은 근로 3권(勤勞三權)을 규정하고 있다. 즉, 근로자는 근로조건의 향상을 위해 단결(단결권)하고, 사용자와 집단적으로 교섭하며(단체교섭권), 나아가 경제적 압력행사(단체행동권)를 할 수 있는 권리를 헌법상 부여받고 있다. '헌재 1993. 3. 11. 선고 92헌바33 결정' 은 헌법이 근로 3권을 보장한 취지에 대하여 "원칙적으로 개인과 기업의 경제상의 자유와 창의를 존중함을 기본으로 하는 시장경제의 원리를 경제의 기본 질서로 채택하면서, 노동관계당사자가 상반된 이해관계로 말미암아 계급적 대립·적대의 관계로 나아가지 않고 활동과정에서 서로 기능을 나누어 가진 대등한 교섭주체의 관계로 발전하게 하여 그들로 하여금 때로는 대립·항쟁하고, 때로는 교섭·타협의 조정과정을 거쳐 분쟁을 평화적으로 해결하게 함으로써, 결국에 있어서 근로자의 이익과 지위의 향상을 도모하는 사회복지국가 건설의 과제를 달성하고자 함에 있다"고 밝히고 있다.

근로자는 노동조합을 결성하고 이에 가입하여 그 구성원으로서 활동하는 단결권(團結權)을 가지며, 그 노동조합은 근로자들의 근로조건 향상을 위하여 사용자와 자주적으로 교섭(交涉)하는 권리를 가진다. 아울러 노동쟁의가 발생했을 때 근로자는 단체행동권(團體行動權)을 행사할 수 있는 것이다. 파업이 단행될 때 근로자가 두른 머리띠에는 '단결'·'투쟁'이라는 말이 들어 있는데, 노동조합이 목적을 달성하기 위해서는 내부의 조직력을 유지·강화하는 것이 필수적이므로 그 단결력을 호소하는 것이고, 쟁의에 들어가서는 집단적인 실력행사가 필요하기 때문에 전의를 돋우면서 사용자 측을 압박하는 효과도 얻으려는 것이다.

이제 노동조합이 단체행동권으로서 쟁의행위(爭議行爲)에 관하여 궤도를 벗어나 그 권한을 남용한 형태를 중심으로 이야기해보고자 한다. 지난날 겪은 고통을 앞날의 위대한 스승으로 받아들일 줄 알아야 하는 것이다.

1987년 6월 29일은 민주정의당 노태우(盧泰愚) 대표가 국민들의 민주화와 직선제 개헌 요구를 받아들여 특별선언을 발표한 날이다. 그때부터 사람들은 시민혁명을 성취한 것처럼 고무되어 무거운 억압의 터널을 빠져나온 듯한 분위기에 젖기 시작했다. 특히 노동현장은 근로자들의 분노가 폭발해 날이 갈수록 살벌해지고 있었다. 여기저기 사업장에서 강성 노동조합 집행부의 지휘 아래 임금인상 등을 요구하는 집단적인 행동이 시작되면서 불법파업이 자행되고, 거리로 몰려나온 근로자들의 시위로 민심이 흉흉할 뿐만 아니라 경제적 손실은 천문학적 수치로 눈덩이처럼 불어났다.

노사(勞使)의 충돌이 없던 그때의 노동현장은 평화가 아니라 굴욕과 인내로 어둠 속의 침묵이 이어져온 것이었다. 사용자는 노동자를 저임금으로 혹사해오면서 겉으로는 성장을 표방하고 있었던 것이다. 기계가 멈추어 가동이 정지되고 철문이 닫힌 대기업의 공장은 전쟁터를 방불케 했다. 붉은 머리띠를 두르고 수건으로 얼굴을 가린 노조원들은 쇠파이프나 몽둥이로 무장해 사업장을 점거했다. 그들의 상대는 사업주였지만 내면적으로는 정부도 포함되었다. 공장은 붉은 페인트로 어지러이 휘갈긴 섬뜩한 구호로 난무했다. 공권력의 동원에 대비하여 그들은 최전방에 사수대(死守隊)라는 것을 배치하면서 전투준비를 했다. 그리고 거리로 뛰어나왔다. 제조사업장뿐이 아니었다. 노동조합이 있는 지하철·금융기관·병원·학교까지 시끄러웠다. 그로부터 십수 년이 지난 뒤에도 크게 수그러들지 않았다.

2003년 10월, 전국민주노동조합총연맹(민주노총) 위원장은 긴급기자회견에서 노동자를 상대로 한 회사들의 손해배상청구와 가압류 조치를 철회할 것과 비정규직 철폐를 촉구하고, 향후 이러한 노동탄압정책에 대해서는 강도 높은 투쟁을 벌여나가겠다고 선언했다. 그런 뒤인 11월 9일, 민노총 소속 노동자와 한국대학생총연맹(한총련) 소속 학생 등 3만여 명이 서울 도심지에서 화염병과 돌 그리고 쇠붙이를 던지며 경찰과 충돌하는 대규모 시위를 벌였다. 보도에 따르면, 시위대는 수백 명의 사수대를 앞세우고 광화문과 종각 사이에서 경찰과 대치하다가 700여 개의 화염병을 던져 도로를 불바다로 만들었고, 경찰을 향해 금속볼트와 너트를 새총에 장전해 쏘기도 했는데, 시가전이나 다름없는 격렬한 충돌 현장에서 경찰은 고작 방패와 곤봉으로 진압하면서 뒤로 밀리기도 하는 한심한 모습을 연출했다는 것이다. 던지고 때리고 부수고 불타고 나가자빠지고, 이런 난리에 시위대와 경찰 다 같이 100여 명의 부상자가 생겼다고 했다.

물론 그것은 민노총 등 상부기관에서 정부와 대기업을 상대로 한 협박성 경고에 이은 계획적 투쟁 또는 대기업에서 쟁의 마지막 단계의 현상이고, 구사대(救社隊)의 폭력이나 경찰의 강제진압이 기름을 부운 탓도 있겠지만, 일반시민들은 연례행사처럼 되풀이되는 그런 광란의 장면에 진저리쳤다. 근로자의 파업권이라는 것이 그런 형태로 전개되는 이유가 무엇인지, 기업 내부에서 근로조건의 개선·향상이 그 목표일진데, 왜 기업이 망하는 것을 바라는 것처럼 극렬하게 쟁의행위를 하는지, 정말 이해하기 힘든 것이었다. 하기는 그동안 한총련 학생들의 그런 시위를 자주 보아왔기 때문에 둔감해서 크게 놀라지는 않았지만, 도대체 노동조합의 목적이 무엇인지도 의문이 갈 때가 있었다. 사용자에 대한 증오가 얼마나 쌓였기에 저렇게 복수하듯 싸워야 하는 것인가? 위와 같은 대기업의 강성노조(强性勞組)가 주도한 과격한 노사분규는 우리나라 경제의 불안요소로 작용해 '귀족 노조의 밥그릇 챙기기'라는 여론의 질타를 받았을 뿐만 아니라, 끝내 '노조공화국'이라는 오명까지 얻게 되었던 것이다.

그러면 도대체 법률이 보장하는 노동조합의 권리는 어느 정도이며, 파업권의 행사는 어떠한 형태로 가능한 것인지, 과거의 〈노동조합법〉이나 〈노동쟁의조정법〉과 큰 차이가 없는, 1997년 3월 13일에 법률 제5310호로 제정된 〈노동조합 및 노동관계조정법〉을 중심으로 훑어보기로 한다.

제2조는 쟁의행위에 관하여 파업(罷業)·태업(怠業)·직장폐쇄(職場閉鎖) 그리고 기타 노동관계 당사자가 그 주장을 관철할 목적으로 행하는 행위와 이에 대항하는 행위로서 업무의 정상적인 운영을 저해하는 행위라고 정의한다. 파업은 근로자가 집단적으로 노무 제공을 거부하는 전

형적인 쟁의수단이고, 태업은 불완전한 노무를 제공함으로써 업무의 능률을 저하시키는 것이다. 직장폐쇄는 근로자의 쟁의행위가 개시된 이후 사용자가 노무 수령을 거부하기 위해 사업장의 문을 닫는 행위이다. 그밖에 쟁의행위의 유형으로서 직장점거, 제품에 대한 불매를 호소하는 보이코트, 이탈근로자를 막기 위한 피케팅, 준법투쟁 등이 있다.

그리고 쟁의행위의 기본 원칙으로서 제37조 제1항은 "쟁의행위는 그 목적·방법 및 절차에 있어서 법령 기타 사회질서에 위반되어서는 아니 된다"라고 규정하고, 제38조 제1항은 "쟁의행위는 근로를 제공하고자 하는 자의 출입·조업 기타 정상적인 업무를 방해하는 방법으로 행하여져서는 아니 되며, 쟁의행위의 참가를 호소하거나 설득하는 행위로서 폭행·협박을 사용하여서는 아니 된다"(벌칙, 징역 3년 이하, 벌금 3,000만 원 이하)라고 하고 있다. 제42조 제1항과 제2항은 쟁의행위는 폭력이나 파괴행위 또는 생산 기타 주요 업무에 관련되는 시설과 전기·전산·통신시설, 철도의 차량, 항공기 등 시설을 점거하는 형태로 이를 행할 수 없다(벌칙, 위와 같음)고 하고, 사업장의 안전보호시설에 대하여 정상적인 유지·운영을 정지·폐지 또는 방해하는 행위는 쟁의행위로서 이를 행할 수 없다고 되어 있다. 제44조 제2항은 노동조합은 쟁의행위 기간에 대한 임금의 지급을 요구하여 이를 관철할 목적으로 쟁의행위를 해서는 안 된다(벌칙, 징역 2년, 벌금 2,000만 원 이하)고 하고, 제45조 제2항 본문은 쟁의행위는 조정절차를 거치지 않으면 행할 수 없다(벌칙, 징역 1년 이하, 벌금 1,000만 원 이하)고 한다. 그리고 제63조는 노동쟁의가 중재에 회부된 때에는 그날부터 15일 동안은 쟁의행위를 할 수 없다(벌칙, 위와 같음)고 되어 있다.

일찍부터 판례(判例)는 폭력을 수반한 쟁의행위의 정당성을 부인했다. '대법원 1990. 10. 12. 선고 90도1431 판결'은 "헌법 제33조 제1항이 천명한 이른바 노동 3권은 근로자의 생존권적 기본권으로서 이는 최대한 존중되고 보호되어야 하는 것임은 말할 나위도 없다. 그러나 노동관계법이 지향하는 건전한 노사관계의 정립과 산업평화의 정착은 노사간의 자율적인 대화와 타협을 근간으로 소정의 적법절차에 따라 평화적인 방법으로 행하여진 쟁의행위와 이에 병행된 지속적인 단체교섭을 통하여 실현되어야 하는 것으로서 쟁의행위는 어느 경우에도 폭력이나 파괴행위를 수반하여서는 안 될 것"이라고 하고, 그 정당성의 한계와 관련하여 "첫째, 주체가 단체협약 체결능력이 있는 노동조합에 의하여 행해진 것이어야 하며, 둘째, 목적이 근로조건의 향상을 위한 노사간의 자치적 교섭을 조성하기 위한 것이어야 하고, 셋째, 수단이나 방법이 소극적으로 업무의 정상운영을 저해함으로써 사용자에게 타격을 주는 데 그쳐야 하는 것이다. 구체적인 쟁의유형에 따라 가장 전형적인 쟁의행위라 할 수 있는 파업에 관하여 볼 때 이는 노동조합의 통일적인 의사결정에 따라 근로계약상 제공할 의무가 있는 노무 전체를 일시적으로 거부하는 쟁의수단으로서 소극적 성격을 가지는 것이므로 달리 위법의 요소를 띠지 않는 한 정당하다는 평가는 받을 수 있는 것이지만, 파업은 흔히 노무정지의 효율성을 확보, 강화하기 위하여 피케팅을 동반하거나 직장에 체류하여 연좌, 농성하는 직장점거를 동반하기도 하는 것으로서, 이 경우 보조적 쟁의수단인 피케팅은 파업에 가담하지 않고 조업을 계속하려는 자에 대하여 평화적 설득, 구두와 문서에 의한 언어적 설득의 범위 내에서 정당성이 인정되는 것이고, 폭행·협박 또는 위력에 의한 실력적 저지나 물리적 강제는 정당화될 수 없는 것이며, 직장점거는 파업시 사용자에 의한 방해를 막고 변화하는 정세에 기민하게 대처하기 위하여 퇴거하지 않고 사용자의 의사에 반하여 직장에 체류하는 쟁의수단이므로, 사용자 측의 점유를 완전히 배제하지 아니하고 그 조업도 방해하지 않는 부분적, 병존적 점거일 경우에 한하여 정당성이 인정되는 것이고, 이를 넘어 사용자의 기업시설을 장기간에 걸쳐 전면적, 배타적으로 점유하는 것은 사용자의 시설관리권능에 대한 침해로서 부당하다고 하여야 할 것이다"라고 판단했다.

판례에서 볼 수 있는 큰 사업장의 쟁의양상을 보자. 이에 앞서 판례(대법원 1991. 1. 29. 선고 90도2852 판결)는 폭행·협박 등의 위법행위를 수반하지 않는 단순한 노무제공의 거부행위에 대하여 이는 근로자들이 단결해 사용자에게 압박을 가하는 것이므로 본질적으로 위력에 따른 업무방해의 요소를 포함하고 있다는 전제 아래 위력업무방해죄(형법 제314조)로 다스릴 수 있다고 했고, 헌법재판소(1998. 7. 16. 선고 97헌바23 결정)도 위헌이 아니라고 판단했음을 참고로 밝혀둔다. 여기서 소개하는 것은 매우 요약된 내용이지만, 어느 것이나 유죄 또는 징계처분이 확정된 것으로서 1990년도 전후의 살벌했던 파업현장을 바로 보는 것 같은데, 이와 비슷한 광경의 쟁의는 그 뒤로도 지속되고 있다.

- 서울지하철공사의 분규(대법원 1990. 5. 15. 선고 90도357 판결)

노조간부인 피고인들 7명은 다른 간부들과 공모하여 지하철공사 사무실을 점거하기로 하고, 조합원 660여 명을 동원하여 사무실에서 근무하고 있는 총무부장 외 109명의 직원들을 위력으로 몰아내고 점거하여 업무수행을 못하게 하였다. 피고인들은 근무시간 중에 지하철공사의 3층 본부, 5층, 7층 사무실 안의 집기 등을 부수고, 적색 페인트, 스프레이 40여 개로 복도계단과 사무실 벽 등 200여 군데에 '노동해방' '사장퇴진' '양키고홈' 등의 낙서를 하여 수리비 42,900,000원이 소요되는 재물을 손괴하였다. 그리고 조합의 확대간부회의의 무임승차 운행결의에 따라 서울시내 각 지하철역의 개찰구를 개방하고 안내방송으로 승객들에게 무임승차를 권유하여 지하철공사에 운임 1,620,682,940원 상당의 손해를 입게 하였다.

- 현대중공업주식회사의 분규(대법원 1991. 1. 29. 선고 90도2852 판결)

노조위원장인 피고인은 회사 5층 회의실에서 노동조합 대의원 151명이 참가한 가운데 간담회를 주재하면서 구속근로자들에 대한 항소심 결심공판에서 구형량이 1심보다 무거워진 것과 노조위원장의 이·취임식 예정일이 근무시간 중이라는 이유로 회사에서 승인하지 아니하는 것, 그리고 노조 전임자 47명을 요구한 데 대하여 회사 측은 21명만 인정하려하자, 이에 항의하는 것을 빌미로 실력을 행사하여 위의 요구 사항을 관철하고 향후 임금협상에 대비하여 기선을 제압할 목적으로 근로자들에게 행동지침을 전달하고, 1990. 2. 7. 오전 10시경 근로자 10,000여 명으로 하여금 집단으로 조업을 중단하고 회사종합운동장에 집결하게 하여 대의원간담회 결의사항 보고대회에 참석한 후 낮 12시 경 전원 퇴근케 하고, 같은 날 근로자 12,000여 명으로 하여금 집단으로 월차휴가 신청서를 제출한 후 다음날 회사에 일제히 결근한 채 부산고등법원 정문 앞에 집결하여 공판을 방청하였다.

- 국민연금관리공단의 분규(대법원 1992. 7. 14. 선고 91다43800 판결)

원고들은 노동조합의 위원장, 사무국장 또는 쟁의부장으로서, 13명으로 구성된 쟁의대책위원회를 구성하여 쟁의일정을 발표하면서 1989. 6. 7. 자로 신규채용된 직원들을 직원으로 인정하지 않는다는 결의를 한 다음 이들에 대하여 출근저지행위를 하도록 각 지부노조분회에 지시하고, 같은 해 7. 7. 파업을 개시하면서 200여 명의 노조원들은 오전 8시경 공단본부 사무실 및 서울지부사무실에 다중의 위력으로 침입하여 점거한 다음, 벽에 빨간색 스프레이로 구호를 써넣고, 책상, 의자, 캐비닛 등 집기를 구석으로 몰아넣은 뒤 북과 꽹과리 등을 치면서 구호를 외치고, 그곳을 주야간의 농성장으로 사용하며 민원인 및 비노조원인 공단 직원의 출입을 저지함으로써 파업종료시인 9. 5.까지 계속적으로 공단의 업무를 마비시켰으며, 이로 인하여 전화수선비 1,601,435원, 사무실 벽 등 수리비 5,970,140원의 손해를 입게 하였다.

이러한 과격한 쟁의행의로 말미암아 사용자측은 나날이 증폭되어 쌓이는 엄청난 피해를 감당하기 어려울 것이다. 공권력에 따라 강제해산되는 물리적인 해결책은 노사 양측이 바라는 바가 아니며, 나중에 구속자 석방이니 하는 또 하나의 불씨를 해결해야 하는 분쟁을 예고하기 마련이다. 그리고 노조의 폭력적인 불법파업에 대한 회사 측의 대응방안은 형사고소, 노조 또는 그 간부의 재산에 대한 가압류나 손해배상청구 소송, 직장폐쇄의 수단밖에 없다. 결국 협상으로 해결하는 것만이 최선의 길이다. 그런데 노조의 세(勢)에 밀려 협상이 전개되는 상황에서 분규가 타결된다고 하더라도 그 이면을 들여다보면 대개 사측의 굴욕적 후퇴가 감추어져 있다.

현대자동차주식회사 노조의 파업은 2003년 6월부터 50일 동안 지속되었는데, 공장가동이 전면 중단되면서 회사가 굴복, 전격적으로 합의안에 서명이 되었다고 보도되었다. 역대 최고액인 임금 9만 8,000원 인상, 근로조건 저하 없는 주 5일 근무제, 해외공장 설립 때 노사공동 심의 등 경영참여 내용까지 포함되어, 재계(財界)는 시대에 역행하는 것이라며 비난했다. 그러나 장기파업을 달리 막을 방도가 무엇이냐는 회사 측의 반문에 대답이 있을 수 없는 것이었다.

2003년 10월 17일, 한진중공업주식회사의 노조위원장이 크레인에서 농성을 하다가 자살하면서 파업투쟁은 더욱 격렬해졌다. 파업이 장기화하면서 외주업체들의 조업까지 중단되어 매출손실이 기하급수적으로 늘어나 더 버티기 힘든 상황이 되었다. 특히 외주협력업체들의 피해액이 830억 원 규모로 불어나면서 도산 위기에 직면하는가 하면, 일부 해외 선주사들이 계약을 해지하겠다는 최후 통첩성 경고를 잇달아 보내오는 등 회사는 극히 난처한 처지로 몰렸다. 이런 상황에서 협상이 이루어져 4개월 동안의 극한대립이 해소되었다. 협상결과는 ① 노조와 노조간부에 대한 손해배상·가압류 철회, ② 파업 이후의 고소 고발 및 민·형사소송 취하, ③ 불법행위로 해고된 파업참여자 15명 복직, ④ 파업기간 임금 보전 등, 노조 측의 요구를 수용한 것이었다. 뿐만 아니라 노사는 기본급 인상, 생산장려금 100만 원 지급, 성과급 100퍼센트 지급의 임금 인상안에 대해서도 합의했고, 노조 측의 요구에 따라 전무 등 2명의 임원을 해임했다고 한다.

한마디로 항복문서에 다름없는 것이다. 회사의 명줄을 볼모로 잡고 집단적인 힘을 동원해 일제히 기계를 세워버리는데, 여기에 어떤 대응책이 있겠는가? 무엇이 정(正)이고 무엇이 사(邪)냐 하는 따위의 판단은 아무 소용이 없다. 장차 회사의 경쟁력이 떨어지고 그 경영이 위축되어 드디어 회사가 문을 닫는 지경에 이른다는 걱정을 누가 모르겠는가만은, 그래도 회사는 막판에 몰리면 노조에 무릎을 꿇었고, 이번에도 예외는 아닐 터이다. 전후사정 안 가리고 버티면 이기게 되어 있다, 질긴 놈이 이긴다는 그들의 구호처럼, 그렇게 덤비는데 당장 무슨 해결책이 있겠는가?

그래서 앞에서 본 바와 같은 조건으로 파업이 끝나는 기업이 한둘이 아닐 것이다. 이런 노동쟁의의 결과로 근로자들은 임금인상과 더불어 그 지위가 향상되고 복지가 증진되는 눈앞의 큰 성과를 얻게 되는 것은 명백하다. 반면 회사는 노조에 굴복하는 되풀이되는 사태에 직면할 때마다 경영의욕을 잃게 되며, 이는 결국 국가경쟁력의 저하로 이어질 것이다. 또한 폭력을 동반한 파업행위는 법질서와 법적안정성의 파괴라는 보이지 않는 엄청난 파란을 가져오고 마는 것이다.

〈헌법〉 제119조 제1항은 "대한민국의 경제질서는 개인과 기업의 경제상의 자유와 창의를 존중함을 기본으로 한다"고 규정하고 있다. 이러한 원칙 아래 "사용자에 비해서 열세일 수밖에 없는 근로자에게 열세성을 배제하고 사용자와의 대등성 확보를 위한 법적 수단으로 단체교섭권을 인정하는 것이야말로 근로조건의 향상을 위한 본질적 방편이라고 아니할 수 없으며, 따라서 그것을 위하여 단체형성의 수단인 단결권이 있고, 또한 교섭이 난항에 빠졌을 때 그것을 타결하기 위한 권리로서의 단체행동권이 있는 것"(대법원 1990. 5. 15. 선고 90도357 판결)이다.

이와 같이 노동자는 조직적인 힘을 발휘해 노무제공을 거부하는 파업권을 보장받고 있으나, 노동조합 측에서 보는 단체행동권은 현실적으로 법에 따른 제약이 너무 커서 사용자에게 효과적으로 압력을 가해 협상을 타결하는 것이 어렵다고 보고, 쟁의행위를 개시하는 초기부터 아예 형사처벌까지 각오할 지경이라는 것이다. 특히 〈노동조합 및 노동관계조정법〉 제62조의 강제중재(强制仲裁)제도와 제76조의 긴급조정(緊急調整)제도는 근로자들의 파업권을 박탈하는 것이라고 주장한다. 전자는 지하철을 비롯해 철도·시내버스·병원·은행·통신사업·수도·전기·가스·석유정제 및 석유공급사업 등 필수공익사업에 종사하는 근로자의 노동쟁의에 대해서는 노동위원회가 직권으로 중재에 회부하는 결정을 할 수 있고, 이때는 15일 동안 쟁의행위를 할 수 없다고 규정되어 있다. 후자를 보면, 노동부장관은 쟁의행위가 공익사업에 관한 것이거나 그 규모가 크거나 그 성질이 특별한 것으로서 현저히 국민경제를 해하거나 국민의 일상생활을 위태롭게 할 위험이 현존하는 때는 긴급조정의 결정을 할 수 있다고 하고, 그 결정이 공표된 때는 즉시 쟁의행위를 중지해야 하며, 공표일부터 30일이 경과하지 않으면 쟁의행위를 재개할 수 없다고 규정하고 있다. 대한항공 조종사노조의 쟁의행위에 관해 판례(대법원 2010. 4. 8. 선고 2007도6754 판결)는 노동부장관의 긴급조정결정을 적법하다고 판단한 바 있다.

나아가 정리해고(整理解雇)나 사업조직의 통폐합(統廢合) 등 기업의 구조조정의 실시 여부에 관하여 노조와의 사전합의를 요구하는 경우도 있는데, 대법원은 이와 관련해 "경영주체에 의한 고도의 경영상 결단에 속하는 사항으로서 원칙적으로 단체교섭의 대상이 될 수 없다"고 하고, "그것이 긴박한 경영상의 필요나 합리적인 이유 없이 불순한 의도로 추진되는 등의 특별한 사정이 없는 한, 노동조합이 실질적으로 그 실시자체를 반대하기 위하여 쟁의행위에 나아간다면 비록 그 실시로 인하여 근로자들의 지위나 근로조건의 변경이 필연적으로 수반된다 하더라도 그 쟁의행위는 목적의 정당성을 인정할 수 없다"고 했다. 또 단체협약에 정리해고를 하는 경우 사전에 노조와 합의를 하도록 되어 있는 경우에 관하여, "사용자가 경영권의 본질에 속하여 단체교섭의 대상이 될 수 없는 사항에 대하여 노동조합과 합의하여 결정 혹은 시행하기로 하는 단체협약의 일부 조항이 있는 경우, 그 조항 하나만을 주목하여 쉽게 사용자의 경영권의 일부 포기나 중대한 제한을 인정하여서는 아니 되고, 그와 같은 단체협약을 체결하게 된 경위와 당시의 상황, 단체협약의 다른 조항과의 관계, 권한에는 책임이 따른다는 원칙에 입각하여 노동조합이 경영에 대한 책임까지도 분담하고 있는지 여부 등을 종합적으로 검토하여 그 조항에 기재된 합의의 의미를 해석하여야 할 것"이라는 전제에서, 위의 여러 사정에 비추어볼 때, "단체협약의 위와 같은 규정은 정리해고 등 경영상 결단을 하기 위하여 반드시 노조의 사전동의를 요건으로 한다는 취지가 아니라, 사전에 노조에게 해고의 기준 등에 관하여 필요한

의견을 제시할 기회를 주고 사용자는 노조의 의견을 성실히 참고하게
함으로써 구조조정의 합리성과 공정성을 담보하고자 하는 것”(2002. 2.
26. 선고 99도5380 판결)이라고 판단하고 있다. 파업의 종결에 즈음해 체결
된 굴욕적인 노사협약에 대하여 수렁에 빠진 사용자를 건져보려는 대법
원의 고뇌가 내다보인다.

  이러한 판례의 경향에 대해 노동조합 측의 반발은 크다. 정리해고의
실시에 대한 반대나 경영상의 사항에 대한 노동조합의 요구 사항을 관
철하기 위한 파업에 대해서는 그것이 근로조건과 밀접한 관련이 있는
한 정당성을 인정해야 한다는 것이다.

  지금은 대기업 노동조합의 불법분규(不法紛糾)도 전체 분규 건수의
48퍼센트를 차지했던 1999년을 고비로 감소되는 추세라고 한다. 그러
나 노사분규 그 자체는 15년이 지난 오늘날까지 사라질 줄 모르고 있고,
노동조합은 여전히 권력기관처럼 그 세도가 당당해서 그 전과 달라진
것이 없는 인상을 주기도 한다. 2004년 7월, 직원 평균 연봉이 국내 제조
업 최고 수준이라는 LG칼텍스정유 노조가 10.5퍼센트의 임금인상을 내
세워 장기간 불법파업을 벌여 사회의 비난을 받았다. 이들은 파업에 참
여하지 않은 노조원들의 집 현관문에 ‘배신자의 집’이라는 제목의 비방
유인물들을 덕지덕지 붙였는데, 이러한 사진이 공개되어 안하무인의 그
들 행티에 국민들은 치를 떨었다. 2005년 5월 17일, 단체협약 체결 등을
요구하며 두 달 여 파업 중이던 민주노총 산하의 울산 건설프랜트노동
조합은 4,000여 명의 조합원이 집회를 마친 뒤 SK울산정유공장으로 진
입을 시도하면서 저지하는 경찰과 충돌했다. 이들이 시위를 막던 전투
경찰에게 쇠파이프로 대항하면서 붙잡힌 한 전경을 에워싸고 몰매를 때
리는 광경이 신문에 실렸는데, 그 전경은 헬멧도 벗겨진 채 주저앉아 무

방비상태로 맞고 있었다. 이렇게 해서 팔과 다리가 부러지는 등 부상을 입은 의경·전경이 100명이 넘었다는 것이다. 그 시위에는 길고 날카로운 쇠파이프창을 일곱 내지 여덟 개 엮어 바퀴를 단 수레까지 등장했으며, 시위대의 농성장에서 쇠파이프만 500개가 나왔고, 화염병·새총·시너통은 물론 경찰에게서 빼앗은 무전기와 방패 등도 발견되었다고 한다. 이들의 적은 누구인가? 이들은 무슨 목적으로 무장을 했는가? 아무리 생각해도 한심스럽기만 하다.

산업자원부에 따르면, 노동조합의 쟁의에 따른 생산 차질액이 2002년 한 해 동안 1조 7,000억 원이었는데, 2003년에는 2조 원을 훨씬 넘어섰다고 한다. 지난 2000년에서 2002년 사이에 우리나라의 근로자 1,000명당 노동손실 일수는 111일이었다고 하는데, 이는 일본과 스웨덴의 1일이나 독일의 3일과는 비교가 되지 않고, 영국의 32일이나 미국의 56일도 우리의 절반 이하이다. 대형 사업장의 고소득 근로자들이 수시로 파업권을 행사하며 사용자를 밀어붙이는 이면에 중소기업체의 저임금 노동자들은 그나마 직장을 잃을까 무서워 법이 보장하고 있는 권리를 행사할 엄두도 내지 못한다. 우리나라 노조 가입 노동자 160만 명 가운데 72퍼센트가 대기업의 정규직 근로자이며, 이들은 높은 임금과 고용보장의 혜택을 누리고 있는 대신, 대기업은 그 부담을 중소협력업체의 하청단가를 동결하는 형태로 해소한다.

남성일 교수는 법과 질서는 순종하는 국민에게만 무서울 뿐 민주노총이 주도하는 거부세력의 노동운동 앞에서는 힘없이 무너지는 판자 울타리에 불과하다고 하고, 더 심각한 것은 우리 경제가 당면한 만병의 근원에 독점노조가 자리하고 있으며, 전체 근로자의 12퍼센트에 불과한 노조원의 '철밥통'을 위해 나머지 국민이 희생되고 있다고 지적했다. 아울러 "생산성을 뛰어넘는 고임금, 갈수록 벌어지는 대기업과 중소기업간

격차, 투자부진, 경쟁력 약화, 청년실업, 성장잠재력 저하 등 어느 것 하나 노조의 폐해와 연결 안 되는 것이 없다"고 지적했다(《동아일보》, 2004. 11. 16.). 최장집(崔章集) 교수는 2005년 5월의 강연에서 "오늘날 노동운동은 부도덕이나 폭력의 상징처럼 묘사되고 일반인에게는 성장정책의 걸림돌로 인식되고 있다"는 말을 했다.

앞에서 본 바와 같은 분규의 사태는 이제 먼 옛날의 일로 끝나야 한다. 현대중공업노조의 박삼현(朴三炫) 수석부위원장도 말했다. "현중노조의 투쟁의 역사는 '골리앗'과 'LNG선' 투쟁으로 상징되며 지금도 현중노조의 자랑이다. 그 시절은 그것이 최선의 선택이었다. 그러나 지금은 변했다. 세상이 변했다. 세상의 변화에 대응하지 못하는 거대한 공룡으로 남아 쇠퇴할 것인가, 아니면 변화를 능동적으로 받아들여 생존해 나갈 것인가의 기로에서 현중노조는 후자를 택했다"(《조선일보》, 2005. 2. 3.)고. 기업은 경영의 투명성과 윤리를 소중하게 지켜나가야 할 것이며, 근로자의 권리행사도 법이 정한 테두리를 벗어나지 않아야 한다. 국민들은 앞으로 이 소중한 희망을 성취하기 위한 노사의 협력관계를 지켜볼 것이다.

2. 생존권을 내세운 영세민들의 반발

서울 거리에 즐비한 포장마차의 단속에 관해 한 신문이 2003년 10월 28일자로 이런 기사를 실었다. "'야, 걷어버려.' 오후 8시 40분 서울 종로 3가 종묘공원 앞, 테이블을 7~8개 갖춘 대형포장마차 앞에 20여 명의 청장년이 들이닥쳐 소리를 질렀다. '단속반원'이란 글이 새겨진 감색 작업복을 차려입은 사람들은 종로구청의 의뢰를 받은 포장마차 철거반원들. 순식간에 음식을 끓이는 화로를 길바닥에 내려놓고 조리대를 트럭 위에 실었다. 소주잔을 기울이던 대여섯 명의 손님이 쳐다보는 가운데 주인의 욕설이 터져나왔다. '야 이 개××들아, 왜 남의 밥줄을 끊느냐.' 하지만 반원들은 아랑곳하지 않고 지붕을 이루는 포장을 둘둘 말아 트럭에 실었다. 주인들이 의자를 집어던지며 단속반원들과 몸싸움을 벌여 이 일대는 한동안 수라장이 됐다. 이 부근 포장마차 다섯 곳이 순식간에 철거됐다. 하지만 이중 포장마차 두 대 분의 설비는 노점상연합회 측과 포장마차 주인들이 합세해 도로 탈취해 갔다. 강남이나 종로구의 경우 도로나 인도를 무단 점거한 채 30명 이상의 손님을 받을 수 있는 대형(기업형) 포장마차가 흔히 눈에 띈다. 이들은 따로 종업원까지 두고 월 1천만 원 이상의 수입을 올리는 것으로 알려지고 있다."

다음날 텔레비전 뉴스에 위의 싸움장면이 보도되는 것을 보았는데, 구청 단속반과 포장마차 주인들의 욕설·몸싸움이 있고나서 희한한 장면이 나왔다. 갑자기 단속반 사람들이 일제히 후닥닥 사방으로 튀어 달아나는 것이었다. 순간 어찌된 일인가 의아해하고 있는데, 포장마차 철거작업의 소식을 들은 노점상연합회 사람들이 반격을 개시했기 때문이라고 설명하는 것이었다. 이튿날에는 구청마당에 죽기살기로 성난 노점상 사람들이 떼를 지어 몰려와 항의시위를 하고 이를 저지하는 전경들을 밀어붙이면서 발길질하고 쇠파이프로 내리치는 광경을 비추고 있었다. 애꿎은 경찰은 뒤로 물러서지 않으려고 방패로 막는 시늉만 하고 있었다.

말이 노점(露店)이지 웬만한 횟집보다 더 성업인 곳이 많다고 한다. 탁자 수로 보나 종업원 수로 보나 메뉴로 보나 가격으로 보나 도저히 노점으로 봐줄 수가 없는 기업형 포장마차는 사고파는 데 권리금까지 수수된다고 한다. 이들은 알짜장사를 하며 버는 대로 수입이 된다. 임료도

관리비도 환경개선부담금도 교통유발부담금도 내지 않는다. 무엇보다도 세금이 없다. 노점상이라면 무조건 영세민(零細民)으로 간주하고 먹고살기 위한 장사로 동정했지만, 이제는 그게 아니라는 것이다. 서울시에 따르면 2003년 7월 현재 포장마차를 포함한 노점은 1만 5,800개라고 하며, 기업형 포장마차만 해도 2,500개가 성업중이라고 한다. 지방은 더하다고 한다.

여기서 숨을 고르고 냉정히 한번 생각해보자. 우선 노점상인들의 영업행위는 한마디로 위법(違法)이라는 점이다. 〈식품위생법〉은 식품의 제조·가공·판매 등에 관해 엄격한 기준을 내세우고 있음은 물론, 그 영업을 하기 위해서는 관할구청장 등의 허가를 받도록 하고 있다. 포장마차와 같은 업종은 시설 기준에 적합하지 않으므로 도저히 허가가 날 수 없는 것이다. 따라서 허가 없이 식품접객업을 하기 때문에 그 사람들은 7년 이하의 징역 또는 1억 원 이하의 벌금 등 무거운 처벌을 받게 되어 있다. 그리고 〈도로교통법〉 제63조 제2항은 누구든지 교통에 방해될 만한 물건을 함부로 도로에 방치해서는 안 된다고 하고 있고, 제66조와 제67조는 이를 어긴 사람에 대해 경찰서장은 그 위법공작물의 제거를 명하거나 스스로 그 조치를 하도록 하고 있다. 한편 그 벌칙을 보더라도 징역 1년 이하 또는 300만 원 이하의 벌금에 처할 수 있게 되어 있다. 〈도로법〉을 보아도 교통에 지장을 끼치는 행위를 못하도록 되어 있고(제47조), 이를 위반하면 2년 이하의 징역 또는 700만 원 이하의 벌금에 처하도록 되어 있다. 그리고 제54조의7을 보면, 관리청은 반복·상습적으로 도로를 불법으로 점용하는 경우 또는 급속한 실시를 요하여 〈행정대집행법〉 제3조 제1항 및 제2항의 규정에 따른 절차(문서로서 계고, 대집행영장, 대집행비용 징수)에 의존해서 그 목적을 달성하기가 곤란한 경우에는 당해 절차를 거치지 않고 적치물의 제거 등 필요한 조치를 할 수 있다고 되어 있다. 포장마차의 철거집행은 이러한 규정에 따라 이루어졌을 것이다.

이와 같이 구청의 단속은 적법한 것이고, 반면에 이를 항의하는 노점상들은 자기들의 영업행위가 불법임을 시인하면서도 그저 '생존권 위협'을 내세워 떼를 쓰는 것이다. 그런데 2003년 11월 7일에 《조선일보》는 〈돌고 도는 노점 단속〉이라는 표제로 이런 내용을 보도했다. "4일 오전 서울 동대문운동장 주차장 내의 노점 수거물보관소. 포장마차 4대가 일렬로 서 있고, 그 옆에는 수거해 온 리어카 10여 개, 각종 천막과 플라스틱 의자들이 어지럽게 쌓여 있다. 50대 여성들이 보관소 직원에게 '장사도 안 되는데 또 포장마차를 가져가면 어떻게 먹고살라는 말야'라며 언성을 높였다. 전날 구청에 단속돼 포장마차를 수거 당한 이들 노점상은 직원에게 한바탕 화풀이를 쏟아낸 뒤 과태료 25만 원을 내고 포장마차를 미리 준비한 트럭에 실어갔다. 단속반이 포장마차를 수거하면 노점상은 이내 되찾아가는 끝없는 순환이 계속되고 있다." 경찰에 따른 단속이 이루어지지 않고 구청의 행정조치로 마무리하곤 하니 이런 결과가 되풀이되는 것이다.

우리 사회는 '도둑이 도리어 매를 든다'는 적반하장(賊反荷杖) 일이 크든 작든 수없이 일어나고 있고, 이런 횡포를 크게 꾸짖는 사람도 별로 볼 수 없다. 오히려 알게 모르게 이런 불법사태를 부추기고 조장하는 사람들이 많다. 무슨 말인고 하니, 그런 포장마차를 찾는 사람들이 있으니까, 다시 말하자면 장사가 되게 하니까 밤만 되면 도로를 점거하는 상인들이 몰리는 것이다. 보통 인근 유흥업소에서 1차 술자리를 마친 취객이 주 고객이라고 한다. 위생상으로도 문제가 많고 세금도 내지 않는 그런 영업행위를 왜 돕는지 한번 생각해보아야 하지 않을까? 그리하여 정당한 공무집행을 폭력으로 저지하는 그런 사람들의 편을 들어주지 않는 방법으로 사회의 질서를 바로잡는 데 일조를 해야 하지 않겠느냐는 생각이 들 때가 있다.

움직이는 전동차 안에서 구걸하는 사람, 물건을 팔고 다니는 사람들이 있다. 이것도 마찬가지로 이해할 수 있을 것이다. 〈철도법〉 제89조는 차내에서 여객에 대해 기부를 청하거나 물품을 판매하는 경우 3월 이하의 징역 또는 5만 원 이하의 벌금이나 구류 등에 처할 수 있도록 하고 있다. 하나의 범법행위인 것이다. 이런 사람을 동정해 동전을 던져주는 승객에게 부탁하고 싶은 것은, 제발 도와주고자 한다면 차량 밖에서 하라는 것이다. 무심코 베푸는 조그마한 동정과 자비는 겉으로는 그럴듯하지만 그것이 마치 정당한 선행처럼 인식되면 곤란하다. 그런 일이 반복되면 승객에게 불편함과 불쾌감을 주는 범죄자를 도와주는 것임은 물론 넓게는 사회질서를 어지럽히는 반사요인으로 작용되기도 한다는 것을 알아야 할 것이다.

3. 집회와 시위로 몸살 앓는 사회

〈헌법〉 제21조 제1항은 집회의 자유를 국민의 기본권으로 보장하고 있다. 그리하여 평화적 집회 그 자체는 공공의 안녕질서에 대한 위험이나 침해로서 평가되어서는 안 되며, 개인이 집회의 자유를 집단적으로 행사함으로써 불가피하게 발생하는 일반대중에 대한 불편함이나 법익에 대한 위험은 보호법익과 조화를 이루는 범위 안에서 국가와 제3자에 따라 수인되어야 한다는 것이 헌법재판소의 결정(2003. 10. 30. 2000헌바 67·83)이다. 헌법이 보장한 집회의 자유에 대해 위 결정은 매우 자상하게 그 의의와 기능을 설명하고 있다. 즉, "집회의 자유는 공동으로 인격을 발현하기 위하여 타인과 함께 하고자 하는 자유, 즉 타인과의 의견교환을 통하여 공동으로 인격을 발현하는 자유를 보장하는 기본권이자 동시에 국가권력에 의하여 개인이 타인과 사회공동체로부터 고립되는 것으로부터 보호하는 기본권"이라는 것, "집회의 자유는 집단적 의견표명의 자유로서 민주국가에서 정치의사형성에 참여할 수 있는 기회를 제공"한다는 것, "집회의 자유는 집권세력에 대한 정치적 반대의사를 공동으로 표명하는 효과적인 수단으로서 현대사회에서 언론매체에 접근할 수 없는 소수집단에게 그들의 권익과 주장을 옹호하기 위한 적절한 수단을 제공한다는 점에서, 소수의견을 국정에 반영하는 창구로서 그 중요성을 더해가고 있다"는 것, 그리하여 "헌법이 집회의 자유를 보장한 것은 관용과 다양한 견해가 공존하는 다원적인 '열린 사회'에 대한 헌법적 결단"이라는 것이다.

우리는 해방이 된 이후 숱한 집회와 시위를 경험했다. 조선독립만세를 외치며 거리를 뛰어나온 감격도 잠시, 신탁통치반대의 플래카드를 들고 나와야 했다. 이승만(李承晩) 대통령의 독재체제 아래서는 관제집회와 시위도 있었다. 드디어 4·19 의거에서 독재정권이 무너지는 희열을 맛보았다. 박정희(朴正熙) 정권의 독재시절에는 집회의 자유를 보장하는 헌법과 집회와 시위에 관한 법률이 존재하고 있었음에도 불구하고, 시위에 참여한 사람들은 오히려 그 법률의 위반이라는 죄목으로 잡혀 들어가곤 했다. 입법목적에 관해 구법은 "집회 및 시위를 보호하고 공공의 안녕과 질서를 유지함"이라고 했는데, 지금은 "적법한 집회 및 시위를 최대한 보장하고 위법한 시위로부터 국민을 보호함으로써 집회 및 시위의 권리의 보장과 공공의 안녕질서가 적절히 조화되게 함"으로 표현이 바뀌었으나 본질이 달라진 것은 아니다. 그 당시에 있었던 한일

회담반대, 장기집권을 위한 개헌 반대 등 여러 가지 목적의 시위는 많은 경우 국민들의 호응과 지지를 받기도 했다. 시위자들의 용기에 갈채를 보내고 그 희생에 대해서는 안타까워했다. 지난날 권위주의정권은 집회와 결사의 자유를 보장하기 위해 제정된 법률을 사실상 정반대의 악법으로 활용해온 것이다.

세월이 흘러 집회·시위는 그 목적과 방법 등 여러 면에서 점점 국민들의 공감을 얻지 못하는 방향으로 변해갔다. 가장 악성으로 치달은 대표적인 것이 각 분야의 노동조합과 한총련소속 학생들의 시위일 것이고, 이들의 집회·시위는 그 동원되는 사람의 수와 횟수 그리고 그 과격성에서 다른 종류의 시위수준을 훨씬 뛰어넘어 사회의 불안을 조성해왔다. 임금인상 등 자신들의 복지에 관한 사항을 관철하기 위해 들고 일어선 대기업 노조의 쟁의행위는 종종 그 한계성을 넘어 자신들의 밥줄인 기업의 성장에 발목을 잡는 것은 물론 국민들의 일상생활에도 깊은 시름을 안겨주었다. 대학생들은 등록금인상반대 등을 이유로 총장실을 점거하고 기물을 내던지는 엉뚱한 행동을 하는 수도 있었지만, 문제는 거리로 뛰쳐나온 그들이 '주한미군철수'·'국가보안법철폐'·'남북연방제' 등 정치구호를 복창하면서 돌과 화염병을 던지고 쇠파이프를 휘두르는 시위이다.

이들 과격시위의 선례들은 다른 집단의 시위에 커다란 영향을 미친 것으로 생각되는데, 2002년 이후에 일어난 대형 시위 사례들을 한번 열거해보기로 한다. 2002년부터 1년 넘게 서울 광화문 일대를 비롯해 전국에서 벌인 촛불시위를 사람들은 기억하고 있다. 대통령선거를 앞둔 2002년 6월 13일 오전 10시 45분경, 훈련을 하던 미군 장갑차가 길을 가는 여중생 두 명을 치어 숨지게 한 사고가 발생하였다. 7월 25일에 피해자 가족과 미군 사이에 합의가 성립되어 뒷수습이 순조롭게 이루어지는

가 싶었는데, 11월 30일에 추모 촛불시위가 시작되었다. 당초에는 평화적인 시위로 시작되었으나, 날이 갈수록 장갑차로 인한 과실치사의 사고가 흉악한 살인사건으로 변질되어 과격한 반미(反美)시위로 번져갔다. 누구는 촛불시위에 대해 그 무렵 열린 월드컵 축구경기에서 본 천지가 흔들리는 듯한 붉은 함성의 촉매제를 통해 형성된 네티즌들의 '광장문화'의 정수라고 표현하기도 했지만, 차츰 반미시위는 밤늦게까지 도심차도를 점거하고 경찰을 폭행하는 험한 양상으로 1년 3개월 동안이나 오래오래 지속되었다. '대법원 2005. 2. 17. 선고 2004도7480 판결'은 촛불집회를 사전신고 없이 열어 집시법 위반과 공무집행방해죄 등으로 기소된 '미군장갑차 고 신효순·심미선양 살인사건 범국민 대책위원회' 집행위원장에게 유죄를 확정했는 바, "피고인 등은 반미감정을 자극하고, 경찰을 규탄하고, 노무현 정권을 비판하고, 이라크 파병결정에 반대하는 등의 정치적인 구호를 줄곧 주창하였으며, 참가자들로 하여금 차로를 점거하여 미국대사관으로 행진을 하도록 유도한 것이므로, 이 사건 범죄사실 기재의 각 집회는 순수한 추모의 범위를 넘어선 것"이라고 한 원심판결을 지지한 것이었다.

한·칠레 자유무역협정(FTA) 국회비준반대와 쌀 시장 개방반대를 위한 전국농민회총연맹(전농)의 집회는 행사 때마다 고속도로와 광장을 점거하는가 하면, 쇠파이프·각목·죽창을 동원하는 매우 험악한 시위로 전개되었다. 화물연대는 대형화물차의 시위로 전국의 물류망을 사실상 마비시켰다. 그들이 들고 나온 플래카드에는 '물류를 멈춰 세상을 바꾸자'라는 섬뜩한 구호가 적혀 있었다. 대기업체 조직도 아니면서 일시에 단합해 간단히 사회를 혼란에 빠뜨렸던 것이다. 부안(扶安)주민들은 방사성 폐기물처리장 설치의 반대투쟁을 하면서 당초에는 평화적인 촛불시위를 하다가, 2003년 7월 11일 군수의 유치신청 기자회견 이후 차츰 격렬한 반대시위로 확산되었다. 9월 8일에 군수를 집단폭행하는가 하면, 주민투표에 따라 압도적인 반대 결과가 나오자 더욱 흥분하기 시작해 폭동·민란에 가까운 소요가 5개월 동안 계속되어, 지역이 무법천지로 변하는 것은 아닌가 걱정할 정도였다. 쇠파이프에 용접한 낫, 해머, 쇠스랑 등 농기구와 아스팔트를 녹일 정도의 위력을 가진 염산탄도 등장하는 살벌한 시위로 8,000명의 경찰병력이 동원되어 진압에 나섰으며, 경찰과 주민의 부상자도 속출했다. 2005년 1월 27일 오후 4시쯤, 공인중개사시험 불합격자 5,000여 명은 정부 과천청사 앞에서 농성을 하고 있었는데, 그 가운데 1,500여 명이 기습적으로 경찰의 경비진을 뚫고 청사의 진입을 시도하면서 돌을 던져 유리창을 깨고 격렬한 몸싸움을 벌였다. 이들은 지난 5년 동안 공인중개사시험의 평균 합격률이 15퍼센트였는데, 시험당국의 난이도 조절 실패로 15회 시험 합격률이 0.5퍼센트에 지나지 않았다고 하면서 추가시험을 실시할 때 가산점을 부여해야 한다고 주장한 것이었다.

어느 경우나 수를 결집해 힘으로 밀어붙여서 뜻을 성취하겠다는 행동이다. 이런 방식으로 목적을 달성한 일이 한두 번이 아니었기 때문에 이제는 민생(民生)형 시위대까지 경찰에 몽둥이를 휘두르고 있는 것이다. 불법체류 외국인들조차 단속을 반대하는 집단시위를 하는 판이니, 이래저래 나라의 체면이 말이 아닌 것이다.

여기서 대도시의 많은 시민을 골탕 먹이는 소음시위(騷音示威)에 관해 이야기해보고자 한다.

나는 야구를 좋아한다. 집이 야구장 근처에 있어서 더러 프로야구경기를 보러 가기도 했다. 특히 여름철의 야간경기는 하얀 공이 공중을 가르는 소리까지 들리는 듯한 멋진 구경거리였다. 그런데 요즘에는 가지 않는다. 야구장의 지독한 소음 때문이다. 무슨 응원이 그렇게도 쉴 틈 없이 진행되는지, 경기 내내 고함소리·노래소리·호각소리·북소리·풍선막대소리 소리 소리, 도저히 견딜 수 없을 지경이다. 어찌하여 사람들은 소리에 저리도 둔감할까? 나 혼자만 그런가? 프로야구장의 그 의문은 지금도 풀리지 않는다.

야구장의 소음 같은 것은 싫으면 가지 않는 것으로 끝난다. 귀마개를 하고서라도 참아야 할 상황은 아니라는 말이다. 그러나 꼼짝없이 시달리게 된다면 그것은 보통 문제가 아니다.

서울의 관공서나 기업체의 본사 또는 광장이 있는 곳은 하루 종일 시끄러운 때가 많다. 확성기를 틀어놓고 연설을 하고 구호를 외치는가 하면, 이어 오랫동안 행진곡풍의 노래를 흘린다. 제발 좀 그치려나 참아보지만 소용없다. 남을 배려하는 모습이라고는 조금도 없다. 2003년 8월 어느 날, 나의 사무실이 있는 큰 거리 한쪽에 확성기를 장치하고 현수막을 두른 봉고차에서 아침부터 고래고래 악쓰는 소리와 노래가 불규칙하게 흘러나오기 시작하더니, 오전 내내 그칠 줄 모르고 이어졌다. 소리에 신경이 쓰여 일을 할 수 없을 지경이었다. 경찰에 신고를 했다. 민원이 많이 들어온다면서 순찰차를 내보냈다고 했지만, 오후에도 계속되어 4시가 넘어서야 철수하는 것이었다. 다음날도 아침부터 소음사태는 되풀이되었다. 점심시간에 시위현장을 지나다가 용기를 내어 주동자로 보이는 사람을 좀 보자고 불렀다. 청년 서너 명이 슬슬 다가왔다.

"이거 너무 하지 않소? 시끄러워 일을 못할 지경이오." (약간 겁이 나서 타이르듯이.)

"우리는 집회신고를 하고 합법적으로 하는 것입니다." (그래, 어쩔래?)

"이렇게 시끄러운 집회가 합법이란 말이요? 언제까지 이럴 거요?" (제발 철수해주오 하는 자세로.)

"해고된 동지들이 복직할 때까지 할 겁니다." (미안하지만 좀 참고 물러가소.)

"그런 말이 어디 있어, 시끄러워 못살겠으니 당장 철수해요." (큰 소리는 쳤는데, 대들면 어쩌지?)

"못합니다. 할말이 있으면 동지들을 해고한 회사에 가서 따지세요." (봉변당하기 전에 어서 꺼져.)

이리하여 본전도 못 찾고 물러났다. 나는 옆에 있던 변호사에게 "어른들이 젊은 사람들 탓하는 모습을 보여줘야 하지……" 하면서 무위(無爲)를 자위했다. 사무실에 돌아와보니 빌딩의 직원이 복도에서 확성기 소음측정을 하고 있었다. 천지사방이 귀가 따갑게 시끄러운데 소음측정은 또 뭔가 해서 물어보았더니, 경찰이 일정량의 한계를 초과하는 소음이라야 단속이 가능하다고 해서 측정해본다는 것이었다.

법전(法典)을 펼쳐보게 되었다. 〈소음·진동규제법〉 제23조는 시·도지사는 주민의 정온한 생활환경을 유지하기 위하여 사업장 및 공사장 등에서 발생하는 소음·진동을 규제해야 한다고 하고, 그 규제 대상 및 규제 기준은 환경부령으로 정한다고 되어 있으며, 그 시행규칙 제29조의2 제2항에서 확성기로 말미암은 소음을 단속 대상으로 정하고 있었다. 시위에서 확성기 사용이 그 단속 대상이 되는지 갖다 붙이면 될 것 같기도 했다. 그러면 소음발생행위의 중지를 명하는 것과 이 명령을 위반하면 1년 이하의 징역 또는 500만 원 이하의 벌금에 처할 수 있는 것이 가능하다. 이를 위해 빌딩의 직원이 열심히 소음 측정을 하고 이를 자료로 고발할 예정으로 있었던 것 같은데, 아무리 생각해도 단속을 위한 조치로서는 뭔가 아득히 먼 감이 들었다. 〈집회 및 시위에 관한 법률〉을 훑어보았더니 제8조 제3항은 시위장소가 "타인의 주거지역이나 이와 유사한 장소인 경우 그 거주자 또는 관리자가 재산·시설이나 사생활의 평온에 심각한 피해가 발생할 수 있음을 이유로 시설이나 장소의 보호를 요청하는 때에는 집회 또는 시위의 금지·제한을 통고할 수 있다”라고 규정하고 있고, 그 시행령 제3조의2에는 확성기의 사용이 위의 피해에 속하는 것으로 되어 있었다. 그래서 우리는 빌딩의 관리자에게 앞으로 시위에 대처하는 방법으로 경찰에 확성기 사용을 금지하도록 요청할 것을 구하는 공문을 냈다. 글쎄, 무슨 효과가 있을지는 두고볼 생각이었다.

소음시위에 대해 업무방해죄(業務妨害罪)의 성립을 인정한 판례를 소개한다.

피고인들은 경찰에 옥외집회(시위)신고서를 제출한 뒤 2002년 10월 12일부터 12월 31일까지 10여 회에 걸쳐 민주노총 대구지부와 참여연대 등의 단체 소속 회원들을 포함하여 매회 평균 15명 정도를 동원해 옥외집회를 열었는데, 당시 대구 중구청 종합민원실 앞 인도를 점거하고 현수막·피켓 등을 설치한 채 승합차에 장착된 고성능 확성기와 앰프 등을 사용해 ‘부당해고자 원직 복직, 중구청장 물러가라’는 구호를 외치고 노동가를 불렀다. 중구청 직원이 소음을 측정한 결과 82.9데시벨(dB) 내지 100.1데시벨에 이르렀고, 이 때문에 중구청사 안에서는 전화통화와 대화 등이 어려웠으며, 밖에서는 부근을 통행하기조차 곤란했을 뿐만 아니라, 인근 음식점이나 제과점 등의 상인들도 소음으로 인한 고통을 호소했다는 것이 범죄사실이었다.

‘대법원 2004. 10. 15. 선고 2004도4467 판결’은 이렇다. “집회 및 시위의 자유는 표현의 자유의 집단적인 형태로서 집단적인 의사표현을 통하여 공동의 이익을 추구하고 자유민주국가에 있어서 국민의 정치적·사회적 의사형성과정에 효과적인 역할을 하는 것이므로 민주정치의 실현에 매우 중요한 기본권인 것은 사실이지만, 그 수단과 방법이 폭행·협박·손괴·방화 등으로 질서를 문란하게 하는 행위에 해당하여 형사상 범죄를 성립시키는 경우에 있어서는 집회 및 시위행위 자체에 성질상 집단성이 내포되어 있는 것이라는 이유만으로 일반 형사범죄와는 다른 특별한 취급을 하여야 할 근거는 없다. 그리고 집회나 시위는 다수인이 공동목적으로 회합하고 공공장소를 행진하거나 위력 또는 기세를 보여 불특정 다수인의 의견에 영향을 주거나 제압을 가하는 행위로서 그 회합에 참가한 다수인이나 참가하지 아니한 불특정 다수인에게 의견을 전달하기 위하여 어느 정도의 소음이 발생할 수밖에 없는 것은 부득이한 것이므로 집회나 시위에 참가하지 아니한 일반 국민도 이를 수인할 의무가 있다고 할 수 있으며, 합리적인 범위에서는 확성기 등 소리를 증폭하는 장치를 사용할 수 있고 확성기 등을 사용한 행위 자체를 위법하다고 할 수는 없으나, 그 집회나 시위의 장소, 태양, 내용과 소음 발생의 수단, 방법 및 그 결과 등에 비추어, 집회나 시위의 목적 달성의 범위를 넘어 사회통념상 용인될 수 없는 정도로 타인에게 심각한 피해를 주는 소음을 발생시킨 경우에는 위법한 위력의 행사로서 정당행위라고는 할 수 없다."

2004년 1월 29일에 〈집회 및 시위에 관한 법률〉이 개정되어 소음시위를 규제하는 조항이 포함되었다. 제8조 제3항은 시위장소가 "타인의 주거지역이나 이와 유사한 장소로서 집회 또는 시위로 인하여 재산 또는 시설에 심각한 피해가 발생하거나 사생활의 평온에 현저한 해를 입힐 우려가 있는 경우"로서 거주자 또는 관리자가 시설이나 장소의 보호를 요청하는 때는 관할경찰관서장이 집회 또는 시위의 금지 또는 제한을 통고할 수 있다고 했다. 금지를 통고한 집회 또는 시위를 주최한 자는 2년 이하의 징역 또는 200만 원 이하의 벌금으로 처벌받는다. 제12조의3은 집회 또는 시위의 주최자는 확성기·북·징·꽹과리 등 기계·기구의 사용으로 타인에게 심각한 피해를 주는 소음을 발생시켜서는 안 되며, 기준을 초과하는 소음을 발생시켜 타인에게 피해를 주는 경우 경찰관서장은 확성기 등의 사용중지를 명하거나 일시 보관조치 등을 할 수 있고, 이를 거부하면 책임자는 6월 이하의 징역 또는 50만 원 이하의 벌금·구류 또는 과료의 처벌을 받을 수 있는 것으로 되어 있다. 위 법 시행령에 따르면, 집회장소 주변 건물 외벽에서 측정한 집회 소음이 주간 80데시벨, 야간 70데시벨 이상일 경우 확성기 등의 기구 사용을 중지시킬 수 있으며, 특히 주거지역과 학교주변에서는 주간 65데시벨, 야간 60데시벨로 기준을 엄격히 적용하도록 되어 있다. 데시벨에 대한 학문적 설명은 어렵지만, 생쥐의 오줌 한 방울이 1미터 아래 마룻바닥에 떨어지는 소리가 1데시벨, 가을날 나뭇잎이 살랑이는 소리는 10데시벨, 연인이 속삭이는 귀엣말은 40데시벨, 움직이는 전철 안은 80데시벨쯤 된다고 한다.

이제 좀 세상이 조용하게 될까? 특히 집회 시위의 '메카'로 떠오르고 있는 서울 광화문, 대학로, 정부청사가 있는 과천시, 이런 곳은 자주 이익단체들이 몰려와 고성능 확성기와 꽹과리 등의 소음을 일으켜 인근 주민과 건물 입주자에게 많은 고통을 주고 있다. 과천의 주민들은 시위 소음에 참다 못해 '올바른 집회문화'의 정착을 요구하는 역집회(逆集會)를 개최한 일도 있었다.

확성기소리에 넋이 나갈 지경이었던 주민들은 이제 좀 집회의 소음이 가라앉을 것인가 기대해보면서도 불안감이 사라지지 않는다. 위 법 제12조의3 제2항은 측정한 집회의 소음이 허용치를 넘는 것으로 판정될 경우 경찰이 주최자에게 "기준 이하의 소음유지 또는 확성기 등의 사용중지를 명하거나 확성기 등의 일시보관 등 필요한 조치"를 할 수 있다고 규정하고, 주최 측이 명령을 위반하거나 필요한 조치를 거부·방해하면 6월 이하의 징역 또는 50만 원 이하의 벌금·구류 또는 과료에 처할 수 있도록 하고 있다. 위와 같은 규정으로 과연 단속의 실효성을 거둘 수 있을지 두고 볼 일이지만, 법 시행 직후 일부 시민단체들이 불복종을 선언한 것은 거슬리는 일이다. 그들은 위와 같은 개정법은 '시위를 하지 말라는 이야기'에 다름없다며 '복종하지 않겠다'고 공언하고 나섰다. 민주노총·전국민중연대·인권운동사랑방 등 85개 시민사회단체들은 새 집시법에 반대하는 연대기구를 결성하고 불복종 운동을 선언했으며, 이들은 이른바 '악법도 법이므로 지켜야 한다'라는 소크라테스적 사고를 거부하고 '악법이 착해질 때까지 도전하겠다'는 의지를 나타내고 있다는 것이다(《내일신문》, 2004. 3. 5.).

조용한 집회는 누가 알아주나, 끈덕지게 귀청이 따갑도록 시끄럽게 해서 집회 시위를 만인에게 알려야 한다는 전략일 것이다. 시민들의 욕을 먹더라도, 법에 저촉되더라도 개의치 않는다, 목적을 위해서는 세상을 시끄럽게 하여 시민을 괴롭혀도 어쩔 수 없다, 이런 선언인가? 이 얼마나 뻔뻔스런 배짱인가.

〈집회 및 시위에 관한 법률〉은 2007년 5월 11일 법률 제8424호로 전면개정되었고, 〈소음·진동규제법〉도 〈소음·진동관리법〉으로 명칭이 바뀌면서 2007년 4월 11일 법률 제8369호로 전면개정되었다. 전자의 법률 제10조는 "누구든지 해가 뜨기 전이나 해가 진 후에는 옥외집회 또는 시위를 하여서는 아니된다. 다만, 집회의 성격상 부득이하여 주최자가 질서유지인을 두고 미리 신고한 경우에는 조건을 붙여 해가 뜨기 전이나 해가 진 후에도 옥외집회를 허용할 수 있다"고 규정하고, 제23조는 이를 위반한 경우의 벌칙을 규정했는데, '헌재 2009. 9. 24. 선고 2008헌가25 결정'은 위 조문 가운데 '옥외집회' 부분과 벌칙 부분에 대해 종전의 합헌결정을 변경하고 헌법불합치를 선언하면서 2010년 6월 30일을 시한으로 입법자의 개선입법이 이루어지지 않는 한 위 법률 조항들은 위 날짜 이후 효력을 상실한다고 했다.

야간옥외집회(夜間屋外集會)의 허가를 규정한 위의 법률은 〈헌법〉 제21조 제2항에 따라 금지되는 허가제를 인정한 것으로 헌법에 위반된다는 것이다. 헌법재판소의 이 결정에 대해 《동아일보》는 사설(2009. 10. 7.)에서 '헌법재판관도 판사도 법 유린의 현장 봐야 한다'는 제목으로 "야간옥외집회는 쉽게 폭력화할 수 있고, 법질서의 근간을 무너뜨릴 수 있음을 작년 5월 이후 석달 동안 서울 도심을 마비시키다시피 한 광우병 촛불시위를 통해 확인할 수 있었다"고 하고 강하게 반발했다. 최근 《조선일보》(2012. 9. 18.)는 '심야 호텔 앞 곡소리… 투숙객 못견디겠다 짐싸'라는 제목으로 서울 도심의 호텔 근처에서 대형 스피커에 음산한 장송곡을 틀어놓고 밤샘 시위를 하는 현장을 보도했다.

위 헌재결정의 합헌 소수의견 한 대목을 소개하면 이렇다. "일반적으로 야간의 옥외집회는 주간의 옥외집회보다 질서유지가 어렵고 따라서 그만큼 공공의 안녕질서에 해를 끼칠 개연성이 높으며, 심리학적으로도 야간에는 주간보다 자극에 민감하고 흥분하기 쉬워서 집회 및 시위가 본래의 목적과 궤도를 이탈하여 난폭화할 우려가 있고, 또 불순세력의 개입이 용이하여 이를 단속하기가 어려운 점 등 여러 가지의 특성이 있다. 형법 및 폭력행위 등 처벌에 관한 법률에서 '야간'의 행위를 더욱 엄격히 규제하고 있는 것도 이와 맥락을 같이 하는 것이다. 뿐만 아니라 야간의 옥외집회가 폭력적 집회로 전개되었을 때에는 주간에 비하여 경찰력 동원에 어려움이 존재하고, 행사의 규모에 따라서는 다른 지역에 최소한의 경찰력을 동원·배치하는 것도 불가능해지는 등 집회의 평화적 종료와 공동체의 질서유지를 위해서는 야간옥외집회에 대한 예방적인 억제조치가 불가피한 측면이 있고, 나아가 국민의 기본권 보장의무를 부담하고 있는 국가로서는 야간에는 집회에 참가하지 않는 일반 국민들의 휴식권(수면권), 통행권, 영업권 등을 보호할 필요성도 증대된다고 할 수 있다."

제5장 공권력의 권위가 무너지는 세태

1. 단죄하기 어려운 공무집행방해

우리는 텔레비전 화면이나 지상의 보도를 통해 경찰이 시민으로부터 봉변을 당하는 장면을 심심찮게 구경한다. 경찰지구대의 사무실에 붙들려온 사람들이 고래고래 소리 지르며 경찰관에게 주먹질을 하고 책상 전화기를 들이부수는가 하면, 어떤 사람은 수갑을 찬 채 뒹굴면서 행패를 부리기도 한다. 개망나니 같은 이들에 대해 경찰관이 존댓말로 달래는 모습을 대할라치면 부아가 치밀어 눈을 가리고 싶어진다.

왜 저런 사태가 빈번히 일어나는지, 그때마다 원인을 곰곰이 생각해보게 된다. 그동안 학생들과 노조의 시위에 경찰이 곤욕을 치르는 모습을 수없이 보아왔다. 화염병(火焰瓶)이나 쇠파이프 등으로 공격하는 시위자들에 맞서 방패와 곤봉으로 근근이 막으면서 불똥을 피하고 돌멩이에 맞아가며 주춤주춤 뒤로 물러서는 광경을 많이도 보아왔다. 시위자 하나라도 상할까 겁먹은 채 대응하는 듯한 경찰과 그럴수록 죽기살기로 덤비는 무리들 사이에 벌어지는 공방전은 답답하고 민망해 보기조차 괴롭다. 공권력(公權力)의 상징인 경찰이 제대로 힘을 못 쓴다는 것은 국가의 기강이 훼손되는 것이며, 국민의 자존심을 멍들게 하는 것이다.

화염병시위가 한창인 때 화염병으로 파출소가 불붙고 안에 있던 근무 경찰관이 다치는 사고가 있었다. 경찰 몇 사람이 지키는 관서에 떼를 지어 기습적으로 몰려가 화염병을 던지고 도주하는 학생들을 상상해보라. 그것이 어떤 목적으로 저지른 행위인지 어떤 범죄에 해당하는지에 앞서, 그 얼마나 비겁하고 얄미운 짓이란 말인가. 불심검문이나 현행범을 체포하는 과정에서 더러 난폭한 사람들로부터 반격을 당해 경찰관이 화를 입는 일도 있는데, 이런 경우는 붙들리지 않으려고 몸부림치는 행위로서 예상되는 일이기도 하고, 어떻게 해도 이런 상황에서 완전히 벗어나기는 어렵다. 문제는 경찰에 대한 공격적 반발이다. 경찰을 업신여겨 제멋대로 행동하는 무리들이 문제인 것이다.

범죄를 예방하고 범법행위를 단속해 치안을 안전하게 하는 직책의 경찰을 위협하고 공격하는 것에 대해서는 단순히 협박·폭행죄로 처리해 그칠 일이 아니라 사회전체의 적으로 다루어야 할 것이다. 다수의 힘이 합세한 경우라면 그것은 범죄집단이나 폭도들이 할 짓이고, 나아가서 사회의 혼란을 유도하고 국가를 붕괴시키려는 의도가 깔린 행위라고 보아도 될 것이다. 철모르는 학생들의 짓이라고 가볍게 넘어갈 일이 아닌 것이다. 그런데 그런 범죄를 감행한 젊은이들을 얼마나 체포했는지, 그들에 대해 어떤 처벌을 했는지, 후속보도를 들은 기억이 별로 없다.

〈형법〉제165조를 보면, 불을 놓아 공용 건조물을 소훼한 자에 대해서는 무기 또는 3년 이상의 징역에 처하도록 되어 있다. 만일 이로 말미암아 관공서의 공무원이나 지구대의 근무 경찰관을 다치게 했다면 무기 또는 는 5년 이상의 징역을 받게 된다. 보통 중죄(重罪)가 아니다. 1989년 6월

16일에 〈화염병사용 등의 처벌에 관한 법률〉이 제정되었다. 화염병을 사용해 사람의 생명·신체 또는 재산에 위험을 발생하게 한 자는 5년 이하의 징역 또는 500만 원 이하의 벌금에 처한다는 것이다. 화염병의 제조·보관·운반·소지에 대해서도 3년 이하의 징역에 처해진다. 위 특별법이 만들어지기 전, 화염병을 쓰는 범법자들에 대해서는 〈형법〉 말고도 1961년에 제정된 〈폭력행위 등 처벌에 관한 법률〉에 따라 '다중의 위력', '위험한 물건의 휴대' 등으로 얼마든지 중형에 처할 수 있었다. 특히 판례는 일찍부터 후자의 법률 제3조 제1항의 '위험한 물건'에 대해, 깨어진 유리조각(대법원 1982. 2. 23. 선고 81도3074 판결), 항아리조각(대법원 1990. 6. 12. 선고 90도859 판결) 등도 흉기에 해당한다고 폭넓게 인정하고 있었던 것이다. 이렇게 법률을 양산하면서 큰 처벌이나 할 것처럼 진용만 갖추었지, 과연 그런 범법자들을 붙잡아 법이 정한 중형을 받게 했을까 의문이다. 보나마나 몇 사람 붙잡아 철부지라고 훈방했거나 형을 주어도 금방 사면으로 풀어주었을지 모른다.

2004년 8월 1일, 성폭행 용의자 검거에 나선 경찰관 2명이 용의자의 흉기에 찔려 숨지는 사건이 있었다. 두 경찰관은 흉기를 소지하고 있는 범인을 체포하러 가면서 삼단방망이만 가지고 있었다는 것인데, 왜 상대를 제압할 수 있는 총기(銃器)를 휴대하지 않았는지에 대해 의문을 제기하는 목소리가 컸다. 사건 직후 한 경찰간부는 기자들에게 총기는 그것 아니고는 제압하기 어려운 경우에만 휴대하며, 우리나라는 미국 같은 나라와 달리 일반인의 총기휴대가 제한되어 있으므로 경찰관의 총기사용도 제한되어 있다고 말했다고 한다.

〈경찰관직무집행법〉 제10조의4는 무기의 사용에 대해 자세히 규정하고 있는데, 그 중요 부분을 보면 이렇다. 경찰관은 범인의 체포, 도주의 방지, 자기 또는 타인의 생명·신체에 대한 방호, 공무집행에 대한 항거의 억제를 위해 필요하다고 인정되는 상당한 이유가 있을 때에는 그 사태를 합리적으로 판단해 필요한 한도 안에서 무기를 사용할 수 있다고 하고, 정당방위와 긴급피난에 해당하는 때, 그리고 다음과 같은 경우 말고는 사람에게 위해(危害)를 주어서는 안 된다고 한다. 즉, ① 사형·무기 또는 장기 3년 이상의 징역이나 금고에 해당하는 죄를 범하거나 범했다고 의심할 만한 충분한 이유가 있는 자, 그리고 체포·구속영장과 압수·수색영장을 집행할 때 본인이 경찰관의 직무집행에 대해 항거하거나 도주하려고 할 때 또는 제3자가 그를 도주시키려고 경찰관에게 항거할 때 이를 방지 또는 체포하기 위해 무기를 사용하지 않고는 다른 수단이 없다고 인정되는 상당한 이유가 있을 때, ② 범인 또는 소요행위자가 무기·흉기 등 위험한 물건을 소지하고 경찰관으로부터 3회 이상의 투기명령 또는 투항명령을 받고도 이에 불응하면서 계속 항거하여 이를 방지 또는 체포하기 위해 무기를 사용하지 않고는 다른 수단이 없다고 인정되는 상당한 이유가 있을 때, 이런 경우에만 무기를 쓸 수 있다는 것이다.

직감적으로 다급한 사태에 직면하는 마당에 무엇이 그리도 복잡한가 하는 생각이 들 것이다. '필요하다고 인정되는 상당한 이유'가 있을 때 '그 사태를 합리적으로 판단'해 '필요한 한도 안에서' 무기를 쓰되, 무기를 사용하지 않고는 다른 수단이 없다고 인정되는 상당한 이유가 있어야 한다는 것이다. 무기를 쓸 것인가 하는 경찰관의 주관적 판단에 되도록 제약을 가하는 형식의 표현을 보면 범인에 대한 인명존중사상이 넘쳐나는 것 같다. 이와 관련하여 곽대경 교수는 "이는 불과 몇 초의 짧은 순간에 정확하게 판단해 행동하지 않으면 생명이 위태로운 범죄현장에서는 명확한 지침이 되지 못한다. 그래서 일선 경찰관들은 총기사고가 발생하면 여론의 비난과 언론의 질책을 감수해야 하고 경찰 자체의 내부 보고와 감찰활동 등을 견뎌내야 하는 후폭풍이 무서워 차라리 맨몸으로 현장에 출동하는 게 속 편하다고 항변하고 있는 것"이라고 했다(《중앙일보》, 2004. 8. 6.).

2004년 9월 8일 국회 운영위원회에서 전병헌(田炳憲) 의원은 "공권력 침해가 사회기강을 허무는 사회병리적 현상으로 치닫고 있다"며, 대로를 막는 불법 시위로 인한 교통체증, 폴리스라인침범, 경찰폭행과 난동 등에 대한 문제를 제기하면서, "공무집행방해사범 수가 2000년 5,208명, 2001년 6,450명, 2002년 7,458명, 2003년 7,575명으로 계속 증가하고 있는데, 구속영장 기각률은 일반범죄사건 기각률 13퍼센트보다 높아 공권력 경시 풍조를 부추기고 있다"고 지적했다. 공권력을 비웃듯이 사제총 등 살상무기까지 동원하는 폭력시위는 일상화하고 있다. 2005년 5월 광주에서는 한총련 학생 등이 패트리어트 미사일 철수를 요구하며 군부대 철조망을 뜯어내고 부대진입을 시도했다. 2005년 6월 인천 대청도에서는 꽃게잡이 어민들이 어로한계선 이탈 단속에 대항해 해군기지에 들어가 장병을 폭행하는 일이 벌어졌다. 이제는 군부대가 민간인들에게 침탈당하기도 하는 심각한 지경에 이른 것이다. 《동아일보》는 2005년 6월 10일자 사설에서 "나라의 법질서를 바로 세워야 할 공권력이 전반적으로 무력증에 걸렸다고 볼 수밖에 없는 양상들이다. 불법과 폭력에 대한 방관은 다시 불법과 폭력을 조장하는 악순환을 부른다. 무력한 공권력의 피해자는 법을 준수하는 국민이다"라고 했다.

경찰관의 공무집행에 대해 폭행 또는 협박으로 이를 방해하는 범죄에 대해서는 5년 이하의 징역 또는 1,000만 원 이하의 벌금에 처할 수 있도록 되어 있는데(형법 제136조 제1항), 그 성립 여부에 관한 판례의 태도는 법리상의 논의를 제쳐놓고 볼 때 매우 까다롭다는 인상을 주는 것이 사실이다.

사례 1. 공소사실은 피고인은 택시 운전사인 바, 1991년 4월 10일 21시 50분경 잠실 지하철역 버스 정류소 앞길 정차금지구역에 택시를 정차해 승객을 태우다가 송파경찰서 교통계 소속 의경 갑에게 단속되어 면허증 제시를 요구받았는데, 피고인은 갑이 욕을 했다고 트집을 잡으면서 갑의 얼굴에 몇 번 침을 뱉고 그의 멱살을 잡아 흔드는 등 폭행을 가하여 갑의 교통단속 업무집행을 방해했다는 것이다. 제1심과 항소심은 유죄로 인정했으나, 대법원(1992. 2. 11. 선고 91도2797 판결)은 이를 파기하고 "형법 제136조가 규정하는 공무집행방해죄는 공무원의 직무집행이 적법한 경우에 한하여 성립하는 것으로서 적법한 공무집행이라고 함은 그 행위가 공무원의 추상적 권한에 속할 뿐 아니라 구체적 직무집행에 관한 법률상 요건과 방식을 갖춘 것을 말하는 것이므로, 이러한 적법성이 결여된 직무행위를 하는 공무원에게 항거하였다고 하여도 그 항거행위가 폭력을 수반한 경우에 폭행죄 등의 죄책을 묻는 것은 별론으로 하고 공무집행방해죄로 다스릴 수는 없는 것"이라고 전제한 다음, "그러나 기록을 살펴보면 피고인은 경찰조사 당시부터 의경 갑이 면허증 제시를 요구하면서 욕을 하기 때문에 항의를 하자 피고인의 멱살을 잡으며 피고인에게 침을 뱉고 교통초소로 끌고 가려고 하여 피고인도 이에 항거하여 멱살을 잡고 침을 뱉은 것이라고 주장하고 있는 바, 만일 위 피고인 주장과 같이 의경 갑이 피고인이 면허증 제시 요구에 불응하고 항의를 한다고 하여 억지로 교통초소로 연행하려고 하였다면 이러한 연행행위는 교통경찰관의 적법한 직무집행이라고 볼 수 없다(경찰관직무집행법 제3조 제2항 및 제4항의 규정에 의하더라도 경찰관의 동행요구에 대하여 당해인은 이를 거절할 수 있고 또 경찰관은 동행요구 시에는 동행거부의 자유가 있음을 고지하도록 되어 있다). 물론 피고인이 교통단속을 하는 경찰관의 면허증 제시 요구에 순순히 응하지 않은 것은 잘못이라고 하겠으나, 피고인이 위 경찰관에게 먼저 폭행 또는 협박을 가한 것이 아니라면 경찰관의 오만한 단속태도에 항의한다고 하여 피고인을 그 의사에 반하여 교통초소로 연행해 갈 권한은 경찰관에게 없는 것이므로, 이러한 강제연행에 항거하는 와중에서 갑의 멱살을 잡는 등 폭행을 가하였다고 하여도 공무집행방해죄가 성립되지 않는다고 할 것"이라면서 사건을 원심법원에 환송했다.

위 판결은 경찰관 갑이 운전자인 피고인에게 면허증 제시를 요구할 때 피고인이 먼저 욕설을 하고 침을 뱉는 등 폭행을 했다고 하는 것은 통상인의 행동으로서 상상하기 어렵다고 하여 갑의 진술을 믿지 않고, 오히려 갑이 피고인에게 욕을 하고 침을 뱉었다는 피고인의 반대되는 진술을 채택해 이루어진 것으로, 경찰관보다 운전사의 진술을 신빙하여 경찰의 사기를 떨어뜨린 사실은 별론으로 하고, 경찰관이 공무를 집행하면서 욕설부터 퍼부었다는 사실관계의 인정도 문제가 아닌가 생각된다. 그리고 〈형법〉 제260조 제1항의 폭행죄는 2년 이하의 징역 또는 500만 원 이하의 벌금, 구류 또는 과료에 처하는 것으로서 공무집행방해죄의 경우와 양형에서 차이가 많다.

사례 2. 인천지방법원은 교통사고가 발생한 지점과 피고인이 체포된 지점은 거리상으로 약 1킬로미터 떨어져 있고, 시간상으로도 10분 정도의 차이가 있으며, 경찰관들이 피고인의 차량을 사고현장에서부터 추적해 따라간 것도 아니고 순찰 도중 경찰서로부터 무전연락을 받고 도주차량 용의자를 수색하다가 그 용의자로 보이는 피고인을 발견하고 검문을 하게 된 사정에 비추어보면, 피고인을 현행범으로 보기 어렵다 하여 그를 영장 없이 체포한 행위는 적법한 공무집행에 해당하지 않는다고 판단했다. 이에 대해 대법원(2000. 7. 4. 선고 99도4341 판결)은 경찰이 무전 연락을 받고 주변을 수색하다가 승용차에서 피고인이 내리는 것을 발견했고, 그 승용차의 운전석 범퍼 및 펜더 부분이 파손된 상태였다는 것이므로, 이는 〈형사소송법〉 제211조 제2항 제2호의 "장물이나 범죄에 사용되었다고 인정함에 충분한 흉기 기타의 물건을 소지하고 있는 때"에 해당한다고 볼 수 있으므로, 준현행범인으로서 영장 없이 체포할 수 있는 경우에 해당한다고 하면서, 그러나 "헌법 제12조 제5항 전문은 '누구든지 체포 또는 구속의 이유와 변호인의 조력을 받을 권리가 있음을 고지받지 아니하고는 체포 또는 구속을 당하지 아니한다'라는 원칙을 천명하고 있고, 형사소송법 제72조는 '피고인에 대하여 범죄사실의 요지, 구속의 이유와 변호인을 선임할 수 있음을 말하고 변명할 기회를 준 후가 아니면 구속할 수 없다'고 규정하는 한편, 이 규정은 같은 법 제213조의2에 의하여 검사 또는 사법경찰관리가 현행범인을 체포하거나 일반인이 체포한 현행범인을 인도받는 경우에 준용되므로, 이 사건과 같이 사법경찰관리가 피고인을 현행범인으로 체포하는 경우에 반드시 피고인에게 범죄사실의 요지, 구속의 이유와 변호인을 선임할 수 있음을 말하고 변명할 기회를 주어야 할 것임은 명백하다. 이러한 법리는 비단 현행범인을 체포하는 경우뿐만 아니라 긴급체포의 경우에도 마찬가지로 적용되는 것이고, 이와 같은 고지는 체포를 위한 실력행사에 들어가기 이전에 미리 하여야 하는 것이 원칙이나, 달아나는 피의자를 쫓아가 붙들거나 폭력으로 대항하는 피의자를 실력으로 제압하는 경우에는 붙들거나 제압하는 과정에서 하거나 그것이 여의치 않은 경우에라도 일단 붙들거나 제압한 후에는 지체 없이 행하여야 할 것이다"라고 하고, 이러한 절차를 준수하지 않은 채 피고인을 강제로 순찰차에 태워 체포하려고 한 행위는 적법한 공무집행으로 볼 수 없다고 판단했다.

나아가 체포를 면하기 위하여 반항하는 과정에서 몸싸움을 벌이고 피고인이 팔꿈치로 경찰관을 밀어 넘어뜨려 상해를 입힌 것은 "불법체포로 인한 신체에 대한 현재의 부당한 침해에서 벗어나기 위한 행위로서 정당방위에 해당하여 위법성이 조각된다고 본 원심의 판단은 정당하다"고 유지했다. 피의자를 체포하기 위해서는 체포 당시에 피의자에 대한 범죄사실의 요지, 구속의 이유와 변호인을 선임할 수 있음을 말하고 변명할 기회를 준 뒤가 아니면 체포할 수 없고, 이와 같은 절차를 밟지 않은 채 실력으로 연행하려고 했다면 적법한 공무집행으로 볼 수 없으며, 비록 사법경찰관이 피의자에 대한 구속영장을 소지했다고 하더라도 마찬가지라는 것이 일관된 판례이다. 그리하여 영장을 집행하는 과정에서 실랑이가 있고 경찰관이 상처를 입었다고 하더라도 적법한 공무집행으로 볼 수 없는 이상 공무집행방해죄는 성립되지 않는다는 것이다.

범죄혐의자를 붙잡는 데 무슨 절차가 그리도 복잡한가? 범죄를 저지르고 도망가는 사람이면 어느 순간을 노려 추격을 뿌리칠 판인데, 범죄사실의 요지를 말해주고 묵비권이 있다는 것을 고하며, 그걸 빠뜨리면 옳은 공무집행이 아니라니, 그래서 경찰이 거꾸로 폭행을 당해도 공무집행방해죄가 아니므로 무죄라니. 앞에서는 한두 개의 예를 소개하는 것으로 그쳤지만, 그런 내용의 판례는 수없이 많다. 영화나 드라마 같은 데서 보지 않았는가. 경찰이 달아나는 범인을 붙잡고는 가쁜 숨을 헐떡이면서 "변호사를 선임할 수 있고…… 묵비권을 행사할 수 있으며……", 그렇게 열심히 외치는 광경을. 이게 모두 앞의 판례 덕분임은 말할 것도 없으며, 그것은 미국의 '미란다 원칙'에서 유래한 것이다.

1966년 6월 13일 미국의 연방대법원은 피의자를 조사하기 전에 변호인의 선임권과 진술거부권 등이 있다는 것을 알려야 하며, 이러한 사항을 알리지 않고 받은 진술은 법정에서 유죄의 증거로 사용할 수 없다고 판단하고, 5대 4의 표결로 미란다라는 중죄인에게 무죄를 선고했다. 이 판결이 나온 직후 보수적인 미국사람들로부터 범죄피해자의 권리보다 범죄자의 권리를 더 존중하고 있다는 거센 비난을 받은 바 있다. 우리 헌법과 형사소송법도 비슷한 규정을 두고 있고, 앞에서 본 것처럼 확립된 판례도 수사단계에서 절차적 정의의 실현을 강조하고 있는 것이다. 법의 엄격한 규정도, 범인의 인권을 중요시하는 판례도 모두 상당한 이유가 있는 것은 틀림없으나, 범인이 미성년자라든가 지능이 미약한 사람이면 몰라도, 몰라서 물으면 또 몰라도, 흉기를 들고 덤비거나 전과가 수두룩한 범인에게 수갑을 채우면서 변호인 선임권과 묵비권을 줄줄이 말해주는 모습은 상상만 해도 웃음이 나올 지경이다. 도망가는 사람에게 구속의 이유를 들먹이고, 자백하기 위해 입을 떼는 피의자에게 묵비권을 행사해도 좋다고 가르치는 조사관이라, 생각할수록 우습지 않는가 말이다. 그러나 경찰관들이여, 불쌍한 경찰이여, 웃음을 참고 엄숙히 미란다 원칙을 준수해야 한다. 그러지 않으면 큰일난다.

그로부터 10여 년이 지난 뒤에도 공권력 경시 풍조는 여전하고, 특히 술에 취한 난동자들의 경찰에 대한 물리적·언어적 행패는 줄지 않고 있다. 2012년 9월 17일 오후 10시, 40세의 황 아무개는 만취 상태로 굴착기를 몰고 경남 진주의 경찰 지구대사무실에 들이닥쳐 다짜고짜 집게로 방지석을 집은 뒤 내동댕이치고, 주차되어 있는 순찰차도 집게로 찍은 뒤 사무실 벽면에 집어던졌다. 그리고 접근하는 경찰관들에게도 집게를 마구 휘둘렀다. 이처럼 경찰관서를 부수고 난리를 치는 무서운 세상이 어디까지 갈 것인지 크게 걱정스러운 것이다. 폭력전과 3범인 그는 얼마 전에도 음식점에서 술값을 내지 않고 난동을 부리다가 신고를 받고 출동한 경찰관을 폭행해 공무집행방해 등으로 벌금 200만 원의 처벌을 받은 일이 있었다.

그런데 최근 종전과는 다른 경향의 대법원 판례가 연달아 등장해 관심을 갖게 하고 있다. '대법원 2012. 4. 26. 선고 2011도10009 판결'은, 경찰관 갑이 파출소로 가자면서 피고인의 팔을 잡자 피고인은 갑의 멱살을 잡고 가슴을 때리고, 함께 출동한 경찰관 을의 정강이를 발로 두 번, 오른쪽 다리를 한 번 차고, 계속해서 손바닥과 발로 갑의 목을 때리고 멱살을 잡아 흔든 공소사실로 공무집행방해와 상해죄로 기소된 사건에서, 검사의 상고를 받아들여 정당방위(正當防衛)에 해당된다는 이유로 무죄를 선고한 울산지방법원의 판결을 다음과 같이 파기(破棄)했다.

"비록 갑이 피고인을 그 의사에 반하여 파출소로 동행하기 위하여 피고인의 팔을 잡은 행위가 부적법한 것으로서 피고인은 부당한 법익침해를 방위하기 위하여 이에 저항할 수 있다고 하더라도, 피고인이 경찰관의 위법한 강제연행에 저항하는 정도를 넘어 위와 같이 주먹과 발로 갑을의 가슴과 다리 목 등을 때리고 차는 등으로 갑에게 상해를 가한 행위는 갑의 부당한 법익침해를 방위하기 위하여 상당한 이유가 있는 행위라고 볼 수 없으므로 상해죄에 해당한다 할 것이다."

다른 하나는 '대법원 2012. 9. 13. 선고 2010도6203 판결'인데, 상해·공무집행방해·모욕 등으로 기소된 피고인에 대하여 300만 원의 벌금형을 선고한 제1심법원과 무죄를 선고한 인천지방법원의 판결을 파기한 사건이다. 39세의 피고인은 2009년 2월 15일 오전 1시 20분경 술을 마신 뒤 자전거를 타고 집으로 가던 중 검문(檢問)을 하고 있던 부평경찰서 소속 경사 갑으로부터 자전거를 이용한 날치기 범행의 신고가 있어 검문을 하고 있으니 협조해달라는 말과 함께 신분증 제시를 요구받았다. 그러나 피고인이 그냥 지나가려 하므로 순경 을이 경찰봉으로 피고인의 앞을 가로 막고 자전거를 세우도록 하면서 소속과 성명을 대고 검문에 협조해줄 것을 요구했다. 피고인은 평상시 그곳에서 한 번도 검문을 받은 바 없다고 하면서 검문에 불응하고 그대로 전진하자 을은 피고인을 따라가서 가지 못하도록 앞을 막고 검문에 응할 것을 거듭 요구했던바, 피고인은 경찰관들이 자신을 범인 취급한다고 하면서 '이 씨팔놈아 나이도 어린 놈이 육군 대위 출신을 몰라보고 검문이야'라고 욕설을 하며 을의 멱살을 잡아 흔들어 바닥에 넘어뜨리는 등 폭행을 하여 을에게 약 3주간의 치료를 요하는 경추염좌 등의 상해를 입혔다. 피고인은 위 장소에서 을과 실랑이를 하고 있을 때 같은 소속 경위 병, 경사 갑이 피고인을 제지하며 '경찰관에게 이러시면 안 됩니다. 경찰관이 검문을 하는 거니까 이해하고 협조해주세요'라고 말한 것에 화가 나 이들에게 '니가 짱이냐, 내가 누군지 알아, 씨팔놈들이 짜증나네, 개새끼야'라고 욕설하는 등 공연히 피해자들을 모욕했다. 이 사건에서 항소심(抗訴審)이 피고인에게 무죄를 선고한 이유는 "불심검문은 상대방의 임의에 맡겨져 있는 이상 질문에 대한 답변을 거부할 의사를 밝힌 상대방에 대하여 유형력을 사용하여 그 진행을 막는 등의 방법은 사실상 답변을 강요하는 것이어서 허용되지 않고, 따라서 경찰관 을의 위 제지행위는 불심검문의 한계를 벗어나 위법하므로 직무집행의 적법성을 전제로 하는 공무집행방해죄는 성립되지 않고, 위법한 공무집행방해죄에 대한 저항행위로 행하여진 상해 및 모욕도 정당방위로서 위법성이 조각된다"는 것이었다.

대법원은 〈경찰관직무집행법〉 제1조, 제3조의 "법의 목적, 규정내용 및 체계 등을 종합하면, 경찰관은 법 제3조 제1항에 규정된 대상자에게 질문을 하기 위하여 범행의 경중, 범행과의 관련성, 상황의 긴박성, 혐의 정도, 질문의 필요성 등에 비추어 그 목적 달성에 필요한 최소한의 범위 내에서 사회통념상 용인될 수 있는 상당한 방법으로 그 대상자를 정지시킬 수 있고 질문에 수반하여 흉기의 소지 여부도 조사할 수 있다"고 전제하면서, "이 사건 범행장소 인근에서 자전거를 이용한 날치기 사건이 발생한 직후 검문을 실시 중이던 경찰관들이 위 날치기 사건의 범인과 흡사한 인상착의의 피고인을 발견하고 앞을 가로막으며 진행을 제지한 행위는 그 범행의 경중, 범행과의 관련성, 상황의 긴박성, 혐의의 정도, 질문의 필요성 등에 비추어, 그 목적 달성에 필요한 최소한의 범위 내에서 사회통념상 용인될 수 있는 상당한 방법으로 법 제3조 제1항에 규정된 자에 대하여 의심되는 사항에 관한 질문을 하기 위하여 정지시킨 것으로 보아야 한다"고 판단하고, 공무집행방해 부분에 관하여 경찰관의 불심검문이 위법하다고 보아 무죄를 선고한 조치는 잘못이라고 했다.

여기서 폭력범, 특히 공권력에 도전하는 범죄에 대한 법원의 처벌 수위를 한번 생각해보자. 제복을 입고 공무를 집행하는 경찰관에게 대들어 때리고 상처를 입히는 행위, 그것이 어떤 정도의 죄일 것인가? 그 어떤 사정이 개입되었다 하더라도 동정해 넘어갈 일이 아닌 것이 상식이다. 치안(治安)을 담당하는 경찰관을 패고 파출소에 들어가 기물을 부수고 하는 짓은 일반 사람으로서 감히 상상하기 어려운 행티임이 분명하다. 법관은 이런 범죄에 대해 엄중하게 다스려 재발을 막도록 노력하는 자세를 보여주어야 하는데, 벌금 몇백만 원으로 풀어주는 판결들을 예사로 하고 있으니 이해하기 어렵다. 적법한 공무집행의 요건이 갖추어지지 않았다는 이유를 들어 웬만한 폭행도 죄가 되지 않는다고 하는 이런 판결들을 걱정해왔는데, 늦은 감이 있지만 대법원이 이를 시정하는 태도를 보여주어 매우 다행으로 생각된다.

2. 경찰관의 불법행위책임

이번에는 경찰관이 공무집행을 잘못해서 불법행위가 되어 손해배상 책임을 지는 사건을 보기로 한다.

사례 1. 경찰관 갑은 1997년 3월 18일 19시 50분경 불법주차하고 있는 승용차의 차적을 조회해 도난신고가 되어 있을 뿐만 아니라 범인 을이 그 승용차를 절취하여 이미 훔친 다른 차량번호판을 부착해 운행하다가 그곳에 주차해둔 사실을 확인했다. 갑이 파출소로 돌아간 사이에 을이 그곳에 와서 차를 운전해 가려고 하자, 갑은 다른 동료 경찰관과 함께 출동하여 노폭 2.5미터의 골목에서 도망가는 을과 마주치게 되었다. 을이 길이 약 40센티미터의 칼을 휘두르며 접근하자 10미터 정도 뒷걸음치던 갑이 뒤로 넘어졌고, 을이 넘어진 갑에게 칼을 휘두르려고 하자 갑이 이를 피하는 긴박한 상황에서 뒤쫓아 온 다른 경찰관이 쓰레기통과 벽돌을 을에게 집어 던졌다. 이에 을이 다시 도망을 가기 시작하자 갑은 휴대하고 있던 권총을 뽑아 을을 향해 겨누면서 '칼을 버려라, 그렇지 않으면 쏜다'고 경고했으나, 을은 이에 응하지 않고 칼을 휘두르며 갑에게 접근하다가 다시 돌아서 도망가는 행위를 반복했다. 갑은 을을 제압하기 위해 약 2미터 떨어진 을의 하복부를 향해 공포탄을 발사하려고 했으나 권총의 실린더가 열려 있어 격발이 되지 않자 실린더를 다시 닫은 다음 도주하기 위해 등을 돌린 을의 몸 쪽을 향해 권총을 발사했다. 그런데 실린더를 닫을 때의 회전으로 실탄이 장전됨으로써 공포탄이 아닌 실탄이 격발되어 을의 복부를 관통했고, 을은 그날 21시 5분경 사망했다. 대법원(1999. 3. 23. 선고 98다63445 판결)은 "경찰관은 범인의 체포, 도주의 방지, 자기 또는 타인의 생명·신체에 대한 방호, 공무집행에 대한 항거의 억제를 위하여 무기를 사용할 수 있으나, 이 경우에도 무기는 목적달성에 필요하다고 인정되는 상당한 이유가 있을 때 그 사태를 합리적으로 판단하여 필요한 한도 내에서 사용하여야 하는 바(경찰관직무집행법 제11조), 경찰관의 무기사용이 이러한 요건을 충족하는지 여부는 범죄의 종류, 죄질, 피해법익의 경중, 위해의 급박성, 저항의 강약, 범인과 경찰관의 수, 무기의 종류, 무기사용의 태양, 주변의 상황 등을 고려하여 사회통념상 상당하다고 평가되는지 여부에 따라 판단하여야 하고, 특히 사람에게 위해를 가할 위험성이 큰 총기의 사용에 있어서는 그 요건을 더욱 엄격하게 판단하여야 한다"고 전제한 다음, "갑이 근접한 거리에서 뒤돌아서 도망가는 을의 몸 쪽으로 실탄을 발사한 것은 사회통념상 총기사용의 허용범위를 벗어난 위법행위"라고 하고, 따라서 을의 과실비율을 60퍼센트로 하여 국가의 손해배상책임을 인정한 서울고등법원의 판결을 지지했다.

사례 2. 을은 1990년 9월 13일 0시 10분경 무면허로 술을 마신 채 승합차를 운전하면서 우측 도로변에 주차시키려다가 앞범퍼로 그 앞에 주차되어 있던 남의 차를 들이받았다. 그때 파출소에서 충격음을 듣고 뛰어나온 경찰관 갑이 을을 검문하려는 순간 도망가므로 그가 틀림없이 차량절도범일 것으로 믿고, 약 200미터 가량 추격하면서 멈추지 않으면 총을 발사하겠다고 경고했으나 불응하므로 공포탄 한 발을 발사했다. 을이 그 부근 숲에 숨는 바람에 일시 을을 놓쳤다가 지나가는 행인에게 물어 숨어 있는 을을 발로 차서 나오게 하여 수갑을 채우려고 했다. 을이 팔꿈치로 갑의 가슴 부위를 한번 치고 다시 도망하자, 당시 권총·경찰봉·가스총·무전기·수갑 등을 소지하고 있어 제대로 뛸 수 없었던 갑은 을을 놓칠 것을 우려한 나머지 을의 다리를 향해 권총을 한 발 발사하여 우경골 개방성 분쇄골절 등의 상처를 입게 했다. 대법원(1993. 7. 27. 선고 93다9163 판결)은 "갑은 을이 체포를 면탈하기 위하여 항거하며 도주할 당시 그 항거의 내용, 정도 등에 비추어 소지하던 가스총과 경찰봉을 사용하거나 다시 한번 공포를 발사하여 을을 제압할 여지가 있었다고 보여지므로, 갑이 그러한 방법을 택하지 않고 도망가는 을의 다리를 향하여 권총을 발사한 행위는 경찰관직무집행법 제11조 소정의 총기사용의 허용범위를 벗어난 위법행위라고 아니할 수 없다"라고 하고, 국가의 손해배상책임을 인정했다.

상고심에서 확정된 국가배상책임에 관한 사례는 교통신호 위반, 음주운전, 도난 신고된 차량 등을 검문 단속하다가 운전자가 도주하거나 항거함에 따라 쫓거나 제지하는 과정에서 총기를 사용함으로써 일으킨 사고가 많다. 결과적으로 경미한 범죄에 과잉단속을 한 셈이고 또 민사책임에 관한 판단임을 감안하더라도 다급했던 당시의 상황과 가해자의 직무활동의 성격이 제대로 반영된 것인지 의문을 던질 수 있을 것이다. 경찰관에게 범법자를 검거할 책무가 있다고 하는 말은 범법자를 놓쳐 도망가게 해서는 안 된다는 말과 상통한다. 때문에 경찰관의 직무수행에는 언제나 혐의자의 기습적 반격이라는 위험이 도사리고 있는 것이고, 이에 대처하는 수단을 되도록이면 폭넓게 긍정적으로 받아들여야 할 것이다. 그것은 경찰관 개개인의 생명·신체의 보호라는 법익보다 사회의 안전과 질서유지를 위한 공익을 더 고려해야 하는 의식 때문이기도 하다.

사례 3. 을은 1989년 12월 5일 20시 30분경 술에 취한 상태에서 대전 중구 소재 신경외과병원에 교통사고로 입원중인 형을 문병 갔다가 입원실에 있던 과도를 들고 '우리 형 살려내라'고 고함을 치며 접수실 대형 유리창문을 칼로 쳐 깨뜨리고, 원무과 문을 발로 차고 들어가서는 직원들이 보는 앞에서 자신의 복부에 칼을 대고 할복자살하겠다고 하며, '원장 나와라'라고 소리 치는 등 난동을 부렸다. 순경 갑은 의경 병과 함께 병원에 출동했는데, 당시 을은 원무과에서 칼을 들고 직원들을 위협하고 있었고, 그가 깨뜨린 유리조각들이 복도바닥에 흩어져 있었으며, 유리를 깨뜨리면서 손에서 피가 흘러 복도바닥에 핏자국이 묻어 있었다. 갑과 병은 을의 난동으로 인명피해가 있었던 것으로 판단한 나머지 칼빈소총에 실탄을 장진하고 을을 향해 칼을 버리고 나올 것을 명령했다. 을은 갑과 병을 보자 '이 새끼들아 쏠 테면 쏴라' 하며 오른손에 칼을 들고 앞으로 다가섰고, 이에 위협을 느낀 갑은 총구를 을에게 들이대며 다가오지 말 것을 명령했으나 을이 듣지 않고 계속 다가섰다. 갑과 병은 주춤주춤 복도를 따라 뒤로 밀리다가 약 11미터 뒤로 밀리자 복도 끝부분에 이르게 되어 더 이상 물러설 공간이 없음을 알고 총구부분으로 을의 가슴을 밀어냈으나 그래도 계속 다가왔다. 갑은 을을 향해 칼빈소총의 방아쇠를 당겨 1발을 발사함으로써 총알이 을의 왼쪽 가슴아래부위를 관통해 횡경막파열·간파열 등의 상해로 말미암아 그 뒤 사망했다. 대법원(1991. 9. 10. 선고 91다19913 판결)은 "을이 칼을 들고 갑, 병에게 항거하였다고 하여도 약 11m나 뒤로 밀리는 동안 공포를 발사하거나 병이 소지한 가스총과 경찰봉을 사용하여 을의 항거를 억제할 시간적 여유와 보충적 수단이 있었다고 보여지고, 또 복도 끝에 밀려 부득이 총을 발사하여 위해를 가할 수밖에 없었다고 하더라도 가슴부위가 아닌 하체부위를 향하여 발사함으로써 그 위해를 최소한도로 줄일 여지가 있었다고 보여지므로, 위와 같은 갑의 총기사용행위는 경찰관직무집행법 제11조 소정의 총기사용 한계를 벗어난 것이라고 하지 않을 수 없다"고 하여 국가의 손해배상책임을 인정한 서울고등법원의 판결을 유지했다.

이만하면 경찰관들이 현장에 출동하면서 총기소지를 마다하고 차라리 맨몸으로 뛰어들려는 이유를 알만하지 않는가?

쫓기는 범인과 쫓는 경찰관의 대결. 어느 한쪽이 희생되어야 하는 서부영화의 결투장면이 아니다. 이는 현실 속에서 접하게 되는, 절대로 경찰관이 보호되어야 하는 장면이다. 총기를 발사해서라도 위급상황에서 벗어나고 범인도 체포하는 수단을 강구해야 한다. 산술적 잣대에서 다소의 과잉행위라고 인정되더라도 공권력(公權力)은 항상 우위에 두어 평가되어야 한다. 다만 앞의 사건에서 판결이 잘못되었다고 단정할 수는 없다. 우선 총기와 가스총 등으로 무장한 경찰관 2명이 신고를 받고 출동한 마당에 칼을 든 취객 하나를 덮치지 못하고 결국 쏘아 죽이고 말았으니, 나약하고 머리 빈 공권력은 비난받을 만한 것이다. 그런데 다시 한번 생각해보자. 총을 든 경찰이 주춤주춤 11미터나 뒷걸음질했다는 사실은 무엇을 의미하는가? 몇 초 안 되는 그 순간 그들 경찰관은 머리를 어지럽히는 온갖 상념 속에서 마지막의 공포(恐怖)를 끝내 극복하지 못했을 것이다.

우리 사회는 날이 갈수록 흉악범이 날뛰고 좀도둑이 들끓고 폭력배가 기승을 부리고 있다. 경찰에게 이들 사회악의 퇴치를 강조하면서 한편으로 경찰의 뒤통수를 갈기는 모양새를 보이는 일이 있어서는 안 된다. 공무집행을 너무 쉽게 위법행위로 보는 것은 결국 경찰을 위축시켜 힘을 빠지게 하고, 결국 사회를 어지럽히는 병균의 번식을 돕는 것이 된다. 한 걸음 다른 각도에서 내다볼 필요가 있다.

서두에서 경찰관 두 명이 성폭행 용의자를 체포하려다가 흉기에 찔려 목숨을 잃은 사건을 이야기했다. 살인죄 등으로 기소된 범인은 제1심에서 사형을 선고받았으나, 항소심에서 아직 교화의 여지가 있다는 이유로 무기징역이 선고되었다고 들었다. 귀중한 두 젊은 생명 그리고 범인 검거라는 공무집행 중의 가치를 더한 무거운 희생을 제대로 평가한 것인지 의문을 가질 수도 있을 것이다. 여기서 아무나 붙잡고 〈경찰공무원

복무규정〉 제3조 제1호를 한번 상기시켜주고 싶다. "경찰공무원은 국가와 민족을 위하여 충성과 봉사를 다하며, 국민의 생명·신체 및 재산을 보호하고 공공의 안녕과 질서를 유지함을 그 사명으로 한다."

제3부

법의 승리

헌법재판소와 헌법소원제도가 없었더라면
오늘날에 와서도 국민들의 헌법적 감각은 여전히 무디었을 것이다.
헌법재판제도가 있더라도 지난날의 헌법위원회처럼
그 기능을 제대로 발휘하지 못하는 분위기라면
마찬가지로 법치주의의 구현은 아득할 터이다.
헌법재판소

국가는 범죄자에 대해 형벌을 과한다.
범죄에 대한 법률효과이지만
형벌은 범죄에 대해 과하는 것이 아니라
범죄인에 대해 과하는 제재이다.

대법원

제1장 듣고 싶지 않은 법 지키기 구호

1. 준법투쟁, 준법운동에 대하여

"국가의 존립과 기능은 국민의 국법질서에 대한 순종 의무를 그 당연한 이념적 기초로 하고 있다. 특히 자유민주적 법치국가는 모든 국민에게 사상의 자유와 법질서에 대하여 비판할 수 있는 자유를 보장하고 정당한 절차에 의하여 헌법과 법률을 개정할 수 있는 장치를 마련하고 있는 만큼, 그에 상응하여 다른 한편으로 국민의 국법질서에 대한 자발적인 참여와 복종을 그 존립의 전제로 하고 있다. 따라서 헌법과 법률을 준수할 의무는 국민의 기본의무로서 헌법상 명문의 규정은 없으나 우리 헌법에서도 자명한 것이다"(헌재 2002. 4. 25. 선고 98헌마425 결정).

항공기·지하철·버스 등 여객운송 분야의 대기업 노동조합이 파업을 예고하면서, 본격적인 쟁의행위에 앞서 준법투쟁(遵法鬪爭)이라는 이름으로 단체행동을 하는 일이 있다. 사용자에게 경제적 압력의 행사를 경고하거나 단결력을 시위하기 위한 것인데, '법을 지킬 것을 목적으로 하는 투쟁'이라는 말에 누구나 한번쯤 의아한 심정이었을 것이다. 준법을 하겠다는 투쟁이니 그 내용이야 어떻든 나쁠 것이 없을 듯한데, 왜 그런 운동이 투쟁의 일환으로 포함된다는 말인가 하고. 정부에서 범국민 준법운동이라는 것을 추진한 일이 있는데, 노조가 대신해 도와준다는 것인가? 그리고 지금까지는 준법의 반대인 불법행동을 자행해왔다는 말인가? 설마 이런 뜻은 아닐 터인데, 도대체 무슨 내용일까? 이렇게 궁금했던 것이다.

준법행동이 무엇이든 노조가 대수롭지 않은 효과를 노리고 그런 구호를 실천할 리도 없을 터인데, 그러고 보면 준법이란 것이 반드시 국민에게 편리함을 제공하고 사용자에게 이익을 주는 것도 아니라는 말이 되는가? 노조는 그런 점을 겨냥하고 그럴듯하게 합법투쟁을 내세운 것이다. 평소에는 법을 지키지 않다가 투쟁을 할 때만 법령에 따르고 취업규칙을 철저히 준수한다는 것이다. 어떤 항공사의 노조는 비행 뒤 휴식시간 연장, 정년 연장 등을 요구하면서 활주로나 계류장으로 이동할 때 저속운행을 했다. 이 때문에 비행장을 함께 쓰는 공군 전투기가 제대로 비행훈련을 못하는 일이 있었다. 지하철이나 버스는 승객이 있든 없든 정차시간을 규정대로 지킬 뿐만 아니라, 지정속도를 엄수하거나 그보다 느린 속도로 운행한다. 작업규칙을 평상시보다 더욱 엄격하게 준수하거나, 집단적으로 휴가를 청구하거나, 통상적으로 실시되던 휴일 근무 또는 시간외 근무를 집단적으로 거부한다.

평소에 시민들은 노조의 관행적 행동으로 편의에 젖어 있다가, 어느 날 돌연 그 틀이 깨지니 불편을 느끼고 항의를 벌인다. 노조는 이런 시민의 불만을 투쟁의 도구로 이용해 사용자와 거래를 흥정하는 것이다. 이러한 준법투쟁에 대해 법률적인 면을 떠나 단순히 이름 그 하나만으로 시비를 거는 것은 문제이다. 왜냐하면 준법투쟁이라는 말이 노동법

교과서의 쟁의행위(爭議行爲)를 설명하는 대목에도 당당히 나오기 때문이다. 〈노동조합 및 노동관계조정법〉 제2조 제6호는 "쟁의행위라 함은 파업·태업·직장폐쇄 기타 노동관계 당사자가 그 주장을 관철할 목적으로 행하는 행위와 이에 대항하는 행위로서 업무의 정상적인 운영을 저해하는 행위를 말한다"고 규정하고 있다. 준법투쟁은 법규나 취업규칙 등을 준수하면서 또는 권리행사 등 법에 위배되지 않는 행동을 하면서 사용자의 업무를 사실상 저해(沮害)하는 행위라고 정의하고 있는 것이다.

노동조합의 집회·시위·준법운행이나 연장근로 거부 등은 단결활동으로서 위법성이 없는 태업(怠業)에 속하므로, 이로 말미암아 업무의 정상적인 운영이 저해된다고 하더라도 이를 엄격한 의미에서 쟁의행위로 볼 수 없다는 학자의 설명이 있는가 하면, 간접적으로 업무운영의 저해를 가져오게 하는 태업에 가까운 쟁의행위로 보는 판례도 있다. '대법원 1994. 6. 14. 선고 93다29167 판결'은 "사용자와의 단체협약갱신협상에서 유리한 지위를 차지하기 위하여 조합원들로 하여금 집단으로 월차휴가를 실시하게 한 것은 이른바 쟁의적 준법투쟁으로서 쟁의행위에 해당하고, 위생문제에 특히 주의해야 하고 신분을 표시할 필요가 있는 간호사들이 집단으로 규정된 복장을 하지 않는 것은 병원업무의 정상적인 운영을 저해하는 것으로서 역시 쟁의행위에 해당한다"라고 판단했다. 또 '대법원 1991. 12. 10. 선고 91누636 판결'은 택시노조가 실행하고자 한 준법운행에 대해, 이는 수입금을 높이기 위해 관행화하다시피 한 과속, 부당요금 징수, 합승행위, 승차거부 등 불법적인 운행과 연장 근로를 지양하고 법규와 단체협약에 따른 근로를 하자는 것으로 그 자체를 탓할 수는 없다고 할 것이나, 노조간부들이 준법운행을 시행하며 준법운행 사항 외에 1일 수입금까지 5만 원 이하로 제한해 조합원들에게 이를 지키도록 지시함으로써 회사에 영업수입 면에서 손해를 보게 했다면 이는 쟁의행위(태업 또는 부분파업)에 해당한다고 판단했다. 단체행동권이 헌법상 기본권의 하나로 보장되고 있으므로, 정당한 쟁의행위는 형사책임이 면제되고 징계처분의 대상이 되지 않는다.

법을 너무(?) 지켰을 뿐 법을 어긴 것은 아니므로, 준법이라는 말이 틀린 것은 아니다. 그러나 법대로 하는 찬양할 만한 행동인데 왜 투쟁이라는 살벌한 용어를 갖다 붙이는지, 단지 그런 점에서 심상치 않은 일이고, 준법투쟁이라는 말은 그래서 달갑지 않은 것이다. 하여간 준법투쟁이라는 그 말, 그 행동이 법의 전문 분야에서 통용된다고 하더라도, 일반인에게는 부끄럽게 들릴 뿐만 아니라 고단하게 하는 행동으로 받아들여진다.

다음으로 준법운동(遵法運動)에 대한 감상을 좀 적어보자. 2000년 4월, 법무부가 대통령에게 보고한 중점추진시책 가운데 하나로 범국민 준법운동 전개라는 것이 있었다. 우리 사회에 만연한 고질적인 법 경시 풍조를 차단하고 국민의식을 개혁하기 위해 이를 최우선 역점사업으로 추진한다는 것이다. 법을 우습게 아는 풍조가 위험수위를 넘어 공권력의 무력화로 이어질 조짐을 보이고 있다는 것이 그 배경이었다. 법을 얕잡아보는 사회 풍조라면, 그것은 무엇을 뜻하는가? 장차 법이 힘을 못쓰고 무질서가 판치는 사회의 출현을 뜻하지 않는가? 법치(法治)가 제 기능을 발휘하지 못하는 국가는 발전이 멈추고 혼란과 무질서로 쇠퇴하게 된다. 그러니 사회에 법을 경시하는 풍조가 만연하다면, 일찍이 손을 써서 법을 존중하는 사회로 만들어야 한다. 그런 차원에서 정부가 준법과 관련해 깊은 대책을 모색하는 것은 당연한 일이다.

당시 법무부는 대통령에게 그 추진 배경을 설명하면서 '범국민 준법운동 추진본부'를 설치해 대대적인 준법운동을 펴나가겠다고 보고했고,

대통령도 매우 시의적절한 조치이므로 성공적으로 수행해야 한다고 격려했다. 그리하여 교통법규지키기 차량 스티커를 배포하고, 준법운동 결의대회를 열었으며, 글짓기·표어·포스터 현상공모를 비롯해 세미나·심포지엄·캠페인 등 여러 가지 행사를 벌이는 방법으로 준법운동이 활기차게 전개되었다. 나아가 상류층의 솔선수범운동으로 교통법규 지키기를 들고 나섰다. 그것은 당장 가시적인 처방을 찾기 위한 고육지책이기도 했다. 예컨대, 장관이든 국회의원이든 법규 위반자로 적발되면 가차없이 처벌하고 그런 사례를 언론에 보도되도록 한다는 등의 구상이었다.

교통법규 준수라는 기초질서의 문제는 국민 누구나, 어느 때나 피할 수 없는 책무의 범위에 속하는 것이다. 그래서 준법을 이야기하면서 교통법규준수와 엄격하고 공정한 처벌의 사례를 많이 인용한다. 가령, 처칠을 태운 승용차가 매우 급한 의회 일정으로 과속을 하다가 경찰관의 단속에 걸렸다, 운전자는 뒤에 처칠 수상이 타고 있다고 말했지만 경찰관은 법규 위반 여부가 뒷자리에 승차한 사람의 신분과 무슨 상관이냐며 두말 않고 딱지를 떼었다, 그 사정을 안 처칠이 경시청장을 만났을 때 단속경찰관은 매우 충실한 공무원이므로 특진을 시켜야 한다고 하자, 경시청장은 당연한 자기 직무수행으로 특진하는 규정이 없다며 거절했다는 것, 그런 이야기이다. 지어낸 이야기일지 모르지만, 선진국에서는 이와 비슷한 사례를 더러 볼 수 있다.

어느 나라이든, 그 나라의 법치 수준은 기초질서가 어느 정도 지켜지고 있는지를 보면 알 수 있다. 법치가 제대로 된 나라에는 거리질서를 어지럽히는 노점상이 없다. 길을 걷는 사람은 침을 뱉거나 담배꽁초를 버리지도 않는다. 차를 운전하는 사람은 새치기나 난폭운전을 하지 않는다. 기초질서 수준과는 다른 차원의 이야기지만 선진국 사회를 보면, 정치인은 거짓말이 탄로나는 것을 가장 수치스럽게 여기고, 사업하는 사람은 세금을 속이지 않으며, 건축하는 사람은 눈속임 부실공사를 할 엄두도 내지 않는다. 법을 지키는 것, 질서를 지키는 것은 아름답다. 준법을 위해 어떠한 움직임이 있든 정부에서 준법운동을 어떻게 전개하든 이를 나무랄 사람이 없다. 준법이 철저한 사회로 성장하기 위한 노력은 아름다운 것이다.

그러면 2000년의 준법운동은 그 뒤 어떻게 되었는가? 성공했다고 할 수는 없을지언정, 실패했다는 말은 있을 수 없다. 준법운동은 그 추진 행위의 발상과 착수, 그것만으로도 높은 평가를 받아야 할 것이다.

그런데 준법운동은 다음과 같은 요건이 충족되지 않는 한 만족할 만한 결과를 기대할 수 없다. 하나는 고위층을 포함한 사회지도층과 정치인들의 법 경시풍조를 바로잡는 일이다. 텔레비전 뉴스에서는 어떤 정치인에 대해 공권력의 마지막 상징이라고 할 수 있는 구속영장을 집행하러 온 수사관에게 집단으로 폭언을 하고 항거하는 장면을 보도하기도 했다. 법은 돈과 권력이 있는 사람을 피하려 하며, 그들은 또한 법을 얕잡아본다. 그래서 '유전무죄 무전유죄'라는 말도 돌아다닌다. 윗물이 맑아야 아랫물도 맑고 윗물이 흐리면 아랫물도 흐린 것이 절대의 진리인 것처럼, 공무원사회에서 지도층의 솔선수범이 중요하다는 것은 아무리 강조해도 모자람이 없다. 그래서 공직사회에서는 상관의 처신 하나만 보아도 전체의 분위기를 가늠할 수 있다는 말을 더러 듣게 되는 것이다. 사회지도층은 스스로 법을 지키지 않으면서 법 위에 군림하는 때가 많았고, 결국 힘없는 사람만이 법에 걸린다고 하는 냉소주의가 깔리기 시작하여 법의 권위에 대한 불신과 준법의식이 약화되어가는 것이다.

다음으로 짚고 넘어갈 것은 법 집행의 엄정성(嚴正性) 문제이다. 법 위에 헌법이 있고, 헌법 위에 국민정서법이 있으며, 그 위에는 떼법이 있다는 말이 있다. 떼를 지어 몰려다니며 떼를 쓰면, 법이고 뭐고 거칠 것이 없다는 세태를 풍자한 말이다. 이해관계의 충돌에 따른 불만이 집단행동으로 옮아가고 끝내 과격한 양상의 폭력사태로 번지는 일이 종종 있다. 시위 군중이 다칠세라 공권력은 각목을 피하면서 조심조심 방패로 막는다. 범법자가 단속경찰이나 구청공무원을 예사로 덮치고 폭행하는데도 이에 대한 대응은 한심할 정도로 허약하다. 오죽하면 '떼법'이라는 말이 나왔을까? 범법자가 약하고 불쌍하다는 이유로 온정주의에 흘러 관용을 베푸는 정서도 문제이다. 뿐만 아니다. 툭하면 사면(赦免)이 아니던가. 아무리 무거운 벌을 받아도 조금만 참으면 풀려나게 된다. 이제는 사형도 무섭지 않은 세상이 되어버렸다. 10년째 그 집행이 없으니 말이다.

마지막으로 하나만 더 이야기해보겠다. 간단하게 말해서, 법을 지키면 손해라는 인식이 있는 한 준법문화는 조성되지 않는다. 다시 말하자면, 법과 질서를 지키는 사람이 대우받고 법에 따르는 것이 궁극적으로 이익되는 그런 사회 분위기가 이루어져야 한다는 것이다. 한국형사정책연구원이 2000년 12월에 펴낸 준법의식의 실태에 관한 연구보고서에 이와 관련해 예를 든 것이 있어 소개해본다. "대부분의 사람들이 법을 어기는 경우 나 혼자 지키려고 할 때 오는 손해를 감수하려고 하는 사람들이 얼마나 될까? 어느 택시 기사의 이야기가 시사해 주는 바가 크다. 운전 시작한 지 5개월 되었다는데, 처음에는 신호를 지키고 순서를 지키려고 했는데 어느 사이에 다른 택시가 앞서나가 서 있는 손님을 태운다는 것이다. 손님들도 택시 정류장이 엄연히 있는데도 불구하고 조금 걷기가 싫어 아무데서나 택시를 기다리고 승강장에 택시가 서 있으면 맨 앞의 택시를 먼저 타는 것이 아니라 가까운 데 있는 택시를 잡는 경우가 대부분이라고 한다."

준법운동이라고 해서 어깨띠를 두르고 피켓을 든 채 거리로 나오는 것과 같은 행사가 어느 정도 효과를 거둘지 이제 대강 짐작할 것이다. 한마디로 요원하다. 그래도 준법운동은 쓸데없는 짓이 아니다. 계속되어도 나쁠 것은 하나 없다. 다만, 대통령에게 보고하고 한때 벌이는 관(官)의 준법운동은 준법을 이루는 데 하나의 기념행사 같은 의미를 넘어서지 않는다는 것만 알면 된다. 그러면 준법운동추진본부의 간판을 내리지 않아도 된다.

2. 법대로 하자는 것

갑은 급하게 이사를 해야 할 사정이 생겨 그의 아파트를 을에게 보증금 1,000만 원에 월세 40만 원으로 빌려주었다. 그런데 을은 몇 달 지나지도 않아 월세를 제때 입금하지 않는 것은 물론, 독촉을 해도 곧 해결하겠다는 대답만 되풀이하며 역정을 내고는 넘어가는 것이었다. 을의 이러한 반응으로 미루어볼 때 무언가 일이 꼬이는 예감이 들었으나, 갑으로서는 일단 보증금에서 까나가는 수밖에 없었다. 월세 미납금은 계속 늘어나고 보증금은 얼마 남지 않았다. 갑은 을을 만나 아파트의 명도를 요구했다. 을은 곧 돈이 나올 곳이 있으니 조금만 기다려주면 한꺼번에 해결하겠다고 말했으나, 갑은 선뜻 믿기지가 않았다. 그렇게 또 몇 달이 흘렀는데, 갑은 자기를 피하는 을을 간신히 만나 한번 더 해약을 통고하고 아파트를 비워달라고 당부했다. 당당하게 명도를 요구한 것이 아니라, 밀린 월세를 모두 탕감해주겠으니 제발 좀 비워달라는 간청이기도 했다.

을은 기다렸다는 듯이 이사비 500만 원 정도를 도와주면 좋겠다고 말

했다. 을의 능글맞은 태도에 화가 머리끝까지 치민 갑은 주먹이 올라가
는 것을 참고 왜 이사비를 주어야 하는지 이유를 말해보라고 했다. 그랬
더니, 누가 거저 달라고 하느냐, 좀 빌려주면 뒤에 갚겠다, 차용증도 쓰
겠다, 그런 장난 같은 말로 갑의 부아를 돋우었다. 안면을 싹 바꾼 을은
돈 없는 것도 죄냐, 없는 사람 내쫓고 잘살 것 같으냐 투덜거리면서 갑
을 오히려 비뚠 사람 취급하는 지경까지 가는 것이었다. 이런 능청스러
운 말투에 갑이 참지 못하고 손찌검이라도 했다면 을은 기다렸다는 듯
이 상해진단서를 끊고 고소를 하여 갑을 골탕 먹였을 것이다. 참자, 갑은
태도를 고쳐 좋은 말로 한번 더 설득하려고 했다. 그 순간 을이 한마디
말을 단호하게 내뱉는 것이었다. "싫으면 법대로 하시든가."

 아아, 법대로 하자고, 법대로 하라는 것은 민사소송으로 해결할 수 있
지 않느냐고 가르쳐주는 것인데, 법정(法廷)에서 만나자는 합법적인 해
결책을 제시한 것인데, 갑으로서는 순간 울화가 치밀며 이어 무력감(無
力感) 같은 것이 스쳤다. 명도소송을 제기해 승소판결을 받고, 집행관에
게 의뢰해 아파트를 돌려받는 과정이 문제이다. 그 법률적인 해결책을
동원한다는 것은 시간과 비용 면에서도 그렇고, 산정하기 어려운 정신
적 고통은 이루 말할 수 없다. 뻔히 지는 재판임을 알면서 골탕이나 먹
어봐라 하는 을의 심술이다. 갑은 변호사를 찾아가서 상담을 해보았다.
결론은 을이 요구하는 대로 이사비를 부담하고 빨리 해결하는 것이 좋
을 듯하다는 것이었다. 을의 무자력까지 감안하면 별다른 처방이 나올
수 없는 것이고, 애당초 배 째라는 식으로 나오는 을을 대적하는 것 자
체가 버거운 일이었다. 세입자 하나 잘못 골라 갑은 돈 잃고 망신당하는
참담한 처지에 이른 것이다. 세상에는 을과 같은 거머리가 얼마나 득실
거리는지 모른다.

을과 같은 존재는 형사벌을 과할 수 없는 부류 가운데 가장 악질적인 인간형(人間型)일 것이다. 채무자의 처지에서 법대로 하라는 말은 상대방인 채권자와 대화를 끊고 강제집행을 당해 쫓겨날 때까지 버티겠다는 협박성 통고에 다름없다. 그러니까 요구하는 돈을 주면서 사정을 하든지 알아서 하라는 것이다. 그는 계약을 위반했고, 민사상의 채무불이행(債務不履行)이라는 허물을 쓰고 있다. 법대로 하자는 사람은 법을 철저히 지키는 사람인 양 법을 들먹이지만, 먼저 법대로 하지 않고 갑과 맺은 약속을 어긴 것이다. 이런 유형의 인간들이 많은 사회는 결코 건전한 신용사회가 될 수 없다.

근로자에게 임금(賃金)을 주지 않고 버티는 기업주도 법대로 하든지 마음대로 하라는 배짱을 부릴 때는 인간으로 보이지 않는다. 그는 인간미를 상실했기 때문에 생계를 걱정하는 근로자의 형편을 알면서 조롱하는 태도를 취할 수 있는 것이다. 그런 기업주에게 이런 메아리가 들릴까? "사장님, 법대로 하라는 말 대신 저희더러 임금을 포기하라고 말씀하세요. 제발 법 좀 그만 들먹이세요. 저희들은 법을 모릅니다. 법, 법, 하는 사람 치고 법 지키는 것 못 봤어요. 사장님, 법 덕분으로 잘사세요."

법대로 하라는 말에서 풍기는 법의 냄새는 더럽다. 더러운 입에서 나오는 말이기에 더러운지 모른다. 그 법은 정의(正義)의 편이 아니라 실질적으로 부정직하고 부당한 채무자에게 이익을 주고 힘이 되어주는 것이다. 법은 엄하면서도 순진한 것이다. 법은 이처럼 악한 사람에게 이용당하는 순간만은 정의의 동반자가 되는 힘을 잃는 모양이다.

제2장 헌법판단을 받은 좀 별난 사례들

　헌법재판소의 관장 사항 가운데 하나인 헌법소원(憲法訴願)제도는, 공권력(公權力)의 행사 또는 불행사로 말미암아 헌법상 보장된 기본권을 침해받은 자가 제기하는 권리구제용 헌법소원(헌법재판소법 제68조 제1항)과 법률이 헌법에 위반되는지 여부가 재판의 전제가 되어 법원에 위헌법률심판제청신청을 했으나 기각된 자가 제기하는 규범통제형 헌법소원(위 제68조 제2항)으로 나뉘어 있다. 특히 전자의 공권력이란 입법·사법·행정 등 모든 공권력을 말하므로, 입법작용, 검사의 불기소처분, 행정입법에 따른 직접적 기본권침해, 행정(입법)부작위, 권력적 사실행위, 법원의 재판을 제외한 사법작용 등이 포함된다. 이러한 헌법소원제도 덕에 오늘날 많은 국민은 국가의 권력 행사로 말미암아 침해받은 기본권을 회복하고 있다.

　다음에 소개하는 몇 가지 사례만 보아도 권리신장을 위한 개개인의 적극적인 몸부림과 활발한 저항의 장면을 생생하게 느낄 수 있다. 권리의 주장은 성난 목소리로 여기저기서 활개를 치고 있다. 예링(R. V. Jhering)

은《권리를 위한 투쟁》이라는 멋진 제목의 책에서, 권리를 위한 투쟁은 권리자로서 자기 자신에 대한 의무이고, 권리의 주장은 사회공동체에 대한 의무라고 찬양한 바 있다. 다 좋다. 앞으로도 권리를 짓밟는 세력에 저항하여 자신의 권리를 지키는 길을 모색할 줄 아는 백성이 되어야 한다.

그런 헌법소원 사건의 예를 보다보니, 지난날의 일들 가운데 특히 야간통행금지제도가 생각난다. 그 시절을 지낸 많은 사람들에게는 마치 꿈이라도 꾼 것처럼 아득하면서도 생생한 기억이 상기될 것이다. 해방 직후 미군정청 포고령에 따라 실시된 통행금지제도(자정부터 새벽 4시까지)는 이승만(李承晩) 정권부터 박정희(朴正熙) 정권에 이르기까지 계속되다가, 1981년 12월 15일에 국회 본회의에서 해제건의안이 통과된 뒤 1982년 1월 5일 해제조치가 이루어졌다. 법률상의 근거 없이 모든 국민에 대해 신체활동의 자유권을 제한하는 이 엄청난 조치는 무려 37년 동안 별 탈 없이 시행되고 있었던 것이다. 당시의 〈경범죄처벌법〉 제1조 제43호는 '전시·천재·지변 또는 기타 사회에 위험이 발생할 우려가 있는 때 내무부장관이 정하는 야간통행제한에 위반한 자'를 구류 또는 과료에 처하도록 규정하고 있었다. 그러니까 국민들은 내무부의 예규에 의거해 통행을 제한한 그러한 조치가 불법이라고는 상상도 하지 못했으며, 거기에 맞서는 어떤 방도가 있는지도 몰랐고, 그저 사이렌소리·호각소리에 쫓겨 거리에서 자취를 감추는 것을 당연하게 여겼던 것이다.

놀라운 일은 지금의 〈경범죄처벌법〉 제1조 제40호도 같은 내용을 두고 있다는 것이다. 내무부장관이 아니라 '경찰청장 또는 해양경찰청장이 정하는 야간통행제한'으로 바뀐 것이 다를 뿐이다. 지금이라도 경찰청장이 '사회에 위험이 생길 우려'가 있다고 판단하여 모든 국민에게 야간통행을 제한하는 조치를 취한다면 그에 따라야 한다는 이야기가 아닌

가. 그런데 아무리 법전을 뒤져도 경찰청장으로 하여금 〈계엄법〉 제9조에 따른 계엄사령관(戒嚴司令官)의 특별조치권을 행사하도록 하는 근거를 찾을 수 없으니, 어찌된 노릇인지 모르겠다.

헌법재판소와 헌법소원제도가 없었더라면 오늘에 와서도 국민들의 헌법적 감각은 여전히 무디었을 것이다. 헌법재판제도가 있더라도 지난날의 헌법위원회(憲法委員會)처럼 그 기능을 제대로 발휘하지 못하는 분위기라면 마찬가지로 법치주의의 구현은 아득할 터이다. 아래에 헌법판단을 받은 좀 별난 사례들을 몇 가지 소개하기로 한다.

1. 벌금형 대신 제발 집행유예판결을

갑은 2004년 3월 16일 23시50분경 혈중알콜농도 0.1585퍼센트의 주취상태로 차를 운전하다가 을이 운전하는 차를 추돌하고 계속하여 병의 운전차량을 들이받아, 그 충격으로 두 사람에게 전치 3주의 경부염좌 등 상처를 입히고 수리비 117만 원 및 220만 원을 요하는 재물을 손괴하고도 구호조치 없이 도주했다. 갑은 이러한 피의사실로 기소되어 벌금 1,000만 원의 약식명령(略式命令)을 고지받았다. 이에 갑은 전셋집에 사는 자기 형편에서 위의 벌금형은 감당하기 힘든 형벌이라며 징역형에 대한 집행유예(執行猶豫)를 선고해줄 것을 희망하면서 정식재판을 청구했다. 그러나 징역형은 벌금형보다 무거우므로(형법 제41조, 제50조 제1항), "피고인이 정식재판을 청구한 사건에 대하여는 약식명령의 형보다 중한 형을 선고하지 못한다"는 〈형사소송법〉 제457조의2가 갑의 희망을 들어줄 수 없는 걸림돌이 된다.

법원은 이 사건을 심리하다가 위 법률에 대해 법관에 의한 공정한 재판을 받을 피고인의 권리 및 법관의 양형 결정권 등을 침해한다는 이유로 직권으로 위헌 여부의 심판을 제청했다. 그러나 헌법재판소는 갑의 요구를 들어주지 않았다. 불이익변경금지(不利益變更禁止)의 원칙(형사소송법 제368조)은 통상 피고인이 상소한 사건에서 상소심이 원심판결의 형보다 중한 형을 선고하지 못한다는 것인데, 피고인이 상소해 오히려 불이익한 결과를 받게 될 위험 때문에 상소제기를 주저하는 것을 방지함으로써 상소권(上訴權)을 보장한다는 정책적인 이유에서 마련된 제도이다. 위 법률 조항은 약식명령의 경우에도 그 정식재판의 과정에서 도리어 과중한 판결을 받음으로써 정식재판청구를 꺼리는 것을 방지하기 위하여 1995년 12월 29일 신설된 것이다.

헌법재판소는 〈형사소송법〉 제457조의2가 위헌이 아니라고 결정하고, 다음과 같이 이유를 밝혔다. 즉, "약식절차에서는 피고인에게 자신에게 유리한 각종 자료를 제출하고 주장할 기회가 전혀 주어지지 않는 반면, 정식재판절차는 약식절차와 동일심급의 소송절차로서 당사자인 피고인에게 제1심절차에서 인정되는 모든 공격·방어기회가 주어지며 자신에게 유리한 양형자료를 제출할 충분한 기회가 보장된다. 따라서 이 사건 법률 조항은 오히려 피고인의 공정한 재판을 받을 권리를 실질적으로 보장하는 기능을 하며 그 입법목적이나 효과의 면에서 피고인의 권리를 제한하는 것으로 볼 수 없다. 나아가 법원은 약식명령으로 하는 것이 적당하지 아니하다고 판단하는 경우 통상의 공판절차에 회부하여 심판할 수 있고 피고인의 청구에 의하여 정식재판절차가 진행되는 경우에도 여전히 최종형을 결정하는 것은 법관이므로 이 사건 법률 조항에 의하여 피고인의 법관에 의한 재판을 받을 권리가 침해된다고 볼 수도 없다"고 하고, 또 "검사의 약식명령청구사안이 적당하지 않다고 판단될 경우 법원은 직권으로 통상의 재판절차로 사건을 넘겨 재판절차를 진행시킬 수 있고 이 재판절차에서 법관이 자유롭게 형량을 결정할 수 있으므로 이러한 점들을 종합해보면 이 사건 법률 조항에 의하여 법관의 양형결정권이 침해된다고 볼 수 없다"고 판단했다.

갑은 재력이 없어 벌금을 낼 수 없다. 그렇다고 국가가 벌금을 면제해주지도 않는다. 오히려 노역장의 환형유치(換刑留置)가 대기하고 있어 몸으로 때우는 일이 벌어질 수밖에 없다. 그 대신 자유형의 집행유예는 돈을 낼 필요가 없는데다가 감옥에 들어가지도 않기 때문에 갑에게는 벌금형이 더 무서운 것이다. 그러나 집행유예라는 것은 당장 입에서 녹는 사탕 같지만, 알고 보면 벌금에 견주어 결코 반가운 형벌이라고 할 수 없다. 자유형의 집행이 유예된다고 하더라도 형의 본질이 변하는 것은 아니며, 집행유예기간 중 고의로 범한 죄로 금고 이상의 형의 선고를 받아 그 판결이 확정되는 경우에는 집행유예가 실효되므로(형법 제63조) 유예기간 중에는 언제든지 자유형의 집행이 이루어질 가능성이 있다. 일반적으로 벌금형의 전과는 그럭저럭 넘어가더라도 징역형의 경우는 그렇지 않다. 예컨대 공무원으로 임용될 수 없는 결격자(缺格者)에 대해 "금고 이상의 실형을 선고받고 그 집행이 종료되거나 집행을 받지 아니하기로 확정된 후 5년이 지나지 아니한 자"(〈국가공무원법〉 제33조 제1항 제3호)와 같은 사항이 있고, 이러한 결격자는 공무원 임용시험에 응시할 수도 없다(〈공무원임용시험령〉 제15조 제1항). 그러나 벌금형은 그 액수가 어떠하든 간에 해당 사유에 포함되어 있지 않다.

그렇기 때문에 형사재판에서는 벌금형이 법정형(法定刑)으로 들어 있는 한 집행유예보다 벌금형이 선택되어 선고되기를 희망하는 것이 일반적이다. 하지만 갑에게는, 앞으로 무슨 일이 생길지 모르지만 지금으로서는 벌금 1,000만 원보다 집행유예형이 절실한 심정이다. "판사님, 제발 관대한 처벌이 아니라도 좋으니 집행유예를 내려주시어요." 이 서글 픈 소원은 법률상 허용되지 않았다.

2. 중학생들의 집단괴롭힘 사건에 대한 처리

갑은 중학교 2학년과 3학년일 때 같은 반 학생들로부터 집단적·상습 적으로 폭행 또는 모욕을 당하고 돈을 뺏기고 강제추행을 당하는 등 괴 롭힘을 받아왔다는 이유로 반 학생 16명에 대해 고소를 했다. 검사는 위 고소사실을 인정하면서도 기소유예(起訴猶豫)의 불기소처분을 했다. 갑 은 이에 불복하여 검찰청법에 정해진 절차에 따라 항고와 재항고를 했 으나 모두 기각되자, 검사를 상대로 헌법소원심판을 청구했다.

최근 사회문제로 대두하고 있는 속칭 '왕따' 사건이다. 그 가운데서도 단순한 '집단따돌림'을 넘어 갑의 급우(級友)들이 집단적·지속적으로 갑을 폭행·협박·강제추행·공갈하는 등으로 괴롭힌 사안으로서, 전형적 인 '집단괴롭힘' 사건이다. 고소사실을 보면, 같은 반의 을은 학교 교실 이나 복도 등에서 갑에게 하등 이유 없이 시비를 걸며 주먹과 발로 그의 팔과 가슴을 때리는 등 폭행하고, 병은 교실에서 갑의 청바지 지퍼를 강 제로 내리고 그 속으로 손을 집어넣어 갑의 성기를 억지로 만지는 등 강 제추행했다. 또한 을·병·정은 국기수련회장 숙소에서 갑과 함께 같은 방에서 잠을 자려고 하다가, 을이 갑에게 가지고 온 돈을 내놓으라고 했 으나 갑이 이를 거절한다는 이유로 주먹과 발로 머리 등을 때리고, 정은 발로 몸을 걷어차는 등 폭행했으며, 이런 유형의 폭행·협박사실 등이 10여 차례나 나열되어 있다.

'헌재 1999. 3. 25. 선고 98헌마303 결정'은 이 사건의 불기소처분에 대해 검사에게 주어진 기소편의주의(起訴便宜主義)의 한계를 초월해 재량권을 남용한 자의적인 조치라는 이유로 이를 취소했다. "피고소인들은 집단으로 청구인을 따돌리거나 놀리는 정도를 넘어 상습적인 신체폭행, 하기 싫은 일 강요, 금품갈취, 심리적 협박과 감금, 강제추행 등 갖가지 방법으로 1년 이상이나 지속적이고 가혹할 정도로 괴롭혀 왔다. 이로 인하여 청구인은 수십 차례 주먹과 발 또는 쇠파이프 등으로 폭행당하여 심하게 멍이 드는 등 부상을 입거나 돈을 빼앗겼고, 여러 차례에 걸쳐 청구인의 성기를 만지며 놀리는 등의 수치심을 견뎌야 하였을 뿐 아니라, 이러한 후유증으로 학교를 1년 이상 휴학하고 고등학교에 진학하지도 못한 채 정신과적 치료를 받는 등 신체적, 물질적 피해를 입고 있고, 청구인의 부모 역시 청구인에 버금가는 고통을 당하고 있다. 기록에 의하면 청구인은 미국에서 성장하여 귀국한 관계로 발음이 정확하지 아니하고 한국의 학교생활에 제대로 적응하지 못한데다가 신체도 허약하여 걸음걸이가 뒤뚱거리고 마음이 여리고 다소 엉뚱한 행동을 하는 학생임이 인정되는 바, 청구인에게 이러한 약점이 있다면 피고소인들이 비록 나이어린 학생들일지라도 같은 급우로서 청구인의 어려움을 돕거나 보살펴 주는 것이 마땅한 도리이거늘 오히려 이러한 약점을 놀림감으로 삼아 집단으로 괴롭히면서 청구인의 고통을 보고 즐거워하는 행위는 피고소인들이 아직 나이어린 학생들이란 점을 감안한다 하더라도, 결코 사안이 중하지 아니하다고 할 수 없을 것임에도 사안이 가볍다고 단정한 피청구인의 판단은 도저히 수긍할 수 없다."

검사는 피고소인들이 나이어린 학생들이라는 것, 우발적 범행이라는 것, 사안이 중하지 않으며 반성하고 있다는 것 등을 참작하여 일률적으로 기소유예처분을 했으나, 피해자와 그 부모의 심정을 생각해보면 참으로 기가 막히는 관용이다. 오죽하면 동료 학생들을 고소했을까, 불기소처분에 불복했을까, 헌법소원심판까지 했을까. 오죽하면 검사의 처분을 청구인의 평등권과 재판절차진술권을 침해한 것이라고 하여 취소했을까. 헌법재판소의 결정에도 나와있듯이, 검사는 적어도 "범행을 주도하거나 중한 행위자만이라도 선별하여 형법이나 소년법에 정한 절차에 따라 형벌이나 사회봉사·수강명령 또는 보안관찰 등 적당한 처분"을 받을 수 있도록 하여야 했다. 그렇게 해야 피해자를 보호하고 가해자들 자신의 교화개선을 위한 특별예방적인 효과, 나아가 청소년 또는 학교사회의 집단괴롭힘 현상을 억제하는 일반예방적인 효과를 거둘 수 있는 것이다.

3. 검사의 빈번한 수감자 소환

정치인인 청구인은 어느 주식회사 대표이사인 갑으로부터 그 사업 편의를 위해 서울시장 등에게 청탁을 해달라는 부탁과 함께 4,000만 원을 교부받았다는 공소사실로 1998년 9월 19일 기소되었다. 그 공판과정에서 청구인이 검사 작성의 갑에 대한 진술조서를 증거로 함에 동의(同意)하지 않았고, 이에 검사는 갑을 검찰 측 증인으로 신청해 1998년 11월 11일 법원에 의하여 채택되었으며, 다음날 청구인은 보석으로 석방되었다. 갑이 법정에 출석해 증언한 것은 1999년 10월 5일이었다. 검사는 공소를 제기하기 전부터 위의 증언을 하기까지 갑을 270차례나 검찰청으로 소환해 일과시간 중 머물게 했다. 소환목록을 보면, 1998년 11월 12일 오전 9시에 구치소를 출발해 밤 8시에 돌아오기까지, 11월 13일 오전 9시에 출발해 밤 7시 10분에 돌아오기까지, 등으로 주(週)에 따라서는 거의 매일이다시피 검찰청에 불려 나갔다. 그 소환의 대부분은, 당초 검사가 받은 진술조서의 내용대로 법정에서 번복 없이 증언할 것을 갑으로부터 다짐받는 한편 청구인의 변호인들이 갑에게 접근하려는 시도를 차단하기 위한 방편으로 취해진 것이었다.

그러자 청구인은 검사가 증인인 갑을 사건의 수사와 무관하게 수시로 소환해 검찰에서 한 진술과 다른 증언을 하지 못하도록 협박 또는 회유를 하거나 법정에 출석시키지 않아 재판진행이 되지 않게 하는 등의 방법으로, 청구인의 공정한 재판을 받을 권리 및 신속한 재판을 받을 권리 등을 침해했다고 주장하면서 헌법소원심판을 청구했다.

'헌재 2001. 8. 30. 선고 99헌마496 결정'은 검사의 위와 같은 빈번한 소환에 대하여 이는 청구인의 공정한 재판을 받을 권리를 침해한 것으로서 위헌임을 확인한다고 했다. "이 사건에서, 피청구인(검사)은 갑을 피의자로 또는 참고인으로 조사하기 위하여 소환한 것 이외에 청구인 측에서 갑의 검찰진술을 번복시키려고 접근하는 것을 예방·차단하기 위하여, 또는 갑에게 면회, 전화 등 편의를 제공하기 위하여 동인을 자주 소환한 사실이 있음을 자인하고 있다. 그러나 법원에 의하여 채택된 증인은, 앞에서 본 바와 같이 검사와 피고인 쌍방이 공평한 기회를 가지고 법관의 면전에서 조사·진술되어야 하는 중요한 증거자료의 하나로서, 비록 피청구인만의 신청에 의하여 채택된 증인이라 하더라도, 그는 피청구인만을 위하여 증언하는 것이 아니며, 오로지 그가 경험한 사실대로 증언하여야 할 의무가 있는 것이고, 따라서 피청구인이든 청구인이든 공평하게 증인에 접근할 수 있도록 기회가 보장되지 않으면 안 된다. 검사와 피고인 쌍방 중 어느 한편이 증인과의 접촉을 독점하거나 상대방의 접근을 차단하도록 허용한다면, 이는 상대방의 공정한 재판을 받을 권리를 침해하는 것이 될 것이다. 구속된 증인에 대한 편의제공 역시 그것이 일방당사자인 검사에게만 허용된다면 그 증인과 검사와의 부당

한 인간관계의 형성이나 회유의 수단 등으로 오용될 우려가 있고, 또 거
꾸로 그러한 편의의 박탈가능성이 증인에게 심리적 압박수단으로 작용
될 수도 있으므로 접근차단의 경우와 마찬가지로 공정한 재판을 해하는
역할을 할 수 있다." 나아가서 "오늘날의 재판절차는 그 과정에서 상대
방에게 예기치 못한 타격을 가하는 일이 없도록 하는 것을 중요한 목표
중의 하나로 하고 있다고 할 것인데, 만약 증인의 증언 전에 일방당사자
만이 그와의 접촉을 독점하고 상대방의 접촉을 제한함으로써, 그 증인
이 어떠한 내용의 증언을 할 것인지를 알지 못하여 그에 대한 방어를 준
비할 수 없도록 한다면, 결국 그 당사자로 하여금 상대방이 가하는 예기
치 못한 타격에 그대로 노출될 수밖에 없는 위험을 감수하라는 것이 되
어 헌법 제12조 제1항 후문이 규정하고 있는 적법절차의 원칙에도 반한
다"고 결정의 이유를 밝히고 있다.

검사로 말미암아 연출된 재판과정상 불공평의 극치이며 후안무치(厚
顔無恥)의 권력 행사이기도 하다.

4. 좌석안전띠를 꼭 매야 하나요

갑은 좌석안전띠를 착용하지 않고 승용차를 운전하다가 경찰관에게
적발되어 범칙금(犯則金) 3만 원의 납부통고를 받고 이를 납부했다. 갑
은 좌석안전띠를 매도록 의무화하는 〈도로교통법〉 제48조의2 제1항(현
행 제50조 제1항)과 이를 어겼을 경우에 범칙금을 납부하도록 통고하는 제
118조(현행 제160조 제2항 제2호)의 해당 부분에 대한 위헌 확인을 구하는
헌법소원심판을 청구했다.

갑의 주장 요지는 "사생활 공간인 승용차 내부에서 좌석안전띠를 매

도록 하고 이를 착용하지 않을 경우에 범칙금을 부과하는 것은 청구인의 사생활의 비밀과 자유, 양심의 자유를 침해한다. 좌석안전띠를 착용하지 않는다고 하더라도 다른 사람에게 어떠한 피해도 입히지 않으므로 좌석안전띠를 착용할 것인지의 여부는 개인의 사리판단에 맡겨야 한다. 좌석안전띠를 착용하지 않은 경우가 더 안전한 경우도 있고, 교통정체 구간과 같이 서행할 경우도 있는 만큼 획일적인 좌석안전띠의 강제가 개인의 생명과 자유를 보장하는 것도 아니다. 그럼에도 좌석안전띠를 매는 것을 의무화하고 이를 어겼을 경우에 범칙금을 부과하는 것은 국가의 편의적인 공권력의 행사로 청구인의 기본적 인권을 침해하는 것”이라는 내용이다.

‘헌재 2003. 10. 30. 선고 2002헌마518 결정’은 갑의 심판청구를 기각했다. 그 이유를 보면, 착용효과에 대하여 “좌석안전띠는 교통사고가 발생할 경우 그 피해를 최소화하기 위한 보호장구로, 충격력을 감소시켜 승차자의 치명적인 부상을 막아 주고, 물속 추락이나 전복시 2차 충격이 적기 때문에 의식을 빨리 회복하여 신속한 탈출을 할 수 있게 해주며, 운전 중 불필요한 동작이 방지되어 올바른 운전자세와 안정감을 가지게 할 뿐만 아니라 시야를 넓혀 주고 운전피로를 덜어 준다”고 하면서, 통계를 인용해 좌석안전띠의 착용이 교통사고가 발생할 경우 인명피해를 줄이는 효과가 있음이 분명하다고 설명하고 있다. 그리고 “좌석안전띠를 맬 의무를 부담시키는 것은 교통사고로부터 국민의 생명 또는 신체에 대한 위험과 장애를 방지·제거하고 사회적 부담을 줄여 교통질서를 유지하고 사회공동체의 상호이익을 보호하는 공공복리를 위한 것”으로서 입법목적의 정당성도 인정된다고 했다.

5. 음주운전 단속을 둘러싼 항변

(1) 음주운전 단속은 필요한가

갑은 2002년 4월 7일 21시 40분경 부산에서 자동차를 운전하다가 백양산터널 입구 톨게이트를 지난 지점에서 음주단속(飮酒團束)을 당했다. 당시 경찰관들은 갑이 진행하던 방향의 전 차로를 가로막고 지나가는 모든 운전자를 대상으로 음주단속을 행했다. 갑은 그와 같이 무차별적으로 음주단속을 하는 것은 개인의 인간다운 생활을 할 권리 등의 기본권을 침해하는 것이라고 주장하면서 단속 행위의 위헌 확인을 구했다.

'헌재 2004. 1. 29. 선고 2002헌마293 결정'은 위 음주단속 행위에 대하여, 이는 〈도로교통법〉 제41조 제2항 전단(현행 제44조 제2항)에 근거를 둔 적법한 경찰작용이라고 하여 갑의 주장을 배척했다. 결정이유에는 자동차 대중화 시대의 위험원(危險源)이 지닌 특성과 위험 방지라는 경찰행정의 발동에 관해 자세한 설명이 들어 있다.

"자동차는 보행자와는 달리 고속으로 달리기 때문에 자동차를 정지시키지 않고서는 자동차에 승차하고 있는 자의 상태를 파악할 수 없으므로 '위험방지'라는 직무집행 요건의 존부 자체를 판단할 수 없다. 또한 주행하는 자동차가 위험상황에 빠지고 사고를 일으키는 데에는 극히 짧은 시간밖에 소요되지 않는다. 즉, 자동차가 지닌 속도라는 속성상 교통안전에 대한 위험상황은 순식간에 발생하고, 일단 위험이 발생하면 운전자 자신은 물론이고 경찰관 등 교통관련자가 미처 그에 대처할 여지없이 위해가 현실화되어 버리는 경우가 많다. 따라서 자동차로 인한 위험방지를 위해서는 주행중인 자동차를 정지시켜서 검문하는 것이 불가결하며, 이를 통하여 자동차 운전으로 인한 구체적 위험이 현실화되기 이전에 그러한 잠재적 위험 발생 자체를 사전에 차단할 필요성이 대단히 크다." "음주운전이 초래하는 위험성과 폐해가 극심하다는 것은 췌언을 요하지 않는 것이어서, 이를 규제하여야 하는 공익의 중요성은 말할 수 없이 크다. 그럼에도 불구하고 음주운전은 암수적 위법행위로서, 외형적으로 쉬 드러나지 않은 채, 그러나 사고발생에의 훨씬 더 높은 위험성을 지닌 채 행해진다. 개별 운전자의 외관, 태도, 운전행태 등의 객관적 사정을 종합하여 볼 때 음주운전으로 인한 위험발생의 징후가 구체적으로 인정되는 경우에만 위험방지의 경찰작용이 발동될 수 있다고 하여서는 음주운전 행위의 포착률이 현저히 낮아지며, 설사 포착하여도 적시의 위험방지 조치가 행해질 수 없는 경우 또한 적지 않을 것이다. 반면, 도로를 차단하여 불특정 다수의 운전자를 상대로 차량을 정차시켜 음주측정을 요구할 수 있는 기회가 제공된다면, 비록 음주운전자가 그 중 아주 적은 수에 불과하다 할지라도 적어도 음주운전자의 운전행위는 차단되고(〈도로교통법〉 제43조〔현행 제47조 제2항〕에 따라 운전금지조치가 취해질 수 있다), 이로써 당해 운전자, 나아가서는 그로 인하여 교통사고에 얽혀들 수 있었을 불특정의 잠재적인 다른 운전자 또는 보행자 등의 생명·신체·재산에 대한 위해가 방지되는 것이다. 이러한 방식의 음주단속은 일반예방적 효과도 보다 탁월할 것이다. 언제, 어느 곳에서 도로차단식 일제단속이 행해질지 예측하기 어려워, 운전자들로 하여금 애초에 음주운전의 시도 자체를 포기케 하는 효과가 있기 때문이다." 그래서 결론적으로, "입법의 토대가 되는 음주에 대한 사회문화적 풍토를 고려하건대, 우리나라의 경우 음주에 대해 비교적 관용적인 사회 분위기 탓인지 음주 기회 자체가 많고, 혼음(混飮), 과음이 예사스러운 걱정되는 음주행태를 띠고 있다. 그 결과 음주운전에 대한 사회적 인식도 상대적으로 이완된 편이라 할 수 있다. 그리하여 우리 사회는 유감스럽게도 일제

검문식 음주단속의 효율성이 보다 높으며, 일반예방적 계도 효과를 지닌 단속방식이 아직도 필요한 사회라는 점을 인정하지 않을 수 없다”는 것이다.

(2) 음주측정과 진술거부권

검찰이나 경찰의 소환을 받은 정치인이 출석을 거부하거나 출석하더라도 묵비권(黙秘權)을 행사했다는 소식을 더러 접한다. 시위 학생들을 연행한 경찰은 이들이 약속한 듯 입을 닫았기 때문에 이름을 알아내는 데만 꼬박 하루가 걸렸다는 뉴스를 본 일이 있다. 그렇게 되면 수사기관으로서도 입을 열게 할 방도가 없기 때문에 조사의 목적을 이룰 수가 없고, 증거 자료가 있을 때는 피의자의 진술 내용 없이 그냥 기소하는 경우도 있다.

로마 격언에 ‘스스로를 고소할 의무는 없다’고 했고, 묵비권의 개념은 여기서 유래했다고 한다. 〈헌법〉 제12조 제2항, 〈형사소송법〉 제244조의3, 제283조의2 등의 규정을 보면, 묵비권이 자유권적 기본권의 하나이며, 수사기관이 피의자 신문을 하면서 진술거부권을 고지(告知)해야 하고 이를 하지 않으면 그 피의자의 자백(自白)에 대해 증거로 사용하지 못하도록 하고 있다.

묵비권은 정당한 권리행사 차원이라기보다 재판에서 유리한 위치에 서기 위한 방어전략(防禦戰略)으로 변질되고 있다는 지적도 있고, 묵비권을 행사했을 경우 재판에서 유죄가 되면 형을 가중할 필요가 있다는 견해도 있다. ‘대법원 2001. 3. 9. 선고 2001도192 판결’은 “형사소송절차에서 피고인은 방어권에 기하여 범죄사실에 대하여 진술을 거부하거나 거짓 진술을 할 수 있고, 이 경우 범죄사실을 단순히 부인하고 있는 것이 죄를 반성하거나 후회하고 있지 않다는 인격적 비난요소로 보아 가중적 양형의 조건으로 삼는 것은 결과적으로 피고인에게 자백을 강요하는 것이 되어 허용될 수 없다고 할 것이나, 그러한 태도나 행위가 피고인에게 보장된 방어권 행사의 범위를 넘어 객관적이고 명백한 증거가 있음에도 진실의 발견을 적극적으로 숨기거나 법원을 오도하려는 시도에 기인한 경우에는 가중적 양형의 조건으로 참작될 수 있다고 할 것이다"라고 했다. 묵비권의 행사도 경우에 따라서는 손해를 입게 될 가능성이 있는 것이다. 일반적으로 죄가 없는 사람이라면 묵비권을 행사할 이유가 없을 것이니, 입을 다문다는 것은 방어전략인 것이 맞다는 생각도 든다.

이제 음주측정(飮酒測定)을 거부하는 행위와 묵비권의 관계에 대하여 보기로 한다. 갑은 주취(酒醉) 상태로 승용차를 운전하다가 주택가 골목길에 주차된 차량을 들이받고 귀가한 뒤, 집으로 찾아온 경찰관으로부터 음주측정을 요구받았으나 이에 응하지 않았다. 갑은 〈도로교통법〉 위반으로 재판에 회부되었다. 대전지방법원은 직권으로 〈도로교통법〉(1995년 1월 5일 법률 제4872호로 개정된 것) 제41조 제2항 가운데 "경찰공무원은 제1항의 규정에 위반하여 술에 취한 상태에서 자동차 등을 운전하였다고 인정할 만한 상당한 이유가 있는 때에는 운전자가 술에 취하였는지의 여부를 측정할 수 있으며, 운전자는 이러한 경찰공무원의 측정에 응하여야한다"는 부분과 그 경우의 음주측정 거부로 2년 이하의 징역이나 300만 원 이하의 벌금형에 처벌하도록 한 같은 법 제107조의2 제2호의 규정에 대하여 직권으로 위헌 여부 심판을 제청했다.

뒤에서 보겠지만, 현행법은 벌칙규정을 더 강화하고 있다. 법원이 위헌제청을 한 이유는 이렇다. 헌법이 보장하고 있는 진술거부권(陳述拒否

權)은 주취상태로 운전을 하고 있어 장차 형사피의자나 피고인이 될 가능성이 있는 자에게도 보장되는 것이고, 이 사건 법률조항은 교통안전과 위험방지와는 관계없이 운전자가 술에 취한 상태에서 운전하였다고 인정할 만한 상당한 이유가 있기만 해도 음주측정을 요구할 수 있도록 할 뿐만 아니라 그 측정을 거부하면 형벌로써 처벌하는 것인데, 이미 발생한 주취운전이라는 범죄행위에 대한 수사를 위한 음주측정권한을 경찰공무원에게 부여한 뒤 이에 불응할 경우 처벌한다는 것은 법률이 범법자에게 자신의 범법상태를 수사기관의 요구에 따라 그대로 현출할 것을 규정한 것이고, 그 위반에 대하여 처벌하는 벌칙을 규정하는 것은 결국 국민의 기본권인 진술거부권을 침해하는 것이 된다는 것이다.

헌법재판소(1997. 3. 27. 선고 96헌가11 결정)는 이에 대하여 헌법에 위반되지 않는다고 선언했다. ‘대법원 2009. 9. 24. 선고 2009도7924 판결’도 같은 취지이다. 헌법재판소의 견해를 요약해본다.

〈헌법〉 제12조 제2항은 “모든 국민은 고문을 받지 아니하며, 형사상 자기에게 불리한 진술을 강요당하지 아니한다”고 규정하여, 형사책임에 관해 자신에게 불이익한 진술을 강요당하지 않을 것을 국민의 기본권으로 보장하고 있다. 이는 피고인 또는 피의자의 인권을 실체적 진실 발견이나 사회정의의 실현이라는 국가 이익보다 우선적으로 보호함으로써 인간의 존엄성과 가치를 보장하고, 나아가 비인간적인 자백의 강요와 고문을 근절하려는 데 있으며, 또한 피고인 또는 피의자와 검사 사이에 무기평등(武器平等)을 도모하여 공정한 재판의 이념을 실현하려는 데 있다고 설명된다. 헌법재판소는 위와 같은 의미를 지닌 “진술거부권은 현재 피의자나 피고인으로서 수사 또는 공판절차에 계속 중인 자뿐만 아니라 장차 피의자나 피고인이 될 자에게도 보장되며, 형사절차뿐 아니라 행정절차나 국회에서의 조사절차 등에서도 보장된다. 또한 진술거부권은 고문 등 폭행에 의한 강요는 물론 법률로써도 진술을 강요당하지 아니함을 의미한다"고 했다. 나아가서 진술거부권의 침해 여부에 대하여, "먼저 호흡측정기에 의한 측정에 응하는 것이 '형사상 불리한' 것이 되는 것은 의문의 여지가 없다. 호흡측정의 결과는 곧바로 주취운전죄라는 범죄의 직접적 증거로 활용되기 때문이다. 다음 호흡측정기에 응하도록, 구체적으로는 호흡측정기에 입을 대고 호흡을 불어 넣도록 요구하고 이를 거부할 때 처벌하는 것이 '진술강요'에 해당하는 것인가가 문제이다. '진술'이라함은 언어적 표출, 즉 생각이나 지식, 경험사실을 정신작용의 일환인 언어를 통하여 표출하는 것을 의미하는데 반하여, 호흡측정은 신체의 물리적, 사실적 상태를 그대로 드러내는 행위에 불과하다. 또한 호흡측정은 진술서와 같은 진술의 등가물(等價物)로도 평가될 수 없는 것이고 신체의 상태를 객관적으로 밝히는 데 그 초점이 있을 뿐, 신체의 상태에 관한 당사자의 의식, 사고, 지식 등과는 아무런 관련이 없는 것이다. 호흡측정에 있어 결정적인 것은 측정결과 밝혀질 객관적인 혈중알콜농도로서 이는 당사자의 의식으로부터 독립되어 있고 당사자는 이에 대하여 아무런 지배력도 갖고 있지 아니한다. 따라서 호흡측정행위는 진술이 아니므로 호흡측정에 응하도록 요구하고 이를 거부할 경우 처벌한다고 하여도 '진술강요'에 해당한다고 할 수는 없다"고 판단했다.

〈헌법〉 제12조 제3항의 영장주의(令狀主義) 위배 여부에 대하여 이 사건 음주측정은 호흡측정기에 의한 측정의 성질상 강제될 수 있는 것이 아니며, 또 실무상 숨을 호흡측정기에 한두 번 불어 넣는 방식으로 행하여지는 것이므로 당사자의 자발적 협조가 필수적인 것이다. 따라서 당사자의 협력이 궁극적으로 불가피한 측정 방법을 두고 영장을 필요로 하는 강제처분이라 할 수 없다고 했다.

〈헌법〉제12조 제1항의 적법절차위배 여부, 다시 말하자면 형사상 자신에게 불리한 자료를 수집하는 경찰공무원에 협력할 의무를 부과하고 이의 준수를 형벌로써 강요하고 있는 이사건 법률조항이 과연 그러한 합리성과 정당성을 갖춘 것인지에 대하여서는 "자동차 및 운전면허소지자의 급증과 과음하는 음주습성으로 인하여 음주운전교통사고는 대폭 증가하는 추세이고 인명과 재산의 피해 등 사회적 손실은 막대하므로 심각한 사회문제로 대두되고 있어 교통상의 위험을 방지하기 위하여 음주운전 방지와 그 규제는 절실한 공익상의 요청이며 그 규제에는 음주측정이 필수적으로 요청된다"고 전제한 다음 아래와 같이 판단했다.

"(1) 호흡측정은 호흡측정기에 숨을 한두 번 불어 넣기만 하면 되므로 당사자에게 부과되는 부담, 특히 신체적 부담이 매우 경미하다. 또한 단속현장에서, 짧은 시간 내에, 간단히 실시되고, 측정결과도 즉석에서 알 수 있다. 이에 비해 채혈이나 채뇨에 의한 측정은 신체에 대한 훼손 정도나 위험성 면에서 훨씬 더 심각한 방법일 뿐만 아니라 통상 측정의 (測定醫)가 있는 곳까지 이동하여야 하므로 신체의 자유에 대한 제한도 더 많고 장기화될 수 있다. (2) 신체발부수지부모(身體髮膚受之父母)의 정신적 배경을 갖고 있는 우리나라 사람들은 채혈에 대하여 심리적으로 거부감을 가지고 있어서 호흡측정방식은 정서적으로도 부담이 적은 방법이다. (3) 다만 호흡측정은 측정결과의 정확성과 신뢰성의 측면에서 문제가 있을 수 있다. 즉 호흡알콜농도는 생리적 요소에 의하여 왜곡되거나 조정될 수 있는 점, 호흡측정치를 기초로 산출한 혈중알콜농도가 채혈로 산출한 실제 혈중알콜농도와 일치하지 아니하는 경우도 있을 수 있는 점, 피검사자의 심폐호기(心肺呼氣)가 충분히 채취되어야 하는 등 음주측정 방법에 상당한 주의를 하지 아니하면 정확성이 떨어질 수도 있는 점 등이 문제이다. 그러나 최근에는 정밀도가 높은 음주측정기가 개발되어 측정치의 신뢰도가 높아졌을 뿐 아니라 음주측정기기의 성능은 갈수록 향상될 것으로 예상된다. 따라서 정확성과 신뢰도의 점에서도 호흡측정기의 사용 그 자체를 문제 삼을 수는 없다고 본다. 무엇보다도 〈도로교통법〉 제41조 제3항은 이 사건 음주측정의 결과에 불복하는 운전자에 대하여 그의 동의를 얻어 혈액채취 등의 방법으로 재측정할 수 있는 길을 열어놓고 있다. 따라서 음주측정기의 정확성을 신뢰하지 아니하는 사람이라든가 자신의 추측과 실제 측정치 간에 상당한 차이가 있다고 느끼는 사람은 채혈 등에 의한 재측정을 함으로써 보다 정확한 결과를 얻을 수 있으며 그만큼 정확성의 문제도 제도적으로 보완·해결하여 놓고 있다"고 했다.

이 사건 법률조항이 〈헌법〉 제19조에서 보장하는 양심의 자유에 반하는지 여부에 대하여 "여기서 말하는 양심에 대하여 우리 재판소는 양심이란 세계관·인생관·주의·신조 등은 물론 이에 이르지 아니하여도 보다 널리 개인의 인격형성에 관계되는 내심에 있어서의 가치적·윤리적 판단도 포함된다고 하면서, 양심의 자유에는 널리 사물의 시시비비나 선악과 같은 윤리적 판단에 국가가 개입해서는 아니되는 내심적 자유는 물론 이와 같은 윤리적 판단을 국가권력에 의하여 외부에 표명하도록 강제받지 아니할 자유까지 포괄한다고 밝히고 있다. 요컨대 양심이란 인간의 윤리적·도덕적 내심영역의 문제이고, 헌법이 보호하려는 양심은 어떤 일의 옳고 그름을 판단함에 있어서 그렇게 행동하지 아니하고는 자신의 인격적인 존재가치가 허물어지고 말 것이라는 강력하고 진지한 마음의 소리이지, 막연하고 추상적인 개념으로서의 양심이 아니다. 음주측정에 응해야 할 것인지, 거부해야 할 것인지 그 상황에서 고민에 빠질 수는 있겠으나 그러한 고민은 선(善)과 악(惡)의 범주에 관한 진지한 윤리적 결정을 위한 고민이라 할 수 없으므로 그 고민 끝에 어쩔 수 없이 음주측정에 응하였다 하여 내면적으로 구축된 인간양심이 왜곡 굴절된다고 할 수도 없다"고 하면서 음주측정 요구와 그 거부는 양심의 자유의 보호 영역에 포괄되지 아니한다고 했다. 또 "음주운전으로 야기될 생명·신체·재산에 대한 위험과 손해의 방지라는 절실한 공익목적을 위하여 더욱이 주취운전의 상당한 개연성 있는 사람에게 부과되는 제약이라는 점을 생각하면 그 정도의 부담을 두고 인간으로서의 인격적 주체성을 박탈한다거나 인간의 존귀성을 짓밟는 것이라고는 할 수 없을 것이므로 이 사건 법률조항은 〈헌법〉 제10조에 규정된 인간의 존엄과 가치를 침해하는 것도 아니다"라고 했다.

끝으로 이 사건 법률조항이 하기 싫은 일(음주측정에 응하는 일)을 하지 아니할 수 없도록 하는 속박의 요소가 있어 하기 싫은 일을 강요당하지 않을 권리, 즉 행복추구권에 포함되어 있는 일반적 행동의 자유를 침해하는 것이 아닌지 여부에 대하여, 이 사건 음주측정에 응하는 행위는 자신의 주취운전을 입증하는 강력한 증거를 스스로 제출하는 일에 다름 아니므로 내키지 않는 일일 것이고, 그럼에도 불구하고 이 사건 법률조항에 의해 음주측정에 응할 의무가 부과되고 이를 거부할 경우 형사 처벌되므로 일반적 행동의 자유에 대한 제한이 될 수도 있으나, "추구하는 목적의 중대성, 음주측정의 불가피성, 국민에게 부과되는 부담의 정도, 처벌의 요건과 정도에 비추어 〈헌법〉 제37조 제2항의 과잉금지의 원칙에 어긋나는 것이라 할 수 없다"고 판단했다.

개정된 〈도로교통법〉(2011년 6월 8일 법률 제10790호) 제148조의2 제1항에 의하면, "술에 취한 상태에 있다고 인정할 만한 상당한 이유가 있는 사람으로서 제44조 제2항에 따른 경찰공무원의 측정에 응하지 아니한 사람"은 1년 이상 3년 이하의 징역이나 500만 원 이상 1,000만 원 이하의 벌금에 처한다고 규정하여 종전보다 훨씬 형량을 높였다.

이로 말미암아 종래 단독판사 관할이었던 음주운전사건이 중죄사건을 처리하는 합의부 관할로 변경되어 뺑소니 사건(《특정범죄가중처벌 등에 관한 법률》 제5조의3 제1항)이 단독판사 관할로 환원되어 있는 것(《법원조직법》 제32조 제1항 제3호 마목)과 비교해서 형평에 어긋날 뿐만 아니라, 음주측정불응에 대해 3회 이상의 음주 운전과 동일한 형으로 처벌하도록 한 것도 법익침해의 위험성에 따른 가벌성의 정도 차이를 무시한 것으로 책임주의에도 반하고 법정형의 불균형도 심화시킨다는 비판을 받고 있다. 이와 관련해 이주원 교수는 다음과 같이 지적했다(《법률신문》 2012. 10. 15.). "첫째, 음주운전죄는 이미 '교통안전'에 대한 위험을 야기한 때에 성립하지만, 음주측정불응죄는 앞으로의 '교통안전과 위험방지'를 위하여 필요한 때(예방적 하명위반), 또는 이미 행해진 음주운전에 대한 '수사절차상의 증거수집'에 협조하지 아니한 때(부수적인 증거인멸) 성립한다. 형법상 피의자는 자신에게 불리한 증거를 은닉하거나 훼멸하여도 증거인멸죄가 성립하지 않는데, 증거수집의 편의를 위한 음주측정 요구에 단순히 불응한다는 이유로, 3회 이상 음주운전과 같게 취급하여 법정형의 하한을 설정하고 같은 법정형으로 가중 처벌하는 것은 부당하다. 둘째, 외국의 입법례를 보더라도, 영국은 6개월 이하의 징역 또는 벌금, 프랑스는 2년 이하의 금고 또는 4,500유로의 벌금, 일본은 30만 엔 이하의 벌금일 뿐, 우리처럼 현저히 높은 법정형과 그 하한을 규정한 입법례는 없다. 개정 〈도로교통법〉상 중죄로 규정된 음주측정불응 부분은, 음주운전이 초래할 수 있는 사회적 위험을 충분히 감안하더라도, 책임주의 원칙 등에 비추어 종래보다 그 위헌성이 훨씬 더 가중된 것만은 분명한 사실이다."

길거리에서 가끔 보는 경찰공무원의 음주측정이라는 단속행위에 이렇게 복잡한 헌법 문제가 도사리고 있다는 것을 법조인의 한 사람으로서도 미처 몰랐다. 그나저나 일단 유의하고 볼 일은, 어쩌다가 술을 마시고 운전대를 잡은 사람으로서 단속경찰에 적발되어 후우 불라고 명령하면 고분고분 응해야지 고집부리다가는 화를 입는다는 것이다.

6. 유치장에서 외치는 작은 권리들

(1) 열악한 구조의 유치장 화장실

갑과 을 두 여인은 2000년 6월 18일 〈집회 및 시위에 관한 법률〉 위반의 현행범으로 체포되어 그날 9시경부터 6월 20일 2시경까지 영등포경찰서 유치장에 수용되었는데, 이들에게는 위 기간 동안 유치장 밖의 일반화장실 사용이 허가되지 않아 유치장 안에 설치된 화장실만 사용하도록 되어 있었다. 그 화장실은 차폐시설(遮蔽施設)이 불충분한 탓에 이들이 용변을 볼 때는 그 소리와 냄새가 같은 유치장 안의 거실로 직접 유출될 수 있었고, 옷을 벗고 입는 과정에서 둔부 이하가 그 유치실 안의 다른 동료 유치인들에 노출될 수 있었으며, 유치실 밖에 있는 같은 층의 경찰관들이나 특히 유치실을 앞쪽에서 내려다볼 수 있는 2층의 경찰관들에게는 옷을 추스르는 과정에서 허벅지 등이 보일 수 있었다.

갑과 을은 법원의 구속영장이 발부되지 않아, 석방된 뒤 열악한 구조의 유치장 화장실에서 겪은 수치심을 상기하고 헌법소원을 제기했다. '헌재 2001. 7. 19. 선고 2000헌마546 결정'에서는 위와 같은 실내화장실을 사용하도록 강제한 경찰서장의 행위는 갑과 을의 인격권(人格權)

을 침해한 것으로 위헌임을 확인한다고 선언했다. 위의 화장실은 그 뒤 개수되었고, 갑과 을에 대한 침해행위는 이미 종료되어 그 행위에 대한 위헌 확인을 하더라도 권리구제는 불가능한 상태여서 주관적 권리보호의 이익은 소멸되었다고 할 것이지만, 그러한 기본권침해행위가 여러 사람에게 앞으로도 반복해 일어날 위험이 있으므로 심판청구의 이익이 인정된다고 전제한 다음, 〈헌법〉 제10조는 "모든 국민은 인간으로서의 존엄과 가치를 가지며, 행복을 추구할 권리를 가진다"라고 하여 모든 기본권의 종국적 목적이자 기본 이념이라고 할 수 있는 인간의 존엄과 가치를 규정하고 있는 바, 이는 인간의 본질적이고도 고유한 가치로서 모든 경우에 최대한 존중되어야 한다고 했다. 그러면서 "보통의 평범한 성인인 청구인들로서는 내밀한 신체부위가 노출될 수 있고 역겨운 냄새, 소리 등이 흘러나오는 가운데 용변을 보지 않을 수 없는 상황에 있었으므로 그때마다 수치심과 당혹감, 굴욕감을 느꼈을 것이고, 나아가 생리적 욕구까지도 억제해야만 했을 것임을 어렵지 않게 알 수 있다. 나아가 함께 수용되어 있던 다른 유치인들로서도 누군가가 용변을 볼 때마다 불쾌감과 역겨움을 감내하고 이를 지켜보면서 마찬가지의 감정을 느꼈을 것이다. 그렇다면 이 사건 청구인들로 하여금 유치기간 동안 위와 같은 구조의 화장실을 사용하도록 강제한 피청구인의 행위는 인간으로서의 기본적 품위를 유지할 수 없도록 하는 것으로서, 수인하기 어려운 정도라고 보여지므로 전체적으로 볼 때 비인도적·굴욕적일 뿐만 아니라 동시에 비록 건강을 침해할 정도는 아니라고 할지라도 헌법 제10조의 인간의 존엄과 가치로부터 유래하는 인격권을 침해하는 정도에 이르렀다고 판단된다"고 이유를 설명했다.

사람은 동물과 달리 부끄러움을 안다. 소변이나 대변을 보는 것은 불가피한 생리현상인데도 노출되는 것을 껄끄러워한다. 사람은 하품을 하거나 방귀를 뀌는 것도 남을 의식하며 조심스러워한다. 그런데 죄를 저지르면 유치장에 수감되고 화장실 또한 동태감시에 지장이 없도록 시설되는 것을 당연한 일로 인식한다. 따라서 유치인의 처지에서는 은밀하게 대소변을 볼 수 없는 불편도 감수해야 하는 것으로 여기게 되는 것이다. 그럼에도 갑과 을은 그들이 겪은 수치심과 굴욕감을 방기하지 않고, 이를 헌법이 보장한 인격권의 침해로 인정하며 법정투쟁을 개시한 것이다. 나는 신문을 통해 이 사건의 보도 내용을 읽었다. 순간 유치장의 화장실 구조를 그려보면서, '그동안 수많은 사람들이 거쳐갔는데도 아무도 그런 착상을 하지 못했는데' 하고 그 용기와 희생정신을 느낀 바 있었다. 이제 전국의 유치장 화장실은 유치인에 대한 기본권의 침해가 없도록 획기적으로 개선되었을 것이다.

이 사건과 관련하여 황병일(黃秉一) 변호사의 짤막한 글(《법률신문》, 2001. 8. 30.)이 생각난다. "약 2년 전 필자는 경찰서 유치장 화장실 칸막이가 무릎 높이밖에 안 되어 특히 숙녀의 경우 인권침해의 소지가 있다는 건의를 대한변호사협회에 제출한 일이 있다. 그 결과 협회에서 서울 시내 각 경찰서에 그 실태 점검을 한다는 공문을 보내고, 필자를 비롯한 변협 인권위원들이 몇 개 조로 나뉘어 경찰서를 방문한 일이 있다. 그랬더니 경찰서에서 스스로 느낀 바가 있었던지 벽돌 한 장 정도 더 높여 놓은 것을 필자의 눈으로 두 경찰서에서 확인할 수가 있었다. 그러나 건너편 2층 유치장에서 화장실이 다 보이는 것이 못 마땅했다. 그런데도 필자는 게으른 탓에 그 후 그 일을 잊어버리고" 있었다면서, 이번 일을 계기로 앞으로 그 처우를 개선하는 데 획기적인 진전이 있기를 기대한다고 했다.

(2) 유치장 수용자에 대한 신체과잉수색행위

병·정·무 세 여인은 2000년 3월 20일 0시 20분경 〈공직선거 및 선거부정방지법〉(현 〈공직선거법〉) 위반의 현행범으로 체포되어 성남 남부경찰서에서 피의자로 조사를 받은 뒤, 같은 날 4시 30분경 유치장에 수용되었다. 그때 신체검사실에서 담당 여자경찰관으로부터 속옷을 걸친 상태에서 신체를 더듬는 방법으로 간단하게 신체검사를 받았다. 이들은 같은 날 13시경 경찰관이 지켜보는 가운데 접견실에서 변호인과 집단으로 접견을 가졌다. 그 뒤 13시 30분경 유치장에 재수용되는 과정에서 담당 여자경찰관은 이들에게 흉기 등 위험물 및 반입금지물품의 소지·은닉 여부 등의 확인을 이유로 상의를 모두 벗고 하의를 속옷과 함께 무릎까지 내려 정밀하게 신체검사를 받도록 요구했다. 이들은 이미 신체검사를 받았을 뿐만 아니라 변호인 접견을 마치고 재수용되는 것이므로 흉기 등 위험물 소지·은닉의 가능성도 없다는 이유를 들어 거부했다. 그러나 위 경찰관이 신체검사의 이유 및 근거 등을 제시하면서 신체검사에 협조할 것을 강력히 요구함에 따라 이들은 정밀신체검사라는 이름으로 신체수색을 받았다. 당시 일부 청구인은 생리 중이었다. 정밀신체검사는 시정(視程)이 가능한 밀폐된 신체검사실에서 여자 경찰관에게 등을 보인 채 뒤로 돌아서서 스스로 브래지어를 포함한 상의를 겨드랑이까지 올리고 팬티를 포함한 하의를 무릎까지 내린 상태에서 앉았다 일어서기를 3회 실시하는 방법으로 이루어졌다.

위 사건을 수사한 경찰은 다음날 구속영장을 청구하지 않고 세 여인을 석방했다. 그 뒤 병은 기소유예처분을 받았으며, 정과 무는 불구속 기소되어 각각 징역 8월 집행유예 1년 및 벌금 70만 원의 선고를 받고 확정되었다. 이들은 국가 등을 상대로 위법·부당한 신체검사에 따른 위자료청구소송을 제기했다.

이 사건의 헌법소원심판에서 '헌재 2002. 7. 18. 선고 2000헌마327 결정'은 경찰서장의 위 신체수색에 대하여 위헌이라고 선언했다. 청구인들이 유치장에 수용되는 과정에서 받은 위와 같은 신체수색은 "그 수단과 방법에 있어서 필요한 최소한도의 범위를 벗어나 청구인들에게 수인하기 어려울 정도의 모욕감과 수치심을 안겨준 행위로서 헌법 제10조 및 제12조에 의하여 보장되는 청구인들의 인격권 및 신체의 자유를 침해한 것"이라는 이유이다.

7. 교도소 수용자에 대한 제약의 몇 가지 형태

(1) 교도소에서 계구사용행위의 한계

청구인은 1999년 11월 5일 〈향정신성의약품관리법〉(현 〈마약류 관리에 관한 법률〉) 위반혐의로 구속되어 광주교도소에 수감되었는데, 강도죄 등으로 추가기소되어 2000년 2월 24일 법원에서 재판을 받던 도중 공범 2명과 합동하여 미리 준비한 흉기로 법정계호 근무 중인 교도관을 찌르고 도주했다가 3월 7일 체포되어 교도소에 재수감되었다. 청구인은 광주교도소에서 위 도주를 이유로 금치(禁置) 2월의 징벌을 부과받고 징벌방에 수용되었는데, 재수감된 직후 금속수갑 2개가 채워지고 3월 11일부터는 가죽수갑 1개가 추가로 채워졌으며, 징벌이 종료된 뒤에도 해제되지 않은 채 목포교도소로 이감되는 2001년 4월 2일까지 계속해서 위 계구(戒具)들을 착용했다. 금속수갑은 스테인리스 스틸 재질로 만들어진 톱날 또는 물림 홈 형태의 잠금장치이고, 가죽수갑은 소가죽과 특수가공 강철로 만들어진 것으로 혁대와 손목걸이로 구성되어 있다.

　청구인은 위와 같은 계구사용행위에 따라 헌법상 보장된 인간의 존엄과 가치 및 신체의 자유 등 기본권을 침해당했다고 주장했다. '헌재 2003. 12. 18. 선고 2001헌마163 결정'은 교도소장이 2000년 3월 7일부터 2001년 4월 2일까지 청구인을 교도소에 수용하는 동안 상시적으로 양팔을 사용할 수 없도록 하는 계구를 착용하게 한 것은 위헌임을 확인한다고 선언했다. 이 결정은 이유에서 "이 사건 계구사용행위는 기본권 제한을 최소화하면서도 도주, 자살 또는 자해의 방지 등과 같은 목적을 달성할 수 있음에도 불구하고 헌법 제37조 제2항에 정해진 기본권제한의 한계를 넘어 필요 이상으로 장기간, 그리고 과도하게 청구인의 신체 거동의 자유를 제한하고 최소한의 인간적인 생활을 불가능하도록 하여 청구인의 신체의 자유를 침해하고, 나아가 인간의 존엄성을 침해한 것으로 판단된다"고 했다.

(2) 국가기관에 발송하는 수용자의 서신 검열

　청구인은 강도강간죄 등으로 징역 5년형이 확정되어 대구교도소에 수용 중 교도소장의 허가 없이 교도소 안의 청구인에 대한 폭행가혹행위·부당처우행위·권리행사방해행위·직무유기행위를 조사해달라는 서신을 국무총리실·국민고충처리위원회·감사원 등에 제출하여 위 민원에 대한 처리 회신을 받았다. 그런데 교도소는 위 서신의 내용에 대한 진상을 조사하는 과정에서 청구인을 14일 동안 구금했고, 교도소장의 허가 없이 서신을 다른 사람에게 발송한 혐의가 인정된다는 이유로 2월의 금치처분을 내렸다.

　수형자에 대한 서신 검열(檢閱)에 대하여 헌법재판소는 '1998. 8. 27.

선고 96헌마398 결정'에서 합헌(合憲)이라고 한 바 있다. 〈헌법〉 제18조는 통신의 자유를 국민의 기본권으로 보장하고 있으므로 서신의 검열은 원칙적으로 금지되지만, "수형자 구금의 목적은 수형자를 사회로부터 격리시켜 그 자유를 박탈함과 동시에 그의 교화·갱생을 도모함에 있고, 구금시설은 다수의 수형자를 집단으로 관리하는 시설로서 규율과 질서유지가 필요하므로 이를 위해 수형자의 교화·개선에 해로운 물질이나 서신의 수발을 허용하여서는 아니 되는 바, 수형자는 수사 및 재판과정에서 관련된 고소·고발인, 경찰·검찰 및 법원의 공무원, 피해자, 증인, 감정인 등에 대하여 원망과 분노를 가질 수 있으므로 만일 수형자로 하여금 이들에게 서신을 제한 없이 발송할 수 있게 한다면 출소 후의 보복협박, 교도소 내에 있는 동안 뒷바라지 강요 등 일반 국민들에게 해악을 끼치는 등의 부작용이 생길 수 있다. 또 서신교환의 방법으로 마약이나 범죄에 이용될 물건이 반입될 수도 있고, 외부 범죄세력과 연결하여 탈주를 기도하거나 수형자끼리 연락하여 범죄행위를 준비하는 등 수용질서를 어지럽힐 우려가 많으므로 수형자의 도주를 예방하고 교도소 내의 규율과 질서를 유지하여 구금의 목적을 달성하기 위해서는 수형자의 서신에 대한 검열은 불가피"하다는 것이다.

청구인이 서신을 발송한 곳은 국가기관이라는 점에서 위의 사례와 다르지만, '헌재 2001. 11. 29. 선고 99헌마713 결정'은 앞의 판단은 이 경우에도 그대로 타당하다고 했다. "만약 국가기관과 사인에 대한 서신을 따로 분리하여 사인에 대한 서신의 경우에만 검열을 실시하고 국가기관에 대한 서신의 경우에는 검열을 하지 않는다면, 사인에게 보낼 서신을 국가기관의 명의를 빌려 검열 없이 보낼 수 있게 됨으로써 검열을 거치지 않고 사인에게 서신을 발송하는 탈법수단으로 이용될 수 있게" 된다는 이유이다.

(3) 미결수용자에 대한 재소자용 의류의 착용

'헌재 1999. 5. 27. 선고 97헌마5 결정'은, 구치소장이 미결수(未決囚)를 수용하는 동안 재소자용 의류를 입게 하여 수사 또는 재판을 받게 한 행위는 무죄추정(無罪推定)의 원칙에 반하고 이들의 인격권과 행복추구권 그리고 공정한 재판을 받을 권리를 침해한 것으로 위헌임을 확인한다고 선언했다.

그 이유를 보면, "미결수용자에게 구치소 안에서 사복을 입지 못하게 하고 재소자용 의류를 입게 하는 것은 개인의 자유로운 인격의 발현을 억제하고 모욕감이나 수치심을 느끼게 하여 인간으로서의 존엄과 가치를 침해하는 면이 있다. 그러나 시설 안에서는 재소자용 의류를 입더라도 일반인의 눈에 띄지 않고, 수사 또는 재판에서 변해·방어권을 행사하는 데 지장을 주는 것도 아니다. 미결수용자에게 사복을 입도록 하면 면회객 등과 구별이 되지 아니하며, 의복의 수선이나 세탁 및 계절에 따라 의복을 바꾸는 과정에서 증거인멸 또는 도주를 기도하거나 흉기, 담배, 약품 등 소지금지품이 반입될 염려도 있다. 또한 사회적 신분이나 빈부의 차이가 의복을 통하여 드러나고 이로 인한 수용자 간의 위화감으로 사고발생도 예상된다. 따라서 미결수용자에게 시설 안에서 재소자용 의류를 입게 하는 것은 구금 목적의 달성, 시설의 규율과 안전유지를 위한 필요최소한의 제한으로서 정당성·합리성을 갖춘 재량의 범위 내의 조치"라고 하겠지만, 그러나 "미결수용자가 수사 또는 재판을 받기 위하여 시설 밖으로 나오면 일반인의 눈에 띄게 되어 재소자용 의류 때문에 모욕감이나 수치심을 느끼게 된다. 미결수용자는 수사단계부터 고지·변해·방어의 권리가 보장되어야 하고 재판단계에서는 당사자로서의 지위를 가지므로, 유죄가 확정되지 아니한 미결수용자에게 재소자용 의류

를 입게 하는 것은 심리적인 위축으로 위와 같은 권리를 제대로 행사
할 수 없게 하여 실체적 진실의 발견을 저해할 우려”가 있다는 것을 밝
히고 있다.

(4) 수형자에게 운동화를 못 신도록 하는 조치

청구인은 강도살인으로 무기징역형을 선고받아 복역하고 있다. 특별
관리대상자 관리지침에 따라 교도소장은 청구인을 엄중격리대상자로
지정했는데, 그만큼 말썽을 부리는 수형자(受刑者)였다. 그는 위의 지정
처분과 교도소 이송처분을 취소해달라든지, 적색 긴팔티와 반팔티 영치
품을 사용하도록 허가해달라든지, 교도서에서의 동태시찰 상황문서에
대한 정보공개를 해달라든지 하는 식의 신청을 하기도 했다. 청구인은
그가 국가를 상대로 제기한 손해배상 소송사건의 변론기일에 출석하기
위해 운동화를 착용할 수 있도록 요구했다. 그것이 허용되지 않으니까
교도소에서 지급하는 고무신을 착용하고 일반에게 공개된 재판에 출석
하여야 했다는 이유를 들어 기본권 제한에 관한 법률유보원칙 등 헌법
에 위반된다고 하면서 헌법소원심판을 청구했다.

‘헌재 2011. 2. 24. 선고 2009헌마209 결정’은 위의 심판청구를 기각
했는데, 그 이유를 살펴본다. 먼저 수형자의 법적 지위와 처우에 대해
“징역·금고 등 자유형을 선고받아 그 형이 확정된 자는 그 집행을 위하
여 교도소에 구금하여 사회로부터 격리하고 기술교육을 실시하여 건전
한 국민사상과 근로정신을 함양하도록 교정·교화시켜서 사회에 복귀시
킨다. 수형자는 형벌의 집행을 위하여 격리된 구금시설에서 강제적인
공동생활을 하게 되므로 헌법이 보장하는 신체활동의 자유 등 기본권이
제한되기 마련이다. 그러나 수형자라 하여 모든 기본권을 제한하는 것

은 허용되지 아니하며, 제한되는 기본권의 형의 집행과 도망의 방지라는 구금의 목적과 관련된 기본권(신체의 자유, 거주이전의 자유, 통신의 자유 등)에 한정되어야 하고, 그 역시 형벌의 집행을 위하여 필요한 한도를 벗어날 수 없다. 특히 수용시설 내의 질서 및 안전 유지를 위하여 행해지는 기본권의 제한은 수형자에게 구금과는 별도로 부가적으로 가해지는 고통으로서 다른 방법으로는 그 목적을 달성할 수 없는 경우에만 예외적으로 허용되어야 한다"고 전제하고, 운동화 착용 불허행위는 법령에 근거한 처분이라는 것, 민사재판에서의 법관이 당사자가 운동화가 아니라 고무신을 신었다는 이유로 불리한 심증을 갖거나 불공정한 재판진행을 하게 될 우려가 있다고 볼 수 없다는 것, 무죄추정의 원칙이 적용되는 미결수용자와 재판을 거쳐 형이 확정된 수형자는 구금되어 있다는 점에서만 유사점이 있을 뿐 본질적으로 동질적인 집단이라 할 수 없으므로 평등권침해가 문제되지 않는다는 것 등을 설명하고 청구인의 여러 가지 주장을 배척했다.

그리고 운동화 착용 불허행위는 〈헌법〉 제37조 제2항의 기본권제한에서의 과잉금지원칙에 위반되어 청구인의 인격권과 행복추구권을 침해했다는 주장에 대하여 아래와 같은 판단을 하고 이를 배척했다.

"행형의 목적을 달성하기 위하여 수형자에 대한 기본권의 제한이 불가피하더라도 이는 헌법 제37조 제2항에 따라 법률에 의하되, 그 본질적인 내용을 침해하거나, 목적의 정당성, 방법의 적정성, 피해의 최소성 및 법익의 균형성 등을 의미하는 과잉금지의 원칙에 위배되어서는 아니된다. 통상 수용자가 법정 출정시 고무신을 신고 나오는 것으로 일반에 인식되어 있는 실정에 비추어보면, 공개재판에 출석할 때 운동화 착용을 불허하고 교도소에서 지급한 고무신을 신도록 하여 소송관계자나 일반 대중에게 수형자라는 신분을 드러내도록 하는 것은 형이 확정되었다는 사실 여부와는 무관하게 일정한 정도 인격권과 행복추구권을 제한하는 것임은 부정하기 어렵다. 그러나 수형자가 법정에 출석하기까지 도주예방과 교정사고의 방지를 위해 교도관이 동행하는 것이 불가피한 탓에 어차피 수형자의 신분이 드러나게 되어 있으므로, 교도소에서 지급한 고무신을 신었다는 이유로 침해되는 인격권과 행복추구권은 제한적일 수밖에 없다. 또한 수형자가 재판에 참석하기 위하여 외출할 경우에는 시설 내에 수용되어 있을 때에 비하여 도망의 우려가 높아진다. 시설 내에 있을 때와는 달리 동행 교도관이나 교정설비의 한계로 인하여 구금기능이 취약해질 수밖에 없는 상황에서, 운동화는 달리기에 적합한 신발이므로 도주의 의지를 불러일으킬 수 있고, 도주를 용이하게 하며, 또 도주를 감행했을 시 체포도 상대적으로 어렵게 만들 수 있다. 이 사건 운동화 착용 불허행위는 시설 바깥으로의 외출이라는 기회를 이용한 도주를 예방하기 위해 계구를 사용하는 등의 엄한 제한을 가하는 것이 아니라 신발의 종류를 제한하는 것에 불과하여 법익침해의 최소성 및 균형성도 갖추었다 할 것이다(비교법적으로 보더라도, 독일과 일본의 행형에 관한 법령에 따르면 수용자가 외출할 때 개인 복장 착용을 허가할지 여부는 교도소장의 재량사항으로 규정되어 있으며, 미국에서는 연방규칙에 법정 출두 등 임시외출의 허가 여부가 교도소장의 재량사항으로 규정되어 있을 뿐 외출 시의 복장에 관한 규정은 따로 두고 있지 아니하나, 연방법원은 임시외출이라는 상황에서는 수용자의 헌법적 자유권이 제한된다고 판시한 바 있다)."

여기에는 두 재판관의 반대의견이 있는데, 미결수용자가 수사 또는 재판을 받기 위해서 구치소 밖으로 나올 때 재소자용 의류를 입도록 한 것은 헌법에 위반된다고 하는 앞 (3)에서 소개한 판례(97헌마5)를 인용하면서, 유죄가 확정된 수형자의 경우에도 인간으로서 존엄과 가치를 바탕으로 하는 인격권과 행복추구권에 대한 제한에서는 미결수용자의 경우와 달리 보아야 할 아무런 이유가 없다고 했다.

8. 주민등록증을 발급받을 때 지문을 날인하세요

갑·을·병은 17세가 되어 주민등록증 발급신청을 하라는 통지를 받고 동사무소에 갔으나, 담당공무원으로부터 열 손가락의 지문(指紋)을 날인하라는 말을 듣고는 이를 거부하고 돌아섰다. 이들은 〈주민등록법〉에서 정당한 이유 없이 주민등록증의 발급신청을 하지 아니하면 5만 원 이하의 과태료를 물게 된다(제17조의8 제3항 전단, 제21조의4 제3항 / 현행 제24조 제3항, 제40조 제2항. 과태료 10만 원 이하)는 사정은 물론 실제 주민등록증의 소지가 사회활동에 필수적이라는 점을 알지만, 지문날인에 대한 헌법판단을 한번 받아보겠다는 각오로 동사무소를 나온 것이다. 갑 등은 그 시행령 제33조 제2항(현행 제36조 제2항)에 따른 서식을 근거로 주민등록증 발급신청서에 열 손가락의 회전지문과 평면지문을 날인하도록 한 것과 이러한 지문정보를 경찰청장이 보관·전산화하여 범죄수사목적에 이용하는 것은 인간의 존엄과 가치, 행복추구권, 인격권, 신체의 자유, 사생활의 비밀과 자유, 개인정보자기결정권, 양심의 자유 등을 침해한다고 주장하면서 헌법소원심판을 청구했다.

헌법재판소는 2005년 5월 26일에 재판관 6대 3의 다수로 갑 등의 주장을 들어주지 않았다(99헌마513, 2004헌마190). 지문날인제도로 말미암아 정보주체가 현실적으로 입게 되는 불이익에 견주어 경찰청장이 보관·전산화하고 있는 지문정보를 범죄수사 활동, 대형 사건사고나 변사자가 발생한 경우의 신원확인, 타인의 인적 사항 도용 방지 등 각종 신원확인의 목적을 위해 이용함으로써 달성할 수 있게 되는 공익이 더 크다고 보

아야 한다는 이유에서였다. 반대의견은 경찰청장의 지문정보 수집·보
관 행위는 법률상의 직접적인 근거가 없어 헌법상 법률유보원칙에 어긋
난다는 취지였다.

　결정이유 가운데 지문정보의 내용과 특성에 관한 판단이 있어 그 일
부를 소개해본다. "지문은 손가락 끝마디 안쪽에 있는 피부의 무늬 또는
그것이 어떤 물건에 남긴 흔적을 말한다. 지문정보는 만인부동(萬人不
同), 종생불변(終生不變)의 특징을 지니고 있어 개인의 고유성, 동일성을
나타내는 중요한 정보이므로 가장 정확하고 효율적인 사람의 신원확인
수단의 하나로 사용되고 있는 바, 다음과 같은 특성을 가진다. 첫째, 지
문정보는 개인의 동일성을 확인할 수 있는 하나의 징표일 뿐 종교, 학력,
병력, 소속 정당, 직업 등과 같이 정보주체의 신상에 대한 인격적·신체
적·사회적·경제적 평가가 가능한 내용이 담겨 있지 아니하므로, 그 자
체로는 타인의 평가로부터 단절된 중립적인 정보라고 할 수 있다. 둘째,
지문정보는 누구나 손쉽게 정보주체를 확인할 수 있는 성명, 사진, 주민
등록번호 등과는 달리 일반인의 경우 지문정보의 내용을 가지고 정보주
체를 파악하는 것이 거의 불가능하고, 이에 대한 전문적인 감식능력이
있는 경우에만 그 정보주체의 확인이 가능하다. 셋째, 지문정보는 지문
을 직접 날인하는 방법에 의하여 생성되기 때문에 정보주체로부터 정보
수집자에게로 전달되는 과정에서 정보의 내용이 실제 내용과 다르게 왜
곡될 염려가 없는 객관적인 정보이다. 개인정보자기결정권은 정보주체
로 하여금 개인정보의 공개와 이용을 스스로 통제하도록 함으로써 타인
에게 형성될 정보주체의 사회적 인격상에 대한 결정권을 정보주체에게
유보시킨다는 의미를 갖고 있는 바, 지문정보는 위와 같은 특성으로 인
하여 그러한 결정권을 제약하는 요소로 작용할 여지가 매우 작다. 특히
주민등록증발급신청서에 날인되어 있는 지문정보는 정보주체가 지문날

인 시 지문정보의 수집 및 처리가 이루어지리라는 것을 쉽사리 예상할 수 있는 특징을 갖고 있다. 따라서 경찰청장이 지문정보를 보관하는 행위와 관련하여 요청되는 법률에 의한 규율의 밀도 내지 수권법률의 명확성의 정도는 그다지 강하다고 할 수 없을 것이다."

9. 서울말을 표준어로 삼는 데 대한 논쟁

서울이 아닌 지역의 언어를 쓰고 있는 초·중·고등학교에 재직 중인 공무원 등 123인이 표준어(標準語) 규정에 반발하여 제기한 헌법소원심판청구사건의 이야기를 해본다.

할 일도 없지, 이런 일을 헌법재판소에……, 솔직히 처음에 느낀 인상이다. 그런데 '헌재 2009. 5. 28. 선고2006헌마618 결정'은 일반 대중에게 별로 관심이 없는 서울말의 표준어 문제가 그 존재의 의미로부터 그를 둘러싼 여러 형태의 논의를 흥미롭게 보여주고 있다. 청구인들의주장은 이렇다. 첫째, 이 사건 〈표준어 규정〉(1988년 1월 9일 문교부고시 제88-2호)은 표준어를 "교양 있는 사람들이 두루 쓰는 현대 서울말"로 규정함으로써 서울이 아닌 지역의 언어를 쓰고 있는 청구인들에게 지역적으로 차별대우를 함과 아울러 상대적으로 교양 없는 사람으로 멸시하고 차별하는 결과를 가져오는바, 이는 〈헌법〉 제11조의 평등권, 제10조의 행복추구권, 제31조의 교육권을 침해한다. 둘째, 위 법률조항들에 의하면 오로지 서울말로만 공문서를 작성해야 하고, 서울말에 따라 편찬된 교과용 도서로 교육을 받아야 하는데, 지역어에 익숙한 청구인들로서는 공문서를 작성하거나 교육을 받음에 있어 의사표현의 수단에 제약을 받게 되는바, 이는 헌법상의 행복추구권과 평등권 및 교육권 내지 자녀를 교육시킬 언어를 선택할 권리를 침해한다. 셋째, 구〈국어기본법〉제4조 제1항, 제6조 제1항 등에 의하면, 국가 및 지방자치단체는 지역어의 보전 등을 포함한 국가의 발전을 위한 계획을 수립하고 이를 시행할 책무가 있으므로, 지역어의 보전과 발전을 위해 일상생활에서 지역어가 우선적으로 자유롭게 사용되고, 특히 초·중등 교육과정에서 이를 습득하고 활용할 수 있도록 교육하여야 할 것인데도 이를 이행하지 않고 있는바, 이는 행복추구권 및 교육권을 침해한다.

헌법재판소의 판단에 의하면, 위〈표준어 규정〉은 표준어의 개념을 정의하는 조항으로서 그 자체만으로는 아무런 법적효과를 갖고 있지 아니하여 청구인들의 자유나 권리를 금지·제한하거나 의무를 부과하는 등 청구인들의 법적지위에 영향을 미치지 아니하므로, 이로 인한 기본권 침해의 가능성이나 위험성을 인정하기 어렵고, 가사, 표준어의 지정으로 방언(方言)을 사용하는 사람에게 심리적인 제약효과가 발생한다 하더라도 이는 간접적·사실적인 제약이라 할 수 있을 뿐 법적 효과로서의 기본권 제한이라 보기 어렵다고 했다. 그리고 공공기관의 공문서를 〈표준어 규정〉에 맞추어 작성하도록 하는 법률규정에 대하여, 국민들은 공공기관이 작성하는 공문서에 사용되는 언어의 통일성에 대하여 일정한 신뢰를 가지고 있다 할 것이고, 이는 공문서에 사용되는 국어가 표준어로 통일되지 않는 경우 의사소통상 혼란을 가져올 수 있다는 점에서 필요불가결한 규율이며, 교과용 도서의 경우 각기 다른 지방의 교과서를 각기 다른 지역의 방언으로 제작할 경우 각 지역의 방언을 사용하는 학생들은 표준어를 체계적으로 배울 기회를 상실하게 되고, 국가 공동체 구성원의 원활한 의사소통에 적지 않은 영향을 미칠 것이라는 점에서 공익을 위해 필요불가결한 규율이라고 했다.

위헌 여부에 대한 판단내용을 보면, "표준어는 지역어(내지 방언)의 차이에서 오는 의사소통의 불편을 덜기 위해 전 국민이 공통적으로 사용하도록 정한 말로서, 하나의 언어를 국어로 사용하는 국가에서는 일반적으로 정치, 경제, 문화의 중심지의 언어인 중앙어를 표준어로 선정한다. 이러한 표준어는 일반적으로 ① 한 나라를 단일 언어사회로 묶어 국민 의식을 통일시키고(통일의 기능), ② 다른 언어 종족과 구별하여 종족의 독립성을 유지할 수 있도록 하며(독립의 기능), ③ 다양한 방언들 사이에 어떤 형태가 표준형인지, 또는 어떤 행태가 표준어에 가까운지를 판단하도록 하여 의사소통의 효율성을 높여주는 등(준거의 기능) 중요한 역할을 담당한다"고 표준어의 의의와 기능을 설명하고, "이 사건 법률조항들이 공문서의 작성과 이용, 공교육의 교과용 도서의 작성에 표준어 사용을 강제하고 있는 부분이 불가피한 규율이라 하더라도, 표준어의 범위까지 확정하고 있는 것이 과연 필요최소한의 제한에 해당되는 것인지에 관하여 의문이 있을 수 있다"고 하면서, 그 규율내용 가운데 특히 문제되는 '서울말'로 정함을 원칙으로 하고 있는 부분에 관하여 다음과 같이 설시했다.

"서울의 역사성, 문화적 선도성, 사용인구의 최다성 및 지리적 중앙성 등 다양한 요인에 비추어볼 때, 서울말을 표준어의 원칙으로 삼는 것이 필요한 최소한의 범위를 넘어 기본권을 침해하는 기준이라 하기 어렵고, 또한 서울말에도 다양한 형태가 존재하므로, 공문서와 공교육의 표준으로 교양 있는 사람들이 사용하는 말을 삼는 것은 일단 합리적인 기준이라 할 수 있으며, 다른 선진국의 경우에도 수도나 경제·문화 중심지의 교양 있는 사람들이 쓰는 언어를 표준어의 기반으로 삼는 것이 상례이기도 하다."

그런데 이 결정에는 경상도 출신 두 재판관의 반대의견이 있는바, 그 요지를 소개해본다.

(1) 우선, 서울 지역은 행정구역의 한 단위로서 정치·경제·문화의 지역 기준이 될 수 있을지언정, 언어의 표준 지역이라고 하기에는 지나치게 좁은 지역이다. 더욱이 서울은 1960년대 이후 지방민들이 대거 유입하여 거대도시가 되었으며, 또한 그 행정구역상의 경계도 과거의 원형을 찾을 수 없을 정도로 확장·변경되고 있는 형편이다. 이와 같은 상황에서 〈표준어 규정〉이 상정하는 서울말의 원형은 현실적으로 존재한다고 하기 어려울 정도가 되었다. 뿐만 아니라, 그동안의 표준어 정책을 통한 국어의 표준화와 교육의 질적·양적인 성장, 매스컴의 발달 등을 통하여 오늘날 전국적인 방언 차이는 국민적 의사소통에 별다른 어려움을 주지 않을 만큼 약화되었다. 이와 같은 우리나라 현재의 언어 환경에 비추어볼 때, 표준어의 지역적 기초가 되는 범위를 서울 지역에 한정하는 것이 과잉금지(過剩禁止)원칙의 기준에 합당한 합리적 기준이 될 것인지는 의문이다.

(2) 오늘날 우리가 표준어를 선정함에 있어 서울 지역 이외의 일체의 지역방언을 모두 배제하는 것이 과연 합리적이라고 할 수 있을 것인지도 의문이다. 서울 이외 지방의 각 지역어도 각 해당 지역주민들의 역사적·문화적·정서적인 창조물일 뿐만 아니라 누대에 걸쳐 전승된 우리 모두의 문화유산이다. 이와 같은 성격을 갖는 각 지역의 지역어는 해당 지역어 사용자들뿐만 아니라 우리 민족 전체의 정서와 감정표현에 가장 적합한 수단이기도 하다는 점과, 특히 오늘날과 같이 발달된 각종 미디어를 통해 국민 대부분이 지방방언에 의해서도 친근감을 느끼고 의사를 소통할 수 있음을 감안할 때 이들 지역어 모두를 표준어의 범위에서 배제해 해당 지역민에게 문화적 박탈감을 주는 것은 표준어 선정의 합리적 방법이라 할 수 없다. 그러므로 표준어의 범위를 설정하기 위하여 지

역적인 기준을 사용하는 경우에도 각 지역어를 조사·연구하여 각 지역 국민의 언어를 아우를 수 있는 방법을 찾아보아야지, 특정 지역어 외의 일체의 다른 지역어를 배척해서는 안 될 것이다.

(3) 문화국가를 지향하는 우리 헌법도 국가가 문화를 육성하는 기본을 개개 국민의 문화활동을 보장함으로써 국민 각자의 창의성이 발휘되도록 자율과 자유에 맡겨두어야지, 거기서 더 나아가 적극적으로 특정 문화모델을 만들어 유포하거나 수용하기를 강제해서는 안 된다. 따라서 국가가 국민의 문화활동에 개입하는 경우에도 최소한의 범위에 그쳐야지 적극적으로 문화의 발전을 국가의 공권력이 주도하려는 것은 바람직한 것이라고 하기 어렵다.

이런 기회에 우리 모두 "국가와 국민은 국어가 민족 제일의 문화유산이며 문화 창조의 원동력임을 깊이 인식하여 국어 발전에 적극적으로 힘씀으로써 민족문화의 정체성을 확립하고 국어를 잘 보전하여 후손에게 계승할 수 있도록 하여야 한다"는 〈국어기본법〉 제2조의 '기본 이념' 한 조항이라도 기억해주었으면 하는 생각이 든다. 이야기가 나온 김에, 표준어 설정에 관한 왈가왈부 이전에 당장 날로 황폐화하고 있는 우리말의 앞날이 걱정스럽다는 말을 꺼내고 싶다. 젊은이들 사이의 문자대화(文字對話)는 자기들끼리 통하는 괴이한 용어로 채워져 있고, 아이들끼리의 농담이나 장난 속에 들어가는 말이 대부분 쌍스러운 욕설로 난무하는데도 부끄러움이나 죄의식도 없다.《중앙일보》(2012. 10. 13.)는 '×나, ×발, ×창. 무심코 뱉는 청소년 욕설, 뜻 알려주니 충격받더라'라는 제목으로 아이들의 언어폭력(言語暴力)이 성폭력 못지않게 심각한 현상을 우려하는 내용을 보도했고,《조선일보》(2012. 9. 22.)는 '뽀개기, 알바, 헐… 정체불명 외래어(外來語)에 신음하는 국어'라는 표제로 우리 일상생활

깊숙이 들어와 있는 괴상한 축약어(縮約語)라든가 변형된 말들의 범람을 우려하는 기사를 내보낸 바 있다.

일반인들의 언어를 통제하기 위하여 〈방송법〉 제6조 제8항의 "방송은 표준말의 보급에 이바지하여야 하며 언어순화에 힘써야 한다"는 규정 같은 것을 만들 수도 없으니, 서울말 표준어가 아니라도 우리말 바로 하기 운동이나 우리글 바로쓰기 운동 같은 것을 전개할 날이 올지도 모르겠다.

10. 죽음의 품격을 둘러싼 법률판단

"품격을 갖춘 죽음의 모습이야말로 진정으로 승화된 인간의 최후의 모습이다"(이영희,《삶 죽음 의식》, 2007).

김태익 논설위원에 의하면, "영국 이코노미스트지 산하 연구소가 2년 전 OECD 30개국을 포함해 세계 40개국을 대상으로 각 나라 사람들의 '죽음의 질(Quality of Death)' 순위를 매겼다. 죽음에 대한 사회 인식, 임종과 관련된 법 제도, 임종환자의 통증과 증상을 관리하는 치료수준과 비용부담 등 27가지를 지표로 얼마나 품위 있게 죽음을 맞는가 비교한 것이다. 영국이 제일 높은 평가를 받았고 한국은 하위권인 33위였다"(《조선일보》, 2012. 9. 7.)고 하면서, 우리나라는 한 해 25만 명이 죽음을 맞고 거의 대부분 병원에서 생을 마감하는데 의사나 환자나 그 가족 모두 치료에만 관심이 있지 어떻게 죽음을 맞을 것인가에 대해 얘기하길 꺼린다고 했다. 그리고 의사들은 '나는 환자의 건강과 생명을 첫째로 생각한다'는 히포크라테스 선서에 충실하여 자기 지식과 기술을 총동원해 환자의 생명을 늘리는 걸 사명으로 여긴다면서, 목숨을 연장하기 위해 때론 환자 처지에선 고문(拷問)에 가까운 시술이 동원되기도 한다고 지적하면서 이렇게 연장된 생명이 얼마나 가치 있고 질 높은 것인가에 대한 논의는 많지 않다고 했다.

웰다잉(well-dying) 강의를 해온 최철주 칼럼니스트는 악성종양수술 이후 사태가 악화되어 여러 차례 응급실로 실려 다니다가 호스피스 병동에 입원하고 그로부터 숨을 거두기까지의 아름답고 애잔한 아내의 이야기를 이렇게 썼다(〈삶과 죽음 이야기 5〉,《동아일보》, 2012. 9. 18.).

"시간이 갈수록 아내는 못 견디게 집을 그리워했다. 전혀 내색하지 않았던 아내였다. 몸은 점점 말라 갔다. 아내에게 남아 있는 세월은 기껏해야 한 달이었다. 어느 날 원장수녀에게 아내를 퇴원시켜 집에서 간호하게 해 달라고 말했다. 서울 한 병원 의사의 왕진과 가정간호사의 도움으로 아내의 통증도 잘 조절되었다. 아내는 집에서 7개월을 더 지냈다. 아내의 모든 애장품은 눈을 감기 1주일 전에 이곳저곳에 기증되었다. 아내의 몸이 타들어 갈 때였다. 아내의 뜨거운 체온 때문에 주치의에게 전화하면 나에게 놀라지 말라고 당부했다. 스스로 연소하며 소멸하는 중이었다. 의사가 권장한 대로 나는 아내의 편안한 임종을 위해 앰뷸런스를 부르지 않았다. 아내가 좋아하는 시를 낭송해 주었다. 그러고도 3일이 지나갔다. 내가 우유를 사러 간 사이 도우미 아줌마의 숨찬 목소리가 휴대전화에서 울렸다. 급히 달려온 아들에게 손목을 맡긴 채 아내는 눈을 감았다. 모든 건 순식간에 벌어졌다. 숨을 거둔 아내를 병원 응급실로 옮기면서 그동안 치료해 준 의사의 소견서와 아내가 작성한 사전의료의향서(事前醫療意向書) 파일을 건넸다. 당직 여의사가 아내의 시신을 들여다본 후 옆 사무실에서 서류를 검토했다. '환자가 존엄사(尊嚴死) 선언을 하셨군요’라고 말하며 ‘병사(病死) 처리’하라고 전공의에게 지시했다. 만약 임종하기 직전에 아내를 응급실에 데려갔더라면 그의 영혼은 심폐소생술 등에 시달려 지금도 나를 끝없이 원망했을 것이다. 그날 밤 나는 아내 베개에 놓여 있던 손수건을 다 적셨다.”

1932년생인 김 할머니는 2008년 2월 18일 폐암 발병 여부를 확인하기 위하여 병원에서 기관지 내시경을 이용한 폐종양 조직검사를 받던 중 과다출혈 등으로 인하여 심정지가 발생했다. 병원의 주치의 등은 심장마사지 등을 시행하여 심박동 기능을 회복시키고 인공호흡기를 부착하였으나, 할머니는 저산소성뇌손상을 입고 중환자실로 이송되었다. 이때부터 할머니는 지속적 식물인간상태(Persistent Vegetative State)에 있으면서 중환자실에서 인공호흡기를 부착한 채 항생제투여·인공영양공급·수액공급 등의 치료를 받았다. 할머니의 자녀들은 병원 주치의 등에게 위와 같은 연명치료(延命治療)는 건강을 증진시키는 것이 아니라 생명의 징후만을 단순히 연장시키는 것에 불과하므로 의학적으로 의미가 없고, 할머니가 평소 무의미한 생명연장을 거부하고 자연스럽게 죽고 싶다고 밝혀왔다는 취지를 주장하면서 위 연명치료의 중단을 요청했다. 그러나 병원 주치의 등은 할머니의 의사를 확인할 수 없으며, 할머니가 사망에 임박한 상태가 아닌데도 연명치료를 중단하는 것은 의사의 생명보호의무에 반하고 형법상 살인죄 또는 살인방조죄로 처벌받을 수 있다는 취지로 반박하면서 위 요청을 거부했다. 환자와 그 가족들은 법원에 무의미한 연명치료장치의 제거를 구하는 소를 제기하는 한편, 헌법재판소에는 입법부작위(立法不作爲)의 위헌확인에 관한 헌법소원심판청구를 했다.

법원은 병원을 상대로 한 연명치료 중단의 원고 청구를 받아들였다.

대법원의 판결에 따라 2009년 6월 할머니의 인공호흡기가 제거되었고 그로부터 201일 만인 2010년 1월 사망했다. 이때부터 말기환자(末期患者)에 대한 무의미한 연명치료를 거절하는 사전의료의향서라는 서류를 미리 준비하는 '웰다잉' 운동이 시작되었고, 한편으로는 국가생명윤리심의위원회라는 대통령 직속 자문기구가 설치되어 연명치료 중단의 법제화(法制化) 필요성과 비용 등에 대한 국민여론 수렴 작업이 시작되고 있다.《중앙일보》(2012. 10. 13.)에 의하면, 의료계를 중심으로 '가족의 의사를 반영해 환자가 존엄한 죽음을 맞을 수 있도록 해야 한다'는 주장이 제기되고 있는가 하면, 종교계 등에서는 '죽음에 대한 결정권을 환자 본인이 아닌 다른 사람에게 맡길 수 없다'며 맞서고 있다고 한다.

우선 대법원(2009. 5. 21. 선고 2009다17417 판결)이 내린 최종판단을 보기로 한다.

먼저 의사의 진료의무(診療義務)에 대하여 "의료계약에 따라 의료인은 질병의 치료 등을 위하여 모든 의료지식과 의료기술을 동원하여 환자를 진찰하고 치료할 의무를 부담하며 이에 대하여 환자 측은 보수를 지급할 의무를 부담한다는 것, 질병의 진행과 환자 상태의 변화에 대응하여 이루어지는 가변적인 의료의 성질로 인하여, 계약 당시에는 진료의 내용 및 범위가 개괄적이고 추상적이지만, 이후 질병의 확인, 환자의 상태와 자연적 변화, 진료행위에 의한 생체반응 등에 따라 제공되는 진료의 내용이 구체화되므로, 의료인은 환자의 건강상태 등과 당시의 의료수준 그리고 자기의 지식경험에 따라 적절하다고 판단되는 진료방법을 선택할 수 있는 상당한 범위의 재량을 가진다는 것, 그렇지만 환자의 수술과 같이 신체를 침해하는 진료행위를 하는 경우에는 질병의 증상, 치료방법의 내용 및 필요성, 발생이 예상되는 위험 등에 관하여 당시의 의료수준에 비추어 상당하다고 생각되는 상황을 설명하여 당해 환자가 그 필요성이나 위험성을 충분히 비교해보고 그 진료행위를 받을 것인지의 여부를 선택하도록 함으로써 그 진료행위에 대한 동의를 받아야 한다는 것" 등을 전제한 다음, "환자의 동의는 헌법 제10조에서 규정한 개인의 인격권과 행북추구권에 의하여 보호되는 자기결정권을 보장하기 위한 것으로서, 환자가 생명과 신체의 기능을 어떻게 유지할 것인지에 대하여 스스로 결정하고 진료행위를 선택하게 되므로, 의료계약에 의하여 제공되는 진료의 내용은 의료인의 설명과 환자의 동의에 의하여 구체화된다고 할 수 있다"고 정의했다.

그리고 회복 불가능한 사망단계에 진입한 환자에 대한 진료 중단의 허용요건에 관하여 "환자가 회복불가능한 사망의 단계에 진입한 경우, 환자는 전적으로 기계적인 장치에 의존하여 연명하게 되고, 전혀 회복가능성이 없는 상태에서 결국 신체의 다른 기능까지 상실되어 기계적인 장치에 의하여서도 연명할 수 없는 상태에 이르기를 기다리고 있을 뿐이므로, 의학적인 의미에서는 치료의 목적을 상실한 신체 침해 행위가 계속적으로 이루어지는 것이라 할 수 있으며, 이는 죽음의 과정이 시작되는 것을 막는 것이 아니라 자연적으로는 이미 시작된 죽음의 과정에서의 종기를 인위적으로 연장시키는 것으로 볼 수 있다. 생명권이 가장 중요한 기본권이라고 하더라도 인간의 생명 역시 인간으로서의 존엄성이라는 인간 존재의 근원적인 가치에 부합하는 방식으로 보호되어야 할 것이다. 따라서 이미 의식의 회복가능성을 상실하여 더 이상 인격체로서의 활동을 기대할 수 없고 자연적으로는 이미 죽음의 과정이 시작되었다고 볼 수 있는 회복불가능한 사망의 단계에 이른 후에는, 의학적으로 무의미한 신체 침해 행위에 해당하는 연명치료를 환자에게 강요하는 것이 오히려 인간의 존엄과 가치를 해하게 되므로, 이와 같은 예외적인 상황에서 죽음을 맞이하려는 환자의 의사결정을 존중하여 환자의 인간으로서의 존엄과 가치 및 행복추구권을 보호하는 것이 사회상규에 부합되고 헌법정신에도 어긋나지 아니한다고 할 것이다. 그러므로 회복불가능한 사망의 단계에 이른 후에 환자가 인간으로서의 존엄과 가치 및 행복추구권에 기초하여 자기결정권을 행사하는 것으로 인정되는 경우에는 특별한 사정이 없는 한 연명치료의 중단이 허용될 수 있다"고 판단했다.

　나아가 사전의료지시(事前醫療指示)에 관해서는 상당히 엄격한 요건을 요구하면서, "환자가 회복불가능한 사망의 단계에 이르렀을 경우에 대비하여 미리 의료인에게 자신의 연명치료 거부 내지 중단에 관한 의사를 밝힌 경우에는 비록 진료 중단 시점에서 자기결정권을 행사한 것은 아니지만 사전의료지시를 한 후 환자의 의사가 바뀌었다고 볼 만한 특별한 사정이 없는 한 사전의료지시에 의하여 자기결정권을 행사한 것으로 인정할 수 있다. 다만, 이러한 사전의료지시는 진정한 자기결정권 행사로 볼 수 있을 정도의 요건을 갖추어야 한다. 따라서 의사결정능력이 있는 환자가 의료인으로부터 직접 충분한 의학적 정보를 제공받은 후 그 의학적 정보를 바탕으로 자신의 고유한 가치관에 따라 진지하게 구체적인 진료행위에 관한 의사를 결정하여야 하며, 이와 같은 의사결정 과정이 환자 자신이 직접 의료인을 상대방으로 하여 작성한 서면이나 의료인이 환자를 진료하는 과정에서 위와 같은 의사결정 내용을 기재한 진료기록 등에 의하여 진료 중단 시점에서 명확하게 입증될 수 있어야 비로소 사전의료지시로서의 효력을 인정할 수 있다. 환자 본인의 의사에 따라 작성된 문서라는 점이 인정된다고 하더라도, 의료인을 직접 상대방으로 하여 작성하거나 의료인이 참여한 가운데 작성된 것이 아니라면, 환자의 의사결정능력, 충분한 의학적 정보의 제공, 진지한 의사에 따른 의사표시 등의 요건을 갖추어 작성된 서면이라는 점이 문서 자체에 의하여 객관적으로 확인되지 않으므로 위 사전의료지시와 같은 구속력을 인정할 수 없고, 아래에서 보는 바와 같이 환자의 의사를 추정할 수 있는 객관적인 자료의 하나로 취급할 수 있을 뿐"이라고 판단했고, 환자의 사전의료지시가 없는 상태에서 회복 불가능한 사망의 단계에 진입한 경우에는 환자에게 의식의 회복 가능성이 없으므로 더 이상 환자 자신이 자기결정권을 행사해 진료행위의 내용 변경이나 중단을 요구하는 의사표시를 기대할 수 없지만, "환자의 평소 가치관이나 신념 등에 비추어 연명치료를 중단하는 것이 객관적으로 환자의 최선의 이익에 부합한다고 인정되어 환자에게 자기결정권을 행사할 수 있는 기회가 주어지더라도 연명치료의 중단을 선택하였을 것이라고 볼 수 있는 경우에는 그 연명치료 중단에 관한 환자의 의사를 추정할 수 있다고 인정하는 것이 합리적이고 사회상규에 부합된다. 이러한 환자의 의사 추정은 객관적으로 이루어져야 한다. 따라서 환자의 의사를 확인할 수 있는 객관적인 자료가 있는 경우에는 반드시 이를 참고하여야 하고, 환자가 평소 일상생활을 통하여 가족, 친구 등에 대하여 한 의사표현, 타인에 대한 치료를 보고 환자가 보인 반응, 환자의 종교, 평소의 생활 태도 등을 환자의 나이, 치료의 부작용, 환자가 고통을 겪을 가능성, 회복불가능한 사망의 단계에 이르기까지의 치료 과정, 질병의 정도, 현재의 환자 상태 등 객관적인 사정과 종합하여 환자가 현재의 신체상태에서 의학적으로 충분한 정보를 제공받는 경우 연명치료 중단을 선택하였을 것이라고 인정되는 경우라야 그 의사를 추정할 수 있을 것이다"라고 하고 같은 취지의 원심판결을 지지했다.

이 상고심 판결에는 연명치료 중단의 의사가 추정되는지 여부에 관한 대법관 2인의 반대의견, 연명치료 중단의 허용기준에 대한 대법관 2인의 반대의견, 연명치료 중단의 허용기준에 대한 대법관 2인의 보충의견, 그리고 연명치료 중단의 법적 판단절차에 대한 대법관 2인의 별개의견이 있어 삶과 죽음의 경계에서 파생되는 법적 판단의 무게를 더하고 있다.

다음으로 헌법재판소(2009. 11. 26. 선고 2008헌마385 결정)의 판단요지를 보기로 한다.

청구인들의 주장은 이렇다. "죽음에 임박한 환자에 대한 연명치료는 단순히 죽음의 과정을 연장시켜 생명의 의학적 징후만 계속되도록 하는 것에 불과하므로 무의미하다. 이러한 환자는 헌법상 보장된 기본권으로서 본인의 의사에 기초하여 무의미한 생명연장 치료를 중단하고 자연스럽게 죽음을 맞이할 권리가 있다. 그런데 자연사에 관한 입법, 즉 무의미한 연명치료의 중단에 관한 법률이 없기 때문에 의료현장에서 비가역적으로 죽음의 과정에 이른 환자에 대하여도 생명유지의무를 둘러싼 다툼이 발생하고 김 할머니와 같이 삶의 질이 거의 없는 식물인간 상태의 환자에게도 생명의 절대적 보호라는 명분 아래 모든 희생을 무릅쓰고 의학적으로 무의미한 치료가 계속되는 바람에 죽음의 과정만 연장되고 있다. 따라서 국가는 위와 같은 환자에 대한 무의미한 연명치료를 중단하고 자연스럽게 죽음을 맞이할 권리를 보호하기 위하여 자연사에 관한 법률을 마련할 구체적인 헌법상 의무가 있다 할 것이고, 국가가 이를 이행하지 아니한 것은 환자 본인은 물론 환자의 비참한 상황을 지켜봐야만 하는 환자의 가족들에게 경제적·정신적으로 큰 고통을 가하고 인간으로서의 존엄과 가치, 행복추구권, 평등권, 양심의 자유, 건강권, 재산권 등을 침해하여 헌법에 위반된다."

헌법재판소는 연명치료 중단에 관한 자기결정권의 인정 여부에 관하여 대강 다음과 같이 판시했다.

"죽음에 임박한 환자로서 연명치료에 의존하여 생명을 유지하고 있는 자 역시 법적으로 사망에 이르지 아니하여 생존한 사람임에는 틀림이 없다. 죽음에 임박한 환자에게 연명치료는 생명과 직결된 치료행위라 할 것이므로 이를 중단하는 것은 조금이라도 그의 사망 시기를 앞당겨 생명단축을 초래한다 할 것이다. 따라서 죽음에 임박한 환자의 연명치료 중단에 관한 자기결정은 생명단축과 관련된 결정이므로 이를 기본권으로 인정하는 것은 필연적으로 생명권 보호에 관한 헌법적 가치질서와 충돌하는 문제를 야기한다. 인간의 생명은 고귀하고, 이 세상에서 무엇과도 바꿀 수 없는 존엄한 인간 존재의 근원이며, 인간존엄성의 활력적 기초이다. 이러한 생명에 대한 권리는 비록 헌법에 명문의 규정이 없다 하더라도 인간의 생존본능과 존재목적에 바탕을 둔 선험적이고 자연법적인 권리로서 헌법에 규정된 모든 기본권의 전제로서 기능하는 기본권 중의 기본권이라 할 것이다. 그러므로 인간의 생명권은 최대한 존중되어야 하고, 국가는 국민의 생명을 최대한 보호할 의무가 있으며, 생명권의 주체라도 자신의 생명을 임의로 처분하는 것은 정당화 될 수 없다. 한편 헌법 제10조에서 규정하고 있는 인간의 존엄과 가치 및 행복을 추구할 권리는 생명권 못지않게 우리헌법상 최고의 가치를 이루고 있다 할 것이므로 죽음에 임박한 환자의 생명은 그의 인간으로서의 존엄과 가치 및 행복을 추구할 권리에 부합하는 방식으로 보호되어야 한다. 또한 죽음이란 삶을 살아가는 인간이 피할 수 없는 인간 실존의 한 영역이고 이러한 의미에서 죽음이란 삶의 마지막 과정에서 겪게 되는 삶의 또다른 형태라 할 것이므로 모든 인간은 죽음을 맞이하는 순간까지 인간으로서의 존엄과 가치를 유지할 권리를 보장받아야 한다. 그리하여 환자가 장차 죽음에 임박한 상태에 이를 경우에 대비하여 미리 의료인 등에게 연명치료 거부 또는 중단에 관한 의사를 밝히는 등의 방법으로 죽음에 임박한 상태에서 인간으로서의 존엄과 가치를 지키기 위하여 연명치료의 거부 또는 중단을 결정할 수 있고, 이러한 결정은 헌법상 기본권인 자기결정권의 한 내용으로서 보장된다.”

결론적으로, 자기결정권을 행사해 연명치료를 중단하고 자연스러운 죽음을 맞이하는 문제는 생명권 보호라는 헌법적 가치질서와 관련된 것으로, 법학과 의학만의 문제가 아니라 종교와 윤리 나아가 인간의 실존에 관한 철학적 문제까지도 연결되는 중대한 문제이다. 그러므로 충분한 사회적 합의가 필요한 사항이고, 따라서 이에 관한 입법은 사회적 논의가 성숙되고 공론화 과정을 거친 뒤 비로소 국회가 그 필요성을 인정하여 이를 추진할 사항이며, 또한 ‘연명치료 중단에 관한 자기결정권’을 보장하는 방법으로서 ‘법원의 재판을 통한 규범의 제시’와 ‘입법’ 가운데 어느 것이 바람직한가는 입법정책(立法政策)의 문제로서 국회의 재량에 속한다고 했다.

이러한 이유로 헌법해석상 ‘연명치료중단 등에 관한 법률’을 제정할 국가의 입법의무가 명백하다고 볼 수 없고, 따라서 입법부작위는 〈헌법재판소법〉 제68조 제1항 소정의 ‘공권력의 불행사’에 해당하지 않으므로, 이 사건 심판청구는 헌법소원대상 적격의 흠결로 부적법하다고 판단한 것이다.

한 재판관의 별개의견(別個意見)에는 이런 내용이 있다.

“이와 같이 회복불가능한 사망의 단계에 진입한 환자의 연명치료 중단에 관한 문제는 환자의 의사 뿐만 아니라 환자 가족의 경제적·정신적 부담을 해결하기 위한 의료보호제도와 사회보험제도 및 이 세상에서 무엇과도 바꿀 수 없는 존엄한 인간존재의 근원인 생명을 보호하기 위하여 연명치료 중단의 오·남용을 막을 수 있는 기준과 절차 등도 아울러 신중하게 고려하여 판단해야 할 사회적 합의의 대상이다. 즉 이는 헌법상 보장되어 있지도 않은 환자 자신의 생명에 대한 자기결정권을 절대적인 공준으로 삼아 해결할 문제가 아니라, 사회공동체 구성원들이 담론의 장을 마련하여 숙의하고 여기서 형성된 공감대를 바탕으로 국회가 입법을 통하여 해결해야 할 문제인 것이다. 삶이란 사람들 사이에서 머무름(inter homines esse)이고 죽음이란 사람들 사이에서 머무르기를 그만둠(desinere inter homines esse)이라는 로마인들의 말 속에는 삶 뿐만 아니라 죽음 역시 고독한 인간 실존의 한 영역이 아니라 다른 인간과 맺는 상호작용이기 때문에 죽음이 우리의 공동체가 함께 고민하고 성찰해야 할 이별의 순간임을 일깨워주는 시공을 초월한 인류의 위대한 지혜가 담겨 있다.”

제3장 위반자에 대한 응징도 가지가지

1. 형사벌

법령을 어긴 사람에게는 제재가 따른다. 바로 법의 집행이기 때문에 철저히 제재가 이루어지는 것이다. 위법행위에 여러 종류와 형태가 있듯이 그 제재방법도 다양하다. 제재의 수위도 위법행위의 성질과 정도에 따라 다른 것은 물론이다. 형벌(刑罰)에 관하여 '헌재 1999. 5. 27. 선고 96헌바16 결정'은 "어떤 행위를 범죄로 규정하고, 이에 대하여 어떠한 형벌을 과할 것인가 하는 문제는 원칙적으로 입법자가 우리의 역사와 문화, 입법당시의 시대적 상황과 국민일반의 가치관 내지 법감정, 범죄의 실태와 죄질 및 보호법익 그리고 범죄예방효과 등을 종합적으로 고려하여 결정하여야 할 국가의 입법정책에 관한 사항으로서 광범위한 입법재량 내지 형성의 자유가 인정되어야 할 분야"임을 밝히고 있다.

대부분의 법률은 벌칙의 규정을 두고 있다. 아니 벌칙이나 과태료의 규정을 담고 있지 않은 법률은 보기 드물다. '법률이 없으면 범죄도 없고 형벌도 없다'라는 말로 표현되는 죄형법정주의(罪刑法定主義)는 국민의 대표로 구성된 입법부에 의하여 제정된 정의로운 법률에 따르지 않고는 처벌되지 않는다는 원칙이다. 그런데 아무리 권력분립이나 법치주의가 민주정치의 원리라고 하더라도 사회적 기능이 증대하고 사회현상이 복잡해진 현대국가에서 국민의 권리·의무에 관한 사항이라고 하여 모두 법률만으로 정할 수는 없다. 때문에 예외적으로 행정부에서 제정된 명령(命令)에 위임하는 것을 허용하지 않을 수 없다. '헌재 1991. 7. 8. 선고 91헌가4 결정'은 이와 관련하여 "법률의 위임은 반드시 구체적이고 개별적으로 한정된 사항에 대하여 행해져야 한다. 그렇지 아니하고 일반적이고 포괄적인 위임을 한다면 이는 사실상 입법권을 백지위임하는 것이나 다름없어 의회입법의 원칙이나 법치주의를 부인하는 것이 되고 행정권의 부당한 자의와 기본권행사에 대한 무제한적 침해를 초래할 위험이 있기 때문"이라고 하고, 나아가 "위임입법에 관한 헌법 제75조는 처벌법규에도 적용되는 것이지만 법률에 의한 처벌법규의 위임은 헌법이 특히 인권을 최대한으로 보장하기 위하여 죄형법정주의와 적법절차를 규정하고 법률(형식적 의미)에 의한 처벌을 특별히 강조하고 있는 기본권보장 우위사상에 비추어 바람직스럽지 못한 일이므로, 그 요건과 범위가 보다 엄격하게 제한적으로 적용되어야 한다. 따라서 처벌법규의 위임은 특히 긴급한 필요가 있거나 미리 법률로써 자세히 정할 수 없는 부득이한 사정이 있는 경우에 한정되어야 하고, 이러한 경우일지라도 법률에서 범죄의 구성요건은 처벌대상인 행위가 어떠한 것일 것이라고 이를 예측할 수 있을 정도로 구체적으로 정하고 형벌의 종류 및 그 상한과 폭을 명백히 규정하여야 한다"고 했다.

법률의 위임에 따라 대통령령(大統領令)으로 벌칙을 규정한 예는 구 〈수산업법〉에서 찾아볼 수 있었다. 위 법 제53조 제1항은 어업단속·위생관리·유통질서 등을 위해 수산동식물의 포획·채취 등에 관한 제한 또는 금지 등 항목에 관하여 대통령령으로 정할 수 있도록 했고, 제2항은 위 대통령령에 필요한 벌칙을 둘 수 있다고 되어 있었으며, 제3항은 벌칙으로 500만 원 이하의 벌금·구류 또는 과료의 규정을 둘 수 있다고 했다. 그리고 이를 받아 〈수산자원보호령〉에는 각종 위반행위에 대한 벌칙규정을 두었다. 예를 들어, 대게는 6월 1일부터 10월 31일까지는 잡지 못하며 이를 위반하면 500만 원 이하의 벌금에 처하고, 21센티미터 이하의 어린 넙치도 포획하지 못하며 이를 어기면 300만 원 이하의 벌금에 처할 수 있게 했던 것이다.

'헌재 2010. 9. 30. 선고 2009헌바2 결정'은 위 법률조항에 대하여 헌법에 위반되지 않는다고 한 종전 판례를 변경하고, 6 대 3의 의견으로 위헌을 선언했다. 그 요지는 이렇다. 위 법률조항이 하위법령인 대통령령에 위임하고 있는 것은 일정한 제한이나 금지에 위반한 행위의 가벌성 및 처벌의 정도에 대한 판단인데, 이는 사회공동체의 가치관 또는 법감정을 고려하여 입법자가 정책적으로 결정하여야 할 문제로서 사회적 상황에 따라 수시로 급변하는 것이라고 할 수 없으며, 미리 법률로서 자세히 정하기 어려울 정도로 전문적이고 기술적인 사항이라고 볼 수도 없다. 또한 위 법률조항은 '대통령령으로 필요한 벌칙을 둘 수 있다'고 할 뿐 어떠한 사항들의 위반행위에 벌칙을 둘 수 있는지에 대해서는 아무런 기준도 제시하지 않고 있으며, 대통령령에 규정할 벌칙으로 '500만 원 이하의 벌금·구류 또는 과료'를 규정하고 있지만 대통령령에 따라 처벌될 수 있는 행위유형들도 죄질과 불법의 정도가 다양할 수 있고 그에 따라 처벌의 정도 또한 달라질 수 있다. 그런데 다양한 유형의 구성요건적 행위들에 대해 각각 어느 정도의 처벌이 가해질 것인지에 대해서는 아무런 기준을 제시하지 않고 있어, 어떠한 사항들을 위반하면 처벌받게 될 것인지 어느 정도로 처벌될 것인지를 예측할 수 없다. 따라서 이 사건 법률조항은 〈헌법〉 제11조 제1항의 죄형법정주의(罪刑法定主義) 원칙에 위배된다는 것이다.

지금의 〈수산업법〉과 〈수산자원관리법〉은 법에 위반한 어업의 방법으로 수산동식물을 포획·채취하거나 양식하는 것과 이런 제품을 소지·유통하거나 판매하는 것을 금하고, 이를 위반하면 3년 이하의 징역 또는 벌금 등으로 처벌하도록 하고 있다.

국가는 범죄자에 대하여 형벌을 과한다. 범죄에 대한 법률효과이지만 형벌은 범죄에 대하여 과하는 것이 아니라 범죄인에 대하여 과하는 제재이다. 형벌에는 사형·징역·금고·자격상실·자격정지·벌금·구류·과료·몰수의 아홉 종류가 있다(형법 제41조). 이를 형벌로 말미암아 박탈되는 법익의 종류에 따라 분류하면, 사형(死刑)은 생명형이고, 징역(懲役)·금고(禁錮)·구류(拘留)는 자유형이며, 자격상실(資格喪失)·자격정지(資格停止)는 명예형이고, 벌금(罰金)·과료(科料)·몰수(沒收)는 재산형이다.

사형은 생명을 박탈하는 내용의 가장 중한 형벌이므로 극형(極刑)이라고도 한다. 사형은 〈형법〉, 〈군형법〉, 〈국가보안법〉, 〈폭력행위 등 처벌에 관한 법률〉, 〈특정범죄가중처벌 등에 관한 법률〉, 〈마약류관리에 관한 법률〉, 〈성폭력범죄의 처벌 및 피해자보호 등에 관한 법률〉, 〈원자력법〉, 〈항공법〉, 〈항공안전 및 보안에 관한 법률〉, 〈한국조폐공사법〉, 〈장기 등 이식에 관한 법률〉, 〈화학무기의 금지를 위한 특정화학물질의 제조·수출입 규제 등에 관한 법률〉 같은 일부 범죄에 규정되어 있다. 징역은 수형자를 교도소에 구치하여 정역(定役)에 복무하게 하는 내용의 형벌인데, 종신형의 무기와 1월 이상 30년 이하의 유기 두 가지가 있다. 금고는 수형자를 정역에 복무하지 않도록 하는 점에서 징역과 구별된다. 그러나 〈형의 집행 및 수용자의 처우에 관한 법률〉 제67조는 금고와 구류형을 받은 경우에도 신청에 따라 작업을 과할 수 있도록 하고 있다. 구류는 1일 이상 30일 미만의 기간 동안 수형자를 교도소 안에 구치하는 내용의 자유형인데, 〈형법〉에서는 폭행죄(제260조)나 협박죄(제283조) 등 예외적인 경우에만 적용되며, 주로 〈경범죄처벌법〉 등에 규정되어 있다. 벌금은 5만 원 이상으로 상한에는 제한이 없다. 벌금은 판결확정일로부터 30일 이내에 납입해야 하며, 이를 납입하지 않을 경우에는 1일 이상 3년 이하의 기간 노역장에 유치하여 작업에 복무하도록 한다. 과료는 2,000원 이상 5만 원 미만으로 하며, 이를 납입하지 않을 경우에는 1일 이상 30일 미만의 기간 노역장에 유치해 작업에 복무하도록 한다.

〈형의 실효 등에 관한 법률〉은 형이 확정된 전과기록에 관하여 규정하고 있다. 자격정지 이상의 형이 선고되어 확정된 사람은 검찰청이나 군검찰부의 수형인명부(受刑人名簿)에 등재되고, 등록기준지 시·구·읍·면사무소에는 검찰로부터 송부받은 수형인명표(受刑人名票)가 비치된다. 그러나 형의 집행유예기간이 경과하든가 사면 또는 복권이 있으면 수형인명표는 폐기되고 수형인명부에는 해당란이 삭제된다. 경찰은 따로 수사자료표(搜査資料表)를 보존·관리하며, 범죄수사나 재판을 위해 또는 공무원 임용이나 서훈·표창 수여의 결격 사유 확인에 필요한 범죄경력조회 등을 하는 데 활용한다. 수사자료표는 피의자의 지문을 채취하고 그 인적사항과 죄명 등을 기재한 표나 전산입력된 표를 말하는데, 여기에 즉결심판 대상자는 제외된다.

형을 받은 사람도 어느 시기에 가서는 전과가 사라지게 되어 있다. 〈형법〉 제81조, 〈형사소송법〉 제337조는 징역 또는 금고의 집행을 끝낸 사람이 피해자의 손해를 보상하고 자격정지 이상의 형을 받음이 없이 7년을 경과한 때에는 법원에 대하여 그 재판의 실효(失效)를 신청할 수 있다고 규정했고, 〈형의 실효 등에 관한 법률〉 제7조는 수형인이 자격정지 이상의 형을 받음이 없이 형의 집행을 마친 날부터 10년(3년을 초과하는 징역이나 금고일 경우), 5년(3년 이하의 징역이나 금고일 경우), 2년(벌금일 경우)을 경과한 때 그 형은 실효된다고 규정했다. 다만, "형의 실효는 형의 선고에 의한 법적 효과를 장래에 향하여서만 소멸시키는 것에 불과하고, 그 형의 선고에 의하여 이미 상실한 어떤 권리를 소급적으로 회복시켜주는 것은 아니다"(대법원 1991. 5. 14. 선고 90누3720 판결).

몰수는 원칙적으로 다른 형에 부가하여 과하는 부가형이다. 몰수의 여부는 법관의 자유재량에 따르는 것이 원칙이지만, 뇌물(賂物)에 관한 죄에서 범인이 받은 뇌물은 필요적으로 몰수하도록 되어 있다(형법 제134조). 〈특정경제범죄가중처벌 등에 관한 법률〉 제4조와 제10조에서는 재산국외도피의 죄와 관련하여 범인이 국외에 도피시키거나 도피시키려고 한 재산은 필요적으로 몰수하고 몰수가 불능인 때는 그 가액을 납부하도록 하고 있다. 이는 징벌적 성격의 처분으로, 그 도피재산이 범인이 아닌 회사의 소유라거나 범인이 이를 점유하고 그로 말미암아 이득을 취한 바가 없다고 하더라도 범인에 대하여 그 가액 전부의 추징(追徵)을 명해야 한다는 것이 판례(대법원 2005. 4. 29. 선고 2002도7262 판결)이다.

이처럼 몰수의 대상인 물건을 몰수할 수 없을 때는 그 가액을 추징하는데, 뇌물로 받은 돈 혹은 자기앞수표를 소비하거나 예금한 뒤 나중에 같은 액의 돈을 증뢰자에게 반환했다고 하더라도 수뢰자로부터 몰수는 할 수 없고 그 가액을 추징해야 한다(대법원 1999. 1. 29. 선고 98도3584 판결). 추징이라는 말이 나오면 두 전직 대통령의 이름이 등장하는데, 그들은 2,205억 원과 2,629억 원의 추징금 선고를 받았으나 징수된 것은 24.1퍼센트와 80.3퍼센트에 그쳐 '배짱미납'이라는 비난을 받고 있다. 최근 검찰은 추징금 납부를 고의적으로 회피하는 사람에게 벌금처럼 노역장 유치가 가능하도록 형사소송법 등을 개정할 필요가 있음을 밝히기도 했다. 추징은 몰수의 취지를 관철하기 위한 부가형의 성질을 가지고 있어 (대법원 1979. 4. 10. 선고 78도3098 판결), 그러한 방향으로 개정이 가능하다면 추징금의 집행에 실효가 클 것이다.

자격상실이란 사형이나 무기징역 등 일정한 형의 선고가 있으면 그 형의 효력으로 당연히 일정한 자격이 상실되는 것을 말한다. 자격정지는 유기징역의 판결에 따라 그 형의 집행이 종료되기까지 공무원이 되는 자격이나 공법상의 선거권 등의 자격이 당연히 정지되는 경우와, 판결의 선고에 따라 일정한 자격의 전부 또는 일부를 1년 이상 15년 이하의 기간에 걸쳐 정지시키는 두 가지 경우가 있다.

2. 보안처분과 감치

〈헌법〉제12조 제1항은 누구든지 법률과 적법한 절차에 따르지 않고는 보안처분(保安處分)을 받지 않는다고 규정하여 보안처분에 대한 헌법적 근거를 마련하고 있다. 보안처분이란 "형벌로는 행위자의 사회복귀와 범죄의 예방이 불가능하거나 행위자의 특수한 위험성으로 인하여 형벌의 목적을 달성할 수 없는 경우에 형벌을 대체하거나 보완하기 위한 예방적 성질의 목적적 조치"(이재상,《형법총론》)이다. 여기에는 자유박탈의 보안처분과 자유제한의 보안처분이 있다.

〈보안관찰법〉에서는 형법의 내란·외환의 죄, 국가보안법 등의 정치범죄를 범한 자로서 그 형의 집행을 받고 해당 범죄를 다시 범할 위험성이 있다고 인정되는 경우에 재범의 방지를 위한 보안관찰처분(保安觀察處分)을 하도록 하고 있는데, 제19조에 의하면 검사 및 경찰은 피보안관찰자와 긴밀한 접촉을 가지고 항상 그 행동 및 환경 등을 관찰하며, 특히 필요한 경우 회합·통신의 금지, 출입금지, 특정 장소로 출석 요구 등의 조치를 취할 수 있다. 위의 보안처분은 행정기관에 따른 행정작용으로서 성질을 갖는 데 지나지 않는다.

보호관찰(保護觀察)은 범죄인의 재범방지와 사회복귀를 촉진하기 위해 교정시설에 수용되지 않고 자유상태에 있는 범죄인을 지도·감독하는 것을 내용으로 하는 보안처분이다. 〈보호관찰 등에 관한 법률〉 제3조는 보호관찰의 대상자를 보호관찰을 조건으로 형의 선고유예나 집행유예 또는 가석방된 자 등으로 규정하고, 따로 사회봉사 또는 수강(受講)을 해야 할 자(형법 제62조의2, 소년법 제32조 제3항)에 대해서도 규정하고 있다. 보호관찰 대상자는 주거·직업·생활계획 기타 사항을 관할 보호관찰소의 장에게 신고해야 하며, 보호관찰관의 지도·감독 및 방문에 순응하고, 범죄를 행할 우려가 있는 자들과 교제하거나 어울리지 말며, 나쁜 습관을 버리고 선행을 함으로써 건전한 사회인이 되도록 노력해야 한다(법 제29조, 제32조 등). 이러한 보안처분은 범죄행위를 요건으로 하지 않고 행정기관에 따라 행정처분의 형식으로 결정된다.

20세 미만의 소년(少年)에 대해서는 죄를 범한 경우 형사처벌의 절차에 관하여 성인(成人)과는 달리 특별한 취급을 하지만(소년법 제48조 이하), 형사처벌 대신 보호처분(保護處分)이라는 특별조치를 하여 교화하고 범죄적 위험성을 제거하고자 하고 있다. 보호처분에는 소년을 보호자에게 위탁하는 것, 소년보호시설에 감호를 위탁하거나 병원에 위탁하는 것도 있으나, 자유를 구속하는 소년원 송치라는 처분도 있다. 이 경우에도 소년원장은 보호소년이 22세에 달하거나 교화의 목적을 이루었다고 인정되면 퇴원시키거나 보호관찰심사위원회에 퇴원을 신청해야 한다(〈보호소년 등의 처우에 관한 법률〉 제43조). 그리고 소년법 제32조 제6항은 소년의 보호처분은 그 소년의 장래 신상에 어떠한 영향도 미치지 않는다고 규정하고 있다.

〈사회보호법〉의 보호처분은 상당한 요건을 갖춘 중죄인에게 부과하는 것이지만, 집행 실태의 면에서는 구금 위주의 형벌과 다름없는 것이었다. 제5조에 따르면, 동종 또는 유사한 범죄로 두 번 이상 금고 이상의 실형을 받고 형기 합계 3년 이상인 자가 형의 집행을 받은 뒤 다시 비슷한 죄를 범하거나 상습성이 있어 재범(再犯)의 위험성이 있다고 인정되는 때 보호감호(保護監護)에 처하도록 하고 있었다. 보호감호와 형이 병과된 경우 형을 집행한 뒤 7년 이내의 기간 동안 보호감호시설에 수용해 감호·교화하도록 하는데, 헌법재판소는 형벌과 보호감호를 서로 병과해 선고한다고 해서 〈헌법〉 제13조 제1항에 정한 이중처벌금지의 원칙에 위반되지는 않는다고 했으며(헌재 1989. 7. 14. 선고 88헌가5·8 등 결정) 또한 "형벌은 과거의 범죄에 대하여 책임주의를 기초로 한 응보적 성질의 처분이고 보안처분은 장래의 위험성에 대한 사회방위목적의 처분으로서 형벌 보충적 기능을 가지고 있으며, 형벌은 기간이 정해져 있음에 반하여 보호감호는 부정기적인 처분이므로, 형과 보호감호가 병과된 경우 형을 먼저 집행한 후에 보호감호를 집행하는 것은 형벌과 보호감호제도의 본질과 목적에 비추어 상당"(헌재 1996. 11. 28. 선고 95헌바20 결정)하다고 했다. 심신장애자 또는 마약을 섭취하는 습벽이 있는 자로서 금고 이상의 형에 해당하는 죄를 범하고 재범의 위험성이 있다고 인정되면 치료감호(治療監護)를 선고하고 치료감호시설에 수용하도록 했다.

그런데 위 법은 1980년 12월 18일 발효되어 시행되어오다가 2005년 8월 4일 그 폐지법안이 발효됨에 따라, 말썽 많던 청송보호감호소도 문을 연 지 22년 만에 역사 속으로 사라지게 되었다.

이 밖에 형사처벌은 아니지만 신체의 자유를 제약하는 제재가 있다. 〈법원조직법〉 제61조는 법정 안팎에서 법정의 질서유지를 위한 재판장의 명령에 따르지 않거나 폭언·소란 등의 행위로 법원의 심리를 방해하거나 재판의 위신을 현저하게 훼손한 자에 대하여 법원이 직권으로 20일 이내의 감치(監置) 또는 100만 원 이하의 과태료에 처할 수 있으며 아울러 이를 병과하는 결정을 할 수 있다고 규정했다. 감치에 처하는 재판을 받은 자는 경찰서 유치장이나 교도소 또는 구치소 등에 유치되므로(법정 등의 질서유지를 위한 재판에 관한 규칙), 장기가 짧을 뿐 구류의 형을 받은 것과 비슷하다. 감치의 처분은 가사관계의 소송 및 민사소송에도 적용된다. 혈족관계의 존부를 확정하기 위한 혈액형의 수검명령을 받은 자가 과태료의 제재를 받고도 불응한 때 30일의 범위 안에서 그 의무이행이 있을 때까지 감치에 처하는 것 등(가사소송법 제67조·제68조)과 증인에 대해 과태료의 재판을 받고도 정당한 사유 없이 다시 출석하지 않은 때 7일 이내의 감치에 처하는 것(민사소송법 제311조) 그리고 재산명시를 위한 기일에 정당한 사유 없이 출석하지 않거나 재산목록의 제출을 거부한 채무자를 20일 이내의 감치에 처하는 것(민사집행법 제68조) 등이 그것이다.

법정의 질서유지를 위한 감치제도는 형사처벌과 성격이 다른 민사적 제재수단이기는 하나 실제 처벌의 성격을 가지는 데 반해, 다른 감치제도는 그 의무 위반에 대한 처벌의 성격보다는 수검명령·증언·재산명시 등을 강제하는 수단의 성격을 가진 것이다. "감치의 집행 중에 수검명령에 응할 뜻을 표시한 때에는, 재판장은 지체 없이 그 위반자에 대하여 혈액채취 기타 검사에 필요한 조치를 취한 후 위반자가 유치되어 있는 감치시설의 장에게 위반자의 석방을 명하여야 한다"라는 〈가사소송규칙〉 제137조 제1항, "감치의 재판을 받은 증인이 감치의 집행 중에 증언을 한 때에는 법원은 바로 감치결정을 취소하고 그 증인을 석방하도록 명하여야 한다"는 〈민사소송법〉 제311조 제7항, "채무자가 감치의 집행 중에 재산명시명령을 이행하겠다고 신청하고, 명시기일에 출석하여 재산목록을 내고 선서하거나, 신청채권자에 대한 채무를 변제하고 이를 증명하는 서면을 낸 때에는 법원은 바로 감치명령을 취소하고 그 채무자를 석방하도록 명하여야 한다"라는 〈민사집행법〉 제68조 제5항·제6항의 규정 등으로 보아 그렇다.

3. 행정벌

행정벌(行政罰)은 행정법상의 의무 위반에 대한 제재로서 과하는 처벌이다. 행정법상의 의무를 이행하지 않거나 의무를 위반하는 사람에게 과하는 제재는 행정벌 외에 여러 가지 의무이행의 확보수단이 있다. 인·허가 등의 취소·정지(예컨대, 〈도로교통법〉 제93조의 운전면허의 취소·정지), 공급거부(예컨대, 〈건축법〉 제79조의 위법건축물에 대한 전기 등의 공급중지), 위반사실의 공표(예컨대, 〈자원의 절약과 재활용촉진에 관한 법률〉 제26조의 재활용지정사업자의 지침 위반), 출하금지(예컨대, 〈산림자원의 조성 및 관리에 관한 법률〉 제67조 제2항의 산림용종자 출하금지), 폐쇄조치(〈의료법〉 제64조의 의료기관의 폐쇄) 등이 그렇다.

행정벌은 보통 행정형벌과 행정질서벌로 나눈다. 행정형벌(行政刑罰)은 징역·벌금 등 형법에 형명(刑名)이 있는 벌칙이 과해지는 것이며, 행정벌은 대부분 이에 속한다. 이 경우에도 〈도로교통법〉 제151조의 "차의 운전자가 업무상 필요한 주의를 게을리 하거나 중대한 과실로 다른 사람의 건조물이나 그 밖의 재물을 손괴한 때에는 2년 이하의 금고나

500만 원 이하의 벌금의 형으로 벌한다"와 같은 명문이 없으면 고의 없는 행위를 처벌할 수 없다(대법원 1994. 5. 27. 선고 93도3377 판결). 행정형벌도 형사소송법이 규정한 절차에 따라 과하는 것이 원칙이나 경미한 위반자에 대한 처벌에는 통고처분(通告處分)이라는 예외적인 절차가 인정된다. 예를 들면, 〈경범죄처벌법〉의 10만 원 이하의 벌금이나 구류 또는 과료의 형으로 처벌하는 일부 위반행위나, 20만 원 이하의 벌금이나 구류 또는 과료에 처하는 위반행위(자동차의 운전자가 신호 위반 또는 속도 위반을 한 경우 등)와 같은 것은 범칙행위(犯則行爲)로서 경찰서장이 범칙자에게 범칙금납부를 통고하며, 범칙자가 그 통고서를 받고 10일 이내에 범칙금을 납부하면 그 범칙행위에 대해 다시 벌받지 않는 것으로 되어 있다(도로교통법 제164조). 만일 범칙금을 납부하지 않으면 경찰서장은 지체 없이 즉결심판(卽決審判)을 청구하는데, 판사에게 즉결심판의 처벌을 받고 그 심판이 확정되면 판결에 따른 처벌과 같은 효력이 있게 된다(즉결심판에 관한 절차법 제16조).

갑은 자신의 승용차로 약 16킬로미터 구간의 고속도로를 운전하면서 을의 승용차 약 10미터 앞에서 갑자기 을의 주행차선으로 진로를 바꾸어 을로 하여금 차량 속도를 급히 줄이게끔 만드는가 하면, 차선을 다시 바꾸어 을의 승용차 옆으로 갑의 승용차를 붙인 다음 팔을 내밀어 을의 차를 세우도록 종용했으나 을이 이에 응하지 않자 다시 을의 주행차선 앞쪽으로 갑자기 진로를 변경하여 운전하는 방법으로 위험한 물건인 승용차를 이용해 을을 협박(脅迫)했다는 죄로 재판에 회부되었다. 대전지방법원의 제1심과 항소심은 갑이 같은 일시, 장소에서 안전운전의무 불이행의 범칙행위를 했다는 이유로 범칙금 4만 원의 통고처분을 받고 이를 납부한 사실을 인정한 다음, 공소사실과 범죄의 내용이나 행위의 태양, 피해법익 및 죄질, 주의의무 위반의 내용 등에서 동일성(同一性)이 인정되는 하나의 행위라고 판단하고 〈형사소송법〉 제326조 제1호를 적용하여 면소(免訴)를 선고했다.

'대법원 2012. 6. 28. 선고 2011도10670 판결'은 통고처분을 받게 된 범칙행위와 공소사실인 협박행위는 일부 중복되는 면이 있으나, 양자 사이에는 행위의 내용과 태양에서 차이가 크고 그 피해법익이 다를 뿐만 아니라 죄질에도 현저한 차이가 있으므로, 위 범칙행위와 협박행위는 행위의 동일성이 인정되는 범위를 벗어난 별개의 행위라고 판단하고 파기 환송했다.

행정질서벌(行政秩序罰)은 형법에 없는 과태료(過怠料)가 과해지는 행정벌이다. 이는 행정상의 질서유지를 위한 금전벌이지만, 형벌이라고 할 수 없으므로 죄형법정주의의 규율 대상에 해당하지 않는다. "행정질서벌범과 행정형벌은 다같이 행정법령에 위반하는 데 대한 제재라는 점에서는 같다 하더라도 행정형벌은 그 행정법규 위반이 직접적으로 행정목적과 사회공익을 침해하는 경우에 과하여지는 것이므로, 행정형벌을 과하는 데 있어서 고의 과실을 필요로 할 것이냐의 여부의 점은 별문제로 하더라도 행정질서벌인 과태료는 직접적으로 행정목적이나 사회공익을 침해하는 데까지는 이르지 않고 다만 간접적으로 행정상의 질서에 장애를 줄 위험성이 있는 정도의 단순한 의무태만에 대한 제재로서 과하여지는 데 불과하므로 다른 특별한 규정이 없는 한 원칙적으로 고의 과실을 필요로 하지 아니한다고 해석하여야 할 것이다"(대법원 1969. 7. 29. 자 69마400 결정). 그리고 "어떤 행정법규 위반의 행위에 대하여 이를 단지 간접적으로 행정상의 질서에 장애를 줄 위험성이 있음에 불과한 경우로 보아 행정질서벌인 과태료를 과할 것인지 아니면 직접적으로 행정목적과 공익을 침해한 행위로 보아 행정형벌을 과할 것인지는 기본적으로 입법자가 제반사정을 고려하여 결정할 입법재량에 속하는 문제"(헌재 1998. 5. 28. 선고 96헌바83 결정)이다.

행정형벌 외에 행정질서벌을 따로 인정한 것은 다같이 행정범이라 불리더라도 반사회성(反社會性)의 점에서 차이가 있기 때문에 경미한 위반행위자를 범죄인으로 만들지 않기 위한 취지이다. 행정질서벌의 과태료에 대한 예로는 〈지방자치법〉 제27조에 의한 지방자치단체의 조례(條例) 위반행위에 대한 처분, 〈주민등록법〉 제40조에 의한 시장·군수의 처분, 〈건설산업기본법〉 제101조에 의한 국토해양부장관의 처분, 〈공연법〉 제43조에 의한 시장·군수의 처분, 〈상공회의소법〉 제57조에 의한 지식경제부장관의 처분, 〈산업재해보상보험법〉 제129조에 의한 고용노동부장관의 처분 등이 있다. 이들 각종 법률에는 위반자에 대한 행정형벌과 함께 일부는 과태료를 부과하도록 하는 규정을 두고 있다. 행정질서벌 아닌 과태료부과처분도 있다. 예컨대 민사상의 의무 위반에 대한 과태료로서 〈민법〉 제97조와 〈상법〉 제635조의 이사 등의 등기해태, 〈부동산등기 특별조치법〉 제11조의 등기해태, 〈가족관계의 등록 등에 관한 법률〉 제122조의 신고의무 위반에 대한 것 등이 있고, 소송법상의 의무 위반에 대해서는 〈민사소송법〉 제311조와 〈형사소송법〉 제151조에 출석하지 않은 증인과 관련한 것이 있다. 징계벌로서 과태료에 대해서는 〈공증인법〉 제83조 제3호, 〈변호사법〉 제90조 제4호, 〈법무사법〉 제48조 제2항 제3호 등에 그 규정이 있다.

과태료는 〈비송사건절차법〉 제247조 이하의 규정에 따라 법원의 이유를 붙인 결정으로 처리하는 절차가 일반적이고, 이 결정이 확정되면 검사의 명령에 따라 추심하게 된다(〈민사집행법〉 제60조). 그런데 이와는 달리 최근에는 처음부터 주무행정기관으로 하여금 직접 부과·징수하도록 하고, 위반자가 이의를 제기한 때 법원에 통고하여 〈비송사건절차법〉에 따라 과태료의 재판을 하도록 절차를 규정하는 법률이 많아졌다. 예를 들면, 도로점용허가를 받지 않고 물건을 도로에 일시 적치한 때(〈도로법〉 제101조) 또는 도시공원 안에서 동반한 애완동물의 배설물을 수거하지 않고 방치한 때(〈도시공원 및 녹지 등에 관한 법률〉 제49조 제1항 제4호, 제56조)는 시장·군수가 과태료를 부과·징수하도록 하고, 납부하지 않을 때는 지방세 체납처분의 예에 따라 강제징수를 하도록 되어 있는 것이다.

이 밖에 의무이행에 대한 확보수단으로서 금전부과의 예를 보면 다음과 같다. 부당이득세(不當利得稅)는 〈물가안정에 관한 법률〉 등에 따라 정부가 결정한 물품가격·임대료 등의 기준가격을 초과하여 거래함으로써 부당한 이익을 얻은 자에게 과하는 조세인데, 다른 조세처럼 국가의 수입을 목적으로 하는 것이 아니라 정부의 통제가격을 어겨 거래하지 않도록 강제하는 수단으로 마련된 것이다. 가산세(加算稅)는 과세권의 행사 및 조세채권의 실현을 용이하게 하기 위하여 납세자가 정당한 이유 없이 법에 규정된 신고·납세 등 각종 의무를 위반한 경우에 개별 세법이 정하는 바에 따라 부과되는 행정상의 제재이다. 가령 〈소득세법〉 제81조를 보면, "그 공급가액의 100분의 2에 해당하는 금액을 결정세액에 더한다"(제3항), 또는 "산출세액에 곱하여 계산한 금액의 100분의 20에 해당하는 금액을 결정세액에 더한다"(제8항)라고 규정하고 있다. 그리고 〈국세징수법〉 제21조는 국세를 납부기한까지 완납하지 않은 때에는 그 납부기한이 경과한 날로부터 체납된 국세에 대하여 100분의 3에 상당하는 가산금(加算金)을 징수한다고 규정하고 있는데, 이것이 가산금의 예이다.

4. 과징금

과징금(過徵金)이란 행정법상의 의무를 위반한 자에게 금전적 이익을 박탈하기 위해 그 이익액에 따라 과하는 일종의 금전적 행정제재금(行政制裁金)이다. 과징금을 과하면 위반행위로 인한 불법적인 경제적 이익을 박탈당하기 때문에 사업자에게 간접적인 의무이행을 강제하는 효과가 있게 된다. '헌재 2001. 5. 31. 선고 99헌바71 등 결정'에 따르면, "과징금제도는 대체로 행정법상의 의무 위반행위에 대하여 행정청이 의무 위반행위로 인한 불법적인 이익을 박탈하거나, 혹은 당해 법규상의 일정한 행정명령의 이행을 강제하기 위하여 의무자에게 부과·징수하는 금전이라고 그 개념 및 법적 성격을 개괄적으로 설명할 수 있을 것이다. 또한, 과징금은 형사처벌이나 행정벌과는 그 성격을 달리하는 것이기는 하나, 위반자에 대하여 금전지급채무를 부담시킨다는 측면에서 실질적으로는 제재로서의 성격을 가지고 있으므로, 그 부과요건에 관하여 법률상 명시적인 근거가 있어야 하는 것은 물론, 헌법상 과잉금지의 원칙과 관련하여 과징금을 부과하여야 할 합리적인 근거가 있어야 하고, 위반자의 의무 위반의 정도나 취득한 이익의 크기에 상응하여 과징금을 산정하며, 그 산정기준 및 부과절차 등도 적정하게 규정되어야 할 것"이라고 했다.

과징금제도는 〈독점규제 및 공정거래에 관한 법률〉에서 처음으로 도입했는데, 제17조 제1항을 보면 "공정거래위원회는 제9조(상호출자의 금지 등)를 위반하여 주식을 취득 또는 소유한 회사에 대하여 위반행위로 취득 또는 소유한 주식의 취득가액에 100분의 10을 곱한 금액을 초과하지 아니하는 범위 안에서 과징금을 부과할 수 있다"고 하고, 제2항은 "제10조의2(계열회사에 대한 채무보증의 금지) 제1항의 규정을 위반하여 채무보증을 한 회사에 대하여 당해 법 위반 채무보증액의 100분의 10을 곱한 금액을 초과하지 아니하는 범위 안에서 과징금을 부과할 수 있다"고 규정하고 있다. 이 밖에도 "매출액에 100분의 5를 곱한 금액"(제22조), "매출액에 100분의 2를 곱한 금액"(제24조의2), "5억 원의 범위 안에서"(제28조) 등과 같이 과징금에 대한 여러 규정을 두고 있다.

'헌재 2003. 7. 24. 선고 2001헌가25 결정'은 공정거래법의 규정, 즉 대기업 집단 내 계열회사들 사이의 부당지원행위에 대하여 과징금을 부과하되 부과 대상은 부당지원을 받은 기업이 아니라 부당지원을 베푼 기업으로 하고 과징금의 범위를 대상 기업 매출액의 2퍼센트로 한다는 규정이 헌법에 위반되는지 여부가 문제된 사건이다. 그 쟁점은, 과징금이 형벌과 함께 부과되고 있으므로 하나의 행위에 대한 중첩적 형사제재로서 이중처벌금지의 원칙에 위배되는지 여부와, 막대한 액수의 과징금 부과는 기업에 중대한 영향을 주기 때문에 그 부과절차가 헌법이 요구하는 적법절차의 원칙에 부합하는가 하는 것이었다. 위 결정은 5대 4로 재판관들이 아슬아슬하게 대립하는 가운데 위헌의 주장을 배척했다. 이 사건의 과징금은 부당내부거래 억지(抑止)라는 행정목적을 실현하기 위하여 그 위반행위에 제재를 가하는 행정상의 제재금이라는 기본적 성격에 부당이득환수적 요소도 부가되어 있는 것이므로, 이를 두고 〈헌법〉 제13조 제1항에서 금지하는 국가형벌권 행사로서 처벌에 해당한다고 할 수 없으며, 따라서 공정거래법에서 형사처벌과 아울러 과징금의 병과를 예정하고 있더라도 이중처벌금지의 원칙에 위반되지 않는다고 했다. 또한 지나치게 가혹한 제재라고 볼 수는 없다고 판단했다.

여기서 형벌적 제재와 비형벌적 제재의 병과에 대하여 실질적으로 이중처벌이 아닌가 하는 논의가 일어나는데, 법률에 따라서는 그 병과를 금지하는 수도 있다. 〈식품위생법〉 제102조는 과징금을 부과한 행위에 대해서는 과태료를 부과할 수 없다고 했다. 〈해운법〉제60조 제2항과 〈전기통신사업법〉제54조도 비슷한 규정을 두고 있는데, 어느 경우나 부당한 과잉제재로부터 국민을 보호할 수 있는 장치로 만든 것이다.

공정거래위원회의 과징금 부과는 앞에서 본 바와 같이 때때로 그 액수가 너무 커서 해당 사업자에게 엄청난 타격을 주기도 한다.《한국경제》(2012. 11. 14.)의 보도에 따르면, 공정거래위원회가 2012년 들어 10월까지 징수한 과징금이 사상 최대인 6,900억 원에 달한다고 한다. 정부의 국정운영 기조가 '비즈니스 프렌들리(기업 친화적)'에서 '공정사회'와 '동반성장'으로 전환한 2010년 이후 두드러지게 증가했다는 것이다. 과징금에 관련하여 이를 납부하지 않을 때는 국세청장에게 위탁해 국세체납처분의 예에 따라 징수하도록 하는데, 납부기한 다음날부터 납부한 날까지의 가산금까지 함께 징수하도록 하고 있어(〈독점규제 및 공정거래에 관한 법률〉제55조의6) 잘못 걸려들었다가는 그야말로 낭패가 아닐 수 없는 것이다.

원래 과징금이란 불법적인 경제적 이익을 박탈하는 행정제재금이었으나, 차츰 변형된 형태로 많은 법률에서 채택하기 시작했다. 다시 말해서, 경제법상의 의무 위반을 이유로 마땅히 인·허가를 취소·정지해야 할 사업임에도 그 사업의 이용자의 편의 등을 고려해 사업을 계속하게 하고 대신 그로부터 얻은 이익을 박탈하는 내용이다. 예컨대 〈대기환경보전법〉제37조를 보면, 의료기관이나 제조업의 배출시설, 공동주택의 냉난방시설 등을 설치·운영하는 사업자에 대하여 위반행위로 인한 조업정지를 명해야 할 경우, "그 조업정지가 주민의 생활, 대외적인 신용·고용·물가 등 국민경제 기타 공익에 현저한 지장을 초래할 우려가 있다고 인정"되면 조업정지처분에 갈음하여 2억 원 이하의 과징금을 부과할 수 있다고 되어 있다. 〈농수산물 유통 및 가격안정에 관한 법률〉제83조도 도매시장법인 등이 도매시장 개설의 승인조건을 위반하여 농림수산식품부장관 등이 업무정지를 명하고자 할 경우, "그 업무의 정지가 당해 업무의 이용자 등에게 심한 불편을 주거나 공익을 해칠 우려가 있을 때에는" 업무의 정지에 갈음하여 과징금을 부과할 수 있다고 되어 있으며, 이 밖에도 〈여객자동차운수사업법〉 제88조, 〈관광진흥법〉 제37조, 〈공중위생관리법〉 제11조의2, 〈약사법〉 제81조 등 많은 법률들이 비슷한 규정을 두고 있다.

5. 이행강제금

이행강제금(履行强制金)이란 행정법상의 의무 위반자에게 강제금을 부과하는 예고를 함으로써 심리적 압박을 가해 위반자 스스로 의무를 이행하도록 하는 행정상의 강제집행 수단이다. 이는 민사상의 간접강제(間接强制)를 규정한 〈민사집행법〉 제261조에 대응한다.

〈건축법〉 제80조에 의하면, 시장·군수·구청장 등 허가권자가 위반 건축물에 대한 시정명령을 내렸음에도 건축주 등이 시정기간 안에 그 명령을 이행하지 않은 때는 그 시정명령의 이행에 필요한 상당한 이행기간을 정하여 그 기한까지 시정명령을 이행하지 아니할 경우에는 이행강제금을 부과한다고 되어 있다. 그 액의 예를 보면, 위반건축물에 해당하는 경우 "지방세법에 따라 해당 건축물에 적용되는 1제곱미터의 시가표준액의 100분의 50에 해당하는 금액에 위반면적을 곱한 금액 이하"(제80조 제1항 제1호)라고 되어 있는데, 허가권자는 1년에 2회 이내의 범위 안에서 시정명령이 이행될 때까지 반복하여 이행강제금을 부과·징수할 수 있다. 만일 이의가 제기되면 법원에서 〈비송사건절차법〉에 따라 이행강제금의 재판을 받게 된다. '대법원 2002. 8. 16.자 2002마1022 결정'에 의하면, "이행강제금은 국민의 자유와 권리를 제한한다는 의미에서 행정상의 간접강제의 일종인 이른바 침익적 행정행위에 속하기는 하나, 위법건축물의 방치를 막고자 행정청이 시정조치를 명하였음에도 건축주 등이 이를 이행하지 아니한 경우에 행정명령의 실효성을 확보하기 위하여 시정명령 이행시까지 지속적으로 부과함으로써 건축물의 안전과 기능, 미관을 향상시켜 공공복리의 증진을 도모하기 위한 것이므로 그 목적의 정당성이 인정된다 할 것이고, 공무원들이 위법건축물임을 알지 못하여 공사도중에 시정명령이 내려지지 않아 위법건축물이 완공되었다 하더라도 공공복리의 증진이라는 목적의 달성을 위해서는 완공 후에라도 위법건축물임을 알게 된 이상 시정명령을 할 수 있다고 보아야 할 것"이라고 했다. 〈장사 등에 관한 법률〉 제43조에도 시장·군수·구청장은 묘지 등의 설치제한 규정(제17조) 또는 분묘의 점유면적 등에 관한 규정(제18조)에 위반해 묘지를 설치한 자가 묘지의 이전 또는 개수 명령을 받고 이를 이행하지 아니한 때에는 500만 원의 이행강제금을 부과한다고 되어 있다.

그런데 〈부동산 실권리자명의 등기에 관한 법률〉은 명의신탁약정(名義信託約定)을 무효로 하며, 이에 따라 행하여진 등기에 따른 물권변동도 인정하지 않는다. 그래서 제3조 제1항은 "누구든지 부동산에 관한 물권을 명의신탁약정에 따라 명의수탁자의 명의로 등기하여서는 아니 된다"고 규정하고, 이를 위반했을 때는 명의신탁자에 대해 이중·삼중의 제재를 과하게 되어 있다. 즉, 제5조 제1항 제1호, 제6조에 의하면, 당해 부동산가액의 100분의 30에 해당하는 금액의 범위 안에서 과징금을 부과하는데, 이와 같이 과징금을 부과받으면 지체 없이 당해 부동산에 관한 물권을 자신의 명의로 등기하여야 하며, 이를 위반한 때는 과징금 부과일부터 1년이 지난 때에 부동산평가액의 100분의 10에 해당하는 금액을, 다시 1년이 지난 때에 100분의 20에 해당하는 금액을 각각 이행강제금으로 부과하도록 되어 있다. 이것으로 그치지 않는다. 제7조 제1항 제1호는 위 명의신탁자에 대하여 5년 이하의 징역 또는 2억 원 이하의 벌금에 처하고, 명의수탁자나 교사자에 대해서도 3년 이하의 징역 또는 1억 원 이하의 벌금에 처한다고 되어 있다. 더욱이 위 법률의 과징금을 부과받은 자가 사망한 경우 그 채무는 상속인에게 포괄승계된다는 것이 판례(대법원 1999. 5. 14. 선고 99두35 판결)이다.

위 법률의 여러 규정에 대해서는 다수의 헌법소원심판이 청구되었다. 가령, 명의신탁약정을 무효로 하는 위 법률 제4조 제1항, 제2항 본문은 계약자유의 원칙을 내용으로 하는 〈헌법〉 제119조 제1항의 자본주의적 시장경제질서 원칙에 위배되고, 특히 소유사실의 은닉, 투기, 탈세나 기타 위법한 수단으로 행해지지 않은 명의신탁까지 일률적으로 무효로 하고 그 위반자에 대해 형사처벌과 과징금 및 이행강제금을 부과하는 것은 〈헌법〉 제23조 제1항의 재산권보장의 원칙과 〈헌법〉 제13조 제1항의 이중처벌금지의 원칙에 반하며, 굳이 명의신탁약정의 효력을 부인하려면 외국의 경우처럼 부동산등기에 공신력(公信力)을 부여하는 부동산등기실질심사제를 도입하는 것이 바람직하다는 주장이 제기되기도 했다. 그러나 '헌재 2001. 5. 31. 선고 99헌가18 등 결정'은 이중처벌금지의 원칙에 위반되는지 여부에 관한 판단에서, "형사처벌은 공소시효가 있어 부동산실명법의 실효성을 확보하는 데에 한계가 있는 데 비하여, 과징금은 시효가 적용되지 않으므로 명의신탁이 장기간 후 적발되는 경우 유일한 제재수단이 된다고 할 것이고, 또한 과징금은 명의신탁으로 인하여 발생하였을 이익을 박탈하고 실명등기의 이행을 강제한다는 점에서 국가의 형벌권행사인 처벌과는 다른 기능을 가지는 측면이 있으므로, 과징금이라는 제재 규정을 두는 것 자체는 입법목적을 달성하기 위하여 필요하고 적절하다고 보여진다"고 하고, 이어 이행강제금에 관하여 "실명등기의무 미이행자에 대하여 처벌이나 과징금 부과처분만 있고 달리 이를 강제할 방법이 없다면, 일단 위반행위로 인하여 처벌이나 부과처분을 받은 사람은 장래에 더 이상 의무를 이행하려 하지 않을 것이고, 이 경우 의무이행을 강제할 수단이 없게 되어 궁극적으로는 부동산실명법의 목적을 달성할 수 없게 된다는 것, 이행강제금은 기본적으로 과거의 사실에 대한 제재인 처벌 또는 과징금과 그 목적이나 기능면에서 차이가 있는 점 등에 비추어, 과징금 이외에 이행강제금을 부과할 수 있는 규정을 두었다 하더라도"과잉의 제재라고 하기는 어렵다고 설명했다.

6. 부담금

앞에서 본 것처럼, 행정법상의 의무 위반행위에 대하여 금전적인 제재를 가함으로써 그로 인한 불법적인 이익을 박탈하거나 혹은 법률상의 일정한 행정명령의 이행을 강제하는 수단으로 활용하는 것이 과징금이고 이행강제금이다. 그런데 이와 달리 행정법상의 의무 위반행위와는 관계없으면서 강제징수라는 면에서 조세의 성질에 유사한 부과금이 있다. 개개의 법률에 근거 조항을 두어 금전적인 채무를 안기는 부담금(負擔金) 등 여러 가지 명칭의 준조세(準租稅)가 그것인데, 징수 대상자가 특정 개인 또는 업체인 데다가 자칫 행정편의주의적인 방만한 운용이 우려되는 면도 있다.

〈부담금관리기본법〉 제2조는 부담금에 대하여 "중앙행정기관의 장,

지방자치단체의 장, 행정권한을 위탁받은 공공단체 또는 법인의 장 등 법률에 따라 금전적 부담의 부과권한을 부여받은 자가 분담금, 부과금, 기여금 그 밖의 명칭에도 불구하고 재화 또는 용역의 제공과 관계없이 특정 공익사업과 관련하여 법률에서 정하는 바에 따라 부과하는 조세 외의 금전지급의무"를 말한다고 했다. 그리고 100개가 넘는 부담금의 설치근거를 규정했다. 구체적으로 하나만 예를 들어본다.〈댐건설 및 주변지역지원 등에 관한 법률〉을 보면, 댐사용권설정예정자의 다목적댐의 건설비용부담금(제20조 제1항), 다목적댐의 건설에 따라 현저한 이익을 받는 자의 수익자부담금(제23조), 댐사용권자의 납부금(제33조), 댐사용권자의 관리비용부담금(제36조) 등에 대하여 국토해양부장관이 납부를 통고하고 이를 국세체납처분의 예에 따라 징수할 수 있는 것으로 하고 있다.

　이 밖에도 위의 〈부담금관리기본법〉에는 출연금(〈담배사업법〉 제25조의3), 이설부담금(〈농어촌도로 정비법〉 제21조의2), 보전부담금(〈개발제한구역의 지정 및 관리에 관한 특별조치법〉 제21조), 이용자분담금(〈관광진흥법〉 제64조), 원인자부담금(〈도로법〉 제76조, 〈하수도법〉 제61조), 개발부담금(〈개발이익환수에 관한 법률〉 제3조), 배출부과금(〈수질 및 수생태계 보전에 관한 법률〉 제41조), 소음부담금(〈공항소음 방지 및 소음대책지역 지원에 관한 법률〉 제17조), 예치금(〈산지관리법〉 제38조), 농지보전부담금(〈농지법〉 제38조), 기여금(〈한국국제교류재단법〉 제16조) 등 여러 가지 명칭의 금전지급의무가 규정되어 있다.

　《동아일보》는 2005년 6월 29일자에 다음과 같은 짤막한 기사를 실었다. "대표적인 준조세인 부담금의 규모가 지난해 처음으로 10조 원을 넘어섰다. 경제계는 정부가 2002년 부담금관리기본법을 시행하면서 각종 부담금을 정비하겠다고 공언했지만 부담금 등 준조세가 매년 크게 늘고 있어 기업과 가계에 부담을 주고 있다며 준조세를 낮춰야 한다고 주장하고 있다. 부담금이란 특정한 공익사업에 들어갈 재원을 마련하기 위해 정부나 지방자치단체가 이익을 얻는 사람이나 기업 또는 이해당사자에게 부과하는 준조세다. 기획예산처가 6. 28. 국무회의에 제출한 '2004년 부담금운용 종합보고서'에 따르면, 정부가 지난해 102가지 명목으로 거두어들인 부담금은 10조 415억 원으로 2003년의 9조 1,831억 원에 비해 9.3퍼센트 증가했다."

제4장 거짓말의 범죄

우리나라를 대표(?)하는 범죄 그것은 위증·무고·사기 세 가지라고 한다. 이것은 김승규(金昇圭) 전 법무부장관이 어느 조찬모임에서 한 말인데, 정확하고 의미 있는 지적으로 받아들여야 할 것이다. 인구비를 고려하지 않은 단순비교로도 2003년 우리나라의 위증은 일본의 16배, 무고는 39배, 사기는 26배나 많다고 한다. 이는 한마디로 우리나라 사람들이 거짓말을 잘한다는 것을 뜻한다. 위증·무고·사기의 공통분모는 '거짓말'이기 때문이다. 거짓말은 크고 작은 범죄와 밀착되는 성질을 가지고 있다. 우리 속담에도 '거짓말은 도둑의 시초'라는 말이 있듯이, 습관적으로 남을 속이는 사람은 언젠가는 사기행위도 거침없이 하게 되는 것이다.

김대중(金大中) 칼럼(《조선일보》, 2005. 7. 3.)은 "우리 사회의 '거짓말'은 그것이 범죄로 연결된다는 것을 인식하지 않는 데 그 심각성이 있다. '거짓말 좀 하면 어때'다. 또 우리의 '거짓말'은 일반 사람보다 권력층 지도층 인사들에게서 더 광범위하게 애용(?)된다는 데 커다란 문제가 있다. 오히려 살아남는 데 필요한 수단으로 여기는 풍조까지 있다. 근자에 우리 모두를 비참하게 만든 거짓말로는 '김대업 거짓말'이 있다. 법원이 그가 지난 대선 때 야당 대통령후보를 겨냥해 한 '고발'이 거짓이었다며 배상을 판결했을 때 그 '거짓'은 정권의 향배를 결정한 세기의 범죄였다. 야당이 사과를 요구하자 그는 먹는 사과를 보내 야당과 세상을 야유했다. 그래도 우리 사회는 그것을 웃어 넘겼다. 거짓에 관대하니까 거짓이 더욱 횡행하는 것이 아닐까?"라고 했다.

우리 법도 각종의 거짓에 대하여 범죄로 처벌하는 규정을 두고 있다. 대표적인 범죄가 〈형법〉 제347조의 사기죄(詐欺罪)이다. 사람을 기망하여 재물의 교부를 받는 사람은 10년 이하의 징역이나 2,000만 원 이하의 벌금에 처해진다. 그 이득액이 50억 원 이상일 때는 〈특정경제범죄 가중처벌 등에 관한 법률〉 제3조에 따라 무기 또는 5년 이상의 징역에 처하도록 되어 있다. 사기죄는 거짓말로 남을 속여 이득을 취하는 범죄인데, 여기에는 온갖 형태의, 온갖 수준의 거짓말이 작동한다. 세상에는 곳곳에 사기가 극성을 부리고 있어, 돈 잃고 속상해 하는 일을 경험하지 않은 사람이 드물 지경이다. 우리나라의 사기죄가 일본에 견주어 26배나 많다고 했는데, 피해자가 속을 끙끙 썩히면서도 고소를 포기해서 그렇지, 거짓말 잘하기로 소문난 우리나라 사람들을 생각하면 그 몇 배가 더 될지도 모른다.

사기죄에는 범죄의 구성요건을 겨우 충족하는 아주 가벼운 행위가 있는가 하면, 가난하고 순진한 사람만을 표적으로 삼는 얄미운 행위도 있고, 거꾸로 매우 큰 규모로 치밀하고 대담하게 기획해 큼직한 판을 노리는 대형사기도 있다. 내가 판사로서 형사단독재판을 처음 하게 되었을 때, 일정시대 판사를 지낸 선배 변호사님이 건네준 한마디 조언이 떠오른다. 사기죄·위증죄·간통죄는 실형으로 다스려야 한다, 초범(初犯)이라고 해서 용서해서는 안 된다는 것이었다. 그때 왜 그래야 하는지 어정쩡하게 넘어갔는데, 나 스스로도 어느새 그런 경향의 양형으로 판결을 하게 되는 것이었다. 위증이나 무고와 같은 범죄는 그리 흔하지 않지만, 사기의 피고인은 많았다. 사기죄는 '믿는 도끼에 발등 찍힌다'는 속담 그대로 신뢰관계의 파괴가 전제되어 피해자가 배신의 아픔과 좌절을 겪는 것이 앞의 다른 범죄와 차이가 있다.

사기죄의 성립은 상대방이 행위자와 관계없이 스스로 착오에 빠져 있을 것을 요건으로 하는 부작위(不作爲)에 따른 기망행위로도 가능하다. 은행원이 청구금액을 초과해 돈을 내어주는 것을 받는 행위, 상대방이 거스름돈을 잘못 내어주는 것을 받는 행위도 그런 예에 속한다고 하겠으나, 이러한 경우는 사기죄가 성립한다고 보기 어렵다. 상대방의 착오를 제거해야 할 법률상의 의무가 있어야만 하기 때문이다. 다만 그 고지의무는 "신의성실의 원칙 하에 이루어져야 할 거래상의 필요가 있는 경우"에도 인정된다(대법원 1980. 7. 8. 선고 79도2734 판결). 무전취식(無錢取食) 행위는 대금을 지급할 능력도 없고 지급할 생각도 없으면서 시치미를 떼고 음식점에서 음식을 주문해 먹으며 주인을 묵시적으로 속이는 사기행위이다. 살기 위해 우선 먹고 보는 한 사람의 행위라면 주인도 어처구니없어 하면서 용서하는 일이 많을 것이다. 〈경범죄처벌법〉 제1조 제51호는 무임승차행위와 함께 이런 경우 10만 원 이하의 벌금이나 구류 또는 과료의 형으로 벌한다고 되어 있다.

좀 묘한 것은 장사하는 사람들의 선전·광고행위이다. 장사꾼이 밑지고 판다거나 본전에 판다고 하는 것은, 노처녀가 시집가지 않겠다고 하고 노인이 빨리 죽고 싶다고 하는 것과 함께 삼대 거짓말이라는 말이 있다. 상인이 물건을 팔면서 그만큼 거짓말을 한다는 이야기이지만, 어느 정도의 과장은 애교이며 피해가 별로 생기지도 않는다. 가령 벌을 줄 정도라고 하더라도 〈경범죄처벌법〉 제11호에 나오는 것처럼, 여러 사람에게 물품을 팔면서 다른 사람을 속이거나 잘못 알게 할 만한 사실을 들어 광고한 데 해당할 것이다. 문제는 도가 지나친 선전이고, 고객을 속이려는 고의성이 내다보이는 경우이다. 판례(대법원 2004. 1. 15. 선고 2001도1429 판결)를 보면, "사기죄의 요건으로서의 기망은 널리 재산상의 거래행위에 있어서 서로 지켜야 할 신의와 성실의 의무를 저버리는 모든 적극적 및 소극적 행위로서 사람으로 하여금 착오를 일으키게 하는 것을 말하며, 사기죄의 본질은 기망에 의한 재물이나 재산상 이익의 취득에 있고 상대방에게 현실적으로 재산상 손해가 발생함을 그 요건으로 하지 아니한다. 그리고 일반적으로 상품의 선전, 광고에 있어 다소의 과장, 허위가 수반되는 것은 그것이 일반 상거래의 관행과 신의칙에 비추어 시인될 수 있는 한 기망성이 결여된다 할 것이나, 거래에 있어서 중요한 사항에 관하여 구체적 사실을 거래상의 신의성실의 의무에 비추어 비난받을 정도의 방법으로 허위로 고지한 경우에는 과장, 허위광고의 한계를 넘어 사기죄의 기망행위에 해당한다"고 했다. 위 사건은, 갑이 관광여행사로 하여금 노인들을 무료로 온천관광을 시켜주겠다고 모집해 농원에 오도록 하고, 을과 병이 강의실에서 의약에 관한 전문지식이 없으면서 전문가나 의사인 양 행세하며 농원이 오리·하명·누에·동충하초·녹용 등 여러 가지 재료를 혼합해 제조·가공한 '녹동달오리골드'라는 제품이 당뇨병·관절염·신경통 등 성인병 치료에 특별한 효능이 있는 좋은 약이라고 허위의 강의식 선전·광고행위를 하여 노인들로 하여금 고가에 구입하도록 한 것에 대해 사기죄의 기망행위를 구성한다고 한 내용이다.

무고죄(誣告罪)는 남을 형사처벌 또는 징계처분을 받도록 하기 위해 허위의 사실을 신고하는 범죄(형법 제156조)이고, 위증죄(僞證罪)는 선서

한 증인이 허위의 진술을 하는 범죄(형법 제152조)이다. 어느 것이나 거짓말의 범죄인데, 위증은 증인으로 법정에 나와 "양심에 따라 숨김과 보탬이 없이 사실 그대로 말하고 만일 거짓말이 있으면 위증의 벌을 받기로 맹세합니다"라고 선서를 하고 허위의 진술을 하는 것이다. 그래놓고 법관 앞에서 태연히 거짓말을 하는 장면을 상상해보라. 위증으로 말미암아 상대방으로부터 고소를 당하거나 관여검사에 따른 소추가 있을지도 모르는데, 그 강심장이 보통 아니다.

　민사재판에서 증인선서는 〈민사소송법〉 제321조에, 형사사건에서 증인선서는 〈형사소송법〉 제157조에 각각 규정되어 있고, 허위감정에 대해서는 〈민사소송법〉 제338조와 〈형사소송법〉 제170조에 규정되어 있다. 그런데 선서의 내용이 좀 그렇다. 사실 그대로 말하고 거짓말을 하지 않겠다고 하면 그만이지, 더하여 벌을 받겠다고까지 맹세해야 할 이유가 없지 않나 싶은 것이다. 위증이라면 벌을 주면 그만이고, 처벌을 맹세하든 안 하든 본인이 벌을 피할 길은 없는 것이다. 채무자의 재산 명시기일의 선서(〈민사집행법〉 제65조 제2항)와 해양사고 심판의 선서(〈해양사고의 조사 및 심판에 관한 법률〉 제49조, 동시행령 제47조)도 마찬가지로 처벌받겠다는 것을 내용으로 하고 있다. 그리고 일반의 위증죄는 5년 이하의 징역이나 1,000만 원 이하의 벌금에 처하는 것으로 되어 있으나, 국정감사(國政監査)에서 증인으로 선서해 허위진술을 하면 〈국회에서의 증인·감정 등에 관한 법률〉 제14조에 따라 1년 이상 10년 이하의 징역이라는 무거운 벌을 받는다.

　〈형법〉에는 이 밖에 거짓과 속임수로 이루어지는 여러 종류의 범죄를 규정하고 있다. 대강 조문의 순서대로 열거해본다. 제118조의 공무원자격사칭죄는 공무원의 자격을 가진 것처럼 잘못 믿게 하고 직권을 행사하는 범죄이다. 직권행사가 없이 단순한 사칭은 〈경범죄처벌법〉 제 1항 제8호에 해당할 뿐이다. 제137조의 위계(僞計)에 따른 공무집행방해죄는 공무원의 부지 또는 착오를 이용하여 공무원의 직무집행을 방해하는 행위이다. 공무원시험장소에서 답안지의 해답을 쪽지에 적어 응시자에게 전달한 행위(대법원 1967. 5. 23. 선고 67도650 판결), 자동차운전면허시험에 대리로 응시한 행위(대법원 1986. 9. 9. 선고 86도1245 판결), 변호사가 접견을 핑계로 수용자를 위해 휴대전화를 구치소 내로 몰래 반입하여 이용하게 한 행위(대법원 2005. 8. 25. 선고 2005도1731 판결) 등이 이에 해당한다. 통화(通貨)·유가증권·우표·문서 등을 위조하거나 변조해 진정한 것처럼 써먹는 죄(제207조·제214조·제218조·제225조·제231조), 공무원에 대하여 허위신고를 하여 호적부·부동산등기부·자동차면허증·여권·전자기록 등에 진실에 반하는 사실을 기재토록 하는 죄(제228조), 의사나 한의사가 허위로 진단서를 작성하는 죄(제233조) 등도 비슷한 유형에 들어간다. 수표(手票)를 위조하는 범죄는 〈부정수표단속법〉이라는 특별법에 따라 1년 이상의 징역으로 처벌된다. 가설인의 명의로 수표를 발행하거나 금융기관으로부터 거래정지처분을 받은 뒤에 수표를 발행하는 행위, 수표금액의 지급을 면할 목적으로 금융기관에 허위신고를 하는 행위도 같은 법에 따라 처벌된다.

다음 제253조는 위계로써 촉탁 또는 승낙을 받아 사람을 살해하거나 자살을 결의하게 하는 범죄를 규정하고 있다. 정사(情死)의 의사가 없음에도 함께 죽을 것처럼 가장하여 상대방을 자살하게 하는 경우가 이에 해당한다. 위계란 상대방을 기망하여 착오에 빠뜨리는 것을 말하는데, 제302조는 미성년자를 위계로써 간음 또는 추행한 자에 대하여, 제304조는 혼인을 빙자하거나 기타 위계로써 음행의 상습 없는 부녀를 기망하여 간음하는 행위에 대하여, 제313조와 제314조는 허위의 사실을 유포하거나 기타 위계로써 사람의 신용(信用)을 훼손하거나 업무를 방해하는 행위에 대하여, 제315조는 위계로써 경매의 공정을 해친 행위에 대하여 규정하고 있다. 제327조는 강제집행을 면할 목적으로 재산을 허위로 양도하거나 허위의 채무를 부담해 채권자를 해친 행위에 대하여 규정하고 있다. 제307조 제2항은 공연히 허위의 사실을 적시하여 사람의 명예를 훼손한 행위에 대하여 5년 이하의 징역 등으로 처벌하되 피해자의 명시한 의사에 반하여 처벌하지 않도록 했다. 특별법인 〈정보통신망 이용촉진 및 정보보호 등에 관한 법률〉 제70조 제2항은 사람을 비방할 목적으로 정보통신망을 통하여 공공연하게 거짓의 사실을 드러내어 다른 사람의 명예를 훼손한 행위에 대하여 7년 이하의 징역 등으로 처벌한다고 되어 있다.

민사법 분야에서도 사기행위는 용납되지 않는다. 〈민법〉 제108조 제1항은 "상대방과 통정(通情)한 허위의 의사표시는 무효로 한다"고 하고, 제110조 제1항은 "사기에 의한 의사표시는 취소할 수 있다"고 규정했다. 사기행위를 이유로 불법행위책임(제750조)을 물을 수가 있음은 물론이고, 이때는 고의성이 인정되기 때문에 형사책임도 함께 지게 된다. 신분법 분야에서도 사기로 인한 혼인의 의사표시는 취소청구가 가능하며(제816조 제3호), 상속에 관한 피상속인의 유언(遺言)에 대하여 사기행위가 개입된 때는 상속인으로서 결격사유가 되도록 했다(제1004조). 금전채권의 강제집행을 할 수 있는 채권자가 채무자의 재산을 쉽게 찾을 수 없어 재산명시(財産明示)를 요구하고, 법원의 명에 따라 채무자가 재산목록을 제출하면서 그것이 진실하며 숨기거나 거짓 작성한 것이 없다는 것을 선서했음에도 거짓 재산목록을 낸 때는 3년 이하의 징역 또는 500만 원 이하의 벌금으로 처벌받게 된다(민사집행법 제68조 제9항).

이번에는 특별법 분야로 들어가본다. 선거에서 거짓말이 나돌아 공명선거(公明選擧)를 해칠 가능성이 많으므로 〈공직선거법〉은 이를 엄격히 제재하고 있다. 제237조 제1항 제2호는 집회·연설 또는 교통을 방해하거나 위계·사술 기타 부정한 방법으로 선거의 자유를 방해한 자에 대하여 10년 이하의 징역에 처할 수 있도록 규정했고, 제247조 제1항은 사위의 방법으로 선거인명부에 오르게 한 자와 거짓으로 부재자신고를 한 자를, 제248조 제1항은 성명을 사칭하거나 신분증명서를 위조·변조하여 사용하거나 기타 사위의 방법으로 투표한 자를 처벌하는 규정을 두었다. 그리고 제250조는 당선되게 할 목적으로 연설 방송 등으로 후보자에게 유리하도록 후보자나 그 가족의 신분·직업 등에 관하여 허위 사실을 공표한 경우와 당선되지 못하게 할 목적으로 위의 행위를 한 경우의 처벌에 대하여 규정했다. 〈조세범처벌법〉 제3조는 사기 기타 부정한 행위로써 조세(租稅)를 포탈하는 행위에 대하여 2년 이하의 징역 또는 포탈세액의 2배 이하에 상당하는 벌금을 물리도록 하고 있다. 〈독점규제 및 공정거래에 관한 법률〉 제69조의2는 사업자의 허위 공시, 허위 자료 제출, 허위 보고 등을 처벌하는 규정을 두고 있다. 〈주민등록법〉 제37조는 주민등록(住民登錄)에 관하여 허위 사실을 신고한 자, 허위의 주민등록번호를 생성하여 사용한 자, 허위나 그 밖의 부정한 방법으로 다른 사람의 주민등록표를 열람한 행위에 대하여 3년 이하의 징역에 처할 수 있다고 했고, 〈여권법〉 제24조도 여권(旅券)을 발급받기 위하여 제출한 서류에 허위 사실을 기재한 때 같은 형으로 처벌한다고 되어 있다.

〈방문판매 등에 관한 법률〉 제11조 제1항 제2호와 제61조 제1항 제1호는 방문판매자·전화권유판매자는 허위 또는 과장된 사실을 알리거나 기만적 방법을 사용하여 소비자를 유인 또는 거래하거나 청약철회 또는 계약의 해지 등을 방해하면 2년 이하의 징역 또는 5,000만 원 이하의 벌금에 처한다고 했다. 〈특허법〉 제229조, 〈상표법〉 제96조, 〈디자인보호법〉 제85조 등은 "사위 기타 부정한 방법으로" 등록을 받은 사람을 처벌하도록 했고, 〈위치정보의 보호 및 이용 등에 관한 법률〉 제39조 제1호는 위치정보사업을 하기 위하여 정보통신부장관의 허가를 받으면서 "속임수 그 밖의 부정한 방법"을 썼을 때 5년 이하의 징역 또는 5,000만 원 이하의 벌금으로 처벌하는 것을 규정했으며, 〈통신비밀보호법〉 제10조의5는 불법감청설비탐지업을 등록할 때 "거짓 그 밖의 부정한 방법"으로 했을 경우 그 등록을 취소한다고 규정했다.

거짓말을 경계하는 법률이 이렇게 많은 것을 보면 세상이 얼마나 거짓말·속임수로 가득 차 있는가를 짐작하게 된다. 법전(法典)을 넘기다 보면 벌칙을 규정한 법률조항에 "거짓 그 밖에 부정한 방법으로"(〈국민건강보험법〉 제94조 제1항, 〈여신전문금융업법〉 제70조 제1항, 〈임대주택법〉 제41조 제3항), "허위 기타 부정한 방법으로"(〈낚시어선업법〉 제20조 제1항 제1호), 또는 "속임수 그 밖의 부정한 방법으로"(〈자연공원법〉 제83조 제3호, 〈부동산투자회사법〉 제50조 제2호) 이런저런 행위를 한 자는 징역 얼마 벌금 얼마에 처한다고 한 예가 수없이 등장한다. 물론 이와 같은 조항이 적용되어 처벌받은 사람이 얼마나 되느냐 하는 것이 문제이지만, 거짓이나 속임수를 규정한 법률이 많다는 사실 자체가 정직한 사회와 거리가 멀다는 것을 암시하는 것이 아니고 무엇이겠는가.

생활이 어려운 국민을 지원하는 법률은 대개 거짓말로 이득을 취한 사람을 처벌하는 규정을 두고 있다. 〈고용보험법〉은 근로자가 실업한 경우에 생활에 필요한 급여(給與)를 실시하도록 한 법률인데, 제116조 제2항은 허위 기타 부정한 방법으로 실업급여·육아휴직급여 및 출산전후휴가급여를 받은 사람을 처벌하도록 하고 있다. 〈의료급여법〉은 생활이 어려운 사람에게 의료급여를 실시하도록 하고 있는데, 제35조 제1항 제2호에는 속임수 그 밖의 부정한 방법으로 의료급여를 받은 사람을 처벌한다는 내용이 있다. 〈국민기초생활보장법〉은 생활이 어려운 사람에게 필요한 급여를 행함으로써 이들의 최저생활을 보장하고 자활을 조성하는 것을 목적으로 제정한 법률인데, "부양의무자가 없거나 부양능력이 없거나 부양을 받을 수 없는 자로서 소득인정액이 최저생계비 이하인 자"(제5조 제1항)라는 수급권자 자격을 속여 "사위 기타 부정한 방법에 의하여 급여를 받거나" 했을 때는 처벌하도록 하고 있다(제49조). 〈북한이탈주민의 보호 및 정착지원에 관한 법률〉도 북한을 탈출한 주민에 대해 취업보호, 정착금지급, 공무원 특별임용, 주거지원 등을 하도록 하고 있는데, 앞의 법률과 같이 사위 등으로 보호 및 지원을 받은 사람을 처벌하도록 하고 있다(제33조 제1항).

거짓 그 밖의 부정한 방법으로 보상이나 지원을 받았을 때의 처벌규정은 또 있다. 〈특수임무수행자 보상에 관한 법률〉 제23조 제1항, 〈삼청교육피해자의 명예회복 및 보상에 관한 법률〉 제22조, 〈제대군인 지원에 관한 법률〉 제28조, 〈5·18 민주유공자 예우에 관한 법률〉 제70조, 〈독립유공자 예우에 관한 법률〉 제43조 등 이익이나 혜택을 주는 성질의 법률에는 빠짐없이 거짓말과 속임수를 단속하는 규정이 포함되어 있다.

거짓말이란 애당초부터 자기 의무는 이행할 생각이 없으면서 상대방이 믿도록 속이는 행위이다. 형사범으로서 사기죄가 바로 그 전형이며, 앞에서 본 것처럼 용서하기 어려운 아주 고약하고 얄미운 범죄라고 할 수 있다. 그런데 약속 위반은 어떤가? 어떤 일을 약속하면 서로 이를 믿고 그것을 전제로 일을 진행하게 되는데, 한쪽이 이를 어겨 약속이 물거품으로 되어버린다면 이 경우에도 사기의 피해자처럼 배신당한 기분이 된다. 인간사회는 약속에 따라 공동생활을 해나간다. 약속의 파기는 우리를 무시하고 조롱하는 것이다.

　민사책임으로서 채무불이행(債務不履行)은 계약상의 합의에 기초하여 계약 당사자가 부담하는 급부 의무를 이행하지 않는 것이며, 고의나 과실로 말미암아 약속을 지키지 않음으로써 상대방에게 손해배상책임을 부담하는 것이다(민법 제390조). 이 경우 민사상의 불법행위(不法行爲) 책임도 함께 물을 수 있지만, 합의 당시 상대방을 속이려는 고의가 없는 한 사기죄 등 형사책임은 지지 않는다.

　〈민법〉 제565조 제1항은 "매매의 당사자 일방이 계약 당시에 금전 기타 물건을 계약금, 보증금 등의 명목으로 상대방에게 교부한 때에는 당사자간에 다른 약정이 없는 한 당사자의 일방이 이행에 착수할 때까지 교부자는 이를 포기하고 수령자는 그 배액을 상환하여 매매계약을 해제할 수 있다"고 규정했고, 이는 모든 유상계약(有償契約)에 준용된다. 부동산중개업소의 각종 계약서 양식에는 통상 "계약을 매도인이 위약하였을 때에는 계약금의 배액을 매수인에게 배상하고 매수인이 위약하였을 때에는 계약금은 무효가 되고 반환을 청구할 수 없다"는 조항이 부동문자로 기재되어 있다. 이러한 내용의 계약에 대해서는 해석상 논의가 있으나, 어쨌든 계약 당사자는 위의 규정이나 계약 조항에 따라 본래의 합의 사항을 지키지 않더라도 법률상으로 당당히 합의를 깨는 방도를 행사할 수 있게 되어 있다. 다시 말해서, 약속을 어기더라도 형사책임이나 불법행위책임은 물론 채무불이행의 책임도 지지 않게 되는 것이다. 그러나 그렇다고 해서 법률이 이미 체결된 계약을 없던 일로 해체해버리는 권리를 인정했다고 생각할 일은 아닐 것이고, 그런 처리의 책임으로 벌칙을 주었다고 해야 할 것이다. 계약을 맺은 당사자 어느 쪽은 당연히 그 약정대로 이행되기를 희망했고, 그 원만한 이행을 전제로 후속조치까지 검토하고 있었을 것이다. 그런데 다른 한쪽은 내심 좀더 좋은 조건으로 다른 사람과 거래를 희망하고, 그렇게 되면 계약금 상당의 손해를 감수하고 안면을 바꿀 생각이었다. 만일 이런 상황에서 계약이 파기된다면 그런 정을 모르고 계약의 이행을 기다린 사람만 허탈해질 뿐이며, 계약금 상당의 손해를 보거나 득을 본 것으로 만족해야 하는 것이다. 그러니까 계약을 파기한 사람은 상대방의 신뢰를 저버린 것이 틀림없고, 비록 벌칙을 수용했다고 하더라도 배반이라는 도덕적인 비난은 면할 수 없을 것이다.

약속 위반과 거짓말은 다르지만, 자칫하면 한통속으로 욕을 들어먹을 수도 있다. 무슨 말인고 하니, 약속 위반도 때로는 거짓말로 받아들여질 위험이 있다는 것이다. 어떤 정치인이 정계(政界)를 은퇴한다고 선언하고서도 얼마 뒤 대통령에 출마했다. 정치에서 손을 떼겠다고 한 약속이 거짓말이 아니냐고 물으니, 약속을 지키지 못한 것은 사실이지만 거짓말을 한 것은 아니었다, 이렇게 답했을 때는 어떻게 되는가? 약속은 지키지 못할 때가 더러 생긴다. 그러나 약속을 어겼을 때 약속을 이행할 본인으로서는 어떤 사정이 개입되어 그렇게 되었음을 내세울 수 있다고 하더라도, 상대방에게는 그 시점에서 실망과 좌절 또는 배신 같은 느낌을 주게 된다. 심한 경우에는 약속을 하고 이를 지키지 못한 사람에게 거짓말쟁이라는 가장 나쁜 평가와 연관지으려고 한다. 그렇기 때문에 약속을 어긴 사람은 상대방에게 그 사유를 밝혀 양해를 구하든가 거짓의 약속이 아니었음을 증명해야 하며, 그냥 넘어가서는 안 된다. 사소한 약속도 마찬가지이다. 과장이나 모방 같은 선의의 거짓말조차 버릇이 되지 않도록 해야 한다.

차량이 넘쳐 항상 붐비는 서울은 승용차요일제라는 것을 만들어 이에 참여하는 승용차에 대해 운전자가 정한 어느 요일은 운행을 삼가기로 약속하게 했다. 특정 요일의 스티커를 앞뒤에 붙이면 통행료 인하와 주차장 편의 등 약간의 혜택이 주어진다. 그래서 서울시내에는 그런 스티커를 붙인 승용차가 많이 보인다. 문제는 거리를 달리는 위반차가 간혹 보인다는 점이다. 약속을 어긴 자동차, 스티커의 요일에 운행하지 않겠다고 공공연하게 한 약속을 저버리고 질주하는 차는 다른 사람에게 약속 파기의 이유를 설명할 방법이 없기 때문에 잠깐 동안일망정 거짓말쟁이로 지목받는다는 사실을 알아야 한다. 눈에 보이지 않는 작은 티눈 하나가 몸 전체를 참을 수 없는 고통으로 휘감을 수 있듯이, 아주 적은 수의 위반자라도 많은 사람에게 불쾌감과 실망감을 주게 되는 것이다.

제5장 준법정신은 작은 것부터 지킬 줄 아는 것

1. 도로에서의 법 질서

자동차가 많아지니 도로가 붐빈다. 도시는 하루 종일 오가는 자동차로 시끄럽다. 그리고 사람들은 일산화탄소 등이 함유된 배기가스 때문에 오염된 공기를 마신다. 또한 자동차로 말미암은 인명사고가 얼마나 많은가. 그럼에도 자동차는 오늘날 일상생활에서 필수비품이 될 정도로 널리 보급되어 애용되고 있다. 말할 것도 없이 이동의 자유에 따른 편리함 때문이다. 2011년도 전국의 자동차 등록 대수는 1,843만 7,373대인데, 그 가운데 승용차(자가용)가 1,360만 1,821대라고 한다.

많은 사람들은 하루를 자동차에서 시작해 자동차로 마감하는 일과를 보낸다. 자가용승용차를 운전하여 집을 출발한 시점부터 퇴근해서 귀가하기까지를 말하는데, 기계를 조작해 움직인다는 문제에서 떠나 그 운행에서 부닥치는 법률관계를 생각해보기로 한다. 그렇다. 거리를 질주하는 자동차는 거미줄처럼 포위하고 있는 온갖 법률적 제약에서 잠시도 벗어날 수 없다. 안전운행을 위한 최대한의 조치가 불가피하기 때문이다. 물론 모든 차가 운전면허시험장에서 쓴 답대로 법규를 지키며 운행된다면 문제될 것이 없다. 수많은 자동차가 물 흐르듯이 질서 있게 거리를 잘 누비고 있다. 그런데 자동차는 날카로운 부엌칼과 같아서, 요긴한 도구이자 인명을 해칠 수 있는 위험한 물건이다. 그 위험성 때문에 법률이 촘촘히 눈을 부라리고 있는 것이다.

많은 선량한 운전자는 그 법률의 고마움을 안다. 교통법규가 없거나 미비(未備)할 때의 혼란을 생각해보면 금방 이해할 수 있다. 어쩌다가 복잡한 네거리의 교통신호기 고장으로 교통정리가 이루어지지 않는 짧은 시간을 경험한 사람들이 많을 것이다. 서로 앞으로 나아갈 궁리만 할 뿐, 한 치의 양보도 하지 않는 광경을 보았을 것이다. 조금이라도 후진해 상대방 차에게 틈을 주다가는 한참 동안 움직이지 못하는 신세가 되는 데다가 뒤차의 눈총을 받게 된다. 내가 한번 양보했으니 저쪽도 한번 양보하겠지 하는 기대는 거의 오산이다. 죽어라 틈새를 비집고 덤벼야 하는 것이다. 결과는 너 죽고 나 죽는 것이지만. 출퇴근시간대의 복잡한 도시 네거리에서는 신호등이 잘 깜박이고 있는데도 택시모범운전자가 나서서 호루라기를 불며 일일이 신호기에 맞추어 손신호를 보내는 광경을 볼 수 있다. 왜 저렇게 쓸모 없는 짓을 하고 있을까 의문을 품은 적이 있는데, 결코 불필요한 수고를 하는 것이 아니었다. 신호등이 탈 없이 작동해도 순간적으로 차들이 뒤엉키는 수가 있고, 그럴 때 손신호로 풀어주지 않으면 빠른 시간 안에 해결할 길이 없다. 한두 대의 차가 무리하게 앞차의 꼬리를 문 채 한복판에서 정지하는 날이면 다른 방향의 차를 막게 되고, 다시 신호가 바뀌면 같은 상황이 되풀이되어 아무 차도 움직이지 못하는 꼴이 되는 것이다. 자그마한 네거리에서도 간혹 한두 대의 차가 잠시만 비켜주면 금방 풀릴 것이 뻔한데도 경적만 울리며 고집을 피우는 광경을 보게 된다. 그럴 때면 정말 한심스럽지 않던가?

양보정신이 없이 기계를 무리하게 이용한 결과라고 할 수 있는 것이다. 교통경찰이나 모범운전자가 없으면 바로 법의 공백(空白)이 초래되고, 교통신호의 기계만 가지고는 해결할 수 없는 부끄러운 수준이 드러나는 것이다. 한강변의 큰 도로를 달리다보면 양보(Yield)와 위험(Danger) 표지를 자주 볼 수 있다. 하지만 자율적으로 움직이고 자제하는 훈련과 습성이 되어 있지 않은 상황에서 나 홀로 양보하고 기다려보았자 어리석기만 한 꼴이 되기 십상이다. 그러고 보면 교통질서 확립에는 군데군데의 법률보다 성숙한 시민의식이 더 요긴함을 알 수 있는 것이다. 선진 외국에서 볼 수 있는 것처럼, 서로 먼저 가라고 다정하게 손짓하는 풍경은 언제 구경할 수 있을 것인가?

법망(法網)으로 둘러싸인 거리의 교통상황, 우리는 사소한 교통법규까지 잘 지키고 있을까? 자동차에 대한 정기점검이 있듯이, 운전자도 스스로 운전문화에 대해 자성하면서 명랑하고 포근한 거리를 만드는 데 이바지한다는 마음가짐을 점검할 필요가 있을 것이다. 교통법규를 어겨 벌과금을 내면 그만일 때가 많지만, 알게 모르게 주위 사람들에게 심한 불쾌감과 불신감을 안겨줄 수 있기 때문에 자동차로 인한 경미한 위반 행위도 가볍게 지나칠 수 없는 경우가 많다. 교통법규를 지키게 하는 것이야말로 사회의 기초질서를 확립하는 데 첫단추가 되는 것이다.

자동차의 운전대를 잡고 출발하는 순간 당장 〈도로교통법〉이 정한대로 움직이지 않으면 낭패를 본다. 운전자의 의무 사항으로 법이 가장 먼저 들고 있는 것이 제43조 무면허 및 면허의 효력이 정지된 경우의 운전, 제44조 술에 취한 상태(혈중 알콜농도 0.05퍼센트 이상)의 운전, 그리고 제45조 과로한 때 등의 졸음운전 금지이다. 이는 대형 운전사고의 중요한 원인이 될 수 있다.

모든 차의 운전자는 차의 조향장치·제동장치를 정확하게 조작해야 하며, 도로의 교통상황과 차의 구조 및 성능에 따라 다른 사람에게 위험과 장해를 주는 속도나 방법으로 운전해서는 안 된다(제48조). 운전자는 신호등의 지시에 따라야 하고(제5조), 제한속도(제17조)와 정차 또는 주차하는 곳을 지켜야 하며(제32조), 앞차와 안전거리를 확보해야 한다(제19조). 또한 다른 차 앞에 끼어들기를 하면 안 되고(제23조), 교통정리가 없는 교차로에서는 다른 차에게 진로를 양보해야 하며(제26조), 횡단보도에서는 보행자의 통행을 방해하거나 위험을 주어서는 안 된다(제27조). 이러한 주의의무를 지키지 않으면 20만 원 이하의 벌금이나 구류 또는 과료의 벌을 받게 되나(제156조), 한편 이를 지키는 것은 바로 안전운행을 약속하고 편리와 안정감을 수반하는 상식적인 사항에 속한다고 할 수 있는 것이다.

그리고 제49조는 여러 가지 엄한 당부를 하고 이를 위반할 때의 처벌규정도 두고 있는데, 그 가운데 몇 개만 들어본다. 즉, 물이 고인 곳을 운행할 때는 고인 물을 튀게 하여 사람에게 피해를 주는 일이 없도록 할 것(제1호), 어린이가 보호자 없이 도로를 횡단하는 등 교통사고의 위험이 있는 것을 발견하거나 앞을 보지 못하는 사람이 도로를 횡단하고 있을 때는 일시 정지할 것(제2호), 가시광선의 투과율이 기준 미만인 차를 운전하지 않을 것(제3호), 도로에서 자동차를 세워둔 채로 시비·다툼 등의 행위를 함으로써 다른 차마의 통행을 방해하지 않을 것(제5호), 안전을 확인하지 않고 차의 문을 열거나 내려서는 안 되며(제7호), 반복적이거나 연속적으로 경음기를 울려 소음을 발생시키지 않을 것(제8호), 운전 중에는 휴대용 전화를 사용하지 않을 것(제10호), 자동차의 화물 적재함에 사람을 태우고 운행하지 않을 것(제12호) 등이다.

위의 준수사항 가운데 제3호, 즉 "자동차의 앞면 창유리와 운전석 좌우 옆면 창유리의 가시광선(可視光線)의 투과율이 대통령령으로 정하는 기준보다 낮아 교통안전 등에 지장을 줄 수 있는 차를 운전하지 아니할 것, 다만, 요인(要人) 경호용, 구급용 및 장의용(葬儀用) 자동차는 제외한다"라는 규정에 대하여 한번 짚고 넘어가기로 한다. 위 시행령 제28조는 투과율(透過率)의 기준에 대하여 앞면 창유리의 경우 70퍼센트 미만, 운전석 좌우 옆면 창유리의 경우 40퍼센트 미만으로 규정하고 있다. 그리고 제49조 제2항은 경찰공무원이 위의 사항을 위반한 자동차를 발견한 경우에는 그 현장에서 운전자에게 위반사항을 제거하게 하거나 필요한 조치를 명할 수 있고, 이 경우 그 명령을 따르지 않을 때는 직접 위반사항을 제거하거나 필요한 조치를 할 수 있다고 규정했는데, 제160조 제2항 제1호가 정한 벌칙은 과태료 20만 원 이하로 되어 있다.

전국의 도로를 질주하는 자동차들의 모습을 보면서 왜 저렇게 시커멓게 칠하고 다닐까, 왜 저토록 안을 못 보게 감추는 것일까 하고 얼핏 느낄 것이다. 그 어떤 변명도 시답지 않다고 생각된다. 나는 봐도 너는 못 본다는 못된 근성이 작용해 저도 모르게 남 따라 번진 것일 게다. 그 바람에 거리는 온통 어두운 색으로 넘쳐나고 있다. 법은 이를 금하고 있다. 그러나 위반행위는 단속되지 않는다. 왜 적발하지 않는 것일까? 아예 처벌할 생각도 하는 것 같지 않다. 벌칙도 20만 원 이하의 과태료이고 앞에서 본 것처럼 경찰공무원이 위반현장을 발견한 때는 운전자에게 제거하도록 명령하고 불응하면 경찰이 직접 제거하도록 하는 단속규정을 두고 있는데, 이게 말이 되는 규정인지 어디 교통경찰이나 모범운전사 아무에게나 한번 물어보라고 하고 싶다. 운전 중 앞의 시야가 막히는 경우를 생각할 때, 가시광선 투과율이 뒷좌석은 40퍼센트 미만이라고 한 규정은 왜 삭제되었는지 그것도 이해하기 어렵다. 과태료 부과·징수에 관한 제160조 제2항 제1호, 제161조 제1호와 제2호를 보면, 지방경찰청장과 제주특별자치도지사 가운데 누가 관장한다는 소리인지 모르겠다. 환장할 일이다.

〈자동차관리법〉 제10조 제5항은 "누구든지 등록번호판을 가리거나 알아보기 곤란하게 하여서는 아니 되며, 그러한 자동차를 운행하여서는 아니 된다"고 규정하고, 고의로 그렇게 한 사람은 50만 원 이하의 과태료에 처하도록 했다(제84조 제3항 제1호). 도로교통법상의 범법행위 가운데는 남에게 해를 끼치는 성질의 것이 아닌 것도 있다. 운전 중일 때 좌석안전띠를 매지 않는 것(제50조 제1항)과 같은 것이 그러한데, 운전자 아닌 승차자로 하여금 안전띠를 매도록 하지 않은 운전자도 처벌을 받는다. 전자는 20만 원 이하의 벌금 등으로 벌하고(제156조 제6호), 후자에 대해서는 20만 원 이하의 과태료에 처하도록 하고 있다(제160조 제2항 제2호). 통행료를 내고 통과하도록 되어 있는 도로에서 통행료를 내지 않았을 때는 요금을 더 물면 되고 따로 벌을 받는 일은 없다. 〈유료도로법〉 제20조 제1항을 보면, 유료도로관리청은 "유료도로를 통행한 자가 사위 그 밖의 부정한 방법으로 통행료의 납부를 면탈하거나 할인 받은 때에는 당해 통행료 외에 면탈 또는 할인받은 통행료의 10배의 범위 안에서 부가통행료(附加通行料)를 부과·수납할 수 있다"고 되어 있다.

자동차의 운행에서 가장 위험한 것은 속도 위반행위일 것이다. 과속(過速)으로 인한 사고는 인명의 손상을 가져오기 때문이다. 그럼에도 고속도로에서 제한속도를 지키는 차를 보는 것은 속도감지기가 설치된 부근을 지날 때뿐이다. 그리고 가장 얄미운 범법행위는 고속도로의 갓길 또는 전용차로(專用車路) 주행이다. 남들이 보는 앞에서 나만 살자고 벌이는 얌체행위이다. 제60조 제1항은 "자동차의 운전자는 고속도로 등에서 자동차의 고장 등 부득이한 사정이 있는 경우를 제외하고는 행정안전부령이 정하는 차로에 따라 통행하여야 하며, 갓길(도로법에 의한 길어깨를 말한다)로 통행하여서는 아니 된다"고 하고, 제15조는 원활한 교통을 확보하기 위한 전용차로의 설치와 그 차로를 통행할 수 있는 차가 아니면 전용차로로 통행할 수 없음을 규정했는데, 이를 위반하여 질주하는 차가 그것이다. 주말이나 명절의 고속도로는 자동차의 홍수로 꽉 막혀 짜증이 나는 판인데, 갓길이나 전용차로로 휠휠 달리는 위반차를 보면 순간적으로 조롱당하는 기분이 든다. 사람들의 시선이 좀 부담스럽기는 하지만 누구인지 신분을 알 수도 없고 적발이 쉽지도 않으며 붙들린다고 한들 20만 원 이하의 벌금만 물면 되지 않는가, 이런 배짱으로 달리리라. 다음으로 운전자나 보행자를 비롯해 모든 사람을 성가시고 피곤하게 하는 것은 주차(駐車)·정차(停車) 위반 자동차이다. 서울시내의 간선도로 뒷길에서는 보행로를 막고 무단 주차된 자동차들 때문에 사람들이 요리조리 오가는 차를 피하면서 걷는 일이 많다. 주차장이 부족한지 단속요원이 모자라는지 어쨌거나 눈에 띄는 것이 불법주차인데, 이를 어찌 해결할꼬?

교통법규의 대부분은 사고와 피해를 막기 위한 것이다. 물론 아무리 철저히 지켜도 돌발적인 위법차량의 출현으로 피할 여유 없이 화를 입는 일이 수두룩하다. 이런 일방적인 과오 때문에 사고 피해를 당하면 운(運)이 없다는 말이 간단히 통용된다. 자동차를 좀 능숙하게 운전해본 사람 치고 교통법규 위반으로 한번도 적발된 일이 없는 사람이 있을까? 그렇게 운이 좋은 사람도 있을지 궁금하다.

나도 딱 한번 걸려본 경험이 있다. 하루에 수백 번 수천 번 일어나는 일이겠지만, 내가 적발된 이야기부터 들어보시기 바란다. 평소 손수 운전을 할 기회가 별로 없던 법관 재직시절이었는데, 아내를 옆에 태우고 가까운 목적지를 향해 가다가 강남의 큰 네거리에 이르렀다. 좌회전신호를 받고 앞차를 따라 천천히 움직였는데, 돌연 경찰관이 나타나 차를 세웠다. 경례를 부치면서 면허증을 제시하라는 것이었다. 영문을 몰라 무슨 일이냐고 물었다. 정말 무엇을 위반했는지 금방 떠오르지 않아서 경찰이 무언가 오판한 것이 아닌가 생각했던 것이다. 경찰관은 횡단보도의 푸른 신호가 들어왔는데 통과했다면서 뒤를 가리키는 것이었다. 나의 앞차도 다른 경찰에 적발되어 실랑이를 벌이고 있었다.

직감적으로 신호체계에 잘못이 있음을 느낄 수 있었다. 좌회전 신호에 따라 불과 몇 초 움직인 것인데 그 사이에 보행신호가 푸른색으로 바뀌었다면, 분명 그것은 운전자의 잘못으로 추궁해서는 안 될 일이었다. 만일 좌회전 차량이 보행자를 위한 신호에 따라 멈춘다면 꼬리 쪽에 붙은 자동차는 틀림없이 직진차량의 진로를 막는 것이 되어 큰 혼란을 일으키게 되기 때문이다. 그러나 그걸 따지고 있을 상황이 못 되었다. 길거리에서 현행범으로 붙들려 딱지를 떼이는 단호한 순간에 무조건 잘못했다고 빌어도 봐줄 것 같지 않은데, 사리를 따지다니 어림도 없는 노릇이었다. 그래도 아내는 한마디 해보는 것이었다. "좀 봐주면 안 돼요? 아무도 지나가는 이가 없지 않습니까." 나도 비슷한 말로 거들어보다가 어린 의경(義警)으로부터 핀잔만 받았다. "보행도로에 보행자가 없으면 그냥 지나갈 수도 있지 않습니까, 꼭 적발해야 돼요?" "자꾸 시끄럽게 하면 7만 원짜리로 떼겠어요." 어이쿠, 공무집행방해라는 말이 나오지 않은 게 다행이다 싶어 고분고분 처분에 맡기기로 했다. 봐라, 운전자에게는 교통순경이 호랑이보다 무섭다.

사실 문제는 있었다. 곧 언급하겠지만, 보행자가 없는 보행도로 앞에서도 자동차는 일일이 신호를 지켜 정지해야 할 것인가 하는 점과, 위법이라고 해도 그 정도는 단속 경찰관의 재량적 판단으로 용서할 성질의 것이 아닌가 하는 점이 그렇다. 법도 좋지만 세상이 이렇게 각박해서는 안 되는데 하는 생각을 하다가도, 지나가는 자동차들이 힐끔거리는 것 같기도 해서 속히 현장을 벗어났으면 싶었다. 한참 면허증을 살피던 경찰이 나의 이름을 묻는 것이었다. 옳지, 이 젊은이가 '우(禹)' 자를 모르는구나 싶었지만, 얄미워서 거기 적힌 그대로라고 대꾸해버렸다. 요즘은 면허증에 한글로 이름이 적혀 있지만, 당시에는 한자로 표기되어 있었다. 나중에 집에 돌아와 스티커를 보니 '박만동'이라고 휘갈겨 있었다. 거기다가 소속관서가 놀랍게도 영등포경찰서였다. 영등포의 경찰이 강남의 삼성동까지 와서 적발 건수를 채운 것으로 짐작되었다.

  범칙금을 은행에 내고 그 일을 잊고 있던 어느 날 영등포경찰서에서 즉결심판을 받으러 출석하라는 엽서가 날아왔다. 이럴 때 쓰는 말일까, "제기랄 놀고 있네". 그나저나 은행의 영수증이 있어야 하는데, 어디다가 두었는지 기억이 나지 않아 집안의 서랍을 한참 뒤져 간신히 찾아내는 데 성공했다. 영수증을 찾지 못했으면 어떻게 되었을까? 경찰의 실수가 밝혀지기까지는 납입의 증거를 대지 못한 본인이 틀림없이 시달렸을 것이다. 그 뒤 우연히 보게 된 〈도로교통법〉 제27조 제1항에는 "모든 차의 운전자는 보행자가 횡단보도를 통행하고 있을 때에는 보행자의 횡단을 방해하거나 위험을 주지 아니하도록 그 횡단보도 앞에서 일시 정지하여야 한다"고 규정되어 있었다. 그렇다면 횡단보도를 통행하고 있는 보행자가 없을 때는 정지하지 않더라도 위법이 아니라는 해석이 나오고, 그 전의 법도 비슷하게 "도로를 횡단하는 보행자의 통행을 방해하여서는 아니 된다"고 되어 있으므로 현실적으로 보행자의 통행을 방해하지 않으면 신호를 어겨도 위법이 아니지 않는가 하는 생각이 들었다.

사람들은 〈도로교통법〉에 대해 사람을 골탕 먹이는 인정사정없는 악법이라고 욕을 하기도 한다. 그러나 법이 나쁜 것이 아니라, 그 법을 집행하는 현장이 너무 경직(硬直)되어 있다는 것이 문제라고 생각된다. 교통경찰관에게 단속 건수가 할당되었는지 위반행위의 적발에만 치중하는 탓에, 단속 현장에서 운전자의 항의로 시비가 일어나는 광경을 자주 보게 된다. 사소한 과오로 적발되어 거리에서 곤욕을 치른 시민은 경찰을 민중의 '지팡이'가 아니라 '몽둥이'로 생각하며 그 하루를 언짢은 기분으로 보낼 것이다. 교통질서를 바로잡는 것도 중요하지만, 의도적인 위반행위가 아니라면 공권력의 눈에 핏발이 설 것까지는 없다는 생각이다.

광복 60주년의 특별사면(特別赦免)으로 도로교통법 위반사범 420만 7,152명이 벌점삭제, 운전면허 정지·취소 등 행정처분 면제 등의 혜택을 보게 되었다는 보도를 보았다. 교통질서 위반사범이 그렇게도 많은가 하고 누구나 놀랐겠지만, 사면이 아무렇지도 않게 자주 단행되는 것이 불만이었다. 그런데 그것도 우리 생각이고, 저 사람들이 사면을 얼마나 기다렸을까 하는 생각에 미치면 모진 마음일랑 거두어야 할 것 같다.

우리나라의 교통사고는 2000년 29만 481건, 2001년 26만 579건, 2002년 23만 953건, 2003년 24만 832건, 2004년 22만 755건으로, 이렇게 해마다 감소하는 추세이다. 동시에 사망자의 수도 2000년 1만 236명에서 2004년 6,563명으로 줄었는데, 그것은 안전띠 착용 의무화, 무인단속카메라의 설치 등 사고예방정책이 실효를 거두고 있는 것으로 분석하고 있다. 하지만 우리나라의 교통사고 사망자 수는 OECD에 가입한 30개국을 상대로 조사한 차량 만대당 사망자 수로 볼 때 4.6명으로, 이는 스물아홉번째라고 한다. 교통사고 사망자가 많다는 것은 대형사고(大型事故)가 많다는 말일 것이고, 그것은 자동차의 성능과 열악한 도로 사정도

원인일 수 있겠지만 운전자의 준법정신과 책임감이 부족한 이유가 더 크다고 생각된다.

2. 경범도 범죄다

인간사회에는 온갖 크고 작은 범죄가 들끓고 있다. 형법상의 죄도 강도살인 같은 사형감의 흉악한 범죄가 있는가 하면, 과실치상이나 재물손괴와 같이 피해변상만 하면 용서받을 수 있을 정도의 가벼운 범죄도 있다. 큰 범죄는 선량한 일반서민과는 아주 먼 거리에 있다. 상습적·반복적으로 범행을 일삼거나 포악하고 뉘우칠 줄 모르는 그런 인간들에 대해서는 따로 관심을 갖기로 하고, 여기서는 도로교통법 위반행위처럼 보통사람도 실수로 말미암아 언젠가는 저지를 수 있는 가벼운 죄에 대하여 이야기해보기로 한다.

아무리 보잘것없는 범죄라도 범죄로 분류되는 이상 경계(警戒)해야 한다. 업신여겨서는 안 되며 쉽게 용서해서도 안 된다. 일반 상식으로 이런 행위를 하면 안 되지 싶은 것이 있다면 거기에는 대부분 법규상의 제재(制裁)가 있음을 발견할 수 있을 것이다. 그러나 무언가 사리에 어긋나고 정상이 아닌 행동임에 틀림없는 것 같은데도 법률상의 관련 처벌규정이 없을 수 있다. 하지만 그런 행동에 대해서는 가까운 장래에 처벌의 근거법률이 나타날 것이다. 그러니까 우리는 살아가면서 공동사회에 누(累)가 된다고 여겨지는 행동은 피한다는 이런 지침을 간직하고 움직이면 아무 탈이 없다. 나아가 그것은 선명(鮮明)한 사회를 이룩하는 데 이바지하는 것이다.

우리는 사회의 모범생은 아닐지 모르지만 평균인(平均人)은 된다고 보고, 우리 주변에서 쉽게 접할 수 있는 범죄나 위반 사항으로 어떤 것이 있는지 살펴보기로 한다. 〈경범죄처벌법(輕犯罪處罰法)〉은 다음과 같이 50종류의 경범죄를 나열하고 그 위반자에 대해 10만 원 이하의 벌금이나 구류 또는 과료의 형으로 벌하도록 하고 있는데, 좀 고약하다 싶은 것은 거의 포함되어 있는 것 같고, 어떤 것은 중형으로 다스려지는 형사법의 적용을 받을 가능성의 한계에 있기도 하다.

제1호, 사람이 살고 있지 아니하는 빈집 등에 숨어 들어간 것. 제2호, 칼·쇠몽둥이 등 흉기를 숨기어 지니고 다니는 것(총포·도검·화약류 등 단속법 제12조, 제71조 제1호에 따라 경찰서장의 허가를 받지 않고 소지함으로써 5년 이하의 징역 또는 1,000만 원 이하의 벌금에 처하게 되는 도검〔刀劍〕에는 칼날의 길이가 15센티미터 이상 되는 칼 등 성질상 흉기로 쓰이는 것이 포함된다). 제4호, '다른 사람의 신체에 대하여 해를 입힐 것을 공모하여 그 예비행위를 한 사람이 있는 경우 해를 입힐 것을 공모한 사람'(무슨 말인지 모르겠다). 제5호, 범죄나 재해의 사실을 거짓으로 신고하는 것(허위의 화재신고 또는 장난으로 119를 불러 구조요청을 해서 그 때문에 공무원들이 얼마나 애를 먹는가. 소방기본법 제19조, 제56조 제1항 제3호는 화재 또는 구조·구급이 필요한 사고현장을 발견한 사람은 소방서 등에 지체 없이 알려야 하며, 상황을 거짓으로 알린 자에 대해서는 200만 원 이하의 과태료에 처하는 것으로 규정했다). 제6호, 변사체의 현장을 바꾸어놓는 것. 제7호, 노인·불구자 등 요부조자를 빨리 신고하지 아니하는 것. 제8호, 관명(官命) 등을 거짓으로 꾸며대거나 자격이 없으면서 제복·훈장 등을 사용하는 것. 제9호, 올바르지 아니한 이익을 얻을 목적으로 신문 등 출판물에 어떤 사실을 싣는 것. 제10호, 물품을 강매하거나 영업을 목적으로 떠들썩하게 손님을 부르는 것. 제11호, 물품을 팔면서 허위의 광고를 하는 것. 제12호, 못된 장난 등으로 업무를 방해하는 것. 제13호, 함부로 광고물을 붙이거나 걸거나 다른 사람의 간판을 함부로 옮기거나 해치는 것(도시의 대로변에 사람들이 왕래하는데도 광고 현수막을 달아놓고 내빼는 무리들을 시민들이 못 본 체 넘어가는 것도 문제가 아닐까? 옥외광고물 등 관리법 제3조, 제20조는 도시지역 등에 허가 또는 신고 없이 입간판·현수막·벽보 등을 설치하면 500만 원 이하의 과태료에 처하도록 하고 있다). 제14호, 사람이 마시는 물을 더럽히거나 그 사용을 방해하는 것(형법 제192조는 "일상 음용〔飮用〕에 공하는 정수〔淨水〕에 오물을 혼입하여 음용하지 못하게 한 자는 1년 이하의 징역 또는 500만 원 이하의 벌금에 처한다"라고 되어 있다). 제16호, 담배꽁초·껌·휴지·쓰레기·죽은 짐승 등을 함부로 아무 곳에나 버리는 것. 제17호, 길이나 공원 등에서 함부로 침을 뱉거나 대소변을 보거나, 개를 끌고 와 대변을 보게 하고 이를 수거하지 아니하는 것. 제18호, 공공기관 또는 개인이 베푸는 행사나 의식에 대하여 못된 장난으로 이를 방해하는 것. 제19호, 싫다고 하는데도 되풀이하여 단체가입을 억지로 청하는 것(이런 일로 처벌 받은 사람도 있을까?). 제20호, 공원·유원지 등에서 함부로 꽃·나무·돌 등을 꺾거나 캐는 것, 바위 등에 글씨를 새기거나 하여 자연을 해치는 것. 제21호, 함부로 다른 사람의 소나 말을 풀어놓거나 자동차의 기계를 조작하는 것. 제22호, 개천이나 도랑의 물길을 방해하는 것. 제23호, 다른 사람을 구걸하게 하여 부당이득을 취하는 것. 제24호, 정당한 이유 없이 길을 막거나 시비를 걸어 불안하게 하거나 귀찮고 불쾌하게 하는 것, 공공장소에서 고의로 험악한 문신(文身)을 노출시켜 혐오감을 주는 것. 제25호, 음식점·기차·자동차·배 등에서 몹시 거친 말 또는 행동으로 주위를 시끄럽게 하거나 술에 취하여 다른 사람에게 주정을 하는 것. 제26호, 악기·라디오·종·확성기 등의 소리를 지나치게 크게 내거나 큰 소리로 떠들거나 노래를 불러 이웃을 시끄럽게 하는 것. 제27호, 건조물, 수풀 등 불붙기 쉬운 물건 가까이서 불을 피우거나 위험한 불씨를 사용하는 것. 제28호, 다른 사람의 신체나 물건에 해를 끼칠 우려가 있는 곳에 상당한 주의를 하지 아니하고 물건을 던지거나 붓거나 또는 쏘는 것(무슨 취지인지 알 듯 모를 듯). 제29호, 무너지거나 넘어지거나 떨어질 우려가 있는 공작물에 대하여 관리를 소홀히 하여 위험을 미칠 우려가 있게 하는 것. 제30호, 문서로 고칠 것을 요구받고도 통행에 불편을 주는 굴뚝·물받이·하수도 등의 관리를 소홀히 하는 것. 제31호, 정신병자에 대한 감호를 소홀히 하는 것. 제32호, 버릇 나쁜 개 등을 함부로 풀어놓는 것. 제33호, 소나 말을 놀라게 하여 달아나게 하거나 개를 시켜 사람에게 달려들게 하는 것. 제34호, 여러 사람이 다니거나 모이는 곳에 켜놓은 등불을 함부로 끄는 것(등불을 끄고 다니는 사람도 있는 모양이지). 제35호, 공중통로에 등불을 켜놓지 않거나 예방조치 등 안전관리를 소홀히 하는 것(막연한 그런 사실로 공무원을 처벌한다는 것도 이상하고 실효성도 의문이다). 제36호, 재해 또는 화재·교통사고 등이 발생한 때에 공무원의 원조요청에 응하지 아니하는 것. 제37호, 성명·주민등록번호·주소 등을 거짓으로 꾸며대고 배나 비행기를 타는 것. 제38호, 전당품의 장부에 성명 등을 거짓으로 알려 써 넣게 하는 것. 제39호, 미신(迷信)의 방법으로 병을 치료한다고 하여 사람들의 마음을 홀리게 하는 것. 제40호, 경찰청장의 야간통행제한에 위반하는 것. 제41호, 함부로 알몸을 지나치게 내놓거나 속까지 들여다 보이는 옷을 입거나 또는 가려야 할 곳을 내어놓아 다른 사람에게 부끄러운 느낌이나 불쾌감을 주는 것(취지는 이해가 되나, 기준이 모호하고 시대가 시대이니만큼 단속하기는 극히 어려울 것이다). 제42호, 범죄의 피의자로 입건된 사람이 지문채취를 거부하는 것. 제43호, 개방된 장소에서 좌석이나 차 세워둘 자리를 잡아주기로 하여 돈을 받는 것. 제46호, 비밀 춤 교습과 장소의 제공(체육시설의 설치·이용에 관한 법률 제10조 제1항 제2호의 무도학원을 개설하면 되는데). 제48호, 흥행장·경기장·역 등에서 표를 사기 위해 줄을 서고 있을 때 새치기하거나 떠미는 것. 제49호, 출입금지 구역이나 시설에 무단출입하는 것. 제50호, 여러 사람이 모이는 곳에서 총포나 화약류를 다루고 이를 가지고 장난하는 것. 제51호, 무임승차와 무전취식. 제52호, 뱀이나 끔찍한 벌레를 팔거나 진열하여 불쾌감을 주는 것. 제53호, 전화 또는 편지를 여러 차례 되풀이하여 사람을 괴롭히는 것. 제54호, 금연장소에서의 흡연(吸煙) 등이다.

이 가운데 제16호 등 21개항은 범칙행위(犯則行爲)이고, 그 행위를 한 사람은 범칙자로서 경찰서장의 통고처분에 따라 범칙금을 납부해야 하며, 이로써 다시 벌받지 않는다(제5조 내지 제8조). 예를 들어, 범칙금은 제16호의 경우에는 3만 원, 제17호의 침 뱉는 사람에 대해서는 3만 원, 대·소변을 보는 사람에 대해서는 5만 원, 제20호의 경우에는 5만 원 등이 부과된다(제6조 제2항, 시행령 제2조).

경범죄는 위의 법에 따라 대부분 처리되나, 그 밖에 경범죄의 유형에 속하는 범법행위를 들어본다. 먼저 위 제16호(오물방치)·제17호(노상방뇨)·제20호(자연훼손) 등과 관련해 환경을 오염시키는 행위를 금지하는 내용의 규정이다. 〈자연공원법〉 제27조 제1항 제9호는 "오물 또는 폐기물을 함부로 버리거나 심한 악취를 내게 하는 등 다른 사람에게 혐오감을 일으키게 하는 행위"를 하지 못하게 하고, 이를 어긴 때는 10만 원 이하의 과태료(제86조 제3항 제1호)에 처한다고 했다. 〈도시공원 및 녹지 등에 관한 법률〉 제49조 제1항은 "심한 소음 또는 악취가 나게 하는 등 다른 사람에게 혐오감을 일으키게 하는 행위"(제3호), "동반한 애완동물의 배설물을 수거하지 아니하고 방치하는 행위"(제4호)를 금지하고, "동반한 애완견을 통제할 수 있는 줄을 착용시키지 아니하고 입장하는 것"(제2항 제2호)도 금지했으며, 이를 어긴 때는 10만 원 이하의 과태료(제56조 제1항)를 물게 했다. 〈산림문화·휴양에 관한 법률〉 제23조의3 제3호 제38조는 숲길(등산로)에서 오물이나 쓰레기를 버리는 행위를 한 때에 20만 원 이하의 과태료에 처한다고 했다. 또한 〈자원의 절약과 재활용촉진에 관한 법률〉 제10조, 제41조 제3호는 "음식점·목욕장·백화점 등에서 1회용품의 사용을 억제하고 무상으로 제공"하지 못하도록 하고, 이를 어기면 300만 원 이하의 과태료를 물게 했다. 〈공중화장실 등에 관한 법률〉 제14조는 공중화장실을 이용하는 사람은 "낙서를 하는 행위"(제1호) 또는 "기물을 훼손하는 행위"(제2호)를 하지 못하며, 이를 어기면 50만 원 이하의 과태료(제21조 제3항)에 처한다고 했다.

그리고 제26호(인근소란)와 관련해 〈도로교통법〉 제49조 제1항 제9호는 "운전자는 승객이 차 안에서 안전운전에 현저히 장해가 될 정도로 춤을 추는 등 소란행위를 하도록 내버려두고 차를 운행하지 아니할 것"을 주문하고 있고, 이를 어기면 20만 원 이하의 벌금이나 구류 또는 과료(제156조 제1호)에 처한다고 했다. 〈철도안전법〉 제48조 제6호는 "역 시설 등 공중이 이용하는 철도시설 또는 철도차량 안에서 폭언 또는 고성방가 등 소란을 피우는 행위"를, 제8호는 "노숙하는 행위"를 금지하고 있는데, 위반자를 쫓아낼 수는 있지만(제50조) 처벌규정은 보이지 않는다. 〈항공안전 및 보안에 관한 법률〉 제23조 제1항 제1호는 운항 중인 항공기 안의 승객이 "폭언·고성방가 등 소란행위"를 못하도록 하고, 기장(機長) 등의 사전계고에도 불구하고 이를 어기면 500만 원 이하의 벌금(제50조 제2항 제3호)에 처한다고 되어 있다.

가벼운 벌칙을 담고 있는 법률들을 보면서 처벌의 수위가 균형에 맞지 않는다는 생각이 들 때가 있다. 경범 가운데서도 가장 중점을 두고 단속해 엄한 벌을 주어야 할 것은 오물을 아무 곳에나 함부로 버리는 행위나 자연을 훼손하는 행위 등이 아닐까 싶은데, 단속기관도 막상 적발할 생각을 하면 엄두가 나지 않을 것 같다. 사람의 발이 닿는 곳 어디에나 담배꽁초·비닐봉지·휴지가 널려 있고, 사람이 모인 곳 어디에나 쓰레기가 넘쳐나는 판에 이를 법으로 막자는 것 자체가 비현실적인 감이 드는 것은 사실이다. 그렇다고 말로 타일러 당장 알아들을 종내기도 아니므로, 그 버릇 고치기에 몇십 년의 세월이 필요하다 하더라도 회초리로 다스려야 한다는 결론은 불가피하지 않은가 생각된다. 도로 곳곳에 설치된 무인속도측정 카메라는 과속차량에 대한 적발·처벌의 확실성을 보여줌으로써 얼마나 큰 역할을 하고 있는가. 그러나 이 지점만 지나치면 바로 또 속도를 올려버린다. 단속과 함께 자율적인 법의 준수를 유도하는 것이 얼마나 역부족인가를 보여주는 것이다.

그런 의미에서도 오물투기(汚物投棄)의 위법행위에 대해서는 무거운 반대급부가 기다리고 있다는 인식을 심어주어야 할 것인데, 적발해보았자 〈경범죄처벌법〉, 〈자연공원법〉 어느 것이나 10만 원 이하의 벌금이라는 가벼운 벌로 그치고 있을 뿐만 아니라 그 집행의 실효성도 거두고 있지 못하니 아무도 겁을 먹지 않는다.

반면에 19세 미만의 청소년(靑少年)을 상대로 금지 사항을 위반한 데 대한 벌은 과중하다는 느낌이다. 〈복권 및 복권기금법〉 제36조 제1항 제1호는 청소년에게 복권(福券)을 팔면 1,000만 원 이하의 과태료를 물도록 하고 있고, 〈청소년보호법〉 제51조 제8호는 청소년에게 술이나 담배를 팔면 2년 이하의 징역 또는 1,000만 원 이하의 벌금에 처한다고 하고 있다. 그런 형벌로 끝나지 않는다. 술을 판 업자는 〈식품위생법〉 제44조 제2항 제4호, 제75조 제1항 제13호에 따라 영업허가가 취소되거나

6월 이내의 기간 영업정지를 당하고, 담배를 판 소매인은〈담배사업법〉
제17조 제2항 제6호에 따라 1년 이내의 기간 영업정지라는 행정처분을
받는다. 요즘 19세에 가까운 남자라면 장골(壯骨)인데, 이들에게 신분을
확인하지 않고 술이나 담배를 팔았다고 해서 매기도록 한 벌은 너무 가
혹한 것으로 생각된다. 술을 마시는 것이나 담배를 피우는 것은 범죄행
위도 아니며, 장사하는 사람이 되도록 많이 팔아 이득을 남기려는 것은
자연스러운 욕심이 아닌가 말이다.

다음은 동물에 관한 법률을 구경해보기로 한다.〈동물보호법〉은 동
물에 대한 학대행위를 방지하고 동물의 생명과 그 안전을 보호하기 위
해 만들어졌다. 여기서 동물이란 소·말·돼지·개·고양이·토끼·닭·오
리·산양·면양·사슴·여우·밍크 등을 말한다. 제8조는 동물의 학대를 금
한다고 하면서 목을 매다는 등의 잔인한 방법으로 죽이거나, 같은 종류
의 다른 동물이 보는 앞에서 죽이는 행위, 도구·약물을 사용해 상해를
입히거나 살아 있는 상태에서 체액을 채취하는 행위 등을 못하게 하고,
이를 어긴 때에는 1년 이하의 징역 또는 1,000만 원 이하의 벌금에 처하
도록 하고 있다.(제46조 제1항). 동물을 유기(遺棄)하는 행위에 대해서도
100만 원 이하의 과태료에 처한다(제47조 제1호)고 했고, 동물을 죽이는
경우에도 고통을 최소화할 수 있는 방법에 따라야 한다고 규정했다(제10
조).〈축산물위생관리법〉은 가축의 사육·도살 등과 축산물의 가공·유통
등에 대하여 규정하고 있는데, 여기서 가축이란 소·말·양·돼지·닭·오
리, 기타 식용(食用)을 목적으로 하는 동물을 말한다고 하고 있다. 그리
고〈야생생물 보호 및 관리에 관한 법률〉은 산이나 들 등 자연상태에서
서식하는 동물·식물 등의 멸종을 예방하고, 건전한 자연환경을 확보하
기 위하여 만든 법률이다. 여기서도 야생동물에 대한 학대행위를 못하

게 하고, 잔인한 방법이나 혐오감을 주는 방법으로 죽이는 행위 또는 포획·감금해 고통을 주거나 상처를 입히는 행위를 하면 1년 이하의 징역이나 500만 원 이하의 벌금에 처하도록 하고 있다(제8조, 제70조 제1호).

만일 멸종위기의 야생동·식물을 포획하거나 채취하는 날이면 5년 이하의 징역까지 각오해야 한다(제67조). 그러므로 수달·반달가슴곰·산양·구렁이를 보더라도 그냥 넘어가야 무사하다. 벌칙 면에서 보면 야생동물은 집에서 사육하는 동물보다 비교가 안 될 정도로 귀한 대접을 받는 셈이다. 유해 야생동물의 포획허가도 받지 않고 농작물을 해친다고 멧돼지를 함부로 잡아 먹을 딴다든지 했다가는 큰일 난다. 그리고 진돗개쯤 되면 매우 귀한 몸이 되어, 〈한국진도개 보호·육성법〉에 따라 보호된다. 혈통과 표준체형을 갖춘 진돗개는 등록되어 보호받고 진도군(珍島郡) 밖으로 반출되지 않으며, 그렇지 않은 개는 반출을 명 받거나 거세 또는 도태하도록 한다. 이를 어긴 때는 100만 원 이하의 과태료를 물게 된다(제15조 제1항 제1호).

다음은 진돗개 아닌 보통의 개에 대하여 이야기해본다. 개고기의 합법화에 관한 논란은 지금도 계속되고 있다. 돼지고기·쇠고기·닭고기에 이어 전체 육류 소비의 네번째에 해당하는 양이 소비되고 있는데도 개고기음식은 법적인 관리체제에서 배제되고 있다. 어떤 이유를 대든 간에 이것은 모순이다. 정부는 개고기의 식용을 금지해 그 업소를 단속하든지, 아니면 개고기를 양성화해 적법한 유통체계를 확립하든지 양자택일을 할 필요가 있다. 미적미적할 일이 아니다. 이기홍 부장의 '문명사회의 야만적인 개 도살'(《동아일보》, 2012. 10. 5.)은 잔혹한 개 사육과 도축 광경을 생생하게 전해주고 있다. "개고기를 먹든, 반대하든 지금과 같은 야만은 더는 방치해선 안 된다. 그것은 우리사회의 잔혹성의 순화, 미래에 문명사회를 이끌어갈 청소년의 정서를 위해서도 필수적이다. 타인과 다른 생명체에 대해 감정이입을 하고 측은지심을 느끼는 능력은 한 사회의 따스함과 문명의 진화 정도를 보여주는 척도다."

개고기 합법화를 위한 시도는 구 〈축산물 가공처리법〉 개정안이 1999년 8월 17일 국회에 제출되면서 구체화되었다. 그러나 상임위원회에서조차 심의되지 못한 채 2004년 4월 15일 국회가 종료되면서 자동 폐기 된 바 있다. 위 처리법 제2조 제1호는 "가축이라 함은 소·말·양·돼지·닭·오리 기타 식용을 목적으로 하는 동물로서 대통령령이 정하는 동물"이라고 되어 있는데, 돼지 다음에 개를 넣는다는 것이 개정안이었다. 그러니까 지금까지는 인간과 가장 가깝게 지낸다는 개가 가축 호적에 등재되지도 못한 채 법률상으로 유일하게 버림받고 있는 셈이다. 여기에 개가 포함된다면 〈축산물위생관리법〉 제1조, 즉 "축산물의 위생적인 관리와 그 품질의 향상을 도모하기 위하여 가축의 사육·도살·처리와 축산물의 가공·유통 및 검사에 필요한 사항을 정함으로써 축산업의 건전한 발전과 공중위생의 향상에 이바지함을 목적"으로 하는 법의 적용을 받게 된다. 그래서 가축의 도살·처리 등은 허가받은 작업장에서 행해야 한다는 것과, 소·말·돼지 및 양을 제외한 가축을 그 소유자가 당해 장소에서 소비자에게 직접 조리하여 판매하기 위해 도살·처리하는 경우는 제외한다는 제7조의 규정에 개도 포함되는 것이다. 또 위반할 때 7년 또는 3년 이하의 징역이나 벌금을 물게 되는 제45조도 적용되어 개는 당당히 가축의 반열에 오르는 것이다. 이처럼 개는 〈축산물위생관리법〉에는 누락되어 있지만, 〈가축전염병 예방법〉 제2조의 가축에는 포함되어 있다.